Zeno Diegelmann

# Der vierte Codex

Für Gabi und Ulli

Die Wahrheit ist eine unzerstörbare Pflanze. Man kann sie ruhig unter einem Felsen vergraben, sie stößt trotzdem durch, wenn es an der Zeit ist.

*(Frank Thiess, deutscher Schriftsteller *1890 +1977)*

IV.

Zeno Diegelmann

# Der Vierte Codex

Roman

Verlag Parzeller

ISBN 10 3-7900-0383-2
ISBN 13 978-3-7900-0383-3

Umschlaggestaltung und Layout: Dominik Ketz
Gesamtherstellung: Druckerei Parzeller, Fulda

# PROLOG

Schmerzerfüllte Schreie zerschnitten die morgendliche Luft am Ufer des Flusses. Mit jeder Minute zeichnete sich ein immer schrecklicheres Bild, das kurz vor seiner Vollendung zu sein schien. Nur wenige Verbliebene kämpften noch um ihr nacktes Überleben und stellten sich verzweifelt der bewaffneten Übermacht entgegen. In Todesangst saugten sie die letzten Kräfte aus ihren von der langen Reise ausgemergelten Körpern. Ohne Unterlass metzelten die Fremden mit schier unbändiger Lust am Töten einen nach dem anderen nieder. Das kleine Lager, das erst am Abend zuvor errichtet worden war, glich mittlerweile einem Schlachtfeld. Quer über das Lager schien ein fürchterlicher Sturm gewütet zu haben und der morastige Boden konnte das vom Blut rot gefärbte Regenwasser kaum aufsaugen. Allmählich legte sich jedoch eine gespenstische Ruhe über den Uferstreifen. Auch die letzten Todesschreie der ihm so vertrauten Stimmen erstarben in quälender Langsamkeit.

Er wusste, dass auch sein Ende unausweichlich war. Mit verkrampften Fingern hielt er noch immer sein Buch fest umschlossen vor der Brust. Keine Sekunde hatte er es aus den Händen gelegt. Nur ein Gedanke hämmerte in seinem Schädel. Wie hatten sie es herausgefunden? Zu gut war alles verschleiert und verschlüsselt gewesen. Es gab nur eine Erklärung: Es musste einen Verräter geben. Doch nur die höchsten Logen der Kirche waren in das Geheimnis eingeweiht.

Ganz egal, wie es geschehen konnte, sie hatten den Weg zu ihm gefunden. Zu ihm, dem Wächter. Bis zum heutigen Tage war es ihm gelungen, das Geheimnis zu hüten und zu schützen, doch der Bote des Todes hatte ihn aufgespürt und gestellt. Hier, im heidnischen Norden des Friesenlands. Nun stand ihm der Feind gegenüber. Schwarz und kalt, fast leblos stachen die Augen entschlossen zwischen dem schmutzigen Leinenstoff hervor, den der Fremde um seinen Kopf gewickelt trug. Wieder schlug ihm die Gestalt mit der Faust in sein Gesicht. Wieder sackte er in sich zusammen. Eine warme Flüssigkeit lief in einem kleinen Rinnsal aus seiner Nase und metallischer Geschmack breitete sich auf seinem Gaumen aus. Als er sich wieder mühsam aufrichtete, baute sich die breitschultrige Gestalt ein letztes Mal drohend über ihm auf und hielt ihm mit der rechten Hand die Klinge eines goldenen Dolches direkt an seine wild pulsierende Halsschlagader. Mit der anderen Hand packte ihn der Fremde unsanft am Kragen. Er zog ihn so nah an sich heran, dass er seinen warmen Atem auf seinem Gesicht spüren konnte.

„Zum letzten Mal. Wo ist er?" In dem Blick des Fremden blitzte nun ein scharfkantiges, fast fanatisches Funkeln auf.

Obwohl sie ihn gefunden hatten, waren sie anscheinend ahnungslos über den Verbleib des Gesuchten. Er hatte die Vision, die ihn vor einigen Wochen plagte, also richtig gedeutet. Er dankte Gott dafür, dass er seinen Nachfolger rechtzeitig eingeweiht hatte. Gestärkten Mutes richtete er sich ein letztes Mal auf und hielt dem scharfen Blick seines Gegenübers stand. Er war nun bereit, seinem Schöpfer entgegenzutreten.

„Niemals werdet ihr aus meinem Mund auch nur eine einzige Silbe hören, die euch den Weg weist. Niemals."

Das Drohende, Dunkle in den Augen des Fremden kehrte sofort zurück. Reflexartig riss der Christenmann sein Buch zum Schutz nach oben. Wie ein Schild streckte er es seinem Gegenüber entgegen und blickte hinauf zum wolkenverhangenen Himmel, der über allem thronte. Seine Lippen formten sich zu einem letzten kurzen Gebet.
„Herr vergib ihnen."

Mit einem gellenden Aufschrei hob die Gestalt den Dolch und ließ ihn mit einem wuchtigen Hieb niederfahren. Der Stoß traf ihn in Höhe seiner Brust. Doch er verspürte seltsamerweise keinerlei Schmerz. Langsam sank sein Körper auf das nasse Gras. Ruhig und gelöst spürte er, wie der Atem aus seinen Lungen wich und sich im nächsten Moment seine Muskeln entspannten. Er hatte es geschafft zu schweigen.

Dann wurde es still. Totenstill.

# 1.

Strenger Geruch stieg Markus Schuhmann in die Nase. Auf nüchternen Magen stieß ihm das beißende Putzmittel heute besonders übel auf. Er hatte weder Zeit zum Frühstücken noch für eine Dusche gehabt. Seine dunkelblonden, lockigen Haare standen kreuz und quer in alle Richtungen und fielen ihm widerspenstig in die Stirn. Markus' Äußeres entsprach nicht dem gängigen Bild eines angehenden Priesters. Er war groß gewachsen und hielt seinen Körper durch regelmäßigen Sport in Form. Seinen braunen Teint verdankte er entgegen der Unkenrufe seiner Kommilitonen jedoch nicht dem Solarium, sondern seinem genetischen Ursprung. Die Mutter seines verstorbenen Vaters stammte aus Lateinamerika.

Unausgeschlafen hastete er mit noch halb geschlossenen Augen durch den Kreuzgang des bischöflichen Priesterseminars in Richtung des breiten Treppenhauses. Ohne nach links oder rechts zu blicken. Keine fünfzehn Minuten zuvor war er unsanft geweckt worden. Sein Kommilitone und bester Freund, Georg, hatte das per Telefon übernommen. Nachdrücklich hatte er Markus daran erinnert, dass heute die Ausarbeitung über Kirchenrecht bis um sieben Uhr bei Regens Heese, dem Leiter der Fakultät, höchstpersönlich vorzulegen war. Markus hatte sich einmal mehr dazu überreden lassen, Georg zu helfen. Praktische Theologie war eine von Markus' Stärken. Allgemein fiel ihm das Studium leicht, was man von Georg nicht behaupten konnte. Die halbe Nacht hatte Markus mit der Ausarbeitung verbracht, um der Bitte Georgs nachzukommen. Ausgerechnet heute, da er sich schon darauf gefreut hatte, ausschlafen zu können. War doch ausnahmsweise die morgendliche Messfeier zugunsten einer wichtigen Konferenz geopfert worden. Die größte Feierlichkeit der vergangenen und wohl auch kommenden Jahrzehnte stand kurz bevor. Nicht nur das Priesterseminar, vielmehr das gesamte Bistum war aus diesem Grund in heller Aufregung. Zudem wurde das Semester am nächsten Tag offiziell beendet. Daher hatte sich die Seminarleitung dazu entschlossen, den Studenten an diesem Morgen freizugeben.

Nach dem Telefonat mit Georg hatte Markus sich umgehend auf den Weg gemacht. Unsicher darüber, ob er alle Änderungen zur nächtlichen Stunde tatsächlich gespeichert und richtig ausgedruckt hatte, schoss er nun mit seiner Aktentasche unter dem Arm durch das Treppenhaus. Nur zwei Stockwerke unter den privaten Räumen der Studenten befanden sich die Lehrsäle und die große Bibliothek sowie das Büro des Regens. Hier wollte Georg warten und im Vorzimmer die Arbeit noch in Form bringen.

Regens Heese war einer der Menschen, die nichts mehr hassten als Unzuverlässigkeit und Unpünktlichkeit. Man konnte nicht behaupten, dass er bei den Kollegen oder den Studenten besonders beliebt war. Er leitete das Priesterseminar nicht nur, er regierte es. Da er einzig und allein nur dem Bischof unterstellt war, wusste er um seine starke Position und ließ dies das gesamte Seminarkollegium nur allzu gerne spüren. Georg war für den Regens nicht gerade das, was man als einen Lieblingsschüler bezeichnen würde. Umso dankbarer war Georg, als ihm der Regens die Möglichkeit in Aussicht stellte, durch eine schriftliche Ausarbeitung seine Note aufzubessern.

Der laute Glockenschlag des Doms ertönte. Markus blickte auf seine Armbanduhr, und seine Befürchtung wurde bestätigt. Die Ziffern zeigten bereits kurz nach sieben. Dieser kurze Blick kostete ihn nur für den Bruchteil einer Sekunde seine Aufmerksamkeit. Doch es genügte. Zu spät nahm er seinen Gegenüber wahr, der ihm in diesem Moment entgegenkam. Erst im allerletzten Augenblick erkannte Markus einen Schatten und drehte sich reflexartig zur Seite, um den Aufprall zu verhindern. Fast ungebremst prallten die beiden dennoch ineinander. Akten und zahllose Blätter wirbelten durch die Luft. Markus spürte einen heftigen Schmerz im linken Knie, als er auf den harten Steinboden schlug. Seinem Gegenüber schien es nicht besser zu ergehen. Ein lauter Aufschrei hallte durch das mächtige Treppenhaus. Jedoch war Markus sich nicht sicher, ob dies vor Schmerz oder Schreck geschah. Als er sich umdrehte und aufrichten wollte, erkannte er zu seinem Entsetzen, mit wem er zusammengestoßen war.

„Professor Weithofen!" entfuhr es Markus voller Entsetzen. „Entschuldigen Sie vielmals, aber ich war in Eile und…"

„Das habe ich allerdings bemerkt, Markus."

„Geht es Ihnen gut? Haben Sie sich verletzt?"

„Nein, ich denke nicht. Ich bin nur etwas durchgeschüttelt worden", klopfte sich der Professor seine Kleidung zurecht. „Naja, nun sind wir wenigstens wach, nicht wahr?"

„Ja, allerdings", murmelte Markus verlegen. „Und Sie haben sich sicher nichts getan?"

Markus half dem Professor auf. Er schien zu seiner Erleichterung wirklich unversehrt. Zwar humpelte er etwas, doch war dies nichts Ungewöhnliches. Als Folge einer Kriegsverletzung war das linke Bein des Professors steif geblieben. Das tat seiner Agilität jedoch keinen Abbruch.

„Ich bin zwar nicht mehr der Jüngste, aber deswegen versagen mir meine Knochen noch lange nicht ihren Dienst", entgegnete Weithofen mit dem verzeihenden Lächeln eines Großvaters.

Weithofen wischte sich eine seiner wenigen schneeweißen Strähnen aus dem Gesicht. Als Spiritual des Fuldaer Priesterseminars begleitete er die angehenden Priester, die *Alumnen,* auf ihrem Weg durch die acht Semester. Trotz seines Alters, was Markus auf Ende siebzig schätzte, war er in beneidenswerter körperlicher und geistiger Konstitution. Um die hohe Stirn spielte schütteres weißes Haar, das sein rundes, freundliches Gesicht noch größer erscheinen ließ. Die Jahrzehnte harter Arbeit und langer Forschungsnächte hatten tiefe Falten hinterlassen, die ihn jedoch noch erhabener und wissender erscheinen ließen. Er war nicht nur beliebt, sondern aufgrund seiner fachlichen Kompetenz auch überaus angesehen. Darüber hinaus leitete er das aktuellste Forschungsprojekt der theologischen Fakultät, bei dem die Rekonstruktion der mittelalterlichen Klosterbibliothek, der *Biblioteca Fuldensis*, im Mittelpunkt stand. Die Alumnen nahmen die Möglichkeit der Mitarbeit an diesem außergewöhnlichen Projekt überaus gerne wahr, denn diese bot ein wenig Abwechslung zum restlichen, oftmals grauen Alltag des Seminars. Für viele war der Professor mittlerweile weit mehr als nur der Spiritual der Fakultät. Ohne an Autorität einzubüßen, war er väterlicher Freund und Vertrauensperson. Besonders für Markus.

Der beugte sich nun nach den heruntergefallenen Blättern, die wild durcheinander über den Boden verstreut lagen.

„Finger weg von den Blättern“, hallte plötzlich die Stimme Weithofens ungewöhnlich laut und eindringlich durch den alten Gewölbegang. Markus fuhr vor Schreck zusammen und schaute seinen Spiritual verunsichert an. Es dauerte einen kurzen Moment, bis dieser wieder das Wort ergriff. Markus schien es so, als sei Weithofen selbst über seinen strengen Ton erschrocken.

„Entschuldige, Markus, ich wollte dich nicht anfahren“, versuchte der Professor seine Fassung sofort wiederzugewinnen. „Ich bin etwas angespannt und habe vergangene Nacht nicht viel geschlafen. Ich suche meine Unterlagen geschwind selbst zusammen, wenn es dir nichts ausmacht.“

Noch immer irritiert, nickte Markus zustimmend. Noch nie hatte er den Professor seine Stimme derart laut erheben hören, stets wusste dieser doch sonst, durch fundierte Fakten und ruhige Argumentation sein Gegenüber zu überzeugen.

„Wer die Beherrschung verliert, weiß sich bereits auf der Verliererseite."

Markus fielen die Worte des Spirituals schlagartig wieder ein. Damals hatte Markus im Publikum gesessen, als Professor Weithofen als Experte vor einem großen Publikum sprach. Bei dieser Podiumsdiskussion zum Thema *„Die Rätsel der Bibel"* hatte ein vermeintlicher Kollege aus Österreich ein neues Buch vorgestellt, in dem er hanebüchende Thesen aufgestellt hatte. Professor Weithofen führte die Thesen innerhalb von zehn Minuten mit präzisen Fakten vor versammeltem Publikum ad absurdum. Sein Gegenüber war darauf erzürnt aufgesprungen und hatte angefangen, mit hochrotem Kopf laut zu werden. Weithofen blieb jedoch ruhig und behielt die Contenance. Das Buch wurde kurze Zeit später vom Markt genommen.

Und ausgerechnet wegen einiger Blätter Papier verlor der Spiritual nun die Beherrschung?

Hastig schob der Professor seine Unterlagen zusammen und ließ sie wieder in der schwarzen Ledertasche verschwinden, aus der sie gefallen waren.

„Das... das müssten wohl alle gewesen sein. Man erwartet mich bereits. Ein wichtiges Treffen. Wir sehen uns nachher im Unterricht", erklärte der Spiritual kurz angebunden und verabschiedete sich fluchtartig. Ein verunsichertes Lächeln huschte noch über sein Gesicht, bevor er sich umdrehte und um die nächste Ecke des Treppenhauses verschwand. Noch immer stand Markus wie angewurzelt inmitten der Blättersammlung von Georgs Referat.

„Ja, bis nachher, Professor", hörte er sich selbst sagen.

Vielleicht wurde Weithofen nun langsam doch alt und sonderbar, wunderte sich Markus, schob den Gedanken aber schnell beiseite. Nach einem weiteren Blick auf seine Uhr, erinnerte er sich wieder an den wartenden Georg. Eilig kniete er sich nieder, in der Hoffnung, eine gewisse Ordnung in die verstreuten Unterlagen zu bringen, erkannte jedoch nach wenigen Sekunden die Aussichtslosigkeit seines Vorhabens und packte alles zu einem großen, unförmigen Stapel zusammen. Vielleicht hatte Georg ja noch Zeit, die Seitenzahlen in die richtige Reihenfolge zu bringen. Mit so einem Zwischenfall war einfach nicht zu rechnen gewesen. Unverzüglich setzte er seinen Weg in Richtung des Seminarleitungsbüros fort.

Dort erwartete ihn bereits ein völlig aufgelöster Georg. Von einem Bein auf das andere tippelnd stand er vor der Bürotür des Regens. Sein ohnehin schon blasses Gesicht schien jegliche Farbe verloren zu haben. Nervös rückte er sich immer wieder seine Brille zurecht. Das wohlgenährte Gesicht wirkte eigenartig schmal. Ein Zustand, den er sich unter anderen Voraussetzungen sicherlich öfter gewünscht hätte. Aufgrund seiner gedrungenen Gestalt wirkten seine überschüssigen Pfunde auf den Hüften noch ausladender, als sie tatsächlich waren.

„Mann, wo bleibst du denn“, zischte Georg aufgeregt. „Du weißt doch, wie wichtig diese Ausarbeitung für mich ist.“

„Entschuldige, es ist mir noch was dazwischengekommen. Ich hatte einen kleinen Zusammenprall mit Professor Weithofen. Dabei sind mir leider auch deine Unterlagen heruntergefallen.“ Markus hielt Georg den Wust zusammengewürfelter Blätter entgegen. Dessen Augen blickten wie versteinert auf den aufgetürmten Papierhaufen.

„Was? Was ist das?“

„Deine Ausarbeitung.“

„Sag, dass das nicht dein Ernst ist.“

„Doch, leider ist es das.“

„Was soll ich denn damit?“, hielt Georg den Haufen Papier wie einen Berg schmutziger Wäsche weit von sich gestreckt.

„Tut mir leid, Georg.“

„Tut mir leid“, äffte Georg die Entschuldigung nach. „Es tut dir leid? Das ist das Ende meiner Tage hier im Priesterseminar. Ich muss das jetzt alles noch sortieren und ringen. Die Arbeit des gesamten letzten Semesters hängt von dieser Ausarbeitung ab. Und dir tut es leid?“

Markus kannte Georgs Hang zur Theatralik. Einmal hatte sich Georg eine zugegebenermaßen starke Grippe eingefangen. Nach zwei Tagen hatte er Markus mitgeteilt, dass er im Falle seines Ablebens beerdigt, keinesfalls verbrannt werden wolle. Und dass sich Markus bitte um alles Nötige kümmern solle. Markus wusste, wie man mit ihm in solchen Momenten umzugehen hatte.

„Regens Heese wird dafür sicherlich Verständnis haben."

„Ja klar. Wo doch der Regens so ein verständnisvoller Mann ist. Mensch Markus, der Typ hasst mich."

„Er wird dir schon nicht den Kopf abreißen."

„Doch, genau das wird er tun. Und zwar ohne mit der Wimper zu zucken. Er wartet doch schon die ganze Zeit auf so eine Möglichkeit."

„Quatsch, du siehst das alles wieder viel zu eng. Du gehst jetzt da rein, sortierst das Ganze ordentlich und sagst ihm, dass du die halbe Nacht noch an der Arbeit gesessen hast. Was übrigens vom Zeitfaktor nicht gelogen ist."

Georg atmete tief durch und nahm die Ausarbeitung entgegen. Als er sie in den Händen hielt, konnte man wieder so etwas wie ein Lächeln auf seinem Gesicht erkennen.

„Und wenn er mir doch den Kopf abreißt..."

„...stirbst du wenigstens als Märtyrer."

Beide kicherten und Georg gab Markus einen freundschaftlichen Klaps auf die Schulter.

„He, ich habe mich noch nicht mal für deine Hilfe bedankt."

„Schon in Ordnung. Und jetzt geh endlich rein. Ich musste übrigens gar nicht so viel verbessern. War schon alles sehr gut und rund." Das war eine glatte Lüge. Und beide wussten es. Georg grinste.

„Tatsächlich? Na, umso besser. Wir sehen uns nachher im Unterricht."

Georg öffnete die Tür und ging hinein. Als er die Tür hinter sich ins Schloss zog, fiel Markus auf, dass er diesen Satz heute schon einmal gehört hatte.

*

Nach einem kurzen Frühstück mit Tee und Käsebrot hatte Markus am Vormittag zunächst eine Stunde mit hebräischer Lektüre zugebracht. Außerdem hatte er einen eineinhalbstündigen Vortrag über Philosophisch-Theologische Propädeutik gehört. Zu dieser morgendlichen Stunde war das jedoch kein Thema, das sich zur allgemeinen Aufmunterung der Alumnen eignete. Markus war daher froh, dass er sich nun wieder etwas Aufregenderem widmen konnte. Das Forschungsprojekt zur Rekonstruktion der Biblioteca Fuldensis war für ihn mittlerweile mehr als nur eine angenehme Alternative zum Unterrichtsalltag geworden. Im Rahmen des Forschungsprojekts versuchte Professor Adalbert Weithofen mithilfe der Alumnen die legendären Schriften nach Fulda zurückzuholen. Einst umfasste diese berühmte mittelalterliche Klosterbibliothek über tausend Codices. Aus Archiven und Bibliotheken in aller Welt hatte man mittlerweile hunderte der teilweise aus dem 8. und 9. Jahrhundert stammenden Schriften und Textfragmenten zusammentragen und wissenschaftlich auswerten können. Speziell zu diesem Zweck hatte man der Forschungsgruppe ein Labor eingerichtet. Die alten Schriften wurden auf ihre Echtheit und Qualität hin überprüft und anhand verschiedenster Experimente ausgewertet. Spiritual Weithofen hatte lange für die nötigen Fördergelder kämpfen müssen und diese nach intensiver Überzeugungsarbeit schließlich auch erhalten. Markus war vom Enthusiasmus des Spirituals fasziniert. Nächtelang arbeitete dieser im Labor, um das Projekt voranzutreiben.

Es war noch etwas zu früh für den Unterricht im Labor. Die Gruppe der Seminarteilnehmer stand nach dem Kurs über Propädeutik noch zusammen und fachsimpelte über die eine oder andere These des gerade beendeten Vortrags.

„Ich vertrete mir noch etwas die Beine. Nach dem Sitzmarathon wird mir ein wenig frische Luft sicherlich gut tun", erklärte Markus seinen Kommilitonen und entfernte sich von der Gruppe. Er schlenderte über den Innenhof in Richtung des Labors, das auf der anderen Seite des Hofes lag. Die Sonne blitzte ab und an zwischen den sich wieder auftürmenden Wolken hindurch und stand mittlerweile hoch über dem Dom. Die Schatten der beiden großen Glockentürme reckten sich wie zwei wetteifernde Hähne über den gepflasterten Innenhof der Fakultät. Als Markus nur noch einige Meter von dem Labor entfernt war, konnte er erkennen, dass die Tür nur angelehnt war. Das war ungewöhnlich, hatte doch Professor Weithofen immer eindringlich darauf hingewiesen, das Labor zwischen den Untersuchungen stets verschlossen zu halten. Um einen stetigen Zugang zum Labor zu ermöglichen, hatte er eine metallene Schalttafel in der barocken Außenmauer des Labors anbringen lassen. Nur mithilfe eines Zahlencodes konnte man das Labor betreten. Markus trat näher. Er klopfte an, aber niemand antwortete. Verwundert blickte sich Markus um. Es war niemand zu sehen. Nach zwei weiteren Versuchen ohne Antwort entschloss er sich einzutreten. Vorsichtig schob er die Tür zur Seite. Sie öffnete sich lautlos.

„Professor Weithofen?", steckte Markus den Kopf in das Labor. Sein Blick wanderte durch den Raum. Der Schreibtisch, die Instrumente auf den Tischen der Schüler, die Tafel, Weithofens kleines Aquarium an der Wand. Alles stand an seinem angestammten Platz. Nichts war ungewöhnlich. Markus ging ein paar Schritte hinüber zum Schreibtisch. Über die gesamte Arbeitsfläche verteilt lagen verschiedenste Werkzeuge und Utensilien zur Untersuchung alter Schriften. Allerdings weckte etwas anderes Markus' Interesse. Ein schwarzes Samttuch legte sich schützend über einen Gegenstand. Markus warf einen Blick durch das Fenster nach draußen. Noch immer war niemand zu sehen. Die anderen Kursteilnehmer würden erst in einigen Minuten eintrudeln. Wahrscheinlich sogar mit Verspätung, wie immer. Seine Neugier wuchs mit jeder Sekunde. War es nicht

Professor Weithofen, der immer dazu aufforderte, das Labor als gemeinschaftliche Einrichtung anzusehen?

„Ihr dürft und sollt alles in diesem Labor benutzen“, erinnerte sich Markus an die Aufforderung des Professors. Doch wenn es nun etwas Privates war, das nicht für die Augen anderer bestimmt war?

Dann hätte man es sicherlich nicht hier zurückgelassen. Hier, wo in ein paar Minuten eine Gruppe junger Männer hereinplatzen würde, versuchte Markus sich selbst zu überzeugen.

Seine Neugier stieg spürbar. Langsam schob er den Samtstoff zur Seite. Ein Buch kam zum Vorschein. Nichts Besonderes, befand er sich hier doch in einem Labor zur Untersuchung von Büchern. Einerseits enttäuscht, keine spannende Entdeckung gemacht zu haben, andererseits beruhigt, dass er sich keine Gedanken zu machen brauchte, etwas Falsches getan zu haben, ließ er den Samt wieder über das Buch zurück gleiten. Im ersten Moment hatte er es tatsächlich nicht erkannt. Erst als das Tuch das Buch wieder vollends bedeckte, hielt er inne. *Moment, war das nicht…*

„Markus? Ich habe dich gar nicht kommen hören.“

Markus zuckte zusammen. Erschrocken und nicht sicher, ob er beobachtet und somit ertappt worden war, drehte er sich um. Professor Weithofen stand in der Tür zur Dunkelkammer, in dem die Experimente der Bandpassreflektographie durchgeführt wurden. Die neueste Errungenschaft von Spiritual Weithofen. Bei diesem Verfahren nutzte man die Tatsache, dass sich das jeweilige Pergament an der Stelle, an dem die Tinte aufgetragen war, in den Jahrhunderten chemisch verändert hatte. Mit einer Infrarotlampe konnte man nun die jeweiligen Veränderungen sichtbar werden lassen, da die Infrarotwellen von der alten Tinte anders gebrochen wurden. Somit konnte man ähnlich wie bei einem Röntgengerät alte Schriften untersuchen, ohne sie einer direkten Berührung auszusetzen.

„Die Infrarotlampe des Bandpassfilters ist schon wieder kaputtgegangen“, echauffierte sich der Spiritual sichtlich über den neuerlichen und kostspieligen Verlust. „Es wird Wochen dauern, bis wir Ersatz bekommen. Gerade jetzt, wo ich sie doch..." Weithofen unterbrach seine Ausführung. „Markus? Alles in Ordnung mit dir?"

Der Spiritual schien nichts bemerkt zu haben. Dennoch deutete Markus entschuldigend hinüber zur Eingangstür.

„Die Tür. Sie stand offen."

„Ach ja. Ich hatte sie wohl nicht richtig verschlossen und der Wind hat sie aufgeweht. Du brauchst dich nicht zu entschuldigen. Das Labor steht euch jederzeit offen."

Mit seinem steifen Bein leicht schleppend, kam der Professor auf ihn zu. Als er jedoch am Schreibtisch angekommen war, musterte er den schwarzen Samt. Der Blick wanderte sofort zurück zu Markus. Für einen endlos langen Moment breitete sich ein Schweigen im Raum aus. Markus war sich sicher, nun zur Rede gestellt zu werden. Stattdessen nahm der Professor jedoch den Samt zusammen mit dem Buch darunter und legte beides kommentarlos in eine der Schubladen des Schreibtisches. Er setzte sich auf den Stuhl und tat, als wäre nichts gewesen.

„Hast du eigentlich die Untersuchungen der handschriftlichen Aufzeichnungen aus Trier schon begonnen?"

Markus überlegte einen Moment, wie er sich verhalten sollte, entschied sich dann aber dafür, sich nichts anmerken zu lassen.

„Georg und ich haben am Wochenende angefangen. Die chemischen Reaktionen sprechen für die Authentizität der Handschrift"

„Sehr schön. Gute Arbeit. Du bist ein intelligenter und engagierter junger Mann, Markus. Ich möchte dir ein Angebot machen."

Weithofen kam zu Markus herüber.

„Ein Angebot? Mir?"

„Ich arbeite momentan noch an einem weiteren Projekt. Einem höchst bemerkenswerten Projekt." Der Blick des Spirituals wanderte gedankenversunken durch den Raum. Ein tiefreichender Gedanke schien von seiner Aufmerksamkeit Besitz zu ergreifen.

„Ein bemerkenswertes Projekt…", wiederholte Markus und versuchte so die Aufmerksamkeit des Spirituals zurückzugewinnen.

„Ja, in der Tat. Ich biete dir an, daran mitzuwirken. Natürlich nach deiner Ausbildung zum Priester."

„Vielen Dank für Ihr Vertrauen, Herr Professor. Aber worum geht es dabei denn?"

„Das kann ich dir leider nicht sagen. Noch nicht."

Etwas Geheimnisvolles lag in den Augen des Professors, als er Markus eine Hand auf die Schulter legte und ihn durchdringend ansah. „Aber es könnte alles verändern."

Als Markus nochmals nachfragen wollte, wandte sich Professor Weithofen wieder von ihm ab.

„Lass uns noch mal darüber reden, wenn der hohe Besuch abgereist ist und hier endlich wieder Ruhe einkehrt."

Der Spiritual trat ans Fenster und blickte zufrieden über den Hof. Nach einer ganzen Weile wandte er sich wieder Markus zu und sah ihm mit tiefer Ernsthaftigkeit in die Augen.

„Bis dahin bewahre ich, Adalbertus, das Wissen gut verschlossen in meinem Herzen, wie hinter einer steinernen Wand."

Markus verstand nicht. Gerade wollte er nachfragen, was Weithofen damit ausdrücken wollte, als die Tür aufschwang und das Stimmengewirr der hereinkommenden Alumnen das Gespräch abrupt beendete. Ausgerechnet heute erschienen alle ausnahmsweise einmal pünktlich zum Unterricht.

# I.

Hart und unerbittlich setzte der Eselskarren immer wieder in den Vertiefungen auf, die über die gesamte Breite des holprigen Weges verteilt lagen. Rabanus und sein Mitbruder Hatto kämpften sich Meter um Meter vorwärts. Nun hatte auch noch der Himmel seine Schleusen geöffnet. Aus tiefgrauen Wolken strömte ein nicht enden wollender Guss, der von polterndem Donner begleitet wurde. Der peitschende Regen schnitt den beiden so harsch ins Gesicht, dass sie ihre Mönchskapuzen tief über den Kopf gezogen hatten. Immer wieder gruben sich die großspeichigen Räder in den lehmigen Morast ein und rutschten in eine der tiefen Furchen, die sich zusehends mit Wasser füllten. Dies machte ein schnelles Weiterkommen fast unmöglich. Doch was nutzte alles Klagen? Abt Eigil hatte darauf bestanden, dass Rabanus das kurz vor Vollendung stehende Kunstwerk in der kleinen Nebenabtei Johannesberg begutachten sollte. Rabanus, der als *Magister* des Klosters großes Ansehen genoss, sollte darüber hinaus den Transport des Kunstwerks in die neue Basilika nach Fulda vorbereiten. Er war ein groß gewachsener und kräftiger Mann mittleren Alters. Seine markanten Gesichtszüge und sein stahlblauer Blick verliehen ihm ein charismatisches Aussehen. Doch viel mehr als sein Äußeres war es sein wacher und gelehrter Geist, der ihm über die Jahre den Respekt seiner Mitbrüder verschafft hatte. Aus diesem Grund hatte ihn Abt Eigil mit diesem Auftrag betraut. Da die neue Basilika schon in ein paar Tagen eingeweiht werden sollte, konnte man sich keinerlei Verzögerungen leisten.

Rabanus und Hatto waren auf ihrem klapprigen Karren bis auf die Knochen durchnässt. Wenn doch endlich der Glockenturm der Abtei in Sicht käme! Der gebrechlich anmutende Esel, der dem Karren vorgespannt war, verweigerte ebenfalls zusehends den Gehorsam und Rabanus musste immer wieder die Gerte zur Hand nehmen, um ihn weiter anzutreiben. Gerade als Hatto ein weiteres Mal lauthals einen Fluch ausstieß, zeichnete sich der Turm vor ihnen ab.

Als der Karren kurz darauf am Eingangstor zum Stehen kam, eilte Bruder Burkard, der *Portarius*, herbei, um die Pforten der Abtei zu öffnen. Er war ein älterer, untersetzter Mönch mit schneeweißem Haar und einem Bart, dessen Spitzen bis auf seine Brust reichten. Sein ermatteter Körper versagte ihm bei der harten Tagespflicht immer öfter den Dienst. Darüber hinaus machten ihm seine schmerzenden Glieder mehr und mehr zu schaffen. Dennoch bestach Bruder Burkard durch seinen scharfen Verstand sowie durch seine große Erfahrung im Umgang mit Menschen. Abt Eigil hatte ihm aus diesem Grund den körperlich leichteren Dienst der Pforte zugeteilt. Das war eine verantwortungsvolle Aufgabe, war er doch der Erste, dem sich ein jeder Neuankömmling stellen musste. Schon bevor Rabanus und Hatto an das große Kloster zu Fulda gekommen waren, war er schon ein *Senior* gewesen, ein älterer Bruder des Benediktinerordens.

„Der Friede des Herrn sei mit euch, Brüder", begrüßte Burkard fröhlich die beiden Ankömmlinge.

Rabanus und Hatto warfen ihre Kapuzen zurück in den Nacken. Wolliges Haar, dunkel wie Ebenholz, quoll unter Rabanus' Kapuze hervor und kam zum Vorschein. Der dichte Haarbusch wurde nur durch die Tonsur gestört, die kreisrund auf dem Hinterkopf schimmerte. Seine dazu fast fremdartig anmutenden kristallblauen Augen leuchteten freundlich, als sie Burkard erblickten.

„Der Friede sei auch mit euch, Bruder Burkard", erwiderte Rabanus. „Gewährt ihr uns wohl Einlass, oder müssen wir mit regengeweichter Haut vor den Toren nächtigen?“

Sofort erkannte Burkard den bekannten Bruder des Klosters Fulda und öffnete das eiserne Tor. Mit einem breiten Lächeln deutete er den Ankömmlingen an, einzufahren.

„Nun gut. Aber nur aus dem Grunde, da wir heute den heiligen Sonntag feiern und ich euch von meiner Milde überzeugen möchte.“

„Ihr seid wie immer zu gütig, Bruder“, antwortete Rabanus und gab dem Esel erneut die Gerte. Zögernd stakste dieser über den holprigen Hof und machte schließlich vor dem großen Tor Halt, durch das das Haupthaus zu erreichen war.

Eilig hastete Bruder Burkard dem Karren über den Hof hinterher. Sein Gewand färbte sich am Saum und den Schultern alsbald noch ein wenig dunkler, da der Stoff den Regen aufsaugte.

„Es ist schön, euch wieder einmal bei uns begrüßen zu können.“

„Die Freude ist ganz auf meiner Seite! Ich war schon lange nicht mehr bei euch zu Gast“, erwiderte Rabanus, reichte ihm die Zügel und stieg von der ungemütlichen Holzbank des Karrens herab.

„Seid so gut und kümmert euch um das Maultier, damit es einen Schlafplatz und Futter bekommt.“

Mit einem freundlichen Nicken nahm Burkard das Maultier an den Zügeln. Er führte es zur Scheune am anderen Ende des Hofs und verschwand hinter dem großen Holztor der Stallungen.

In diesem Moment kam den beiden Neuankömmlingen durch das Hauptportal ein weiterer Mönch entgegen. Es war Bruder Candidus. Ein Mann im besten Mannesalter und von gut genährter Statur, der jedoch schon mit einer Glatze versehen war. Nur einige vereinzelte Härchen zierten noch die ansonsten völlig kahle Platte. Beim Anblick des Regensturms zog Candidus es vor, unter dem schützenden Vordach zurückzubleiben und winkte den Ankömmlingen, doch lieber zu ihm herüberzukommen.

„Bruder Rabanus und Bruder Hatto, euch schickt der Himmel!

Seid mir herzlichst gegrüßt", rief er ihnen zu und nahm sie in Empfang.

„Seid gegrüßt, Bruder Candidus. Abt Eigil hat uns gesandt, um nach dem aufgetragenen Werk zu schauen."

„Gewiss doch, ja", bekräftigte Candidus. Es mischte sich jedoch eine nervöse Ungeduld in seine Stimme. „Vielleicht könntet ihr uns aber zuerst bei einem Problem behilflich sein."

Rabanus runzelte fragend die Stirn.

„Problem? Es ist doch nichts Ernstes?"

„Wir sind uns nicht sicher. Unser Bruder Gerolf leidet seit Tagen unter furchtbaren Schmerzen vom Kopf bis hinunter zu den Schultern. Er isst nichts mehr, und ein grässlicher Ausschlag hat ihn befallen. Wie ihr wisst, haben wir hier zwar auf euer Ansinnen hin einen Kräutergarten angelegt, doch gibt es niemanden in unseren Reihen, der sich mit den Leiden und ihrer Behandlung so trefflich auskennt wie ihr."

Im ersten Moment wollte Rabanus Bruder Candidus erklären, dass er kein *Medicus* sei und dass man doch eher nach Bruder Franziskus aus dem Kloster Fulda schicken sollte. Franziskus bekleidete das verantwortungsvolle Amt des *Infirmar*, dem die Sorge für die kranken Mitbrüder oblag und dem die Kräuterapotheke unterstand. Doch das half dem armen Gerolf im Moment auch nicht weiter. Stattdessen entschied Rabanus sich dafür, den Kranken wenigstens einmal anzusehen. Es konnte zumindest nichts schaden. Schließlich hatte er bei den Recherchen zu seinem Werk *De rerum naturis = de universo* auch vieles über Medizin und den menschlichen Körper gelernt.

„Führt uns zu ihm."

Sichtlich erleichtert deutete Candidus den kahlen Gang entlang.

„Folgt mir."

Durch die Regenfälle der vergangenen Tage stand dieser Teil der Abtei halb unter Wasser. Die Mönche rafften ihre Gewänder ein kleines Stück höher, als sie knöcheltief durch die trübe Brühe wateten. An den Wänden wucherte der Schimmel, und ein fauliger Gestank breitete sich aus. Rabanus musste zwangsläufig an seinen Besuch bei den Aussätzigen denken. Zu Beginn seiner Zeit am Fuldaer Kloster hatte ihn der damalige Abt Ratgar beauftragt, sich um eine vom Schwarzen Tod befallene Familie zu kümmern. Rabanus hatte furchtbare Erzählungen über die Aussätzigen gehört. Vom Schwarzen Tod heimgesuchte Mütter hatten demnach ihre Kinder erschlagen, um sie vor dem noch qualvolleren Tod zu bewahren. Einige Männer sollen sich selbst bei lebendigem Leibe beerdigt haben, um nicht schon vor dem Sterben von Würmern, Mäusen und Ratten angefressen zu werden. Angeblich wurde das Auftreten des Aussatzes bisweilen von der Obrigkeit bewusst vertuscht, um die Handelsbeziehungen zu anderen Klöstern und Städten nicht zu gefährden und die Bevölkerung nicht in Panik zu versetzen.

Zum Glück für die Menschen der Region war damals alles frühzeitig entdeckt worden, sodass die Ausbreitung des Aussatzes vermieden werden konnte. Rabanus war sich sicher, dass die Familie etwas unsagbar Schlimmes getan haben musste, wenn der Herr sie mit solch einer furchtbaren Strafe belegte. Es war ein entsetzliches Bild, das sich ihm dort geboten hatte. Die Klosterbrüder hatten zum Aussatz eine zwiespältige Einstellung, da man die Ansteckung auf Sündhaftigkeit zurückführte. Sie war eine Gottesstrafe. Und auch nur Gott alleine konnte Heilung verschaffen. Andererseits musste man das Gebot der Nächstenliebe beachten, die Aussätzigen mit Lebensmitteln versorgen und sie auf ihrem schweren Weg begleiten. Rabanus gab ihnen *Theriak* zu trinken, ein opiumhaltiges Arzneimittel, das aus 70 unterschiedlichen Stoffen zusammengebraut wurde und als Universalheilmittel galt. Doch selbst in Verbindung mit dem vielversprechenden *Priestersalz*, einer Mischung aus gebranntem Salz und zahlreichen aromatischen Arzneien, brachte es keine Linderung. Besonders bei der Tochter der Familie, sie war keine sechs Jahre alt, zeigte der Tod seine schlimmste Fratze. Doch das kleine Geschöpf kämpfte bewundernswert jeden einzelnen Tag. Bis zum letzten.

Seitdem gingen Rabanus zwei Dinge nicht mehr aus dem Kopf. Das Bild des kleinen hilflosen Mädchens, das übersät von Pusteln und Wucherungen wochenlang tapfer um sein Leben kämpfte, bis der Schöpfer es endlich zu sich nahm. Und der Gestank. Dieser unerträgliche Gestank der teilweise aufgeplatzten Beulen, aus denen ein stinkendes Gemisch aus Eiter und Blut suppte. Rabanus betete, dass sich dieses Szenario nicht auch in Gerolfs Zelle wiederholen würde.

# 2.

Im Labor der Theologischen Fakultät brannte noch ein schwaches Licht. Es war bereits weit nach Mitternacht, doch Professor Weithofen hatte längst alles um sich herum vergessen. Er wusste, dass die Zeit drängte. Seit er seine Entdeckungen gemacht hatte, kam es ihm vor, als würde sie immer knapper. Bei jedem Schritt, den er tat, fühlte er sich beobachtet, selbst in den vermeintlich sicheren Mauern seines Labors. Es war nicht gut, dass er alleine das gesamte Wissen in sich trug. Also hatte er beschlossen, für den Notfall vorzusorgen. Seinen Nachfolger hatte der Spiritual sorgfältig ausgewählt. Es sollte sein Student Markus Schuhmann sein. Nur wusste dieser noch nichts von seiner Aufgabe. Das sollte sich nun ändern. Er musste seinem Nachfolger die brisante Information zukommen lassen, ohne das Projekt und Markus selbst zu gefährden, falls die Nachricht in falsche Hände geraten würde.

Die kleine Schreibtischlampe warf ihr spärliches Licht auf den Schreibblock, der vor ihm lag. Mit Bedacht setzte Weithofen den Füllfederhalter an und begann zu schreiben.

*Lieber Freund!*
*Wie ich dir bereits schon andeutete, habe ich einen großen Herzenswunsch. Da sich meine Zeit als Spiritual am Priesterseminar dem Ende entgegenneigt, möchte ich das so ungeheuer wichtige Projekt der Biblioteca*

*Fuldensis in besten Händen wissen. Aus diesem Grund bitte ich dich, die Arbeit nach meinem Ausscheiden weiterzuführen. Wie dein Vater bist auch du ein außergewöhnlich intelligenter und verantwortungsbewusster Mann. Schon bald wirst du erkennen, was sich alles hinter diesem Projekt verbirgt. Folge meinem Weg, dann wirst du früher oder später alles verstehen. Zuerst möchte ich dir einen Einblick gewähren, der dich zum nächsten Schritt führen wird. Dazu benötigst du die Zugangsdaten auf mein Privatarchiv des Seminarrechners. Du findest sie auf dem unteren Teil des Briefs.*
*Ich wünsche dir alles Glück der Welt und dass der Herr seine schützende Hand über dich halten möge.*

*gez. Adalbert Spiritual Weithofen*

*A W 6 0 3 8 5*

Der Spiritual lehnte sich zufrieden in seinen ledernen Schreibtischstuhl zurück und las den Brief noch einmal in Ruhe durch. So abgelenkt und fast versteckt hinter den hohen Aktenordnern auf dem Schreibtisch, bemerkte er zunächst nicht die leise Tonfolge des elektronischen Einlassmechanismus, der in diesem Moment von außen betätigt wurde. Auch dass die kleine rot leuchtende Lampe der automatischen Türverriegelung kurz darauf auf Grün wechselte, entging dem Spiritual. Lautlos glitt die schwere Eichentür zurück, und erst als sich die beiden Gestalten bereits in der Mitte des Raums befanden, nahm er sie wahr. Versteckt hinter seinen Ordnern hatten sie ihn wohl noch nicht ausmachen können. Ohne hektisch zu werden, musste er nun schnell handeln. Geistesgegenwärtig trennte er langsam und vorsichtig den unteren Teil des Briefs ab und zerknäulte ihn. Unbemerkt ließ er den Knäuel in seiner rechten Handinnenfläche verschwinden. Dann richtete er sich wieder auf, und die beiden Männer erkannten ihn.

Während der jüngere, aber deutlich kräftigere der beiden Männer zum Fenster ging und die Jalousien herunterließ, trat der ältere, ohne ein Wort zu sagen, auf ihn zu. Obwohl er lächelte, sprach der Rest seines gedrungenen Körpers eine andere Sprache. Der Spiritual stand auf, setzte seine Lesebrille ab und strich sich sein Hemd glatt.

„Ich hatte gehofft, noch etwas mehr Zeit zu haben, meine Herren."

*

Die allmorgendliche Messe wurde heute vom stellvertretenden Leiter des Priesterseminars, Subregens Romberg, gehalten. Neben den Gebeten und der heiligen Kommunion sollte heute auch über den hohen Besuch gesprochen werden, der kurz bevorstand. Schon in einigen Tagen sollte es soweit sein. Es waren noch unendlich viele Dinge und Abläufe zu klären und zu erledigen. In der gesamten Fakultät gab es eigentlich seit Bekanntwerden des Besuchs keine ruhige Minute mehr. Sicherheitsvorkehrungen, Etikette, Begrüßungszeremonie und die Planung der Messe auf dem Domplatz bestimmten die Vorlesungen sowie alle anderen Gespräche. Niemand konnte sich erinnern, dass es jemals in Fulda eine ähnliche Veranstaltung gegeben hatte. Zumindest keine, die mit vergleichbarem Aufwand geplant und vorbereitet wurde. Allerdings wurde einer Stadt und einem Bistum auch nicht alle Tage eine solche Ehre zuteil. Der neue Papst hatte sich in Fulda angekündigt. Selbst beim letzten Besuch eines vatikanischen Oberhaupts, Johannes Pauls II., im Jahr 1980 war nur ein Bruchteil der Auflagen gefordert worden, die dieses Mal das Protokoll bestimmten. Damals hatte der Pontifex am Grab des Bonifatius niedergekniet und einen der Gründe benannt, weswegen er die Reise auf sich genommen hatte: „Erlaubt mir, dass ich zu allererst demjenigen meine Verehrung erweise, zu dessen Grab wir auf dieser Pilgerfahrt gekommen sind, hierher nach Fulda, zum Heiligtum eurer Nation."

Markus klopfte an Georgs Tür, und dessen Stimme ertönte von innen.

„Komm rein, ich bin gleich fertig."

Während Georg seinem Körper noch eine Katzenwäsche gönnte, setzte sich Markus an den Tisch inmitten des kleinen Zimmers. Die Unterkünfte des Priesterseminars waren alle nach dem gleichen, einfachen Schema ausgestattet. Neben einem Bett befanden sich noch ein Schrank sowie ein Tisch mit zwei Stühlen darin. Einer fensterlosen Nasszelle schloss sich eine spartanische Kochnische an. Nichts Besonderes, aber genügend. Auf dem Tisch lag die Hausarbeit, die Georg eigentlich längst hätte abgeben sollen. Überrascht nahm Markus das oberste Blatt Papier von dem fein säuberlich geordneten Stapel.

„Ich dachte, du solltest die Hausarbeit gestern abgeben?"

„Ach, das habe ich dir noch gar nicht erzählt", hallte es aus dem kleinen Bad. Georg kam heraus, wischte sich mit einem Handtuch über das nasse Gesicht und setzte sich neben Markus.

„Ich kam in Heeses Büro und wollte meine ... entschuldige, unsere Arbeit abgeben."

„Soweit kann ich dir noch folgen. Ich war ja schließlich dabei."

„Soll ich dir die Story erzählen oder nicht?"

„Also bitte", lehnte sich Markus entspannt zurück in den Stuhl und wartete auf die Erklärung.

„Du kennst doch Schwester Benedikta?"

„Die Sekretärin von Regens Heese?"

„Genau die. Sie sagte mir, dass der Regens in einer wichtigen Besprechung wegen des Papstbesuchs sei und ich die Ausarbeitung doch morgen vorbeibringen sollte. Also heute."

„Wo er doch immer so auf die Einhaltung von Terminen und Absprachen pocht . . ." Markus war überrascht. Doch angesichts des bevorstehenden Besuchs aus Rom änderte so mancher Hochschullehrer seine sonstigen Gewohnheiten. Hausarbeiten wurden verschoben und allerlei Unterrichtsstoff wurde spontan geändert.

„Ja, eben. Der Papstbesuch macht hier anscheinend alle verrückt. Aber mir soll es recht sein. Dadurch habe ich noch etwas Zeit gewonnen, alles ordentlich zu sortieren. Es war übrigens noch ein Blatt darunter, das nicht zu meiner Ausarbeitung gehört."

Georg griff sich ein Blatt, das separat neben dem Stapel lag.

„Ist wohl eines von dir."

Markus nahm das Blatt und las es laut vor.

*„... steht es außer Frage, dass das Rätsel um Sunabar tatsächlich im Brief von Al Jabar seine Lösung findet."*

Außerdem waren am oberen Rand des Blatts verschiedenste Zahlen und Ziffern wie an einer Perlenschnur aufgereiht. Nach einem weiteren flüchtigen Blick über den Text schüttelte Markus verneinend den Kopf.

„Nein, keine Ahnung. Nicht von mir. Ist wahrscheinlich beim Zusammenprall mit Spiritual Weithofen passiert."

„Ja, wahrscheinlich. Kannst es ihm ja nach der Messe wieder zurückgeben."

Markus steckte das Blatt in seine Tasche und stand auf.

„Apropos Messe. Lass uns mal lieber losgehen. Romberg hat ein fotografisches Gedächtnis. Er merkt sich genau, wer zu spät kommt oder erst gar nicht da ist."

Hastig schlüpfte Georg in seine Schuhe, und nur wenige Minuten später saßen die beiden nebeneinander in der Seminarkapelle und warteten auf den Beginn der Messe. Die kleine, moderne Seminarkapelle, in der die tägliche Eucharistie gefeiert wurde, erinnerte an das römische Pantheon. Die Besonderheit des oktogonalen Baus aus den sechziger Jahren bestand in der Deckenkonstruktion, bei der das Licht von oben her einfiel und so den Innenraum erhellte. Ansonsten besaß die achteckige Kapelle nämlich keinerlei Fenster.

Pünktlich um sieben Uhr fünfundvierzig begann der Gottesdienst, der letzte in diesem Semester. Heute Abend nach dem Abendessen würden sich die meisten Seminaristen auf den Weg in ihre Heimatstädte oder Heimatländer begeben. Das Priesterseminar beherbergte nicht nur Anwärter aus allen Ecken der Republik, sondern zeitweise auch Studenten aus Afrika, Mazedonien oder Rumänien. Alle, die im Seminar tätig waren, begrüßten diesen internationalen Austausch, der weit über die klassischen Kirchenthemen hinausging. Kultur, Politik und soziale Probleme aus den verschiedenen Ländern wurden besprochen. Nur wenige der Alumnen stammten aus der Region. Eigentlich war es nur einer: Markus. Er hatte zwar noch ein Zimmer bei seiner Mutter am nahen Frauenberg, auf dessen Spitze ein Franziskanerkloster über der Stadt thronte. Dennoch würde er in den Ferien die meiste Zeit über hierbleiben. Während der unterrichtsfreien Zeit hatte die meditative Ruhe des Seminars einen ganz besonderen Reiz. Außerdem würde auch Georg hierbleiben. Er kannte es nicht anders. Georg war schon früh als Waisenkind in ein Kloster gekommen und dort erzogen worden. Somit stand für ihn, solange er sich zurückerinnern konnte, fest, dass er einen geistlichen Beruf ausüben wollte. Vielleicht war dies ein weiterer Grund, warum sich die beiden so gut verstanden. Auch Markus war Halbwaise. Sein Vater, ein hochrangiger amerikanischer Offizier, war bei einem Autounfall ums Leben gekommen, als Markus gerade elf Jahre alt war. Noch heute, neunzehn Jahre später, schmerzte ihn der Verlust. In Gebeten und stillen Momenten fühlte er sich seinem Vater immer sehr nah. Fast greifbar nah.

„Habe ich dir schon erzählt, dass wir nächstes Semester angeblich einen Ausflug nach Monte Casino machen?“, riss Georg Markus aus seinen Gedanken.

„Nein. Aber hat das nicht Zeit bis zum Frühstück?“

„Frühstück“, wiederholte Georg. „Das ist sowieso ein gutes Stichwort.“

Genau in diesem Moment schwang die Türe der Kapelle auf und Schwester Benedikta trat ein. Ein leichenblasser Ausdruck lag auf ihrem knochigen Gesicht. Hinter ihr stand noch eine weitere Frau, die aber vor der Kapelle wartete. Markus konnte nicht erkennen, um wen es sich dabei handelte. Aber es war keine Nonne. Subregens Romberg ging irritiert auf Schwester Benedikta zu, die ihm etwas ins Ohr flüsterte. Die Augen des Subregens schlossen sich für einige Sekunden. Dann bekreuzigte er sich. Unruhe mischte sich unter die Anwesenden in der Kapelle. Es wurde getuschelt. Schließlich begleitete Subregens Romberg die Schwester mit nach draußen. Die zweite Frau redete nervös auf ihn ein. Man konnte nichts verstehen, aber es war zu erkennen, dass die Frau weinte. Kurz darauf trat Romberg wieder in die Kapelle zurück und schritt zum Sprechpult. Er schien um Fassung zu ringen. Ein Räuspern. Als er zum Reden ansetzte, wurde es abrupt still.

„Soeben wurde mir eine sehr traurige Nachricht überbracht: Spiritual Weithofen wurde vor wenigen Minuten in seinem Labor aufgefunden. Er ist leider von uns gegangen."

Markus und Georg schauten sich fassungslos an. Markus konnte seinen Puls hören. Kalter Schweiß trat auf seine Stirn. Obwohl er auf seinem Stuhl saß, hatte er das Gefühl zu fallen. Er schloss seine Augen und atmete ein paar Mal tief durch seine Nase ein und ließ die Luft wieder durch seinen Mund nach außen strömen. Das Schwindelgefühl legte sich langsam. Als Markus seine Augen öffnete und in die Runde aufblickte, konnte er den tiefen und ehrlichen Schmerz seiner Kommilitonen erkennen. Selbst die Dozenten zeigten deutliche Fassungslosigkeit und waren sichtlich betrübt. Alle saßen wie erstarrt auf ihren Stühlen und standen unter Schock. Von Markus nahm ein Gefühl Besitz, das er glaubte längst besiegt zu haben: lähmende Machtlosigkeit. Wieder einmal hatte das Schicksal mit kalter Hand einen geliebten Menschen aus seinem Leben gerissen.

*

Als die Messe kurz darauf beendet war und alle nach draußen drängten, befand sich Markus bereits nicht mehr unter ihnen. Er hatte sich kurz zuvor aus der Kapelle gestohlen und war hinüber zum Labor gelaufen. Georg wollte ihn noch daran hindern, doch Markus wollte mit eigenen Augen sehen, was sein Geist nicht wahrhaben wollte. Auf der anderen Seite des Platzes konnte er drei Personen erkennen. Regens Heese, Schwester Benedikta und die unbekannte Frau. Jetzt erkannte Markus auch die Frau. Es war eine der Reinigungskräfte, die jeden Morgen in der Fakultät für Sauberkeit sorgten. Er glaubte sich zu erinnern, dass sie Spanierin war. Als er der kleinen Gruppe näher kam, löste sich diese jedoch plötzlich auf. Die Putzfrau schlich zurück in das Labor, und Regens Heese trat Markus entgegen.

„Tun Sie das besser nicht, Markus. Ich verstehe Ihren Schmerz, aber behalten Sie ihn als den lebensfrohen Menschen in Ihrem Herzen, den Sie kennen lernen durften. Es genügt, dass Frau Fernandez diesen Anblick erleiden musste."

Auf jeden Fall wollte Markus den Professor mit eigenen Augen sehen. Doch musste er geschickt auf Heeses Einwand reagieren.

„Danke für Ihre Rücksicht. Aber muss ich als Mann der Kirche nicht auch dem Tod entgegentreten können?"

Wo er in diesem Moment diesen schlüssigen Gedanken aufgespürt hatte, wusste er selbst nicht. Das Argument verfehlte aber nicht seine Wirkung. Regens Heese trat einen Schritt zurück und gab ihm den Weg ins Labor frei.

„Gut. Aber nur einen kurzen Moment. Der Leichenwagen wird jeden Augenblick hier sein. Und noch etwas: Erschrecken Sie nicht, Markus."

Markus verstand nicht, was der Regens damit andeuten wollte. Doch nur einen Augenblick später erklärte sich dessen Bemerkung.

Als Markus eintrat, erkannte er lediglich Frau Fernandez, die wie apathatisch vor der Tafel stand und diese mit einem Schwamm wischte. Direkt vor ihr liegend, erkannte Markus den Leichnam. Professor Weithofen lag zusammengekauert am Boden vor seinem Schreibtisch. Die Augen verkrampft und starr zur Decke gerichtet. Wie ein glühendes Eisen brannte sich der Schmerz dieses Anblicks in Markus' Herz. Blankes Entsetzen kroch durch seine Adern und durchflutete seinen gesamten Körper mit jedem hämmernden Pulsschlag. Markus wurde schwindelig, und er setzte sich auf den Stuhl neben dem Schreibtisch. Betäubt von dem Anblick bemerkte er nicht, dass Regens Heese zu ihm in den Raum getreten war.

„Die Probleme der letzten Zeit müssen seine Gesundheit wohl mehr belastet haben, als wir alle vermuten."

„Wie meinen Sie das?", fragte Markus mit stockender Stimme.

„Wir hatten erst gestern eine Besprechung mit dem Spiritual. Dabei hat er um neue Fördergelder gebeten, die unser Budget jedoch nicht zulässt. Zumal er uns auch nicht verraten wollte, wofür genau er das Geld verwenden wollte."

„Sie haben ihm nicht vertraut?"

„Doch, schon. Aber ich mache mir Vorwürfe, dass wir die Ablehnung der Fördergelder zu harsch vorgetragen haben. Vielleicht hat sein Herz dieser Aufregung nicht mehr standgehalten."

„Sie glauben, er hatte einen Herzinfarkt?"

Der Regens warf einen beileidsvollen Blick auf den Toten.

„Wie erklären Sie sich das sonst?"

Markus zog seine Schultern nach oben. Er wusste es nicht. Gar nichts wusste er mehr. Vor zwanzig Minuten war seine Welt noch klar und strukturiert gewesen. Nun saß er neben dem Leichnam seines Spirituals und Mentors.

„Kommen Sie, Markus. Lassen Sie uns an die frische Luft gehen. Und bitte schweigen Sie über das, was Sie hier gesehen haben. Die anderen Alumnen sollen in ihrem Lernalltag nicht behindert werden.

Gerade jetzt, zum Semesterende. Der Tod eines Kollegen ist schlimm. Der Tod des Spirituals eine Tragödie! Kann ich mich auf Sie verlassen?“

Markus nickte verständnisvoll.

„Ja, natürlich.“

Als Markus hinaustrat, stand der Leichenwagen bereits vor der Tür. Ein hagerer Mann schob gerade ratternd einen Metallsarg ins Labor.

Auch die Polizei war mittlerweile routinemäßig eingetroffen. Nach wenigen Minuten stellten sie zusammen mit dem Arzt die Todesursache des Spirituals fest. Markus hörte den einen der beiden Polizeibeamten nur sagen, dass sie sich nochmal umschauen würden, aber alles auf natürlichen Tod infolge Herzversagens hindeutete.

Schwester Benedikta redete immer noch laut auf Frau Fernandez ein, die sich nun weigerte, weiterzuwischen. Ob Schwester Benedikta so laut redete, weil sie sich über Frau Fernandez ärgerte, konnte er nicht erkennen. Vielleicht hatte die Schwester auch, wie so oft, nur ihr Hörgerät nicht eingeschaltet und sprach in einer Lautstärke, die auch sie als angemessen empfand. Im gleichen Moment platzte die gesamte Studentenschar auf den Hof. Die Messe war wohl gerade zu Ende gegangen. Markus fühlte sich elend. Er wollte nur noch weg von diesem Ort. Sein Mentor war tot. Er fühlte sich alleingelassen und machtlos. Wie einst beim plötzlichen Tod seines Vaters.

# II.

Candidus war es sichtlich peinlich, die beiden Mitbrüder aus dem Kloster Fulda durch derart verschmutzte Gänge zu führen.

„Ihr müsst verzeihen, aber wir fanden noch keine Zeit, die nötigen Reparaturen zu verrichten. Zu den Regenfällen ist auch noch der Fluss über die Ufer getreten und hat hier alles überschwemmt. Wir mussten aber zunächst das Dach abdichten, um noch Schlimmeres zu verhindern."

Rabanus ersparte sich eine Antwort, wunderte sich aber nicht, dass Bruder Gerolf erkrankt war. Man konnte nur hoffen, dass er wenigstens in einer sauberen Zelle untergebracht war. In den Regeln Benedikts war den Kranken ein eigenes Kapitel gewidmet, nachdem man ihnen wie Christus dienen sollte. Für sie sollten besonders helle und schöne Zellen zur Verfügung stehen. Obwohl es nicht expliziet niedergeschrieben war, war sich Rabanus sicher, dass es bestimmt auch trockene Zellen sein sollten. Candidus klopfte an die Tür des kranken Bruders. Ein Wimmern, das Candidus als Zustimmung zum Eintritt deutete, erklang aus dem Innern. Gerolf lag auf seinem Nachtlager und wand sich unter Schmerzen hin und her.

„Gerolf, Bruder Rabanus ist uns besuchen gekommen. Er wird sich deiner Schmerzen annehmen."

„Rabanus? Rabanus ist hier?", fragte Gerolf mit schwacher Stimme, ohne dabei aufzublicken.

„Ja. Ich bin es, Gerolf“, trat Rabanus näher und musterte ihn. Ein feuerroter Ausschlag mit einer starken Schwellung lag über seiner gesamten rechten Gesichtshälfte. Sein Auge war unter der Schwellung kaum auszumachen. Rabanus öffnete das Gewand des Bruders und untersuchte seine Haut. Die Zeit von der Ansteckung bis zum Ausbruch der Seuche lag bei fünfzehn Tagen. Meist kündigte sie sich zuerst mit heftigem Schwitzen, leichtem Fieber, einem Gefühl von Mattigkeit, schweren Kopfschmerzen und Schmerzen an den Gelenken, unter den Achselhöhlen und an den Leisten an. Diese Schmerzen nahmen dann immer mehr zu. Außerdem stellte sich starke Übelkeit ein. Letztendlich bildeten sich pflaumengroße, schwach purpurfarbene Geschwülste an den Leisten, in den Achselhöhlen, im Nacken und in den Ellenbogen. Drei Tage später traten zu diesen Beulen noch linsengroße, blauschwarze Flecken auf, die den ganzen Körper übersäten. Das Fieber war in diesem Stadium so hoch, dass die Erkrankten oft ins Delirium verfielen oder wegen der starken Schmerzen gar Selbstmord begingen. Platzten die Beulen auf und gaben sie ihre grüne, stinkende Flüssigkeit ab, ließen das Fieber und die Schmerzen oftmals nach. Der Kranke konnte nun wieder hoffen, weiterhin unter den Lebenden weilen zu dürfen.

Rabanus fühlte die Stirn. Sie war heiß. Fieber. Die Augen glasig. Doch die restlichen Anzeichen, wie er sie bei dem kleinen Mädchen gesehen hatte, konnte er hier nicht wiedererkennen. Er öffnete Gerolfs Mund und musterte ihn mit peniblem Blick. Mit dem Finger fuhr er in die Mundhöhle.

„Ah“, schrie Gerolf von Schmerzen durchflutet auf und krampfte seine Hände in die Decke.

Besorgt sprang Candidus nach vorn, um besser sehen zu können, was genau geschah. „Was hat er, Rabanus? Sagt schon, wisst Ihr was es sein könnte?“

„Besorgt mir den stärksten Wein, den ihr habt“, antwortete Rabanus mit einem Hauch Erleichterung in seiner Stimme. Im Gegensatz zu der befürchteten Seuche war die Entdeckung der Ursache von Gerolfs unerträglichen Schmerzen zumindest für die restlichen Mitbrüder harmlos. „Dazu ein Zwingeisen und einige kalte Umschläge."

„Ein Zwingeisen?"

„Gerolf hat einen vereiterten Backenzahn, der sich entzündet hat. Wenn wir ihn nicht entfernen, breitet sich die Entzündung noch weiter aus. Vielleicht bis hinunter zu seinem Herzen."

„Aber der Ausschlag."

„Der Ausschlag ist eine Reaktion auf den Schimmel in der Abtei. Gerolfs geschwächter Körper kann wegen der Entzündung nicht genügend Kraft aufwenden, um das Fieber zu bekämpfen. Wir müssen versuchen es senken. Dazu benötigen wir die kalten Umschläge."

Candidus verstand nicht ganz, wusste aber, was er zu tun hatte. Sofort machte er sich auf und versuchte die geforderten Utensilien zusammenzutragen. Als er zurück war, griff sich Rabanus zunächst den Krug mit dem Wein. Er flößte ihn Gerolf ein, bis diesem der Wein links und rechts aus den Mundwinkeln quoll. Während Hatto und Candidus die kalten Umschläge vorbereiteten, hatte sich Rabanus noch einige Kräuter aus dem Garten bringen lassen. Nach einiger Zeit und mehreren Wiederholungen zeigte der Alkohol schließlich seine Wirkung. Gerolfs Jammern wurde leiser, bis er fast einschlief. Nun griff sich Rabanus das Zwingeisen.

„Ihr müsst ihm den Kopf halten und darauf achten, dass er den Mund nicht schließen kann."

Die beiden taten, wie ihnen geheißen, und knieten sich hinter und neben Gerolf. Hatto schob Gerolf mit beiden Händen die Kiefer auseinander. Rabanus setzte sich auf Gerolfs Körper, damit er unter den Schmerzen nicht zu wild zu zappeln begann. Mit dem Zwingeisen stocherte er suchend im Gebiss umher, bis er den eitrigen Zahn gefunden hatte. Er öffnete das Zwingeisen und griff sich den Backenzahn. Nun drückte er das Werkzeug zusammen und zog kräftig. Trotz des betäubten Zustands, wollte Gerolf instinktiv den Mund schließen und aufspringen, doch die drei hatten ihn fest im Griff. Rabanus zog noch fester, bis das Knarzen wie eines morschen Steckens zu hören war. Erleichtert, Gerolf nicht noch länger leiden lassen zu müssen, nahm er das Zwingeisen wieder aus dem Rachen. Doch er hatte sich zu früh gefreut. Der Zahn war lediglich abgebrochen, und noch immer steckte ein Großteil des Zahns mitsamt der Wurzel im Kiefer fest.

„Ihr müsst ihn noch einmal festhalten. Es ist lediglich ein Stück abgebrochen."

Wieder nahmen alle ihre Positionen ein und hofften, dass der nächste Versuch erfolgreicher verlaufen würde. Gerolf hatte sich wieder beruhigt und atmete gleichmäßig. Er schien sein Bewusstsein verloren zu haben. Den Mund von Hatto weit aufgerissen, lag er bewegungslos vor Rabanus. Wieder führte er das Eisen ein. Diesmal fand er den Zahn gleich. Ein spitzer Zacken ragte aus dem blutwunden Fleisch. Das Zwingeisen schloss sich fest um das untere Ende des Stumpens. Mit aller Kraft zog Rabanus an ihm. Es ging fast leicht. Selbst Gerolf zuckte kaum. Wieder knackte es. Doch diesmal hatte Rabanus den richtigen Griff getan. Als er das Zwingeisen aus dem Mund nahm, hielt er den Zahn mitsamt der Wurzel in seiner Hand. Sofort füllte sich das neu entstandene Loch im Zahnfleisch mit einer Mischung aus Blut und Eiter.

„Nehmt seinen Kopf zur Seite. Er muss alles ausspucken."

Hatto drehte den Kopf zur Seite und spülte Gerolf mit dem Wein den Mund aus. Ohne Reaktion ließ Gerolf alles auf den Boden und über Candidus' Füße laufen. Doch dieser war nur froh, dass es nun vorbei war und es Gerolf hoffentlich bald wieder besser gehen würde.

„Wird er wieder gesund werden?"

„Wechselt in der Nacht seine Umschläge und gebt ihm die Kräuter, die ich besorgen ließ, in einem heißen Trunk. Das sollte das Fieber senken und seine Wunde im Mund säubern."

Mit einem erleichternden Seufzer faltete Candidus seine Hände.

„Habt Dank, Rabanus. Ihr wart unsere Rettung.“

„Lobt nicht zu früh. Warten wir es ab.“ Rabanus wusch sich die Hände in einer Schale mit Wasser und drehte sich dann wieder zu Candidus. „Allerdings würde ich nun gerne zum eigentlichen Grund unseres Besuchs kommen. Ihr wisst schon.“

„Natürlich. Wir müssen dazu allerdings in die Werkstatt. Folgt mir.“

Gerolf schlief bereits wieder tief und fest, als sie seine Zelle verließen.

# 3.

Den ganzen Tag war Markus nicht ansprechbar gewesen. Zunächst war er ziellos mit dem Auto umhergefahren, bis er sich schließlich am Aueweiher wiederfand: einem kleinen See, der unweit der Innenstadt gelegen war und den er oft aufsuchte, um Ruhe zu finden. Vieles war wieder in ihm hochgekommen. Die Erinnerungen an seinen toten Vater. Der Verlust. Der Schmerz. Nach reiflichen Überlegungen hatte er sich dazu entschlossen, seinem geliebten Spiritual einen letzten Besuch abzustatten. Damals hatte er seinen Vater nicht mehr sehen dürfen, was ihn bis heute beschäftigte. Er hatte sich nicht von ihm verabschieden können. Diesen Fehler wollte er nicht noch einmal begehen. Ohne einen persönlichen Abschied konnte er den Spiritual nicht aus seinem Leben gehen lassen.

Es war bereits dunkel und die Straßenlaternen flackerten auf, als Markus seinen Wagen auf dem Parkplatz vor der Leichenhalle stoppte. Er kannte den Weg. Bei der Beerdigung eines Bistumsangehörigen vor einigen Wochen war er schon einmal in diesen Räumen gewesen. Die meisten höheren Würdenträger des Bistums wurden zunächst hierhergebracht. Damals hatte er sich noch mit einem der Bestatter unterhalten, wie das übliche Procedere einer Leichenherrichtung vonstattengehe. Daher wusste er, dass sich im linken Gang die Kühlkammern befanden. Hier wurden die Leichen bei einer Temperatur von exakt 4 Grad Celsius konserviert, um den Verwesungsprozess einzuschränken. Bereits nach wenigen Stunden zeigten sich ansonsten die typischen Totenflecken am ganzen Körper, und die Leichenstarre trat ein.

Die Tür zum Gebäude war nicht verschlossen. Markus betätigte den Lichtschalter und die Neonröhren der Decke flackerten summend auf. Zwei kahle Gänge endeten jeweils an der Kopfseite in einer weißen Tür. Markus ging den rechten Gang entlang und öffnete sie. Ein ungutes Gefühl breitete sich in ihm aus. Hier würde Professor Weithofen hergerichtet werden. Oder war er schon „behandelt" worden? Da sicherlich viele Trauernde von weit anreisen mussten und die Beerdigung daher erst in einigen Tagen stattfinden würde, musste man den Leichnam für einige Tage konservieren. Ähnlich hatte man auch den Leichnam von Papst Johannes Paul II. behandelt. Bei diesem Procedere wurden zuerst Injektionen in die Halsschlagader gesetzt, und man pumpte einen Cocktail aus chemischer Flüssigkeit in den Körper. Gleichzeitig wurde das Blut abgelassen. Die Methode unterschied sich aber grundlegend von der Praxis der Plastination. Auch Markus war es bei dem Gedanken nicht wohl, dass Professor Weithofen ihm nun in ähnlicher Form begegnen würde. Eigentlich wollte er nur in aller Ruhe und Stille Abschied von ihm nehmen. Es war ein schreckliches Gefühl. Der Spiritual hatte in den letzten Jahren in Markus' Herzen eine Lücke geschlossen, die seit dem Schicksalsschlag um seinen Vater offengeblieben war. Nun spürte Markus erneut eine Erschütterung tief in seinem Innern. Keinesfalls wollte er es versäumen, seinen Mentor noch einmal in aller Stille zu sehen. Und nicht mit starr aufgerissenen Augen, am Boden des Labors liegend. Er wollte an seiner Seite beten.

Der Raum war nicht sonderlich groß. Durch die zur Straße liegenden Fenster fiel spärliches Licht ein, was dem Raum eine beinahe unheimliche Atmosphäre verschaffte. Markus tastete an der Wand nach einem Schalter. Doch er fand keinen. Langsam gewöhnten sich jedoch seine Augen an das dämmrige Licht. Markus entschied, dass es für ein stilles Gebet sicherlich genügen würde und es so vielleicht sogar angenehmer wäre, als unter den summenden Geräuschen der sterilen Leuchtröhren. Ein Auto fuhr die Straße entlang. Für Sekunden wanderte dadurch ein Lichtkegel durch den kargen Raum. Markus erkannte einen aufgebahrten Leichnam in der Mitte des Raums liegend. Er trat näher an ihn heran. Ein Tuch war über den Toten gedeckt. Markus nahm das Tuch vorsichtig zurück. Er hatte richtig vermutet. Der nackte Leichnam des Spirituals lag vor ihm. Behutsam legte er das Tuch in Höhe der Brust nieder. Lange betrachtete er das Gesicht des Toten. Eine unwirkliche Situation, die Markus fast peinlich war. Er hatte nicht damit gerechnet, dass er sich dem Spiritual gegenüber vorkam wie ein Voyeur. Groteskerweise fielen ihm bei der Betrachtung der Gesichtszüge banale Kleinigkeiten auf, die er zu Lebzeiten Weithofens nie wahrgenommen hatte. Zum Beispiel die kleine Narbe unterhalb des linken Auges oder der dreieckige Leberfleck knapp über dem rechten Ohr. Er versuchte dem Toten den letzten lebenden Gesichtsausdruck abzulesen. Warum konnte er sich nicht von dessen Antlitz lösen? Suchte er im Gesicht des Toten etwa nach einer Antwort für den unerwarteten Abschied? Dann überwältigte ihn mit einem Mal das unaufhaltsame Gefühl, weinen zu müssen.

Er sackte auf die Knie und klammerte sich verzweifelt an den Leichnam.

„Warum hast du mich verlassen?“, brach es flehend aus Markus heraus. „Warum hast auch du mich verlassen?“

Mit einem Schlag wurde ihm in diesem Moment bewusst, dass er auch den Verlust seines Vaters nie wirklich verarbeitet hatte.

Es dauerte eine ganze Weile, bis er allmählich wieder die Fassung zurückgewann. Er beruhigte sich und dachte an die Zeit, in der Weithofen die Familie Schuhmann nach dem tragischen Tod des Vaters teilnahmsvoll begleitet und unterstützt hatte. Seit dieser Zeit hatte Markus für sich beschlossen, ebenfalls einen Beruf zu ergreifen, in dem er Menschen helfen und eine Stütze sein konnte. Somit hatte der Spiritual schon sehr früh Einfluss auf sein Leben genommen.

In diesem Moment flackerten plötzlich die Neonröhren im Raum taghell auf. Markus hielt sich intuitiv die Hand vor Augen, um nicht so stark geblendet zu werden. Zunächst überlegte er, ob er sich verstecken solle. Doch er hatte ja nichts Unrechtes getan. Er wollte sich lediglich bei seinem Mentor verabschieden. Die Tür schwang auf und ein erstaunt blickender Mann mit einer Art Werkzeugkoffer in der Hand trat ein. Sofort entdeckte er Markus neben dem Leichnam und wich erschrocken zurück.

„Wer sind Sie?", raunzte der blasse Mann Markus an. Dabei färbte sich seine hohe Stirn schlagartig rot. „Und was zur Hölle tun Sie hier?"

„Es ist alles in Ordnung", stand Markus langsam auf und hob wie als Zeichen seiner Unschuld beruhigend die Arme. Irgendwie kam ihm der Mann bekannt vor. „Mein Name ist Markus Schuhmann. Ich bin ein Schüler von Professor Weithofen. … gewesen", fügte er an.

„Schön für Sie, aber was machen Sie hier?"

„Ich wollte mich nur in aller Ruhe bei ihm verabschieden. Ich hatte eine besondere Bindung zu ihm. Ich kenne ihn schon mein halbes Leben lang."

Der Mann schien mit dieser Antwort noch nicht gänzlich zufrieden und trat näher. Während er Markus musterte, kehrte seine normale Gesichtsfarbe langsam wieder zurück.

„Ich kenne Sie doch. Sie waren heute Morgen doch auch in der Fakultät."

Nun wusste auch Markus das blasse Gesicht des Mannes einzuordnen. Er hatte ihn am Morgen vor dem Labor gesehen. Es war der Bestatter.

„Ja, das ist richtig. Wissen Sie, ich war sein Schüler."

„Sie haben mir einen ordentlichen Schrecken eingejagt", streckte der hagere Mann ihm seine Hand entgegen. „Mein Name ist Philip Pelz. Ich bin der Thanatopraktiker. Ich kümmere mich um die Balsamierung des Leichnams."

„Verstehe", schüttelte Markus die Hand von Pelz. „Tut mir leid, dass ich Sie so geschockt habe. Ich möchte Sie auch nicht länger aufhalten und werde gleich gehen." Markus wischte sich über die noch immer feuchten Augen und machte Anstalten, sofort aufzubrechen.

„Einen Moment noch", unterbrach ihn Pelz. „Sie sind Priester, nicht wahr?"

„Angehender Priester. Ich bin noch Student an der Fakultät."

„Aber Sie haben doch Erfahrung mit dem Tod, oder?"

„Ich verstehe nicht, worauf Sie hinausmöchten."

„Sie könnten mir einen großen Gefallen tun."

„Einen Gefallen?", wunderte sich Markus. „Ich wüsste nicht welchen."

„Mein Assistent ist heute leider verhindert. Da Sie den Toten kannten und zwangsläufig auch ein professionelles Verhältnis zum Tod haben, können Sie mir sicher verraten, ob der Tote ein künstliches Gebiss trug."

„Für einen Moment dachte ich schon, ich solle Ihnen assistieren", war Markus sichtlich beruhigt über Pelz' Erklärung. „Ja, der Professor hatte ein künstliches Gebiss."

Pelz grinste vielsagend. Markus erkannte, dass dies noch nicht alles gewesen war.

„Dann müssen Sie mir in der Tat helfen. Ich muss leider postmortal das Gebiss untersuchen und gegebenenfalls korrigieren. Bei Eintritt des Todes könnte bei einem Sturz etwas zerbrochen oder abgesplittert sein. Sie müssten nur einen kleinen Moment den Kopf halten. Ich weiß, das klingt sehr skuril, aber es ist wirklich nicht weiter schlimm. Und alleine ist dieser Eingriff leider nicht möglich. Ich bin bereits jetzt schon spät dran."

Zunächst schüttelte Markus instinktiv verneinend den Kopf. Doch dann befand er, dass dies eine Art letzter Dienst an seinem Mentor war, mit dem er seine Verbundenheit zu ihm beweisen könnte.

„Gut, ich helfe Ihnen."

„Oh, vielen Dank, Herr Schuhmann. Das ist sehr freundlich", klopfte Pelz Markus dankend auf die Schulter und stellte seine Tasche neben der Bahre auf den Boden. Pelz zog seine Jacke aus und krempelte seine Ärmel bis zu den Ellenbogen zurück. Dann fingerte er in seiner Tasche und nahm eine kleine Edelstahlklammer heraus.

„Dann wollen wir mal."

Pelz überstreckte den Kopf des toten Professors und setzte die Klammer an dessen Lippen an.

„Sie müssen nun nur den Kopf festhalten, damit er nicht wegrutscht, wenn ich versuche den Mund aufzusperren."

Markus nickte und stellte sich hinter den Kopf Weithofens. Obwohl er noch immer nicht überzeugt von seinem Handeln war, nahm er den Hinterkopf vorsichtig in die Hand und hielt ihn überstreckt. Die Haut fühlte sich kalt und trocken an. Markus hoffte, dass Pelz sich beeilen würde. Dieser bohrte nun die Spange in die Mundöffnung und versuchte sie ganz zu öffnen. Mit beachtlichem Krafteinsatz, dem man Pelz gar nicht zutraute, spreizte er den Mund, Stück für Stück, weiter auf. Doch mit einem Mal stockte der Versuch. Pelz schüttelte genervt den Kopf.

„Verdammt. Die Spange ist zu klein. So bekomme ich das Gebiss nicht heraus. Ich habe noch eine größere drüben im anderen Behandlungsraum. Könnten Sie einen Moment so stehen bleiben. Und bitte den Kopf überstreckt lassen", verabschiedete sich Pelz aus dem Raum, bevor Markus ihm überhaupt antworten konnte. Im nächsten Moment fand er sich nun wieder allein im Raum. Sein Atem war flach, und die Situation war ihm äußerst unangenehm. Genau wusste er auch nicht, warum er seinen Blick senkte und in den geöffneten, blassen Rachen des Spirituals blickte. Vielleicht war es Neugier. Vielleicht Schicksal. Zunächst erkannte Markus es auch überhaupt nicht. Erst auf den zweiten Blick fiel ihm diese kleine weiße Zacke auf, die aus dem Rachen ragte. Irritiert beugte sich Markus über den geöffneten Mund des Spirituals. Tatsächlich. Irgendetwas steckte dort fest.

Markus blickte sich um. Pelz war nicht zu sehen. Sollte er das wirklich tun? Markus fielen keine Regeln ein, gegen die er hätte verstoßen können. Dennoch kostete es ihn einige Überwindung, doch dann tat er es. Zögerlich streckte er Zeigefinger und Daumen tief in die Mundhöhle des Spirituals. Zunächst tastete er nur die erschlaffte Zunge und zuckte verlegen zurück. Doch beim zweiten Versuch fühlte er das spitze Ende. Wie mit einer Pinzette entfernte er mit seinen Fingern den Gegenstand vorsichtig aus dem Rachen. Es war ein Stück Papier.

„So, Herr Schuhmann. Hier bin ich wieder."

Markus zuckte erneut vor Schreck zusammen. Mit einem Reflex nahm er das Papier an sich und steckte es in seine Hosentasche.

„Jetzt sind wir uns quitt, Herr Pelz. Erschrecken Sie mich bitte nie wieder, wenn ich in einer Leichenhalle stehe."

„Entschuldigen Sie." Pelz trat wieder zu Markus an den Leichnam. „Ich habe das Werkzeug gefunden. Ich setze nun nur noch die große Spange ein, und schon sind Sie entlassen."

„Sagen Sie, Herr Pelz. War irgendjemand vor mir schon hier?"

„Jemand anderes?", überlegte Pelz für einen Moment, während er sich erneut dem Kiefer widmete. „Nein, nicht dass ich wüsste. Ich habe Herrn Weithofen selbst abgeholt und hierhergebracht. Außer Ihnen habe ich hier heute noch niemanden gesehen."

Pelz' Vorhaben funktionierte wie gewünscht. Nach nur zwei Minuten war alles vorbei. Markus verabschiedete sich eilig von Herrn Pelz und verließ die Leichenhalle. Erst als er in seinem Auto saß, schaltete er das Innenlicht ein und zog das Papier aus seiner Tasche. Obwohl es durch den getrockneten Speichel schon etwas verhärtet und rissig geworden war, konnte man alles noch gut entziffern. Mit Tinte waren ein paar Buchstaben und Ziffern daraufgeschrieben:

*AW60385*

Mehr war nicht zu erkennen. Markus wusste nichts damit anzufangen. Befremdet schüttelte er den Kopf. Was suchte dieser abgerissene Papierfetzen im Rachen von Professor Weithofen? Hatte es jemand dort absichtlich hinterlassen oder bedeutete dies, dass das Papier schon vorher im Rachen gesteckt hatte. Schließlich war laut Herrn Pelz niemand mehr bei dem Toten gewesen. Verwirrt starrte Markus auf den Fetzen in seiner Hand. Wer konnte ihm nun weiterhelfen? All die möglichen Gründe, die das Papier in Weithofens Rachen erklären würden, gefielen Markus ganz und gar nicht. Ein Gedanke machte sich in ihm breit, den er sich aber noch nicht traute auszusprechen. Er musste sich an jemanden wenden, der sich in solchen Dingen auskannte. An jemanden, dem er seinen seltsamen Fund erklären konnte und der ihn nicht gleich für verrückt erklären würde. Bevor er den Zündschlüssel im Schloss drehte, überlegte er sich, wer dazu imstande war, ihm weiterzuhelfen. Als er sich in den Straßenverkehr wiedereingefädelt hatte, wusste er schließlich, wen er um Hilfe bitten würde.

*

Markus parkte den Wagen direkt vor der Garage des Hauses. Sie stand offen und war leer. Doch Markus wusste, dass dies nichts zu bedeuten hatte. Konrad Leinweber fuhr schon lange kein Auto mehr. Er war seit einem Schlaganfall vor einigen Jahren an den Rollstuhl gefesselt. Seine komplette linke Seite, vom Arm bis hinunter zu seinem Fuß, war seitdem taub. Selbst sein Augenlicht hatte unter dem Schlaganfall gelitten. Aus diesem Grund trug er meist eine breite Brille mit dunkel gefärbten Gläsern, die die verkrampften Augen zu kaschieren versuchte. All diese Behinderungen hatten jedoch keinerlei Auswirkung auf seinen ungeheuer scharfen Geist. Nicht umsonst hatte er vor seinem Schlaganfall jahrelang als Direktor der örtlichen

Kriminalpolizei die Geschicke des gesamten Polizeiapparates gesteuert. Vor allem war er aber auch ein guter Freund seines Vaters und der gesamten Familie Schuhmann gewesen. In Zeiten des Kalten Krieges hatten Markus' Vater, Colonel Frank Schuhmann, und Konrad Leinweber gemeinsam an verschiedenen Projekten gearbeitet. Die so genannte „Fulda-Gap" spielte im strategischen Szenario des Kalten Kriegs eine besondere Rolle. Hier, so glaubte man, würde im Ernstfall die Rote Armee als Erstes durchbrechen, um nach Westeuropa vorzudringen. Aus diesem Grund hatte die US-Armee in Fulda ihre 12. Panzeraufklärungsbrigade stationiert. Auf der nahe gelegenen Wasserkuppe, der höchsten Erhebung des Landes, befand sich darüber hinaus eine große Radaranlage, die weit in die damalige DDR und den übrigen Ostblock hineingehorcht hatte, um verdächtige Flugbewegungen rechtzeitig zu erkennen. Frank Schuhmann hatte einmal zu Konrad Leinweber gesagt:

„Koni, einer meiner größten Träume ist es, dass ich eines schönen Morgens aufwache und arbeitslos bin."

Als ihn Leinweber damals nur irritiert ansah, erklärte der Colonel weiter. „Das wird der Tag sein, an dem dieser verdammte Eiserne Vorhang fällt, Deutschland wieder ein vereintes Land ist und die US-Armee hier überflüssig wird."

Und es kam dieser Tag. Doch Frank Schuhmann konnte die Erfüllung seines Traums leider nicht mehr selbst miterleben. Oft betete Markus am Grab seines Vaters. Die Tragik, dass sein Vater die Verwirklichung seines Lebenstraums nicht mehr mit eigenen Augen sehen durfte, belastete ihn sehr. Frank Schuhmann war einst nach Deutschland gekommen, um das Land seiner Vorfahren besser kennen zu lernen. Sein Großvater stammte aus Deutschland. Und als er Markus' Mutter kennen lernte, beschloss er, für immer zu bleiben. Sein Vater hatte nie viele Worte über sich selbst verloren. Weder über seine Zeit in Vietnam, wo Frank Schuhmann als Helicopterpilot seinen Dienst leistete, noch von seiner Aufgabe in Fulda. Nur wenn er

Markus mit zum Fliegen in das nahe gelegene Jossa nahm, wo er Mitglied eines Flugvereins war, ließ er ab und an einige interessante Einblicke zu. Dies war auch ein Grund, warum Markus ihn dabei stets gerne begleitet hatte und schließlich selbst den Flugschein gemacht. In diesen Momenten war er nicht mehr der strenge Colonel Frank Schuhmann, sondern einfach nur noch Vater. Sein Vater.

Leinweber war ein sehr direkter und robuster Mann mit starkem Willen, der manchmal zur Trotzigkeit neigte. Nach zweimaligem Läuten wurde die schwere Eingangstür von Frau Neidel, der Haushälterin, geöffnet. Eine freundliche, ältere Dame mit grauem Haar, das sie immer züchtig zu einem Dutt gebunden trug. Leinweber war nie verheiratet gewesen. Frau Neidel kam jeden Tag für einige Stunden, bereitete das Essen, hielt den Haushalt in Ordnung und fungierte darüber hinaus als eine Art Sekretärin. Über einen Mangel an Arbeit konnte sie sich nicht beschweren. Denn noch immer war Leinweber ein gefragter Experte in vielen kriminalistischen Fragen. Auf unzähligen Vorträgen bewies er regelmäßig seinen außergewöhnlichen Sachverstand. Leinweber schätzte Frau Neidel als loyale Mitarbeiterin. Doch wurde sein Ton ihr gegenüber auch gerne etwas rauer, wenn sie sich zu sehr um seine Gesundheit sorgte. In all den Jahren hatte sie jedoch gelernt, damit umzugehen.

„Markus. Das ist aber eine schöne Überraschung. Komm herein."

„Danke, Frau Neidel. Ist Herr Leinweber zu Hause?"

„Ja. Er sitzt schon seit dem Frühstück in der Bibliothek. Du kennst ja den Weg."

Mit einem freundlichen Nicken ging Markus den langen Flur entlang. Vor der hintersten Tür stoppte er, klopfte höflich an und wartete auf eine Antwort.

„Ja, bitte", erkannte er die Stimme des ehemaligen Polizeidirektors. Er hatte sie irgendwie fester und wuchtiger in Erinnerung. Doch sein letzter Besuch war auch schon einige Monate her. Nur wenige Sekunden später stand Markus in dem mit schier endlosen

Bücherregalen bestückten Raum. Nach seiner Pensionierung hatte sich Leinweber eine stattliche Privatsammlung zusammengestellt und sich seinem Hobby, Europäischer Geschichte, gewidmet. Jeder Schullehrer verblasste neben dem Wissen, welches Konrad Leinweber sich angeeignet hatte. Zwischen zwei Stapeln dicker Bücher konnte Markus ihn fast nicht erkennen. Erst als dieser mit seinem Rollstuhl zurücksetzte und seine starke Lesebrille abnahm, gaben die Bücher den Blick auf den charismatischen Mann frei. Doch der ehemals starke, wohlbeleibte Mann war nur mehr ein Schatten seiner selbst. Eingefallene Wangen und eine blasse Haut bestimmten mittlerweile die Gesichtszüge Leinwebers.

„Markus, mein Junge. Wie schön, dass du uns besuchen kommst. Wie geht es dir? Wie steht es um deine Berufung?“ Die Bemerkung kam nicht ohne einen hörbar sarkastischen Unterton. Konrad Leinweber tupfte sich dabei mit einem Taschentuch seine Mundwinkel. Es folgte ein kurzes Husten, was erneut mit dem Einsatz des Taschentuchs einherging. Leinweber stichelte immer etwas über Markus‘ Entscheidung, Priester zu werden. Er war der Meinung, dass ein junger, gut aussehender Mann, der Markus ohne Zweifel war, das Leben genießen sollte. Und zwar in vollen Zügen. Ohne die vielen Reglementierungen, die katholischen Priestern auferlegt wurden, wie zum Beispiel des Zölibats.

„Ich höre den Ruf immer noch“, versuchte Markus ein gequältes Lächeln auf sein Gesicht zu zaubern. „Ich hoffe, Ihnen geht es auch gut?“

„In meinem Alter geht es einem nicht mehr gut. Sondern es geht einem vor allen Dingen alles viel zu schnell.“

Leinweber griff sich seine dunkle Brille vom Schreibtisch und deutete Markus an, Platz zu nehmen.

„Also, was führt dich zu mir?“

„Ich möchte gleich zum eigentlichen Grund meines Besuchs kommen, Herr Leinweber.“

„Aber ja doch. Ist etwas mit deiner Mutter? Du schaust so besorgt."

„Nein, meiner Mutter geht es gut", erwiderte Markus, während er sich setzte. Er atmete einmal tief durch und begann seine Ausführung. „Es geht um etwas anderes. Heute Morgen wurde Professor Weithofen tot in seinem Labor aufgefunden."

Trotz der dunklen Brille konnte Markus den bohrenden Blick Leinwebers spüren. Gerade so, als ob er es nicht richtig verstanden habe.

„Er ist einer der Leiter des Priesterseminars", fuhr Markus wie zur Erklärung fort.

„Der Spiritual", verbesserte Leinweber Markus.

„Sie kennen ihn?"

„Von früher. Aber weiter."

„Ich habe eine seltsame Entdeckung gemacht."

Markus erzählte Leinweber von seinem Erlebnis im Leichenschauhaus und präsentierte ihm den Papierfetzen. Ohne eine Miene zu verziehen musterte Leinweber diesen und hörte sich, unterbrochen von weiteren Hustenanfällen, alles genau an. Währenddessen steuerte er seinen Rollstuhl zu einem kleinen Tisch, auf dem eine Glaskaraffe neben mehreren Gläsern stand, und füllte zwei davon fingerbreit. Dann fixierte er wieder Markus.

„Und nun nimmst du an, dass es sich bei dem Tod des Spirituals um ein Gewaltverbrechen handeln könnte."

„Es wäre doch zumindest denkbar, oder? Zwar hatte der Spiritual ein schwaches Herz, doch machte er mir einen sehr rüstigen Eindruck."

Leinweber streckte Markus eines der Cognacgläser entgegen, was dieser auch annahm. Nur selten trank Markus Alkohol. Doch der Moment schien ihm geeignet.

„Was unterstützt denn außer diesem Zettel deine These?"

„Naja", sagte Markus und nippte an dem Glas. Der Cognac

schmeckte leicht holzig, tat aber gut nach all den Geschehnissen. „Erstens hat sich Professor Weithofen in den letzten Tagen seltsam verhalten und zweitens machte er mir gegenüber so seltsame Andeutungen zu einem Projekt, das alles verändern könnte. Sie glauben mir doch?"

„Als Kriminalist glaube ich an Fakten, nicht an Vermutungen."

„Sie sagten doch, dass Sie ihn noch von früher kannten. Hat er damals etwas über seine Forschung oder mögliche Gegner seiner Arbeit erwähnt?"

Leinweber nahm einen Schluck aus seinem Glas, legte seine Stirn in Falten und machte ein nachdenkliches Gesicht.

„Nicht dass ich wüsste. Aber ich werde meine alten Kontakte bemühen und mich diesbezüglich einmal umhören. Wer hat ihn eigentlich gefunden? Du etwa?"

„Nein. Gott sei Dank nicht. Eine Angestellte der Fakultät hat ihn gefunden."

„Und du hast auch keine Ahnung, was diese Ziffern und Zahlen hier auf dem Papier bedeuten könnten?" Leinweber blickte ein weiteres Mal auf den Zettel und gab ihn anschließend Markus zurück.

Verneinend schüttelte Markus den Kopf. Es kam ihm selbst etwas suspekt vor. Vielleicht verrannte er sich tatsächlich gerade in diese Sache.

„Nun gut. Wir werden sehen, was herauskommt. Ich werde mich bei dir melden, sobald ich etwas höre", rollte Leinweber zu dem kleinen Tisch und stellte sein geleertes Glas zurück. „Noch handelt es sich bei der ganzen Sache nur um eine lose Vermutung. Allerdings gebe ich zu, dass der Fund des Zettels sonderbar anmutet. Tu mir dennoch einen Gefallen und steigere dich nicht zu sehr in diese Angelegenheit. Wenn man einen geliebten Menschen so plötzlich verloren hat, neigt man manchmal zu irrationalen Fhantasien, um seinen Schmerz besser ertragen zu können."

Markus steckte den Fetzen Papier zurück in seine Hosentasche, stellte auch sein nicht ganz leeres Glas zurück und ging die wenigen Schritte zur Tür hinüber.

„Vielen Dank, Herr Leinweber. Ich weiß Ihre Bemühungen wirklich zu schätzen."

„Schon gut, schon gut. Hebe dir deine Danksagungen für deine Gebete auf", ließ Leinweber erneut eine kleine Spitze los.

„Für Ihren Sarkasmus werde ich Ihnen irgendwann noch mal die Beichte abnehmen müssen."

Leinweber wollte noch etwas darauf antworten, wurde jedoch durch eine neue Hustenattacke davon abgehalten. Wieder tupfte er sich die Mundwinkel mit seinem Taschentuch ab und deutete zur Tür.

„Du findest den Weg nach draußen?"

„Selbstverständlich. Und nochmals vielen Dank."

Als Markus sich kurz darauf wieder in seinen Wagen setzte, fühlte er sich sichtlich ruhiger. Und auch nicht mehr ganz so alleine.

# III.

Candidus ging durch das Haupthaus voran in einen weiteren Trakt. Von dort aus bogen sie in einen schmalen Gang, der in der großen Werkstatt endete. Hier befand sich die Klosterwerkstätte, wo die handwerklichen Geschicke der Mönche geschult und unterrichtet wurden. Die jungen Novizen wurden dazu angehalten, von den Älteren, Erfahrenen zu lernen, bis sie selbst zur Perfektion gelangten. Candidus war ein wahrer Meister seiner Kunst. Nach den Regeln des heiligen Benedikts sollten sich die Mönche neben den *artes liberales*, den freien Künsten, auch mit den *artes mechanicae*, den technischen Künsten, befassen. Sie sollten sich mit allem zum täglichen Leben Notwendigen selbst versorgen. Gleichzeitig diente die körperliche Betätigung dazu, dem Müßiggang als einem Feind der Seele entgegenzuwirken. Neben den täglichen Gebrauchsgegenständen fertigten die Mönche Steindenkmäler, Holzarbeiten, Goldschmiedearbeiten und Elfenbeinschnitzereien.

Durch eine mächtige Tür gingen sie in eine der Werkstätten, in der gerade an verschiedensten Kunstwerken gearbeitet wurde. Allerdings nicht heute, am heiligen Sonntag. Einschneidige Beile, zweischneidige Äxte und allerlei Maßinstrumente lagen verstreut umher.

Candidus blieb vor dem größten Stück stehen, das sich in der Werkstatt befand. Es war mit einem großen Leinentuch bedeckt, so als wartete es darauf, von höherer Stelle begutachtet zu werden. Mit breiter Brust baute Candidus sich vor dem Tuch auf. Rabanus merkte ihm seine Nervosität deutlich an. Von einem Bein tippelte er auf das andere und kaute ungeduldig auf seiner Unterlippe. Seit Monaten hatte er an dem Auftrag gearbeitet und unendlich viele Stunden damit zugebracht, es zu verfeinern und zu verschönern.

„Hier ist das gewünschte Stück."

Mit einem einzigen Rutsch löste er das Tuch. Als wolle es das Kunstwerk noch ein letztes Mal von möglichem Staub befreien, wischte es sanft über die Oberfläche und fiel auf den Boden der Werkstatt.

„Das Ciborium", stellte Hatto ehrfürchtig fest und bekreuzigte sich beim Anblick des imposanten Werks. Und auch Rabanus sah man die Begeisterung an. Seine Gesichtszüge wurden weich und zart und ähnelten fast denen eines Kindes, das zum ersten Mal die Reinheit weißen Schnees erfährt. Mit den Fingerspitzen ertastete er die Struktur des Marmors, aus dem es geschlagen war. Er trat einige Schritte zurück und ließ das Gesamtkunstwerk noch einmal auf sich wirken. Es maß nahezu zwei Manneslängen, sowohl in Höhe als auch in Breite.

„Ganz außergewöhnlich, Candidus. Vier Säulen tragen ein Dach über einem steinernen Bogen."

„Wir sind noch dabei, die Figuren der Heiligen und Engel zu fertigen, die das Ganze noch schmücken sollen."

„Und sieh nur hier, Rabanus", deutete Hatto auf einige Kästchen aus Blei, die wiederum in steinernen, kleinen Särgen eingeschlossen waren.

„Dies ist der Schrein mit seinen vielen kleinen Fächern, in die man die Reliquien legen kann", erklärte Candidus das außergewöhnliche Detail. Er warf Rabanus einen kurzen Blick zu. Dieser verstand und kam auf Candidus zu.

„Ihr habt großen Fleiß bewiesen", legte Rabanus Candidus lobend die Hand auf dessen Schulter, sodass Hatto die beiden nicht hören konnte.

„Ihr habt auch wirklich an alle Fächer gedacht?"

„Ja. Ich werde euch heute Abend noch einmal die Besonderheiten des Ciboriums erläutern."

Zufrieden mit der Antwort drehte sich Rabanus wieder zu Hatto, der etwas enttäuscht über die Geheimniskrämerei der beiden zu Boden blickte.

„Wir sollten nun gut planen, wie wir das Kunstwerk unbeschadet in die Basilika bringen können. Es werden sicherlich ein Dutzend Mitbrüder vonnöten sein, um es zu verladen und vor Ort aufzustellen. Die große Feier zur Weihe unserer Basilika wird dadurch einen ganz besonderen und unvergesslichen Eindruck hinterlassen, Candidus."

„Habt Dank, Rabanus." Candidus senkte den Kopf und hob ihn gleich darauf wieder. Eine Frage brannte auf seiner Zunge. „Verzeiht mir eine Frage. Doch ich müsste bald wissen, wo genau in der Basilika das Ciborium aufgestellt werden soll. Andernfalls müsste ich vor Ort noch einige Änderungen vornehmen."

Eine Frage, mit der Rabanus gerechnet hatte. Candidus waren zwar die Vorgaben des Werkes erläutert worden, nicht aber der genaue Zweck und vor allen Dingen für wen es bestimmt war. Des Öfteren wurde eine Auftragsarbeit an das Kloster Fulda gestellt und die Werke wurden anschließend weit durch die Lande in Kirchen und Klöster gebracht. Rabanus befand, dass es nun an der Zeit war, ihn einzuweihen und aufzuklären, wo das Ciborium stehen sollte.

„Geschätzter Candidus, die heiligen Reliquien unseres geliebten Bonifatius sollen hier ihre Ruhe finden. Bei einer feierlichen Übertragung aus dem bisherigen Grabe in der Mitte der Klosterkirche sollen die Gebeine in eine neue Ruhestätte, der Krypta unter dem Westchor der Basilika, gebracht werden. Dort soll das Ciborium über dem Grab aufgebaut werden und über dem Heiligen wachen."

Candidus' Augen strahlten vor lauter Freude.

„In die Krypta des Bonifatius, aber das ist ja...", stammelte Candidus und vergaß dabei Luft zu holen, sodass sich seine Stimme beinahe überschlug. „Ich danke euch."

„Nein, wir danken euch für dieses einzigartige Werk, das ihr geschaffen habt", lächelte Hatto und wehrte die drohende Lobeshymne ab. Für lange Gespräche der gegenseitigen Beweihräucherung war keine Zeit. Es gab noch viel zu tun. So fuhr Rabanus auch gleich mit einer Bitte fort, die keinen Aufschub duldete.

„Wir würden gerne noch einige Inschriften vornehmen, die allen Gläubigen das Leben des großen Märtyrers näherbringen mögen."

In diesem Moment hätte Candidus wohl allem zugestimmt, was ihm angetragen wurde. Er hatte dem großen Bonifatius ein immerwährendes Denkmal geschaffen, das noch von vielen Generationen bewundert werden würde.

„Es wäre eine Ehre für mich, wenn Ihr mein Werk mit einer Euren berühmten Inschriften verschönern würdet. Ich werde alles Nötige in die Wege leiten."

Candidus schwebte wie auf Wolken durch die Werkstatt. Nur das Patschen seiner Ledersandalen deutete darauf hin, dass er noch zumindest mit den Füßen Kontakt zum Boden behielt. Rabanus und Hatto mussten schmunzeln, als sie dem seligen Candidus hinterherblickten.

# 4.

Unruhig lag Markus auf dem schmalen Bett in seinem Zimmer. Er suchte ein wenig Schlaf, um die Erlebnisse des Tages so weit wie möglich von sich zu schieben. Vielleicht konnte er das Geschehene als einen bösen Traum entlarven und alles würde nach dem Aufwachen wieder so sein wie vorher. Doch dieser Wunsch wurde ihm nicht gewährt. Als er eingeschlafen war, träumte er, dass er auf einer langen, geraden Straße plötzlich von der Fahrbahn abgekommen und ins Schleudern geraten war. Das Auto schlitterte über den Asphalt und war schließlich in einen kleinen See gerutscht. Panisch hatte er versucht sich zu befreien, um aus dem Wrack zu entkommen. Doch sein Gurt wollte sich nicht öffnen. Jedes Mal, wenn er ihn beinahe gelöst hatte, hielt ihn eine unsichtbare Hand zurück und zog den Gurt noch enger. Das eiskalte Wasser stand schon bis zu seinen Hüften und stieg jede Sekunde schneller und höher. Verzweifelt versuchte er sich im Todeskampf zu befreien, doch wieder gab die Hand ihn nicht frei. Der Gurt schnitt ihm am Hals so sehr in das Fleisch, dass er keine Luft mehr bekam.

Markus fuhr aus dem Schlaf. Schweißgebadet fand er sich in seinem kleinen Zimmer wieder. Nicht einmal vierzig Minuten waren vergangen. Er tastete seinen Hals und schluckte. Die Kehle war trocken. Doch wenigstens bekam er wieder genug Luft. Es dauerte nur wenige Sekunden, bis er wieder alles realisierte und ihm erneut die schrecklichen Bilder des toten Spirituals ins Gedächtnis kamen.

Zusammengekauert lag er wach, in der Hoffnung, wieder ruhig einschlafen zu können und dem Erlebten zu entfliehen. Sich unsichtbar machen, vor der Welt verstecken. Wie damals, als sein Vater mit einem Mal nicht mehr da war.

Markus erinnerte sich ungern an diese ersten Wochen nach dem Unfall. Um vor seiner Mutter und Schwester stark zu erscheinen, verschwieg er ihnen seine Albträume, die ihn jede Nacht heimgesucht hatten. Seine Bettdecke hatte er in den Nächten immer weit über den Kopf gezogen. Vielleicht konnte ihm die Realität nichts mehr anhaben, wenn er einfach nicht mehr an ihr teilnahm. Doch spätestens in seinen Träumen holte sie ihn wieder ein. So war es auch heute wieder. Zu viele Fragen hämmerten in seinem Kopf und ließen ihn nicht zur Ruhe kommen. Warum musste der Spiritual sterben? Was für eine Entdeckung hatte er gemacht? Und wer war für seinen Tod verantwortlich? So sehr er sich auch mit diesen Fragen marterte, er fand keine Antworten. Aber er wusste, dass irgendetwas nicht stimmte, und genau das galt es herauszufinden. Das war er dem Spiritual schuldig. Ob er dem Labor einen weiteren Besuch abstatten sollte? Vielleicht hatte er etwas übersehen. Wahrscheinlich hatte Regens Heese schon alles reinigen lassen. Der schien überzeugt davon zu sein, dass das Herz des Spirituals einfach aufgehört hatte zu schlagen. Er schien nicht im Geringsten daran zu zweifeln.

Markus stand auf und ging zum Küchenschrank. Ein Kaffee würde ihm guttun. Aus dem Hängeschrank über der kleinen Kochnische nahm er den Kaffee und die Filter. Geistesabwesend füllte er das Pulver fast mechanisch in die Maschine. Seine Gedanken streiften weit entfernt durch einen Irrgarten aus tausend Fragen. Wo sollte er nur anfangen? Regens Heese würde sicherlich jede These eines Mordes ad absurdum führen. Der Kaffee lief langsam durch den Filter und tropfte in die Glaskaraffe darunter. Markus nahm sich eine Tasse aus dem Regal. Er versuchte noch einmal alles zu rekonstruieren. Er stellte die Tasse ab und ging ins Bad. Die Messe, das Labor, … Markus klappte den Toilettendeckel nach oben und stellte sich davor. ... Regens Heeses seltsames Verhalten, die Putzfrau, ... Markus leerte seine Blase und zog die Spülung. ...die Leiche des Spirituals, Schwester Benedikta, ...

Die Putzfrau, stockte Markus und zog zeitgleich seine Hose wieder nach oben. Die Putzfrau war die Erste, die im Labor gewesen war. Wenn jemand etwas gesehen hatte, dann doch wohl sie. Eine Kleinigkeit, ohne dass sie deren Bedeutung erkennen oder zuordnen konnte. Markus schnappte sich seine Jacke und ging zur Tür, drehte sich dann noch einmal um, schaltete die Kaffeemaschine aus und verließ darauf sein Zimmer.

Im Seminarbüro waren sämtliche Adressen und Telefonnummern der Angestellten gespeichert. Obwohl die Semesterferien bereits begonnen hatten, sollte es kein Problem sein, die Adresse oder zumindest die Telefonnummer der Frau zu erfahren. Die Schwestern blieben auch während der Semesterferien in der Fakultät und trafen ihre Vorbereitungen für den großen Besuch des Papstes. Markus kannte die Schwestern sehr gut und hatte ein freundschaftliches Verhältnis zu den meisten. Die Alumnen halfen den Schwestern sogar jedes Jahr bei ihrem Sommerfest. Markus fand Schwester Benedikta im Büro der Verwaltung. Nach einem kurzen Gespräch hielt er die komplette Anschrift der Putzfrau in den Händen. Ihr Name war Elisabeta Fernandez de Pinho.

*

Keine halbe Stunde später stand er vor der Haustür von Elisabeta Fernandez de Pinho. Sie wohnte am Aschenberg. Eine Wohngegend, die nur wenige Autominuten vom Priesterseminar entfernt lag. Unter der angegebenen Adresse stand ein Hochhaus mit wenigstens zwanzig Stockwerken. Nach kurzem Suchen fand er den gewünschten Nachnamen zwischen vielen anderen fremd klingenden Namen auf dem Klingelschild. Der Türöffner summte, ohne dass sich zuvor jemand über den Sprechfunk gemeldet hatte. Markus drückte gegen die vergilbte Metalltür, die mit einem Ächzen zurückwich. Er ging hinein und nahm mit großen Schritten die ersten Stufen nach oben.

„Fünfter Stock, der Aufzug ist kaputt", hallte eine Männerstimme kurz und knapp mit südländischem Akzent durch das karge Treppenhaus. Markus verlangsamte daraufhin seinen Schritt merklich. Die besten Jahre schien das Haus schon weit hinter sich gelassen zu haben. Der graue Putz bröckelte an den Wänden langsam ab, und an manchen Stellen fehlte er gänzlich. Jedes Stockwerk glich dem vorherigen auf erschreckend langweilige und monotone Weise. Einzig die Schuhabtreter vor den jeweiligen Türen ließen eine Unterscheidung der Wohnungen zu. Im fünften Stock angekommen, stand ein kleiner dunkelhaariger Mann mit grimmigem Blick in der Tür.

„Die Sprechanlage ist defekt. Was wollen Sie?"

„Herr Fernandez de Pinho?"

„Ja, der bin ich. Und wer sind Sie?"

„Ich komme wegen des Vorfalls heute Morgen."

Herr Fernandez drehte sich zur Seite und machte den Anschein, wieder in der Wohnung verschwinden zu wollen.

„Wir haben der Polizei nichts zu erzählen, bitte gehen Sie."

„Warten Sie. Ich bin nicht von der Polizei. Mein Name ist Markus Schuhmann. Professor Weithofen war mein Lehrer."

Der grimmige Gesichtsausdruck wich nicht aus Herrn Fernandez' Gesicht. Doch immerhin deutete ein verständnisvolles Kopfnicken Markus an einzutreten. Markus folgte ihm in den Flur. Die Wohnung war seltsam düster, obwohl es hellichter Tag war.

„Migräne", erklärte Herr Fernandez. „Meine Frau bekommt häufig schwere Migräneanfälle. Heute wieder. Es hat sie alles furchtbar mitgenommen."

„Verstehe. Ich möchte Sie auch nicht lange stören. Ich habe nur ein paar kurze Fragen."

Im Wohnzimmer waren die Rollläden komplett heruntergelassen. Markus' Augen gewöhnten sich nur langsam an die Dunkelheit. Auf einer Anrichte erkannte er eine Art kleinen Altar, auf der eine Figur stand. Die Jungfrau Maria inmitten mehrerer kleiner Kerzen. Der Schatten ihrer Silhouette flackerte übergroß an der Wand, bis zur Decke hinauf.

„Liz. Hier ist ein Señor Schuhmann. Er ist einer der Schüler des Monsignore Weithofen."

In der Ecke des Raumes drehte sich eine Frauengestalt wie in Zeitlupe auf dem Sofa herum. Eine kleine Lampe wurde eingeschaltet, die den Raum in fahles Licht tauchte.

„Ist in Ordnung, Pepe. Kommen Sie ruhig näher, Herr Schuhmann."

Frau Fernandez setzte sich auf. Mit zusammengekniffenen Augen griff sie zu einer Packung Zigaretten, die neben einem übervollen Aschenbecher lag.

„Vielen Dank. Ich weiß das wirklich zu schätzen."

„Also, was wollen Sie von mir?"

„Ist Ihnen etwas Außergewöhnliches aufgefallen? Haben Sie nicht doch etwas gesehen, das Ihnen irgendwie seltsam vorkam oder anders war als sonst?"

Frau Fernandez de Pinho tauschte einen kurzen Blick mit ihrem Mann. Die Zigarette war noch nicht zur Hälfte geraucht. Dennoch drückte sie sie im Aschenbecher aus.

„Wie meinen Sie das?"

„Ich weiß nicht. Aber ich denke, es muss mehr dahinterstecken. Mehr als man bisher vermutet."

„Denken Sie, dass es kein normaler Tod war?"

„Ich kannte Professor Weithofen sehr gut. Er war mehr als nur mein Lehrer. Für viele ist mit ihm ein Freund von uns gegangen. Auf jeden Fall möchte ich Gewissheit über die Umstände seines Todes haben."

„Pepe, porfavor dejanos para un momento solos."

Markus' Spanisch war nicht besonders gut. Er verstand aber aufgrund seiner Lateinkenntnisse, dass Frau Fernandez de Pinho alleine mit Markus sprechen wollte. Ihr Mann stand wortlos auf und verließ das Wohnzimmer. Frau Fernandez zündete sich eine weitere Zigarette an, nahm einen tiefen Zug und blies den Rauch in einer großen Dunstsäule aus dem Mund.

„Ich bin eine gläubige Frau, Herr Schuhmann."

„Gewiss."

„Ich glaube an Gott, die Wiederauferstehung Jesu Christi und die katholische Kirche. Aus diesem Grund erzähle ich Ihnen, was ich noch gesehen habe. Falls mich die Polizei fragen wird, werde ich aber alles bestreiten. Ich möchte keine Probleme, verstehen Sie?"

Sofort beschleunigte sich Markus' Puls.

„Natürlich. Sie haben also tatsächlich noch etwas gesehen?"

„Als ich in das Labor ging, habe ich *es* auf der Tafel gesehen. Da wusste ich, dass etwas Schreckliches passiert sein musste."

Frau Fernandez schloss die Augen. Es fiel ihr offenbar sehr schwer, über das Erlebte zu sprechen.

„Bitte, erzählen Sie. Was genau haben Sie gesehen?"

Mit fest zusammengepressten Lippen versuchte Frau Fernandez de Pinho sich wieder zu beruhigen. Nach einem tiefen Zug an ihrer Zigarette setzte sie erneut an.

„Ich lief hinüber in das Büro zu Schwester Benedikta. Sie verständigte daraufhin Monsignore Heese. Zu dritt gingen wir dann wieder zurück zum Labor. Monsignore Heese bat mich, *es* abzuwaschen."

Markus erinnerte sich dunkel daran. Aber es stimmte. Frau Fernandez de Pinho hatte seltsamerweise nichts Besseres zu tun gehabt, als die alte Tafel zu säubern. Die Tafel wurde so gut wie nie von Professor Weithofen benutzt. Und warum sollte Frau Fernandez ausgerechnet in diesem Moment die Tafel putzen? Er war einfach zu aufgewühlt gewesen und hatte das seltsame Vorgehen daher nicht registriert. Jemand hatte also etwas auf der Tafel hinterlassen.

„Was ist *es*? Was haben Sie dort fortwischen sollen?"

„Kreide, mit dem dieses Zeichen gemalt worden war."

Noch immer verstand er nicht, was das alles zu bedeuten hatte. Doch bevor er etwas sagen konnte, beugte sich Frau Fernandez de Pinho zu ihm, drückte die zweite Zigarette im Aschenbecher aus und sah ihm tief in die Augen.

„Ich möchte Ihnen beichten."

„Beichten? Ich kann Ihnen keine Beichte abnehmen. Ich bin noch kein richtiger Priester."

„Doch, Sie können. Sie sind ein Mann Gottes. Ein Mann der Kirche. Und somit kann ich mir sicher sein, dass Sie meine Aussage unter dem Beichtgeheimnis für sich behalten. Ist es nicht so?"

Markus verstand den cleveren Schachzug. Unter dem Mantel des Beichtgeheimnisses konnte sie sich sicher sein, dass Markus niemandem davon berichten durfte. Vor allem nicht der Polizei.

„Gut."

„Versprechen Sie mir das?"

„Ich verspreche es Ihnen."

Frau Fernandez lehnte sich sichtlich beruhigt zurück. Markus hingegen war nun extrem nervös. Gespannt wartete er auf die Erklärung von Frau Fernandez.

„Was hat es nun mit diesem Zeichen auf sich?"

„La cruz de la morte", kam die Antwort wie aus der Pistole geschossen.

„La cruz de la muerte?" Markus war sich nicht sicher, ob er richtig verstanden hatte und wiederholte es noch einmal auf Deutsch.

„Das Kreuz des Todes?"

„Ja."

„Was meinen Sie damit?"

„Moment."

Frau Fernandez de Pinho nahm einen Kugelschreiber, der neben einer aufgeschlagenen Zeitschrift lag. Ein Kreuzworträtsel war darin angefangen, aber nicht beendet worden.

„Ich weiß nicht genau, wie es auf Deutsch heißt. Ich zeichne es Ihnen besser auf. Haben Sie ein Papier?“

„Ja, Moment.“ Markus griff in seine Innentasche und fand einen zusammengefalteten Zettel. Er hielt ihn Frau Fernandez de Pinho entgegen.

„Danke. Es war natürlich viel größer. Aber ich denke, Sie werden es erkennen.“

Frau Fernandez de Pinho hatte nicht zu viel versprochen. Schon nach wenigen Strichen erkannte Markus mit weit aufgerissenen Augen das Symbol, das langsam unter der Hand der Spanierin entstand. Das Kreuz des Todes war eine äußerst passende Beschreibung. Elisabeta Fernandez de Pinho hatte ein Hakenkreuz auf den Zettel gezeichnet. Ein Hakenkreuz mit einem stehenden Schwert davor.

# IV.

Nur kurze Zeit, nachdem Rabanus und Hatto von der Abtei Johannesberg aufgebrochen waren, stoppte Rabanus den Karren auf einer kleinen Erhebung. Von dort konnte man erkennen, dass sich im Tal eine Menschenmenge versammelt hatte. Eine Prozession schob sich wohlgeordnet in Zweierreihen durch die gaffende Meute. Mehrere Dutzend Männer schleppten sich durch die Gassen. Sie waren bekleidet mit kurzen Lendenschurzen und ärmellosen Sacktüchern, die sie wie ihre Hüte mit roten Kreuzen bestickt hatten. Den Blick gen Boden gerichtet, zogen sie barfuß an den neugierigen Zuschauern vorbei. Einige Schritte vor der eigentlichen Prozession liefen die Anführer und Vorsänger, ausgestattet mit Kerzen und prächtigen Fahnen aus Goldstoff und Samt. Mit Peitschen schlugen sich die Geißler ihre Rücken blutig, sodass diese blaufarbig entstellt anschwollen und schließlich aufplatzten. Das Blut lief unaufhörlich nach unten ab oder bespritzte die Kleider und andere mitgebrachte Stoffe der Zuschauer. Diese mit Blut getränkten Tücher hielten die Anwesenden in die Höhe und verehrten sie wie Reliquien, die angeblich Schutz vor der Pest gewähren sollten. Die eisernen Dornen der Peitschen verharkten sich ein ums andere Mal tief im Fleisch der Männer. Dazu schrien sie, heulten, jammerten laut und riefen Gott um Vergebung an und die Heiligen um Hilfe.

„Flagellanten“, deutete Hatto auf die vorüberziehende Prozession.

„Diese Eiferer finden immer mehr Zulauf aus der Bevölkerung. Sie tingeln durch das ganze Land und verwirren die Menschen mit ihrem Auftreten."

Auch Rabanus verfolgte das Geschehen mit Widerwillen. In letzter Zeit beanspruchten die Laienmeister der Flagellanten sogar das Beichtrecht. Sie erteilten die Absolution oder legten den Bürgern Bußen auf. Damit griffen sie nicht nur die Autorität der Geistlichkeit an, sondern dezimierten auch die Einnahmen der Kirche. Diese fanatische Bewegung fand nämlich zum Verdruss der Kirche nicht nur immer mehr Zulauf bei den Armen, sondern auch reiche Herrschaften schlossen sich ihr an.

„Es wird Zeit, dass die Kirche ein deutliches Zeichen setzt. Diese Meister der Irrlehre sind eine Gefahr. Eine Gefahr für alle."

Die Geißler taumelten weiter, bis hinunter in das Dorf. Wie in Trance trotteten sie hinter ihrem Laienmeister her. Sie waren ihm zum absoluten Gehorsam verpflichtet. Weder durften sie sich waschen noch rasieren, ihre Kleider wechseln oder in Betten schlafen. Ebenso wenig durften sie ohne die Erlaubnis ihres Anführers mit dem anderen Geschlecht sprechen, geschweige denn verkehren.

In der Luft quoll eine Dunstglocke die nach Eichen und Wacholderholz roch. Sie legte sich über das gesamte Treiben und kam aus dem nahe gelegenen Dorf. Um die Luft von den giftigen Pestdünsten zu reinigen, hatte man dort überall Holzhaufen angezündet, die Tag und Nacht loderten.

„Was können wir aber schon gegen sie tun", stellte Hatto fast resignierend fest. „Sie rufen die Menschen dazu auf, jeden Morgen und jeden Abend zu beten und ordnen an, Buß- und Fastentage einzuhalten. Sie tun nichts Unrechtes."

Mit einem resignierten Nicken gab Rabanus dem Esel die Zügel zu spüren. Härter als zuvor. Er lenkte den Eselskarren hinunter in Richtung der Menschentraube. Langsam rollten sie hinter der Prozession auf den großen Platz in der Mitte des Dorfes. Dort hatte sich eine noch größere Schar von Menschen aus dem gesamten Umland versammelt. In der Mitte flackerten die Flammen eines riesigen Holzhaufens in die Höhe. Davor war ein gewaltiger Holztisch aufgestellt.

„Wie es scheint, wird es heute nicht nur eine Prozession geben."

Rabanus ahnte schon Schlimmes und stoppte den Karren. Er beugte sich zu einer Frau hinab, die neben ihnen stand und das Treiben interessiert verfolgte.

„Sagt, Weib, was geschieht hier?"

Eine seltsame Mimik zeichnete Freude, Neugier und zugleich blankes Entsetzen auf ihr pausbäckiges Gesicht.

„Die Tochter des Schmieds", stammelte sie, dass sich dabei ihre Zunge beinahe überschlug. „Sie hat es mit dem Wirt getan."

„Was hat sie getan?", fragte Hatto.

„Getrieben. Sie haben's miteinander getrieben. Sich die Leiber vor Gier wund gescheuert. Gierig voller Wollust. Und heimlich."

Überrascht von dieser eigenartigen Konstellation, drehte sich Rabanus zu Hatto. Er kannte die Tochter des Schmieds.

„Irmhild? Aber sie ist doch gerade mal neun Jahre alt."

„Und der Wirt ist gut und gerne über vierzig", bemerkte Hatto weiter.

„Der Leibhaftige ist aus der Hölle gestiegen und hat sich das Kind genommen. Er ist in ihren kindlichen Körper gefahren." Die Frau ereiferte sich und fügte noch eine weitere Information hinzu. „So hat es der Wirt gesagt, als man die beiden im Stall erwischt hat."

Das Gespräch wurde von einer Schelle unterbrochen, die laut geschlagen wurde und die Anwesenden auf dem Platz zur Ruhe rief. Der Laienmeister trat hinter den Tisch, bekreuzigte sich und breitete die Arme über die Anwesenden aus.

„Hört nur, ihr Leut! In eurer Mitte hat sich Schändliches ereignet. Es wurde auf infamste Weise gotteslästerliche Fleischeslust vollzogen. Der Gehörnte soll in dieses junge Mädchen gefahren sein und von ihr

Besitz ergriffen haben."

Irmhild wurde in einem schlichten Leinengewand vor den Tisch geschoben. Mit tiefen Augenringen, die eher zu einer alten Frau gepasst hätten als zu einem jungen Mädchen, warf sie sich vor den Laienmeister in den Staub des Bodens.

„Herr, nichts von dem ist wahr. Hört mir doch zu. Ich wollte es doch gar nie. Der da", deutete sie auf den Wirt, „der hat mich in den Stall gezogen und mir die Kleider vom Leib gerissen."

Der Laienmeister atmete scharf ein. „Warum habt ihr euch dann nicht gewehrt?"

„Seht ihn euch doch an. Er ist hundertmal so stark wie ich. Ich schrie, aber er ließ nicht von mir ab, bis es endlich vorbei war."

„Du bezichtigst den ehrbaren Wirt also der Lüge", hallte die Antwort laut und für alle hörbar über den Platz zurück. „Wirt, stimmt das, was dieses junge Gör behauptet?"

Der Wirt trat zögerlich einen Schritt nach vorn. „Nein", stammelte er mit zittriger Stimme. Ein merkwürdiger Blick huschte über das Gesicht des stämmigen Mannes, als er fortfuhr. „Ich war im Stall, um nach dem Vieh zu sehen. Da schwebte sie plötzlich von der Decke herab. Es war der Leibhaftige, den ich sah. Ich konnte mich nicht wehren."

Gezeter und Geseier brach unter den Anwesenden los. Die Menschen ereiferten sich laut, als der Wirt seine Version erzählte. Einige bekreuzigten sich immer wieder. Wieder andere warfen verdorbene Essensreste nach Irmhild. Warum sollte der angesehene Wirt lügen? Er hatte doch Frau und Kinder.

„Er lügt. Schon lange stellt er unserer Tochter nach", brach eine schwangere Frau mit einem Mal aus der Menge. Es war Gudula, die Frau des Schmieds. Sofort eilte ihr Mann hinterher und zog sie zurück.

„Entschuldigt, edler Herr. Mein Weib ist wohl durch die keimende Frucht ihres Leibes verwirrt. Sie weiß nicht, was sie spricht."

Mit einem Weinkrampf brach Gudula in seinen Armen zusammen. Er zerrte sie zurück in die Menge und redete auf sie ein. Wer einen ehrwürdigen Bürger beschuldigte, musste mit Problemen rechnen. Man würde die Familie ächten. Keiner würde mehr seine Pferde beschlagen oder seinen Karren bei ihm reparieren lassen. Die Familie müsste hungern, und die restlichen fünf Kinder würden niemals ein normales Leben führen können. Außerdem erwartete Gudula schon bald wieder ein Kind. Wie sollte er es ernähren ohne Einkünfte?

„Seht ihr. Selbst eure Familie schenkt eurer Schilderung keinen Glauben. Und jeder gläubige Bürger ebenso wenig."

Irmhilds große Augen hafteten immer noch fassungslos an ihrem Vater, der Gudula fest in seinen Armen hielt. Als sich ihre Blicke trafen, biss sich der Vater fest auf seine Lippen, schloss die Augen und drehte Irmhild den Rücken zu. Kurz darauf verschwand er mit ihrer Mutter in der geifernden Menge. Irmhild verstand das Verhalten ihres sonst so fürsorglichen Vaters nicht, doch verstand sie, dass etwas Furchtbares geschehen sein musste.

„Irmhild, du sollst den Wölfen der Finsternis entgegentreten, dem höllischen Geschmeiß." Die Augen des Laienmeisters verengten sich vor Abscheu. Dann bekreuzigte er sich und betrachtete Irmhild. „Ich verurteile dich zum Tode auf dem Scheiterhaufen, damit aus Furcht vor den Flammen die menschliche Bosheit im Zaume gehalten und die Unschuld unter den Ehrbaren gesichert werde. Dagegen unter den Böswilligen durch die Furcht vor der Strafe die Gelegenheit, Schaden zu stiften, eingedämmt werde."

Wieder überrollte ein Raunen den gesamten Platz. Rabanus wusste, dass er auf das Urteil keinen Einfluss hatte. Dazu hätte er früher von diesem Vorfall erfahren müssen. Ihm waren die Hände gebunden. Nur der Abt hätte dem Urteil noch sein Wort entgegenstellen können. Doch bis dieser hier vor Ort wäre, würde das Urteil längst vollstreckt worden sein. Rabanus selbst hatte immer wieder von Erscheinungen des Bösen gehört, bei denen der Gehörnte in die Körper der Opfer gefahren sei. Doch der Wirt sprach offensichtlich nicht die Wahrheit und versuchte lediglich seine eigene Haut zu retten. Nervös trat dieser die gesamte Zeit von einem Fuß auf den anderen und traute sich nicht, seiner Frau und den Kindern in die Augen zu schauen, die nur wenige Schritte von ihm entfernt standen. Der Angstschweiß stand auf seiner Stirn. Rabanus überlegte, was er unternehmen könne. Dann fiel ihm etwas ein. Er erhob sich von dem Wagen. Erschrocken blickte ihn Hatto an. Vergeblich versuchte er ihn zurückzuhalten. Die Kirchenmänner hatten die klare Weisung erhalten, sich möglichst nicht mit den Flagellanten einzulassen. Das brachte nur noch mehr Ärger zwischen den beiden Lagern. Sekunden später ertönte Rabanus' tragende Stimme über den Platz.

„Ehrenwerter Herr. Gewiss habt Ihr die Rechte und Regeln fleißig studiert, um über das Strafmaß dieser Besessenen zu richten. Doch kennt Ihr sicherlich auch das Gesetz, das junge Menschen nur eingeschränkt straf- und handlungsfähig sind, wenn sie das vierzehnte Lebensjahr noch nicht vollendet haben."

Der Laienmeister erhob seinen Kopf und suchte den Mann, der es wagte, seine Stimme gegen ihn zu erheben und den Platz in helle Aufruhr zu versetzen. Dann sah er den Aufrührer. Oben auf dem Wagen stehend. Die Augen des Meisters funkelten überrascht, aber entschlossen unter der Kopfbedeckung hervor. Einen Bruder des Klosters Fulda hatte er anscheinend nicht an diesem Ort erwartet.

„Nun, ehrwürdiger Mönch", begann er seine Ausführung behutsam. Offensichtlich suchte er noch nach einer passenden Antwort. „Ich kenne dieses Gesetz und achte es natürlich. Doch haben wir es hier mit einem besonders gotteslästerlichen Fall zu tun. Der Herr der Finsternis macht keinen Unterschied zwischen Alter oder Geschlecht. Dieses Mädchen ist nicht mehr länger das junge Mädchen, das sie einst war. Er steckt in ihrem Leib und versucht sich hinter ihrem unschuldigen Gesicht zu verstecken."

Die Antwort war wohlgewählt. Rabanus schluckte. So leicht würde es der Laienmeister es ihm also nicht machen. Ehrerbietig verbeugte sich Rabanus vor dem Laienmeister und deutete auf die Meute, die sensationsgierig auf das lauerte, was nun kommen sollte.

„Ich weiß eure Gottesfürchtigkeit zu schätzen, und sicherlich habt Ihr Recht. So beweist es auch all denjenigen, die nicht mit solch scharfem Blick und wachem Geist gesegnet sind."

Rabanus wollte den Laienmeister unter Zugzwang setzen. Er wusste nicht, ob es von Erfolg gekrönt sein würde, doch etwas Besseres fiel ihm in diesem Moment nicht ein. Sofort ertönten Stimmen aus der Menge.

„Ja. Beweis es uns. Beweis uns, dass sie nicht mehr sie selbst ist. Zeig uns die Fratze des Gehörnten."

„Einen Beweis wollt ihr?" Diesmal schien der Meister schlucken zu müssen, trat dann aber bestimmend vor den Tisch und ließ den Blick über den menschengefüllten Platz wandern.

„Gut. Um ihre wahre Reife und damit ihre Schuldfähigkeit zu überprüfen, werde ich sie auf eine Probe stellen."

Immerhin ein Teilerfolg, war Rabanus erleichtert. Vielleicht könnte er Irmhild noch vor den Flammen retten. Der Meister trat wieder hinter den Tisch zurück. Er flüsterte einem Helfer etwas ins Ohr. Dieser verschwand darauf in der Menge und kam nach einem kurzen Moment wieder zurück. Er legte einen Apfel und eine Münze auf den Tisch. Sofort wusste Rabanus, was der Meister vorhatte. Er kannte diesen Test. Die Prüfung entsprang einer jüdischen Überlieferung. Dabei saß der dreijährige Moses mit seiner Adoptivmutter am Tische des Pharaos und griff nach dessen Krone. Und setzte sie sich gar selbst auf. Als der Pharao daraufhin seine Ratgeber fragte, was infolge dieser todeswürdigen Majestätsbeleidigung zu geschehen habe, sprach ein Engel in Gestalt eines der Weisen, man solle dem kleinen Moses Edelsteine und glühende Kohlen zur Wahl vorlegen, dann werde man sehen, ob er mit bewusstem Verstand gehandelt hatte oder alles nur eines Kindes unbewussten Handelns war. Der Engel lenkte nun die

Hand des Kindes, und dies griff nach der Kohle und steckte sie sogar in den Mund, sodass es sich nicht nur die Hand, sondern auch die Lippen und die Zunge verbrannte. Der Pharao war beruhigt und konnte so das Handeln des Kindes entschuldigen.

„Führt die Besessene an den Tisch und lasst sie einen Gegenstand frei wählen."

Irmhild trat verstört an den Tisch und schaute ängstlich in die bewegungslosen Augen des Laienmeisters. Dann drehte sie sich zu Rabanus und blickte ihn fragend an. Doch er konnte ihr nun nicht helfen. Dann streckte sie ihre Hand aus und kreiste hin und her gerissen über den Apfel. Rabanus wusste, dass die Kleine einen wachen Verstand besaß. Der Schmied hatte seinen Töchtern eine gewisse Bildung gewährt. Als Rabanus zuletzt die Abtei Johannesberg besucht hatte, um Candidus den Auftrag zu überbringen, war ein Teil seines Rads am Karren gebrochen. Der Schmied besserte den Schaden umgehend aus. Während Rabanus auf die Reparatur wartete, hatte Irmhild den fremden Mönch mit Fragen gelöchert. Wo die Menschen denn überhaupt herkämen. Rabanus hatte ihr von Adam und Eva erzählt und wie sie im Garten Eden von den verbotenen Früchten gekostet hatten.

Wie vom Blitz getroffen durchfuhr es Rabanus. Die verbotenen Früchte! Der Apfel! Die Sünde! Würde sie sich doch um Gottes Willen bitte nicht daran erinnern. Sie sollte einfach ihren kindlichen Gedanken folgen und sich den Apfel nehmen.

Dann griff sie zielsicher zu. Mit einem verlegenen Lächeln hielt sie dem Laienmeister den gewählten Gegenstand entgegen.

# 5.

Zunächst wusste Markus nicht, was er nun genau mit diesem Symbol anfangen sollte. Sicher, ein Hakenkreuz war ihm als Symbol des Dritten Reichs und der damit verbundenen Naziherrschaft bestens bekannt gewesen. Aber in Zusammenhang mit diesem seltsamen Schwert hatte er es noch nie gesehen. Es dauerte jedoch nicht lange, bis er wusste, was zu tun war. Schon auf der Rückfahrt zum Priesterseminar kam ihm jemand in den Sinn, der ihm die Bedeutung des Zeichens vielleicht erklären konnte. Ein Mann, dessen Privatbibliothek zu großen Teilen aus Literatur deutscher Geschichte bestand: Konrad Leinweber. Allerdings war es bereits spät geworden. Markus befand, dass ein Telefonanruf angebrachter war als ein spätabendlicher Besuch. Er würde ihn gleich anrufen, sobald er zu Hause war. Mit dem Auto waren es nur wenige Minuten vom Aschenberg bis zur Fakultät, die sich direkt neben dem Dom befand. Vereinzelte Regentropfen trafen die Windschutzscheibe seines alten Opel Astras, und im Radio kündigte die Nachrichtensprecherin die Erhöhung irgendeiner Steuer an. Markus nahm es nicht wahr. Er war in Gedanken plötzlich wieder bei seinem Vater. Was hätte er in dieser Situation getan? Für alle Probleme schien er immer die richtige Lösung parat gehabt zu haben. Markus vermisste ihn. Obwohl der Autounfall nun schon neunzehn Jahre zurücklag, konnte er sich noch genau an diesen Tag erinnern.

Seine Mutter war im Garten gewesen, als es an der Haustür geläutet hatte. Markus war es, der die Türe öffnete. Zwei uniformierte Angehörige der US-Army standen vor ihm. Ohne dass diese ein Wort zu sagen brauchten, spürte er sofort, warum sie gekommen waren. Ihm zog es den Boden unter den Füßen fort. Er sank auf die Knie, rang nach Luft, den Blick starr auf die Uniformierten gerichtet. Selbst zum Weinen hatte er keine Kraft. Erst später erfuhr er von seiner Mutter, dass der Wagen seines Vaters auf der Bundestraße zwischen Fulda und Bad Hersfeld von der Fahrbahn abgekommen und gegen einen Baum geprallt war. Frank Schuhmann war sofort tot. Seitdem verging kein Tag, an dem Markus nicht an ihn dachte. Besonders wenn wichtige Entscheidungen anstanden, wünschte er sich seinen Vater zurück. Markus kurbelte die Seitenscheibe seines Wagens ein Stück nach unten. Die frische Luft tat gut. Beim Durchfahren des Paulustores schweifte Markus' Blick über den beleuchteten Dom. Er liebte diesen Anblick. Gerade in den ruhigen Abendstunden entfaltete der Dom mit seinem großen Vorplatz seine ganze Schönheit und Pracht. Erst vor ein paar Tagen hatte Professor Weithofen noch in einer Vorlesung einige interessante Details über den Dom und den vorgelagerten Domplatz erzählt. Bei den Erneuerungen des Plattenbelages des Domplatzes sei durch das Drehen der Pflasterung der Verlauf der Fundamente eines aus der karolingischen Zeit stammenden Gebäudes dargestellt worden. Alle Studenten saugten diese Insiderinformationen wissbegierig auf. Adalbert Weithofen war in solchen Dingen der absolute Fachmann und ließ die Studenten immer wieder an diesem Wissen teilhaben. Der Parkplatz des Priesterseminars war verwaist, da sich die anderen Studenten mittlerweile fast alle auf dem Weg in die Heimat befanden.

Eine Totenstille lag über der gesamten Fakultät. Wie treffend, befand Markus zynisch. Er schloss die schwere Eichentür auf und ging durch das unbeleuchtete Treppenhaus nach oben. Vor seiner Zimmertür stehend, kramte er in seiner Hosentasche nach dem passenden

Schlüssel. Ob Konrad Leinweber etwas über dieses Hakenkreuzsymbol wusste? Wenn nicht, fand sich bestimmt eine Erklärung in einem seiner Bücher.

„Guten Abend, Herr Schuhmann", ertönte auf einmal eine Männerstimme. Markus zuckte vor Schreck zusammen. Er hatte den Mann, der nun aus dem Schatten eines Fenstergewölbes vortrat, nicht wahrgenommen. Die Gestalt streckte ihren Arm zur Seite in Richtung eines Lichtschalters. Eine Sekunde später flackerte das Licht des Ganges auf.

„Regens Heese", stellte Markus erstaunt fest. „Ich habe Sie gar nicht kommen hören."

„Ich habe noch einen kleinen Kontrollgang durch das Gebäude gemacht", antwortete Heese mit samtweicher Stimme. Dabei trat er vor Markus und versperrte ihm somit den Weg zu seinem Zimmer. „Und Sie? Sie waren auch noch unterwegs?"

„Ja. Ich war spazieren", antwortete Markus ohne Umschweife, „um auf andere Gedanken zu kommen."

Ob Heese ihm die Lüge abnahm? Oder ahnte er irgendetwas? Der Regens nickte verständnisvoll und faltete die Hände vor seinem Bauch.

„Andere Gedanken. In der Tat, die können wir nach diesem furchtbaren Tag alle gebrauchen, nicht wahr?"

Markus versuchte, den Blicken des Regens auszuweichen. Er fühlte sich zunehmend unwohler in seiner Haut. Und Lügen hatte noch nie zu seinen Stärken gehört. Er entschied, das Gespräch lieber zu beenden, um sich weiteren unangenehmen Fragen zu entziehen.

„Es ist spät geworden, Herr Heese. Der Tag war kräftezehrend und auslaugend."

„Aber ja doch, ich möchte Sie nicht aufhalten, Markus."

Heese trat zur Seite und gab den Weg ins Zimmer frei.

„Ich wünsche Ihnen eine gute Nacht."

„Die wünsche ich Ihnen auch, Regens Heese."

Mit einem steifen Lächeln schlüpfte Markus in sein Zimmer. Kaum dass er den Raum betreten hatte, lehnte er sich mit dem Rücken an die Innenseite der Tür. Warum hatte Heese Frau Fernandez de Pinho angewiesen das Hakenkreuz von der Tafel zu entfernen? Und was sollte dieser abendliche Besuch? Markus nahm es ihm nicht ab, dass er einen letzten Kontrollgang machte. Je mehr er sich mit dieser Frage auseinandersetzte, umso weniger gefielen ihm die möglichen Antworten.

Mit einem befreienden Seufzer kickte Markus seine Schuhe in die Ecke, ohne sich die Mühe zu machen, die Schnürsenkel zu öffnen. Er griff zum Telefon und wählte die Nummer von Konrad Leinweber. Nach kurzem Warten erklang dessen markante Stimme am anderen Ende.

„Leinweber."

„Guten Abend, Herr Leinweber. Markus Schuhmann."

Markus hörte Konrad Leinweber etwas zu jemandem sagen. Dann wurde eine Tür geschlossen. Frau Neidel hatte offenbar das Zimmer verlassen. Markus begann mit seinem Bericht.

„Was würden Sie dazu sagen, wenn ich ein weiteres Indiz für einen gewaltsamen Tod vorweisen könnte?"

„Ein Indiz?", zeigte sich Leinweber verwundert. „Wovon sprichst du, mein Junge?"

„Ich habe einen Zeugen gefunden, der mit eigenen Augen ein seltsames Symbol auf der Tafel des Labors gesehen hat. Würde das nicht bedeuten, dass noch eine weitere Person im Labor war, als der Professor starb?"

„Ein Symbol! Das hat noch keine Bedeutung", bezweifelte Leinweber einen Zusammenhang, und eine Hustenattacke überfiel den alten Mann. „Das kann auch schon lange vorher dort gewesen sein."

„Das glaube ich nicht. Die Tafel wird so gut wie nie benutzt."

„Wer ist dieser Zeuge?"

„Das kann ich Ihnen nicht sagen.“

„Dann müssen wir das wenigstens der Polizei melden.“

„Das können wir leider auch nicht.“

Nun wurde Leinweber langsam ungeduldig. Sein Ton wurde etwas schärfer.

„Was soll das nun schon wieder heißen?“

„Sie müssen das verstehen. Die Informationen sind streng vertraulich und stehen unter dem heiligen Schutz der Beichte.“

„Aber du sagtest doch gerade, dass es sich hier womöglich um Mord handeln könnte, Markus.“

„Ja, könnte es.“

„Markus! Wenn tatsächlich ein Mord stattgefunden hat, ist das die Arbeit von Profis. Ein angehender Priester und ein pensionierter Polizeipräsident, der im Rollstuhl sitzt, sind nicht die Idealbesetzung für ein schwerwiegendes Verbrechen.“

„Noch viel weniger dürfen aber diese Naziverbrecher ungeschoren davonkommen.“

„Welche Naziverbrecher?“ Konrad Leinweber klang mit einem Mal hellwach, und seine Stimme hatte plötzlich eine Härte, die er Markus gegenüber noch nie erhoben hatte.

„Das Symbol. Es könnte eine Art anonymer Bekennerbrief sein.“

„Was für ein Symbol war das genau?“

„Ein Hakenkreuz mit einem aufrecht davor stehenden Schwert.“

Markus konnte Leinwebers schweren Atem durch den Hörer wahrnehmen. Er hustete schwer, und seine Stimme klang mit einem Mal zittrig, wie jemand, der gerade die Todesnachricht eines guten Freundes erhalten hatte.

„Herr Leinweber? Kennen Sie das Symbol?“

„Was, wie bitte?“, versuchte sich Leinweber zusammenzureißen. „Ja doch, ja. Ich kenne dieses Symbol. Das buddhistische Rad der Weisheit.“

„Buddhistisch? Nein, nein, Sie haben mich nicht verstanden. Es ist ein Hakenkreuz."

„Ich habe dich schon richtig verstanden", verbesserte Leinweber. „Ein Hakenkreuz. Viele Symbole des Dritten Reichs haben ihren Ursprung im buddhistischen Glauben. Nur weiß dies kaum jemand. Und so bleibt uns das Hakenkreuz immer nur als blutbeflecktes Symbol in Erinnerung."

„Und das Schwert? Was hat das für eine Bedeutung?"

„Bist du dir ganz sicher, dass es sich um ein Hakenkreuz mit einem davor stehenden Schwert handelt?

„Ja. Der Augenzeuge hat es mir sogar aufgezeichnet. Was ist das Besondere daran?"

„Das ist ein Zeichen, das ich schon sehr lange nicht mehr gesehen habe."

„Sie kennen die Bedeutung des Zeichens also?"

„Himmel, ja. Leider. Es ist das Zeichen des Thule-Ordens."

„Thule-Orden?" Markus überlegte für einen Moment. „Nie davon gehört."

„Das wundert mich nicht. Ist auch schon einige Zeit her. 1918 formierte sich in Bayern ein Kreis von Männern, der versuchte, die wissenschaftliche Magie, Astrologie, Templerwissen und Okkultismus mit Politik zu verbinden. Die Thule Gesellschaft, so ihr offizieller Name, glaubte an einen kommenden Messias. Der so genannte dritte Sargon, der Deutschland zu Ruhm und einer neuen arischen Kultur verhelfen sollte."

„Von solch einer Gruppe habe ich noch nie gehört. Ihr Vorhaben ist wohl fehlgeschlagen?"

„Leider nein, Markus. Ich wünschte, es wäre so. Die gesamte Ideologie des Dritten Reiches soll angeblich auf den Grundsätzen und Überzeugungen dieses Geheimordens beruhen."

„Aber darüber müsste doch auch die Führungselite der Nazis informiert gewesen sein."

„Informiert ist gut. Ich kann dir ja mal ein paar der Namen von

Personen nennen, von denen man ausgeht, dass sie Gründungsmitglieder des Thule-Ordens waren." Leinweber machte eine kurze Pause, in der er erneut stark husten musste, dann setzte er seine Erläuterung fort. „Hermann Göring, späterer Reichsmarschall und SS-Obergruppenführer, Heinrich Himmler, Reichsführer SS, Rudolf Hess, Stellvertreter des Führers sowie SS-Obergruppenführer, und schließlich ein gewisser Herr Schicklgruber."

Die Namen und Ämter trafen Markus wie Pistolenkugeln. Leinweber hatte soeben die komplette Führungsriege des Dritten Reichs aufgezählt. Männer, die für den Tod von Millionen Menschen verantwortlich waren. Nur der letzte Name sagte Markus nichts. Er wollte gerade nachfragen, als Leinweber fortfuhr.

„Schickelgruber, ja. Dieser Mann nahm erst später den Namen seines Vaters an. Ein geborener Hitler."

„Adolf Hitler war Thule-Mitglied?"

„Davon kann man ausgehen."

Markus war geschockt.

„Ich versteh das alles nicht. Weithofen wird tot in seinem Labor gefunden. Dazu steckt ein Papier in seinem Rachen, von dem man nicht weiß, wie es dorthin geraten ist. Auf der Tür hinterlässt man das Symbol eines geheimen Naziordens, und Regens Heese lässt das Symbol sofort wieder entfernen. Was um alles in der Welt geht hier vor?"

„Das kann ich dir leider auch nicht beantworten. Ich habe keine Ahnung. Wichtig ist jetzt allerdings, erst einmal Ruhe zu bewahren. Ich schlage vor, dass wir zunächst einmal eine Nacht darüber schlafen. Dann sehen wir morgen weiter."

Sie beendeten das Gespräch ohne langes Reden. Noch einmal versuchte Markus seine Gedanken zu ordnen und das Erlebte zu verarbeiten. Was konnte der Spiritual nur herausgefunden haben, dass er es plötzlich mit einem alten Nazigeheimbund zu tun bekam. Doch so sehr er sich auch bemühte, er fand keine Antwort. Entkräftet fiel er auf sein Bett. Sein Körper fühlte sich bleiern und matt an. Wenige Sekunden später schlief er tief und fest.

*

Konrad Leinweber blickte noch lange auf den Hörer, den er gerade aufgelegt hatte. Er hatte gelogen. Er ahnte sehr wohl, was an diesem Tag geschehen war. Langsam rollte er mit seinem Rollstuhl hinüber zu dem Ölgemälde neben dem Schreibtisch. Das Bild war mit einem Scharnier verbunden, das man ohne Probleme aufklappen konnte. Hinter dem Ölgemälde kam ein kleiner Safe zum Vorschein, der in die Wand eingelassen war. Kalter Schweiß stand ihm auf der Stirn, als er die beiden obersten Knöpfe seines Hemds öffnete und die Kette, die er um den Hals trug, abnahm. Ein kleiner goldener Schlüssel hing daran. Mit einem kurzen Klicken öffnete sich nur einen Moment später die Tür des Safes. Zielsicher griff Konrad Leinweber nach einer Holzschatulle, die kaum größer war als eine großzügige Zigarrenschachtel.

„Endlich. Wie lange habe ich darauf gewartet", stellte er mit zittriger Stimme die Schatulle auf seinem Schoß ab. Auf dem Deckel war in goldener Farbe mit viel Aufwand und Geschick etwas eingraviert:

Ein Hakenkreuz. Mit einem aufrecht davor stehenden Schwert.

# V.

Der Laienmeister lächelte Irmhild zufrieden an und nahm den Gegenstand entgegen.

„Die Münze! Seht!“, streckte er das Geldstück selbstverliebt in die Höhe. „Sie hat sich für die Münze entschieden. Damit hat sie ihre geistige Reife bewiesen. Ein Kind würde den Wert einer Münze noch nicht begreifen und sich für den Apfel entscheiden. Gott hat entschieden. Sie wird hingerichtet.“

Ein Raunen und Stimmengewirr kroch aus der Menge bis zu Rabanus herauf. Hatto zog ihn wieder zurück auf den Karren. Doch dieser wollte es nicht wahrhaben. Noch einmal wollte er seine Stimme erheben. Es musste noch einen anderen Ausweg geben. Doch seine Stimme konnte das laute Gejohle und gierige Geschrei der Menge nicht mehr durchdringen. *Er* hatte Irmhild von der verbotenen Frucht erzählt. Nun musste *sie* dafür sterben. Mit offenem Mund stand die kleine Irmhild wie angewurzelt da und sah Rabanus aus ihren großen dunklen Augen an. Dann wurde sie von dem Laienmeister fortgezogen. Dieser warf Rabanus noch einen abwertenden Blick zu, bevor er ihm den Rücken kehrte und sich von ihm abwand. Mit beiden Händen drückte Hatto seinen Freund wieder zurück auf die hölzerne Pritsche des alten Eselskarren.

„Du kannst nichts mehr für sie tun. Wir dürfen nicht noch weiter eingreifen. Du weißt, dass du schon mehr getan hast, als du eigentlich solltest.“

Hatto nahm die Zügel in die Hand und wendete den Karren. Rabanus sackte in sich zusammen und spürte einen starken Schmerz in seinem Herzen. Zum zweiten Mal konnte er ein junges Mädchen nicht vor einem qualvollen Tod bewahren. Hatte er schon den Tod des kleinen Mädchens, das von der Seuche heimgesucht wurde, nur schwer verstanden, empfand er nun sogar eine tiefe Schuld. Der Wirt stand indes stumm und geistig abwesend neben der grölenden Menge, während Irmhild ihrem Schicksal übergeben wurde.

Mit einem Mal packte es Rabanus, und mit einem einzigen Satz sprang er von dem Karren herunter zurück in die Menge. Nach Leibeskräften versuchte er sich zu Irmhild durchzuschlagen, doch die Meute stand so dicht gedrängt, dass ein Durchkommen unmöglich war. Plötzlich nahm Rabanus aus dem rechten Augenwinkel den Schatten einer Bewegung wahr. Fast zeitgleich spürte er einen dumpfen Schmerz im Nacken. Das Letzte, was er noch wahrnahm, war das Gesicht des Laienmeisters, das verächtlich auf ihn herabgrinste.

Indes loderte bereits das Feuer in meterhohen Flammen. Daher konnte man die Schuldige nicht mehr wie sonst an einen Pfahl auf der Krone des Haufens binden. Ohne zu verstehen, was der Trubel um sie herum bedeutete, nahm Irmhild alles hin. Mit Stricken wurde sie von einem halben Dutzend Männern auf eine am Boden liegende Leiter gebunden. Öl wurde über ihre Kleidung gegossen. Alles ging rasend schnell. Einige Männer richteten die Leiter auf, an dem die Schuldige wie gekreuzigt befestigt hing. Durch das schnelle Aufrichten sackte ihr Körper mit einem Ruck gut eine halbe Körperlänge nach unten und ihre Arme rissen unbarmherzig in die entgegengesetzte Richtung. Mit einem lauten Knacken brachen Irmhilds Schultern. Verdreht und unwirklich streckten sich ihre Arme nach oben und hielten den restlichen Körper des Kindes wie an einem dünnen Fädlein hängend über dem Boden. Einige Zuschauer senkten bei diesem Anblick angewidert die Köpfe. Andere jaulten wie ein Rudel wilder Hunde. Trotz der offensichtlichen Schmerzen, konnte man keinen Laut ausmachen, der

Irmhilds Hals verließ. Mit einem kräftigen Stoß ließen die Schergen des Laienmeisters die aufgerichtete Leiter nun ins voll auflodernde Feuer kippen. Die Menge grölte und schrie, als die Flammen neue Nahrung erhielten und eine meterhohe Stichflamme in den Himmel schoss. Damit von den Hingerichteten auch wirklich nichts übrig blieb, warfen einige Flagellanten zusätzlich noch Schwefel und Kohle auf den Scheiterhaufen. Nach altem Glauben war alles, was das Feuer berührte, gereinigt, und damit auch jede Beschmutzung beseitigt. Von dem kleinen Teufelsmädchen sollte nach ein paar Stunden nichts mehr übrig bleiben. Nichts außer einem pechschwarzen Klumpen, der sich verzerrt aus dem Aschehaufen emporstreckte.

# 6.

Nach einer weiteren unruhigen Nacht war Markus früh aufgestanden. Seltsamerweise hatte er erneut von dem Autounfall geträumt. Genau wie die Male zuvor war er hilflos in seinem Auto eingesperrt gewesen und konnte sich nicht befreien. Diesmal war ihm das Wasser sogar bis zum Mund gestiegen, und die Frage bestand nunmehr darin, ob er ersticken oder ertrinken würde. Mit nasser Stirn war er aufgeschreckt und danach nicht mehr zur Ruhe gekommen. Auf der Suche nach Schlaf wälzte er sich von der einen auf die andere Seite. Ohne Erfolg. Obwohl sein Körper sich noch immer matt anfühlte, wollte ihm sein Kopf anscheinend keine weitere Pause gönnen.

Zornig über sich selbst stand er auf und versuchte, sich mit einer Tasse Kaffee vor dem Fernseher abzulenken. Keine fünf Minuten später schaltete er das Fernsehgerät ab, nahm sich ein Buch über hebräische Philosophie aus dem Regal und legte sich auf das zerwühlte Bett. Weitere fünf Minuten später stand das Buch wieder an seinem angestammten Platz und Markus vor der Tür seines Zimmers, bereit für einen Morgenspaziergang.

Durch die mannshohen Fenster des Kreuzganges konnte man den baumbewachsenen Innenhof fast komplett einsehen. Die frühmorgendlich einfallenden Sonnenstrahlen wirkten irreal. Wie ein märchenhafter Schleier legten sie sich quer über den gesamten mächtigen Flur des Hauses und tauchten alles, was sie berührten, in zartes, helles

Licht. Nach den heftigen Regengüssen der vergangenen Tage war dies seit langem der erste Morgen, an dem die Sonne den Kampf gegen das übermächtig scheinende Wolkenband zu gewinnen schien. Die Bäume streckten ihre blätterbedeckten Äste gierig nach den ersten warmen Strahlen des Tages. Geradeso als hätten sie Angst, dass sich die Sonne jeden Moment wieder hinter den bauchigen Wolken verstecken könnte. Dazu verlieh der sich auflösende Bodennebel dem Ganzen einen geradezu unwirklichen Anstrich.

Das Klingeln des Funktelefons riss Markus nach wenigen Minuten des Spaziergangs aus seinen Gedanken.

„Markus Schuhmann", meldete er sich.

„Markus? Ich bin es, Konrad Leinweber. Wir müssen sprechen. Es ist dringend."

Die Stimme des alten Mannes klang ungewöhnlich besorgt und aufgeregt.

„Was ist passiert?"

„Das kann ich dir nicht am Telefon sagen."

„Gut, ich bin in zwanzig Minuten bei Ihnen."

Nach nicht einmal fünfzehn Minuten Fußmarsch stand Markus vor Konrad Leinwebers Haus. Frau Neidel öffnete ihm und führte ihn in die Bibliothek.

„Guten Tag, Herr Leinweber."

„Ein guter Tag wird es heute sicherlich nicht mehr."

„Wie meinen Sie das?"

„Ich muss dich warnen, Markus. Du hast da wohl in ein Wespennest gestochen. Es hat tatsächlich Ermittlungen gegeben, die mit dem Tod des Spirituals zusammenhängen. Nur wurden sie in erster Linie nicht von der Kriminalpolizei Fulda durchgeführt."

„Was wollen Sie damit sagen?"

„Ein alter Weggefährte ist zuständig für die Leichenherrichtung. Bei ihm wurden gestern mehrere Herren vorstellig."

Markus stockte der Atem. Es musste sich um Herrn Pelz handeln.

Ungeduldig zog Markus mit seinem Fuß einen Stuhl näher heran, um sich zu setzen. Ging es um den Zettel, den er in Weithofens Rachen gefunden hatte?

„Erzählen Sie weiter."

„Das Team bestand aus zwei Ärzten und einer weiteren Person. Sie hatten eine Sondergenehmigung aus Berlin, um Weithofen zu obduzieren."

„Und was haben sie herausgefunden?"

„Aus dem Bericht geht hervor, dass Weithofen durch akuten Sauerstoffmangel einen Herzanfall erlitt."

„Er ist also erstickt?"

„So ist es.

Die neuen Erkenntnisse werfen aber nicht nur Fragen nach den Ursachen auf, als vielmehr auch die Frage, welche Personen an dem Tod des Spirituals interessiert sind."

„Sie meinen die Ärzte?"

„Vor allen Dingen die dritte Person, die anwesend war, ist von besonderem Interesse. Diese Person stammte nämlich von der mächtigsten, geheim operierenden Regierungsbehörde der Welt. Der CIA."

*

Wieder im Priesterseminar angekommen, suchte Markus umgehend das Büro von Regens Heese auf. Aufgrund der neuen Erkenntnisse war er bestärkt, seine Nachforschungen zu intensivieren. Er hatte sich einen Plan zurechtgelegt. Wie er vermutet hatte, war Heese noch ein bis zwei Tage länger im Büro, um diverse Büroarbeiten zu erledigen. Markus ging durch das Vorzimmer und klopfte an die Tür des Leiters. Noch bevor der Regens antworten konnte, trat Markus ein.

„Entschuldigen Sie die Störung am frühen Morgen, aber ich muss etwas mit Ihnen besprechen, das keinen Aufschub duldet."

„Selbstverständlich, Markus. Nimm doch Platz." Regens Heese war um seinen wuchtigen Eichenschreibtisch geeilt und hatte Markus den Stuhl zurechtgerückt. Markus nahm Platz. Er wirkte entschlossen.

„Wie kann ich helfen?"

„Erlauben Sie mir, direkt zum Punkt zu kommen. Es geht um unser Forschungsprojekt."

Regens Heese lehnte sich in seinem Ledersessel zurück.

„Das Forschungsprojekt. Es wird natürlich nach den Ferien weitergeführt werden. Ich weiß zwar noch nicht, wer dieses Projekt leiten wird, aber Sie können beruhigt sein. Es wird weiterbestehen."

„In der Tat beruhigt mich das. Obwohl ich schon davon ausgegangen war. Schließlich wurden für dieses Projekt nicht unerhebliche Gelder aus der privaten Wirtschaft genutzt, die in Zukunft verebben dürften, wenn wir es nicht fortführen würden."

Regens Heese wusste anscheinend nicht, wie er die Antwort einordnen sollte. Er spitzte seinen Mund und wartete auf eine nähere Erklärung. Doch die blieb zunächst aus.

„Was ist dann der Grund Ihres Besuchs?"

„Professor Weithofen hatte mich in einem persönlichen Gespräch darum gebeten, das Projekt nach meinem Abschluss weiter zu unterstützen. Er hat mir sozusagen ein Jobangebot gemacht."

Das war nicht gelogen. Und Markus wusste, dass Regens Heese sich nur schwer gegen den Wunsch eines toten Kollegen stellen konnte.

„Ach wirklich? Das ... das wusste ich ja noch gar nicht."

„Er hatte mir das Angebot auch erst kürzlich gemacht."

„Und Sie wollen nun wissen, ob dieses Angebot nun trotz des Ablebens von Professor Weithofen Bestand hat?"

„Nicht direkt. Ich würde mir gerne einen genaueren Überblick verschaffen und die Ferien dazu nutzen, mich in die Materie einzuarbeiten. Nach den Ferien kann ich dann bestimmt genauer beurteilen, ob dieser Bereich überhaupt etwas für mich ist."

Mit scharf geschliffenem Blick versuchte Heese hinter Markus' Fassade zu blicken, doch dieser hielt seinem Blick stand.

„Es ist natürlich auch eine arbeitsrechtliche Frage, Markus. Ich kann nicht irgendjemanden während der Ferien einfach so in der Fakultät an einem Projekt arbeiten lassen."

Es lag eine angespannte Stimmung in der Luft. Wie zwei Schachspieler zogen beide ihre Figuren in Position, ohne den Plan des Gegenübers zu kennen. Markus war klar, dass er nur etwas herausbekommen konnte, wenn er sich weiter in der Fakultät, und vor allen Dingen im Labor des Professors aufhalten könnte. Er hatte sich schon gedacht, dass Heese nicht ohne Weiteres seiner Forderung nachkommen würde. Für diesen Fall hatte er einen besonderen Schachzug in petto.

„Selbstverständlich. Ich dachte nur, es wäre eventuell auch in Ihrem Interesse, dass jemand während der Ferienzeit hier ein wenig nach dem Rechten schaut. Stellen Sie sich zum Beispiel nur vor, irgendwelche Narren würden Schmierereien auf Hauswände, Türen oder gar in den Lehrräumen hinterlassen."

Die Andeutung saß. Markus glaubte zu erkennen, wie Regens Heeses Pulsschlag sich bei diesen Worten erhöhte. Heeses Augen wurden starr, und für einen kurzen Augenblick legte sich ein Hauch von Verzweiflung über das blasse Gesicht. Markus lies in dieser Äußerung erkennen, dass er von dem Hakenkreuz auf der Tafel wusste. Markus hatte ihn in die Ecke gedrängt. Ohne jegliche Fluchtmöglichkeit.

„In der Tat, das ist ein interessanter Ansatzpunkt, den ich so nicht bedacht hatte."

Auch Markus versuchte Ruhe zu bewahren. Er konnte sein Herz pochen hören und war sich immer noch nicht sicher, ob Heese sich auf das Spiel einlassen oder ihn hochkant vor die Tür setzen würde. Es war aber zu spät, um einen Rückzieher zu machen. Heese war angeschlagen, und Markus wusste, dass er nun nachsetzen musste.

„Sehen Sie, ich wusste, Sie würden es verstehen. Da mein Kommilitone Georg ebenfalls über die Ferien in der Fakultät bleibt und vier Augen bekanntlich mehr sehen als zwei, wäre es schön, wenn auch er Ihr Einverständnis zur Mitarbeit hätte."

Markus wartete nur darauf, dass Regens Heese aufstand, um ihm die Leviten zu lesen. Aber er tat es nicht.

„Nun gut", setzte er sich stattdessen in seinem Stuhl zurecht. „Ich werde Subregens Romberg unterrichten, dass Sie und Georg das Projekt während der Ferienzeit kommissarisch weiterbetreuen. Allerdings kann ich Ihnen dafür keine Vergütung zukommen lassen", beschied Heese, dessen Stimme sich wieder gefestigt hatte.

„Natürlich, das verstehe ich. Vielen Dank."

Markus stand auf und ging zur Tür. Er hielt die Luft an. Darauf wartend, jeden Moment zurückgerufen zu werden. Doch niemand hielt ihn auf. Ohne sich noch einmal umzudrehen, verließ er den Raum.

*

„Du hast *was*?" Georg ging aufgeregt im Zimmer auf und ab. Markus saß auf dem Bett und versuchte, seinen Freund zu beruhigen. Er hatte ihn über die Geschehnisse der letzten vierundzwanzig Stunden aufgeklärt. Angefangen vom Zettel in Weithofens Rachen, über das verheimlichte Hakenkreuz des Thule-Ordens bis hin zum Besuch bei Regens Heese.

„Es war die einzige Möglichkeit."

„Du legst dich mit der CIA an, eine geheime Bruderschaft taucht plötzlich auf, und weil dies noch nicht genügt, erpresst du auch noch den Regens. Markus, weißt du überhaupt, was du da tust?"

„Ehrlich gesagt, nein. Aber wir müssen doch aktiv werden. Oder willst du, dass die Mörder ungeschoren davonkommen?"

„Mörder!", drehte sich Georg erregt zum Fenster. „Wenn ich das schon höre. Du weißt doch noch nicht einmal, ob ein Gewaltverbrechen vorliegt. Und wenn es so ist, ist es ja noch schlimmer. Wir sind Theologiestudenten und nicht Sherlock Holmes und Doktor Watson."

„Georg, ich weiß! Aber an der Sache stinkt etwas. Und zwar gewaltig. Es muss irgendwas mit der Arbeit des Professors zu tun haben. Irgendwo liegt der Schlüssel zur Lösung. Und ohne dich schaffe ich es nicht."

Markus wusste, dass sich Georg gerne bitten ließ. Allerdings hatte er ja auch recht. Es gab keinerlei Beweise. Und wenn sie welche finden würden, wusste er nicht, was sie damit anfangen sollten. Allein dieses Nazisymbol ließ ihn schon erschaudern. Wer weiß, mit wem sie sich da anlegen würden. Georg stand immer noch am Fenster und schaute hinaus. Das Wetter hatte sich wieder geändert und war so grau und regnerisch wie die Tage zuvor.

„Du hast dich wieder in etwas reingeritten, und ich muss sehen, wie ich dich da raushole."

Markus lächelte. Noch nie musste Georg irgendjemanden irgendwo wieder rausholen. Schon gar nicht Markus. Aber er wusste, wie es gemeint war. Georg hatte sein Einverständnis gegeben.

# VI.

Das Tageslicht wurde bereits von der eintretenden Dunkelheit verschlungen, als Hatto den Eselskarren am frühen Abend wieder ins Kloster Fulda zurücklenkte. Eine massige Regenfront hatte sich nach dem Zwischenfall im Dorf bis zum späten Nachmittag hin entladen. Hatto musste Schutz unter einem Verschlag suchen, sodass sich die Ankunft immer weiter hinausgezögert hatte. Dies alles hatte Rabanus allerdings nicht mitbekommen. Noch immer lag er, von dem Nackenschlag bewusstlos, auf der Ladefläche des Karrens. Die Abenddämmerung verschmolz die Landschaft und das Kloster zu einem friedlichen Einklang. Die Luft war frisch und geläutert und es roch nach feuchtem Gras. Langsam und unter stechenden Kopfschmerzen erlangte Rabanus das Bewusstsein wieder zurück.

„Was ist passiert? Was ist mit dem Mädchen?"

Hattos betretenes Schweigen war die unmissverständliche Antwort. Rabanus verstand. Ohne ein weiteres Wort zu wechseln, kletterte er wieder nach vorn zu Hatto. Sie fuhren durch das Tor des Klosters, wo kein einziger der dunkel gewandeten Mönche zu sehen war. Die gesamte Mönchsschar hatte sich im Chorsaal versammelt. Nur murmelnde Stimmen waren zu vernehmen, die sich beim genaueren Hinhören als Psalme und Bittgebete entpuppten. Das klösterliche Leben war streng gegliedert, und die Gottesdienste standen dabei jederzeit im Mittelpunkt. Es war die Zeit der *Vesper,* der Gebets-stunde, die das Ende des Tages heiligte. Rabanus und Hatto schritten über den menschenleeren Innenhof vom Chorsaal hinüber zum Re-fektorium. Er liebte diese ganz besondere, besinnliche Stimmung, die nicht nur dem Lobgesang diente, sondern darüber hinaus das Gefühl der Gemeinschaft stärkte. Es ließ die Brüder trotz aller täglichen Probleme, im wahrsten Sinne des Wortes, näher zusammenrücken.

„Hör nur, wie kraftvoll das *Magnificat* erklingt", versuchte Hatto das bedrückende Schweigen zu brechen.

Rabanus nickte nur zustimmend. Wie immer trugen die Stimmen weit über die Mauern des Klosters hinaus. Doch heute empfand es Rabanus, als mischte sich ein leiser Vorwurf in den Lobgesang der Mönche.

Hatto erinnerte sich an ein Problem, das den meisten Mönchen wahrlich übel aufstieß. Das würde hoffentlich die Aufmerksamkeit des Magisters wieder wecken.

„Und dies trotz der stinkenden Luft, den der Talg verbreitet. Außerdem spendet dieser Talg nur spärliches Licht für die Altäre und die nächtlichen Chorgebete", listete Hatto die Nachteile des Talgs der Reihe nach auf, bis Rabanus beruhigend die Hand hob.

„Danke, Hatto. Ich weiß es zu schätzen, dass du mich aufmuntern möchtest. Und ich weiß auch, worauf du mit dem Talg hinaus möchtest. Ich warte täglich auf eine Antwort unseres frommen Kaisers. Ich beschrieb in einem Brief das Problem und bat um einen kleinen Ölbaumgarten in Italien, damit das Talglicht durch Öllampen ersetzt werden könne."

Von dem vorausblickenden Brief beeindruckt, legte Hatto Rabanus freundschaftlich den Arm um die Schultern. Schon seit ihrer gemeinsamen Zeit als Schüler Alkuins bewunderte er Rabanus für dessen vorausschauendes Talent. Nichts schien dessen wachen Geist zu entgehen. Dennoch war er niemals eitel oder hochnäsig gegenüber seinen Mitbrüdern aufgetreten. Diese Qualitäten hatten ihn schnell zu einem der angesehensten Gelehrten des Landes werden lassen.

„Wie schafftst du es nur immer wieder, all die kleinen Dinge zu beachten, die Tag für Tag bei uns anfallen?“

„Gerade diese kleinen Dinge sind es doch wohl, die unsere Gemeinschaft ausmachen, nicht wahr?“

„Du wirst eines Tages einmal ein guter Abt sein, Rabanus.“

Ein sanftes Lächeln zeichnete sich endlich wieder auf Rabanus‘ Gesicht.

„Gott behüte, Hatto. Ich habe nicht vor, in nächster Zeit ein so hohes Amt zu bekleiden. Außerdem möge Abt Eigil noch möglichst lange unser geistiger Vater sein.“

„Denkst du, wir sollten dem Abt noch heute Bericht erstatten?“

„So hat er es von uns erwartet. Es wird aber sicher noch eine Weile dauern, bis er uns empfängt. Wir sollten schon ins Refektorium gehen. Die restlichen Brüder werden bald zum Abendessen eintreffen. Bruder Wunibald wird uns sicherlich schon einlassen.“

Durch den Kreuzgang gelangten die beiden zum Refektorium. Vom Abtstisch reihten sich links und rechts der Wände entlang die Tische und Bänke, sodass immer mehrere Mönche an einem Tisch sitzen konnten. Zum Innern des Refektoriums stand der Tisch stets frei, was der leichteren Bewirtung diente. Vor dem Abtstisch stand der Tisch für Gäste und in der Mitte des Saales, nahe am Fenster, befand sich die Lesekanzel.

Bruder Wunibald bereitete bereits das Abendessen vor, als Rabanus und Hatto eintraten. Wunibald war ein alter, warmherziger Mann. Mit kreisrundem Gesicht und einem ebensolchem Bauch. Er war für die Mahlzeiten der Bruderschaft verantwortlich und erfüllte diese Aufgabe mit viel Hingabe und Leidenschaft. Keiner der Brüder sollte hungrig durch die Mauern des Klosters wandeln. Er war der Überzeugung, dass Geistesschärfe und eine ruhige Hand bei der Arbeit nicht mit knurrendem Magen zu bewerkstelligen waren.

„Seid gegrüßt, Brüder, wie schön, dass ihr wieder zurück seid. Ihr seht hungrig aus. Hat man euch etwa in der Abtei Johannesberg die

Mahlzeiten verweigert?", zwinkerte Wunibald mit einem Schmunzeln den beiden zu.

„Nein, Bruder Wunibald, aber natürlich reichen die dortigen Gaumenfreuden nicht an eure Künste heran."

Geschmeichelt von Rabanus' Ausführung färbten sich Wunibalds Wangen rot. Es war allen Mitbrüdern bekannt, wie sehr es ihn freute, wenn man seine Kochkünste beachtete oder gar lobte.

„Dann kommt ihr genau richtig. Wenn ihr euch noch kurz gedulden wollt. Die anderen Brüder werden jeden Moment hier sein. Ich muss noch ein paar Dinge vorbereiten."

„Selbstverständlich. Wir wollen euch nicht aufhalten und damit riskieren, dass eure Speisen am Ende an Schmackhaftigkeit einbüßen."

Wunibald eilte so vergnügt und hurtig in die Kammer, dass seine Sandalen an den Füßen bei jedem Schritt laut mitklatschten.

Den ganzen Morgen hatten Rabanus und Hatto noch mit der Arbeit an dem Ciborium verbracht und die Inschriften in goldenen Buchstaben angefertigt. Das lange Warten und die mühsame Rückkehr hatten ihr Übriges getan, um den Hunger der beiden Mönche noch zu verstärken. Plötzlich tönte eine laute Stimme vom Hof herüber. Schon an der Lautstärke konnte man erahnen, dass es sich wohl um allerlei Flüche und Schimpfungen handelte, die in den mittlerweile dunklen Abendhimmel geschleudert wurden. Rabanus trat ans Fenster und schaute hinaus, wer dort die blasphemischen Worte ausstieß, konnte aber in der Dämmerung nur noch einen dunklen Schatten erkennen, der im nächsten Moment um die Ecke verschwunden war.

# 7.

„Nach was suchen wir eigentlich?“, wühlte Georg in einem Stapel Ordner, die sich im Schrank vor ihm auftürmten.

„Weiß ich auch nicht so genau. Irgendeinen Hinweis, etwas Auffälliges, das uns weiterhelfen könnte oder uns erklären könnte, was um Himmels willen dieser Zettel in Weithofens Hals zu suchen hatte.“

Das Labor war wieder zur Nutzung freigegeben und Subregens Romberg hatte einen neuen Zahlencode einprogammiert und Markus die Zugangsdaten mitgeteilt. Romberg war nicht sehr erfreut und schien auch nicht zu verstehen, was Markus und Georg in den Semesterferien dort zu suchen hatten. Aber er hatte seine Anweisungen von Regens Heese erhalten. Und diese waren klar und eindeutig.

„Etwas Auffälliges? In diesem Labor liegen Bücher aus den letzten 1500 Jahren. Markus, da gibt es einiges an Auffälligkeiten.“

Der Bildschirm des PCs flackerte auf, als Markus den Hauptcomputer des Labors anschaltete. Der Code war ihm bekannt, wie auch allen anderen Teilnehmern des Kurses. Im Umgang mit den neuen Medien war Weithofen außergewöhnlich gut bewandert gewesen. Trotz seines hohen Alters war er den Errungenschaften der Technik mit Neugier und Faszination begegnet. Ein Mosaik aus Dateiordnern baute sich auf dem Bildschirm vor Markus‘ Augen auf. Die meisten schienen mit dem Aufbau des Netzwerks zu tun zu haben, das sich der

Spiritual in den letzten Jahren mühsam aufgebaut hatte, um die über die gesamte Welt verstreuten Bücher der Biblioteca Fuldensis aufzustöbern. Es gab jedoch kaum eine Datei, die Markus nicht schon Dutzende Male gesehen hätte. Es war nichts Auffälliges zu entdecken Dennoch klickte Markus einen Ordner nach dem anderen an. *„Presse privat"* stand auf dem nächsten.

„Denkst du, dass Professor Weithofen etwas mit diesem Naziorden zu tun hatte, von dem du mir erzählt hast?"

„Nein!", antwortete Markus ohne Zögern. „Würdest du ihm das denn wirklich zutrauen?"

„Eigentlich nicht, aber hier scheint ja einiges hinter verschlossenen Türen vonstattengegangen zu sein."

Markus deutete auf den Bildschirm, auf dem ein Zeitungsbericht der Fuldaer Zeitung eingescannt war.

„Vom Alter her könnte es doch passen. Er war Jahrgang 1926. Das steht zumindest hier in diesem Zeitungsbericht."

Auf dem Ausschnitt waren neben dem Spiritual auch Regens Heese, Subregens Romberg, der Bischof sowie einige weitere Würdenträger des Bistums Fulda zu erkennen.

*„Seit 25 Jahren im Dienste des Priesterseminars"*

*Mit seinem 75. Geburtstag konnte Professor Weithofen am gestrigen Mittwoch noch ein weiteres Jubiläum feiern: 25 Jahre als Spiritual des Priesterseminars Fulda.*

„Hier", deutete Markus auf das Datum am oberen Rand. „7. April 2001. Das bedeutet, dass Weithofen am 6. April 1926 geboren sein muss."

„Wusstest du, dass Weithofen Pfarrer der Gemeinde Johannesberg war, bevor er als Spiritual an die Fakultät kam?"

„Tatsächlich? Das wusste ich nicht."

„Ich sag es ja", antwortete Georg und drehte den beweglichen Hals der Schreibtischlampe so, dass diese sein Gesicht von unten anstrahlte. Dazu senkte er seine Stimme. „Der Mann hatte Geheimnisse. Wahrscheinlich hat er sich das Zeichen der Sekte mit Tierblut auf seine Brust tätowieren lassen."

„Spinner", lachte Markus. „Du schaust eindeutig zu viele Filme."

„Hast du eigentlich die Zeichnung von Frau Fernandez noch?", schweifte Georg vom Überprüfen der Dateien ab.

Ohne den Blick zu heben, griff Markus in die Innentasche seines Cordmantels und reichte Georg einen zusammengefalteten Zettel. Mit prüfendem Blick musterte dieser die improvisierte Zeichnung von Frau Fernandez und hielt sie gegen das grelle Licht der Deckenneonröhre.

„Unfassbar, dass dieses buddhistische Sonnenrad gleichzeitig das Zeichen einer der tödlichsten Geheimbünde der Menschheit sein soll."

Weiterhin in den Presseartikel vertieft, nickte Markus zustimmend.

„Du hattest also keine Zeit mehr, Weithofens Unterlagen zurückzugeben?!", bemerkte Georg beiläufig, ohne eine Antwort zu erwarten, und legte das Blatt auf den Schreibtisch.

Es dauerte einige Sekunden, bis die Frage wirklich zu Markus vorgedrungen war. Dann löste sich Markus' Blick von seinem Bildschirm und sah zu Georg hinüber.

„Was? Wie meinst du das? Welche Unterlagen?"

Georg deutete auf das Blatt.

„Na, das ist doch die eine Seite von Professor Weithofen. Du erinnerst dich? Dein Zusammenstoß mit ihm."

Verwirrt stand Markus auf und nahm den Zettel an sich. Erst jetzt erkannte er die Seite wieder. Natürlich, er hatte den Zettel am Morgen des letzten Semestertages in die Innentasche seines Mantels gesteckt. Später, in der Wohnung von Frau Fernandez, hatte er ihn als Zeichenunterlage zur Verfügung gestellt. Ohne zu bemerken, dass es sich hierbei um Professor Weithofens Unterlagen handelte. Es waren einfach zu viele Dinge auf ihn eingestürzt.

„Aber ja doch, klar", fuhr Markus der Gedanke durch Mark und Bein. Hastig glättete er den Zettel, breitete ihn vor sich aus und las die wenigen Zeilen auf der Vorderseite laut vor.

„Es scheint sich um den Ausdruck einer Mail zu handeln, und dies ist die letzte Seite eines Berichts oder Absatzes."

Neben einer Kette von Zahlen und Ziffern sowie der Seitenzahl vierundachtzig waren lediglich zwei unverständliche Zeilen auf dem Papier zu entziffern.

*„... steht es außer Frage, dass das Rätsel um Sunabar tatsächlich in dem Brief von Al Hatab seine Lösung findet."*

Etwas enttäuscht wendete Markus das Blatt. Mehr war aber nicht zu erkennen.

„Da hättest du dem Professor aber ruhig noch ein zwei Blätter mehr aus der Hand rempeln können", stellte Georg enttäuscht fest. „Ein halber Satz ist etwas dürftig."

Eigentlich hätte Markus dem gerne zugestimmt, aber er wollte die gerade aufkeimende Hoffnung noch nicht wieder loslassen. Es war zumindest eine erste Spur.

„Schon richtig, aber immerhin klingt das doch sehr vielversprechend."

„Vielversprechend?", seufzte Georg schwer. „Ich weiß ja nicht, was du darin siehst, ich jedenfalls sehe hier nur einen halben Satz."

„Der genauso rätselhaft ist, wie der Zahlencode auf dem Stück Papier, das Weithofen im Hals feststeckte."

„Du denkst also, dass diese Zeilen um Sunabar tatsächlich etwas mit dem Zahlencode oder sogar mit dem Tod von Professor Weithofen zu tun haben könnten?"

„Zumindest ist es doch sehr interessant, dass Weithofen an einem Projekt gearbeitet hat, von dem niemand etwas wusste", gab Markus zu bedenken und führte noch weiter aus. „Oder hast du schon mal von einem Geheimnis von *Sunabar* gehört oder von jemandem mit dem Namen *Al Hatab*?"

„Nein, sagt mir nichts."

„Na, siehst du. Außerdem ist es doch verwunderlich, dass er nur einen Tag, nachdem er um die umstrittenen Fördergelder gebeten hatte, tot in seinem Labor aufgefunden wird. Und warum ist die CIA an diesem Fall interessiert?"

Georg runzelte misstrauisch die Stirn. Er war immer noch nicht von dem gewaltsamen Tod des Spirituals überzeugt.

„Wir wissen jedoch damit immer noch nicht, ob er wirklich umgebracht wurde."

„Trotzdem bleibt es merkwürdig."

„Wie meinst du das?"

„Nachdem ich den kleinen Zusammenstoß mit Professor Weithofen hatte, erklärte er mir, dass er zu einer wichtigen Besprechung mit dem Seminarkomitee müsse. Dabei trug er diese Unterlagen unter seinem Arm. Ich denke, dass die Vorstellung seiner Forschungsergebnisse der Grund für die Besprechung war."

„Und du meinst, irgendjemand wollte verhindern, dass er die Ergebnisse dem Komitee vorträgt."

„Zumindest, dass er weiter danach forscht", antwortete Markus überzeugt.

„Dann muss das Projekt aber sehr brisant gewesen sein."

„Vielleicht so brisant, dass jemand dafür töten würde."

Ein Moment der Stille breitete sich aus.

„Was machen wir jetzt?", fragte Georg schließlich.

„Wir sollten zunächst herausfinden, was es mit dem Rätsel um *Sunabar* auf sich hat und wer dieser mysteriöse *Al Hatab* ist."

„Und wie wollen wir das anstellen?"

„Du wirst das anstellen."

„Ich?", entgegnete Georg überrascht.

„Du und dein Recherchetalent. Es muss doch irgendwelche Aufzeichnungen über diesen Al Hatab geben, und keiner in dieser Fakultät kennt sich besser mit dem Rechner der Bibliothek aus als du."

„Schleimer."

„Ja, aber es funktioniert, oder?"

Georg griff sich den Zettel, las den Text noch einmal und blickte wieder zu Markus.

„Okay, überredet."

„Gut", erwiderte Markus, „aber lass uns zuvor noch die restlichen Dateien durchschauen."

Die restlichen Bilder, die zum Großteil aus Familienaufnahmen und Urlaubserinnerungen bestanden, öffneten sich nacheinander auf dem Bildschirm. Weithofen beim Skifahren in der Rhön oder beim Sonnenbad am Comer See.

„Lass uns das jetzt beenden. Das bringt uns nicht weiter", wollte Georg bereits abbrechen, doch Markus forderte zu etwas mehr Geduld auf.

„Komm, die letzten beiden können wir uns auch noch anschauen."

Kaum, dass er dies gesagt hatte, baute sich ein altes Schwarzweißfoto auf dem Bildschirm auf. Eine Gruppe junger Soldaten war darauf zu erkennen.

„Was ist das denn", zeigte Georg verblüfft darauf.

„Eine Auszeichnung von Wehrmachtssoldaten. Wahrscheinlich Kriegshelden", glaubte Markus zu erkennen.

Im selben Moment fiel es ihnen wie Schuppen von den Augen. Das Gesicht war jung, doch die Gesichtszüge ließen keinen Zweifel zu. Der junge Soldat, dem gerade der Orden ans Revers gesteckt wurde, war Adalbert Weithofen.

# VII.

Die Gebetsstunde war beendet. Kurz darauf traten die Mitbrüder aus dem Chorsaal. Auch der Abt trat ins Freie. Seine kleine, fast schmächtige Gestalt mit den sanften, sinnigen Zügen erweckte einen falschen Eindruck. Auch wenn aus den großen braunen Augen die ganze Fülle wahrhafter Liebesmilde zu leuchten schien, konnte der Abt sehr laut und unbequem werden. Manchmal gar zornig, jedoch nie ungerecht. Mit festem Griff hielt er den Abtsstab umschlossen, in dessen Krümme ein Einhorn, das Sinnbild der Stärke und Reinheit, aus Walrosszahn geschnitzt war. Nach und nach betraten alle Brüder das Refektorium und nahmen schweigend ihre Plätze ein. Als Eigil als Letzter den Saal betrat, erhob sich die Gemeinschaft und verneigte sich höflich vor ihm. Der Abt nahm seinen Platz ein und blickte in die Runde.

„Sprecht den Lobpreis!"

Die Brüder antworteten mit dem gesungenen Tischgebet und nahmen dann schweigend wieder Platz. Das Refektorium diente nicht nur der Speisung, sondern es war auch ein sakraler Raum. Der Vorleser betrat die Lesekanzel und begann mit der Lesung aus der Heiligen Schrift, die beim Essen nie fehlen durfte. Eddo, der Vertreter des Abtes, übernahm heute diese Aufgabe.

„Im Namen unseres Herrn Jesu Christus."

Alle Brüder zogen sich nun als Zeichen der Sammlung die

Kapuzen über den Kopf. Nach wenigen Fersen gab Eigil mit einem Hämmerchen ein Signal. Die Mönche legten ihre Kapuzen wieder zurück und das Mahl begann. Das schlichte Abendessen wurde ohne Zögern eingenommen. Es bestand heute lediglich aus etwas Brot vom Morgen und Wein, der mit etwas Wasser gestreckt war. Wie es der Gründer des Ordens vorgab, herrschte tiefstes Schweigen. Außer der Stimme des Vorlesers war kein Laut oder gar Wort zu hören. Was die Brüder beim Essen oder Trinken brauchten, reichten sie einander, ohne danach mit dem Wort verlangen zu müssen. Allerdings hatten die Brüder über die Jahre hinweg ein komplexes System von Zeichen entwickelt. Durch verschiedene Kopfbewegungen und Handzeichen kommunizierten sie stumm miteinander.

Rabanus ließ seinen Blick durch die Runde wandern. Er entdeckte den Abt. Dieser fixierte ihn bereits mit seinen Augen und gab ihm ein stilles Zeichen, dass er Rabanus und Hatto nach der anschließenden *Komplet,* dem Abendgebet, sprechen wollte. Rabanus schloss beide Augenlieder für einen Moment, was einer Zustimmung gleichkam. Nach einer Weile ertönte erneut das Hämmerchen des Abtes. Eddo verließ die Kanzel und verneigte sich vor dem Abtstisch. Im Anschluss zog die Klosterfamilie unter dem Gesang von Psalmen durch den Kreuzgang zum Chor, wo die Komplet den Tag beenden sollte. Rabanus und alle anderen Mitbrüder beteten den *Confiteor*, das Schuldbekenntnis, bestehend aus drei Psalmen, einem Hymnus und einer Oration. Am Ende segnete der Abt die Gemeinschaft und schloss mit der gesungenen marianischen *Antiphon*, dem Gruß an die Himmelskönigin. Die betenden Mönche verharrten noch eine Weile. Mit Weihwasser besprengte der Abt alle Anwesenden und verließ im Anschluss den Chor. Rabanus und Hatto folgten ihm. Normalerweise war es den Brüdern nach der Komplet nicht mehr gestattet, miteinander zu sprechen. Doch bei ankommenden Gästen und besonderen Vorkommnissen durfte man eine Ausnahme machen. Der Abt empfing sie in seiner eigenen Zelle. Rabanus und Hatto traten ein.

„Vater Abt, habt Dank, dass Ihr uns noch heute empfangt“, kniete sich Rabanus demütig vor Eigil nieder. Hatto tat es ihm gleich.

„Erhebt euch, Brüder. Nun, wie gehen die gewünschten Arbeiten am Ciborium voran?“

„Bestens“, glänzten Rabanus‘ Augen voller Bewunderung für die beeindruckende Arbeit, Bruder Candidus‘. „Es ist ein wundervolles Kunstwerk. Es wird dem Grab des heiligen Bonifatius sicherlich zur Ehre gereichen.“

„Wir haben die Arbeit unserer geliebten Brüder in der Abtei Johannesberg mit eigenen Augen bewundern dürfen. Sie schaffen Kunstwerke mit größter Hingabe und bemerkenswertem Fleiß“, ergänzte Hatto.

Abt Eigil nickte sichtlich zufrieden.

„Das freut mich. Ich habe gehofft, dass Bruder Candidus sich wieder einmal selbst übertreffen wird. Wann wird es fertiggestellt sein?“

„Wir rechnen damit, dass es bereits in wenigen Tagen zur endgültigen Fertigstellung gelangt. Alles verläuft also nach eurem Wunsch.“

„Da bin ich mir nicht so sicher, Bruder Rabanus.“

Mit einem Male versteinerte sich die Miene des Abtes. Es war ungewöhnlich für den Vater, dass seine Augen so traurig blickten. Zwar gab es oft ernsthafte Probleme im täglichen Ablauf des Klosterlebens, doch auch im Bewusstsein größter Schwierigkeiten ließ sich Eigil seine Anspannung und Sorge nicht anmerken. Selbst in noch so zerfahrenen Situationen verlor er nie seine Selbstkontrolle und erhielt sich immer sein auf alle so beruhigend wirkendes Gemüt.

Eine der größten Herausforderungen hatte er gleich zu Beginn seiner Amtszeit bewältigt. Zu Zeiten seines Vorgängers, Ratgar, hatten die Brüder des Klosters mehrfach Beschwerdebriefe verfasst und sich über die harten Arbeitsbedingungen beim Kaiser beklagt. Abt Ratgar hatte sämtliche Bereiche des Klosterlebens eingeschränkt und dem Bau der neuen Basilika untergeordnet. Ratgar war ein Mann von hervorragenden Fähigkeiten. Ausgerüstet mit einer starken, aber auch herrischen Persönlichkeit. Die Eigenschaften, die der Ordensgründer Benedikt von Nursia seinen Äbten zuallererst abverlangte, Maß und Milde, fehlten ihm gänzlich. Stolz, Eitelkeit und unbändiger Ehrgeiz waren die Triebfedern, die ihn dazu veranlassten, den begonnenen Bau rücksichtslos und machtbesessen weiterzuführen. Die ganze Leibeskraft der Mönche wurde alsdann für den Bau eingesetzt, neben dem andere Dinge, wie etwa die Schule und der Unterricht, weniger wichtig erschienen. Ratgar schränkte sogar das Chorgebet ein und schaffte Festtage ab, damit mehr Zeit für die Bauarbeiten gewonnen wurde. Alle Mönche mussten beim Bau helfen und nach Leibeskräften anpacken. Selbst Rabanus, als hochangesehener Mann der Wissenschaften, wurde nicht ausgenommen. Auch er wurde auf das Baugerüst geschickt. Abt Ratgar nahm ihm sogar zu seinem großen Leidwesen seine über alles geliebten Bücher weg. Zu dieser Drangsal, die durch die Härte des Abtes und seinen Baueifer verursacht wurde, kam noch eine andere Not über das Kloster. Es war eine Krankheit ausgebrochen, und viele Mönche wurden, durch die körperliche Überanstrengung entkräftet, hingerafft. Besonders viele der jungen Schüler ließen ihr Leben, und nicht wenige Eltern nahmen ihre Kinder aus der Klosterschule. So waren es schwere Jahre für das Kloster unter der Regentschaft Abt Ratgars. Verdruss und Verärgerung machten sich breit. Schließlich machten sich zwölf Mönche auf den mühsamen Weg zur Kaiserpfalz nach Aachen und überreichten dem Kaiser einen Beschwerdebrief. Ludwig der Fromme war ein gerechter Herrscher. Das Wohl der Klöster seines Landes lag ihm sehr am Herzen. Er schickte die Bischöfe von Mainz, Worms, Augsburg und Würzburg in das Kloster nach Fulda, um den dortigen Frieden wiederherzustellen. Doch schließlich erkannte er, dass es kein anderes Mittel gab, als den Abt seines Amtes zu entheben. So wurde Abt Ratgar abgesetzt und musste das Kloster sogar ganz verlassen.

Die Mönche berieten anschließend über einen möglichen Nachfolger, und die Wahl fiel letztlich auf den edlen und gebildeten

Mönch Eigil. Ein Blutsverwandter des ersten Fuldaer Abtes Sturmius. Eine seiner ersten Taten war es in dieser schwierigen Situation, beim Kaiser Fürsprache für seinen Vorgänger einzulegen. Abt Ratgar konnte nach Fulda zurückkehren und nahm seinen Wohnsitz auf dem nahe gelegenen Bischofsberg ein. Dem milden und großmütigen Eigil hingegen gelang es, die Ordnung im Kloster wiederherzustellen. Er war ein wahrer Vater und guter Hirte der Seinen.

„So sehr mich die Fortschritte in Johannesberg auch freuen, so betrübt bin ich über das Verhalten eines unserer Mitbrüder."

„Was meint Ihr damit?", fragte Rabanus mit einer Mischung aus Neugier und Sorge.

„Bei der heutigen Abendmesse gab es einen Disput. Der Schüler Gottschalk weigerte sich, während der *Vesper* mitzusingen. Als ein Mitbruder ihn aufforderte miteinzustimmen, sprang er auf und verließ wild gestikulierend die Gemeinschaft."

Sofort erinnerte sich Rabanus an den aufbrausenden und fluchenden Mönch, den er vor dem Refektorium bemerkt hatte. Gottschalk war ein *oblatus,* ein Mönch, der dem Kloster aus den Händen der Familie übergeben wurde und dem Orden nicht aus freien Stücken beitrat. In der Kirche war dies bereits seit langer Zeit Sitte. Man berief sich hierbei auf Beispiele in der Heiligen Schrift. Samuel, Samson und auch Johannes der Täufer waren von ihren Eltern schon vor der Geburt Gott dargebracht worden. Die Dargebrachten konnten sich nicht von der Verpflichtung befreien. Auch Rabanus selbst war dem Kloster schon als Kind übergeben worden. Diese Form des Eintritts in ein Kloster war inzwischen fast zur Regel geworden. Niemand nahm daran Anstoß. Es galt als ein vorzügliches Werk, und die Gott Dargebrachten schätzten sich meist glücklich, dass sie schon früh dem Dienst des Herrn geweiht worden waren und allzeit, behütet vor den Versuchungen der Welt, Schutz und Geborgenheit fanden. So war auch dem jungen Gottschalk dieses Los zuteilgeworden. Gottschalk war darüber hinaus sehr begabt und auch aufgeschlossen für das

Religiöse. Jedoch hatte er einen ausgeprägten Freiheitsdrang, und mit den Jahren erkannte er, dass er nicht zum Mönchstum taugte. Er fing an, mit seinem Schicksal zu hadern. Er wollte die Verfügung seiner Eltern nicht anerkennen und rebellierte dagegen. Aber der Abt verweigerte ihm die Freiheit aufgrund seiner persönlichen Überzeugung. Nicht alle Männer der Kirche waren sich jedoch über diese Regel einig. Selbst Hatto war hierbei anderer Meinung als Eigil und Rabanus.

„Was gedenkt Ihr dagegen zu unternehmen, Vater Abt?“, fragte Hatto.

Kopfschüttelnd blickte der Abt nach oben, als wolle er den Allmächtigen um Verzeihung bitten.

„Ich werde ihn bestrafen müssen. Eine solche Ausschweifung kann und will ich nicht durchgehen lassen. Allerdings bezweifle ich, dass dies seiner Aufsässigkeit Einhalt gebieten wird.“

„Als Magister werde ich ihn im Unterricht genau beobachten“, erklärte Rabanus entschlossen.

„Tut dies, Rabanus, und berichtet mir von jeder Veränderung. Nun lasst uns über ein angenehmeres Thema sprechen. Die Planungen für die feierliche Weihe der Basilika sind noch nicht abgeschlossen, und es gibt noch unsagbar viele Dinge zu klären. Ich denke, dass dies im Moment das wichtigste Thema ist.“

Alle nickten zustimmend, ohne zu wissen, dass eine fremde Macht bereits ihren dunklen Boten ausgesandt hatte, um die Grundfesten des Fuldaer Klosters zu erschüttern.

# 8.

In der Bibliothek des Priesterseminars war die Luft mittlerweile stockig und trocken. Markus hoffte darauf, dass Georg erfolgreich von seinen Recherchen zurückkehrte. Er hatte alles vor sich ausgebreitet und versuchte etwas Ordnung in die Informationen zu bringen, die er gefunden hatte. Es war leider nicht viel. Er hatte in den Büchern weder einen Hinweis auf eine Person namens Al Hatab gefunden, noch hatte er etwas über ein Rätsel von Sunabar in Erfahrung bringen können. Ebenso schienen alle Aufzeichnungen über Weithofens Vergangenheit im Dritten Reich wie vom Erdboden verschluckt. Alles, was auch nur annähernd zu diesem Thema gepasst hätte, war nicht mehr verfügbar oder nicht aufzufinden. Fast schien es, als wären alle Hinweise absichtlich aus den Schriften und Büchern entfernt worden. Vertieft in seine Unterlagen bemerkte er zunächst nicht, dass sich vom Eingang des Treppenhauses her Schritte näherten. Erst als die Tür ins Schloss fiel, hörte er das Klackern von Schuhabsätzen. Zunächst dachte er, es sei Georg. Doch die Schritte stoppten alle paar Meter, als würden sie Halt machen, um nach etwas zu suchen. Aber außer Georg und Markus waren keine weiteren Studenten mehr in der Fakultät. Und nur Georg wusste, wo Markus sich momentan aufhielt.

„Hallo?", rief Markus in den menschenleeren Raum. „Georg, bist du es?" Ohne eine Antwort kamen die Schritte langsam und unaufhaltsam näher. Markus blickte sich um. Was, wenn diese Thuleleute hier auftauchten? Hastig löschte er das Licht der Tischlampe und sprang zum Schreibtisch des Bibliothekars hinüber, hinter dem er sich versteckte. Doch was sollte er tun, wenn er dennoch entdeckt wurde? Nervös durchsuchte er hastig die Schubladen des Schreibtischs nach irgendetwas, mit dem er sich verteidigen konnte. Neben einigen Büroklammern fand Markus aber lediglich einen Brieföffner. Intuitiv griff Markus nach dem Öffner und versteckte sich wieder hinter dem Schreibtisch, kroch dann aber weiter hinter die lange Regalwand. Die Tür zur Bibliothek wurde geöffnet. Auf dem Parkettboden des langen Ganges klangen die Schritte noch lauter. Die Person war nicht zu erkennen, da die lange Regalwand den Blick versperrte. Dazu erhellte nur noch das spärliche Licht des Treppenhauses den Raum mit etwas Licht. Unter dem Bücherregal waren die Schattenspiele der Schuhe zu erkennen. Sie stoppten kurz. Dann führten sie ihren Weg fort. Leise stand Markus auf. Mit zittriger Hand hielt er den Brieföffner fest umschlossen. Langsam hob er die stumpfe Klinge. Dann kam die Gestalt zum Vorschein.

Vor ihm stand Schwester Benedikta, die sichtlich geschockt einen Schritt zurücktrat.

„Markus! Himmel, warum machen Sie das Licht aus und jagen mir einen solchen Schrecken ein?"

„Entschuldigen Sie, Schwester, ich dachte…", führte Markus den Satz nicht zu Ende. Er wusste um die Schwerhörigkeit von Schwester Benedikta. Stattdessen ließ er den Brieföffner in seiner Hosentasche verschwinden. Dass er überhaupt dazu in der Lage war, jemanden mit einem Brieföffner Schaden zuzufügen, wunderte ihn in diesem Moment selbst.

„Was kann ich für Sie tun Schwester?"

Noch immer verwirrt über Markus' Verhalten, hielt Schwester Benedikta einen Sicherheitsabstand.

„Sie möchten bitte in das Büro von Regens Heese kommen. In Ihrem Zimmer waren Sie nicht, da dachte ich mir schon, dass ich Sie hier finden würde."

„Danke, ich komme sofort."

Markus ließ seine Unterlagen an Ort und Stelle zurück und ging gemeinsam mit der Schwester in Heeses Büro. Als er eintrat, waren außer dem Regens auch Subregens Romberg sowie zwei weitere Männer anwesend, die Markus nicht kannte. Einer von ihnen rauchte und sah äußerst gestresst aus. Schmierig zurückgekämmte, schwarze Haare umrahmten sein fleckiges, nikotingefärbtes Gesicht. Er trug trotz der angenehmen Temperaturen im Büro noch immer seinen Mantel. Die Asche seiner Zigarette wuchs bereits zu einem krummen Aschezweig und drohte zu Boden zu fallen. Der andere war deutlich jünger. Markus schätzte ihn auf kaum älter als Mitte vierzig. Mit sportlicher Figur und brauner Nickelbrille. Der Ältere ergriff sofort das Wort, noch bevor Markus Platz genommen hatte.

„Tag. Ich bin Special Agent Colani." Mit einem kurzen Handgriff zeigte er den Anwesenden seine Marke. Es stand nicht viel darauf, doch was zu erkennen war, genügte, um Markus' Pulsschlag in die Höhe schießen zu lassen. Auf die silberne Marke waren drei Buchstaben eingestanzt: „CIA". Agent Colani deutete auf den zweiten Mann.

„Das ist Herr Kohler, Kommissar der örtlichen Kriminalpolizei."

„Schuhmann", antwortete Markus und nahm auf einem für ihn bereitstehenden Stuhl Platz.

„Aufgrund unserer Erfahrung mit Großereignissen unterstützen wir unsere deutschen Kollegen beim Papstbesuch in Deutschland. Da ich ihre Sprache beherrsche, hat man mich mit dieser Aufgabe betraut."

„Verstehe", antwortete Markus, glaubte Colani aber kein Wort. Die CIA war der Sache also auf der Spur und nutzte die Strukturen der örtlichen Polizei.

„Wie Sie wissen, hat es einen Todesfall in der Fakultät gegeben."

„Ja, aber Professor Weithofen ist an einem Herzanfall gestorben.

Was hat das mit dem Papstbesuch zu tun?“

„Manchmal steckt doch noch mehr dahinter als man denkt“, führte Colani weiter aus.

„Das dürfte hier jedoch nicht der Fall sein“, antwortete Subregens Romberg auf die unterschwellige Vermutung Colanis. „Wie Sie vielleicht wissen, hatte Weithofen ein schwaches Herz. Nicht mehr und nicht weniger. Außerdem ist es völlig überflüssig, wenn die Studenten aufgrund Ihrer unangebrachten Mutmaßungen auf falsche Gedanken gebracht werden und sich Unruhe in unserer Fakultät breitmacht.“

Markus sah Colani und Kohler an. Die beiden spürten offenbar, dass sie nicht sehr willkommen waren. Colani nahm einen tiefen Zug an seiner Zigarette und legte den Kopf zur Seite. Noch immer hielt sich die komplette Asche an der schon fast aufgerauchten Zigarette fest.

„Keinesfalls möchte ich eine Unruhe in Ihre Anstalt bringen. Aber einige Fragen müssen Sie mir erlauben.“

„Fakultät“, verbesserte Heese. „Wir sind eine theologische Fakultät, keine Anstalt.“

„Wie auch immer. Ihr Chef“, deutete Colani auf den Regens, der diese Betitelung nur mit einem Kopfschütteln quittierte, „hat mir bereits erzählt, wer die Leiche gefunden hat. Ich muss jeden befragen, der ihn näher kannte. Und da stehen Sie nun mal auch auf meiner Liste.“

Markus musste an Frau Fernandez de Pinho denken. Sie musste sich also auch schon den Fragen von Colani aussetzen. Anscheinend hatte sie aber geschwiegen.

„Und wie kann ich Ihnen helfen?“, fragte Markus gleichmütig und versuchte dabei seine Anspannung zu überspielen.

„Haben Sie in der letzten Zeit irgendetwas Auffälliges am Verhalten Ihres Professors bemerkt?“

Und ob, hätte Markus am liebsten laut ausgerufen, doch es gab gute Gründe, dies nicht zu tun. Markus hatte keinerlei Beweise.

Lediglich einige Indizien sprachen gegen den Herztod des Spirituals. Und diese Indizien konnte oder wollte er nicht preisgeben, um sich oder Frau Fernandez de Pinho nicht zu belasten.

„Nichts. Tut mir leid."

„Ganz sicher?"

„Ja", beharrte Markus mit Nachdruck.

Colani musterte Markus für einen Moment. Dann stand er auf und gab Kohler mit einem Kopfnicken das Zeichen zum Aufbruch.

„Dann gibt es für uns hier nichts mehr zu tun", erklärte der Agent mürrisch. „Vielen Dank die Herren."

Colani wollte seine Zigarette im Aschenbecher ausdrücken, der zu diesem Zweck auf dem Schreibtisch bereitstand. Doch außer dem Filter hielt er nichts mehr zwischen seinen Fingern. Die Asche lag mittlerweile auf dem Holzparkett. Mit einem gekonnten Kick versenkte er das Ascheästchen unter dem Schreibtisch. Außer Markus fiel das jedoch niemandem auf.

„Gut, ich geleite Sie noch nach draußen." Heese ging voran, und Romberg folgte ihm. Ohne die Anwesenden noch eines Blickes zu würdigen, hob Colani im Gehen die Hand.

„Schönen Abend noch."

Freundlich winkte Heese zurück. Doch in seinem Blick konnte man deutlich erkennen, dass er froh war, die beiden Ermittler endlich los zu sein.

*

Markus eilte zurück in die Bibliothek. Georg hatte ihm dort eine Nachricht hinterlassen, dass er im Labor zu finden war. Schon als Markus ins Labor trat, konnte er erkennen, dass Georg erfolgreich gewesen sein musste. Mit einem breiten Lächeln saß er auf einem Stuhl und grinste Markus hämisch an.

„Wo warst du denn so lange?"

„Erzähl ich dir später. Fang du erstmal an. Du hast was herausgefunden. Oder?"

„In der Tat, das habe ich."

„Na, dann lass dich nicht lange bitten."

„Gönn mir doch auch mal dieses kleine Erfolgserlebnis, mehr zu wissen als andere. Du kennst das ja zur Genüge, aber ich muss mich erst noch daran gewöhnen."

„Georg, nun schieß schon los! Was hast du über Al Hatab herausgefunden?"

Georg gab seine bedächtige Sitzposition auf und beugte sich nach vorn zu Markus.

„Also, Al Hatab soll einer der vielen Kopisten gewesen sein, die um das Jahr 830 hier im Kloster Fulda arbeiteten. Rabanus Maurus hatte zu dieser Zeit das Fuldaer Kloster zur absoluten Hochburg der Wissenschaften gemacht. Die klügsten Köpfe aus aller Welt arbeiteten hier an verschiedensten Projekten. Unter anderem übersetzten und vervielfältigten Kopisten des Klosters unter der Leitung von Rabanus Schriftstücke und Codices."

„Das ist noch nichts Neues."

„Für diese Arbeit konnte er die begabtesten Kopisten der Welt gewinnen, die hierher nach Fulda kamen, um die Schriften zu übersetzen. Einer von ihnen war anscheinend Al Hatab."

„Warum anscheinend?"

„Weil der Name nirgendwo offiziell auftaucht. In keiner einzigen Aufzeichnung."

„Was sagen denn die Aufzeichnungen?"

„Zu der fraglichen Zeit wird nur von zwei Kopisten berichtet, die im Kloster Fulda tätig waren. Bruder Allen, ein Engländer, und der deutsche Balduin Keppler. Allerdings machten viele Mönche, unter denen auch Kopisten waren, im Kloster Fulda Rast. Sie blieben für einige Tage oder Wochen und beteiligten sich natürlich auch am täglichen Klosterleben. Demnach könnte einer von ihnen Al Hatab gewesen sein."

„Und wie kam es zu dem Rätsel von Sunabar?"

„Das ist mehr durch Zufall entstanden. Es dauerte nicht lange, und erste Gerüchte verbreiteten sich über diverse geheime Schriften, an denen angeblich gearbeitet wurde. Einige behaupteten, dass man im Auftrag des Papstes die heiligsten Schriften aus Angst vor Raub verfielfältigen ließ und auch heute nur Kopien in den Ausstellungen der Welt lägen. Andere sprachen von einer geheimen Arbeit, bei der es sich um eine bisher gänzlich unbekannte Schrift aus der Zeit Jesu Christi handele."

„Eine der nicht berücksichtigten Evangelien?"

„Vielleicht. Es gibt ja einige Evangelien, die nicht in die Bibel aufgenommen wurden. Es dauerte jedenfalls nicht lange, und die Geschichte von Sunabar verbreitete sich hinter vorgehaltener Hand immer weiter. Am Ende eines an sich belanglosen Briefes, der mit Al Hatab unterzeichnet war, findet sich ein Satz der, den Stein ins Rollen brachte. Ich habe ihn mal rausgeschrieben."

*Das Bild der Wahrheit siehst du in dem klaren, glatten Wasser von Sunabar.*

„Angeblich geht es dabei um einen geheimen Ort, an dem sich ein noch geheimnisvolleres Schriftstück befindet, dessen Inhalt alles verändern könnte."

„Alles verändern", murmelte Markus und dachte daran, dass der Spiritual die gleichen Worte benutzt hatte, als er ihm von seinem Forschungsprojekt erzählt hatte. Georg fuhr unbeirrt in seiner Ausführung fort.

„Man vermutete, dass der arabische Kopist die Geschichte von Sunabar erzählte, um den wahren Ort zu verschleiern. Den Ort, an dem das Geheimnis aufbewahrt wird."

„Aber man fand diesen Ort nicht, weil es nur ein Gerücht war?"

„So ungefähr. Aber der Hammer kommt erst noch. Es ist unglaublich, was diese Legende in der Folgezeit auslöste. Viele weltliche und geistige Herrscher suchten tatsächlich in der gesamten damals bekannten Welt nach diesem sagenumwobenen Ort. Ins Zentrum der Suche rückte eine kleine Insel nordöstlich von Afrika, auf die die Beschreibung schon aufgrund des ähnlichen Namens zu passen schien. Arabische Händler kamen bereits im 8. Jahrhundert auf die Insel. Das würde ebenfalls für die Al-Hatab-Theorie sprechen. Die Araber nannten die Küste der Insel *bar* des *zandj*, was soviel bedeutet wie „Küste des Schwarzen Mannes". Mit ihnen kam später auch die heute noch vorherrschende Religion, der Islam, auf die Insel. Heute ist die Insel als Sansibar bekannt."

„Und auf Sansibar stieß man tatsächlich auf eine Spur?"

„Man fand dort zumindest tatsächlich einen arabischen Kopisten, den man für Al Hatab hielt. Unter Androhung von Gewalt gestand dieser schließlich, den Brief geschrieben zu haben. Später wiederrief er diese Aussage und wurde zum Tode verurteilt, da er selbst unter Folter keine Angaben über Sunabar geben konnte. Seine Frau beteuerte stets, dass er überhaupt nicht schreiben, geschweige denn einen Brief verfassen konnte."

„Er arbeitete als Kopist, aber konnte nicht schreiben. Wie passt das zusammen?"

„In der damaligen Zeit war das nichts Außergewöhnliches. Sie waren eben nur für die Kopien der Schriften zuständig. Kopien. Keine eigenen Schriften. Man muss sich das wie ein Kunstwerk vorstellen, eine möglichst exakte Zeichnung des Originals. Schriften wurden erstellt und nicht einfach geschrieben. Außerdem war es den Auftraggebern oftmals sogar lieber, dass die Texte nicht gelesen werden konnten."

„Klar, wahrscheinlich ging es in den Schriften oftmals auch um höchst vertrauliche Angelegenheiten."

„Jedenfalls konnte dieser Kopist anscheinend nicht schreiben. Übrigens, ebenso wenig wie sein deutscher Kollege Keppler im Kloster Fulda. Nur der englische Schreiberling beherrschte die Schrift."

„Also ist alles nur ein Märchen gewesen!"

„Dachte ich zunächst auch, bis ich auf etwas Interessantes gestoßen bin. Bruder Allen."

„Der englische Kopist."

„Richtig. Sein Leben nimmt nach der Zeit in Fulda eine ganz eigene Wendung und ein noch plötzlicheres Ende. Seine wohlhabende Familie setzt ihn nach dessen mysteriösem Tod in der Familiengruft in Nursling bei. Und rate mal, was auf der Grabplatte steht?"

„Ich habe keine Ahnung."

„Sein Familienname."

„Nein", tat Markus gespielt erstaunt. „Das ist ja mal etwas völlig Ausgefallenes. Auf einem Grabstein einen Namen zu schreiben. Was haben die sich nur dabei gedacht."

Etwas beleidigt lachte Georg nur hämisch.

„Hahaha. Dir wird das Lachen gleich vergehen. Sein Familienname war Joiner. Allen Joiner."

„Ja und? Das ist ein weit verbreiteter alter englischer Name."

Georg wiederholte noch einmal den Namen in aller Deutlichkeit.

„Joiner", das heißt auf Deutsch übersetzt „Tischler".

„Danke, das weiß ich auch", erklärte sich Markus. Schließlich war er zweisprachig aufgewachsen und beherrschte die englische Sprache nahezu perfekt.

„Aber kennst du auch den arabischen Namen für Tischler bzw. Joiner? Ich sag ihn dir: Al Hatab!"

„Nein!", verstand Markus nun. „Du meinst also, Allen Joiner war niemand geringeres als Al Hatab."

„Jetzt staunst du, was?! Es gab nie einen arabischen Kopisten. Es war nur Joiners Synonym. Und es wird noch besser. Ich bin drauf gestoßen, nachdem ich diesen Trick mit dem englischen Namen bemerkt hatte. Sunabar ist kein sagenumwobener Ort. Es ist, was es ist."

„Was soll das nun schon wieder heißen?"

„Es ist Schrift. Englische Schrift. Sprich es nicht Arabisch, sondern Englisch aus."

„Sunabar?", konnte Markus nichts Auffälliges daran finden. „Du weißt, ich bin halb Englisch aufgewachsen, aber dieses Wort habe ich noch nie gehört."

„Doch. Es ist alte englische Sprache. Und außerdem hat der Schreiberling es natürlich verschlüsselt. Schließlich musste er um sein Leben fürchten." Georg sprach jedes Wort ganz langsam und deutlich. „‚Sun', die Sonne, das Licht. Gleichzusetzen mit der Erleuchtung. Und ‚a bar'."

„A bar", führte Markus weiter aus. „Verschließen, verbarrikadieren, verstecken."

Georgs graue Theorie nahm immer mehr Farbe an. Markus setzte die Bausteine langsam zusammen.

„Wenn man es also auseinanderpflückt, bedeutet es sinngemäß: sun a bar – die versteckte Erleuchtung. Das ist ja unglaublich. Wie hast du das nur herausgefunden?"

„Ich gebe dir ja nur ungern recht, aber wie du schon bemerkt hast, wenn es jemand herausfinden kann, dann ich."

„Wer weiß, wie viele Menschen in den letzten Jahrhunderten dieses Rätsel lösen wollten, und dir gelingt es innerhalb von vierundzwanzig Stunden."

„Na ja, wenn ich ganz ehrlich bin, war es weniger eine Recherche, als Glück. Und herausgefunden hat es der Spiritual."

„Wie das?"

„Im Rechner der Bibliothek fand ich überhaupt nichts über Al Hatab oder Joiner. Und erst recht nicht über Sunabar. Ich habe den Zugang zum Zentralrechner des Priesterseminars geknackt und nachgeschaut. Der Rechner ist übrigens erstaunlich gut geschützt."

„Du hast es trotzdem geschafft, ihn zu knacken?"

„Nein, habe ich nicht. Aber ich habe etwas anderes gefunden. Es gab dort eine perfekt geschützte Datei, die nur von Professor Weithofen genutzt wurde."

„Und wie hast du es dann trotzdem geschafft?"

Georg zog aus seiner Tasche einen kleinen Zettel hervor und hielt ihn Markus entgegen.

„*A W 6 0 3 8 5*", las Markus langsam. „Aber das sind doch die Buchstaben und Zahlen, die auf dem Zettel standen, der ihm im Hals steckte."

„Genau das sind sie. Jetzt wissen wir auch ihre Bedeutung. Sie stellen den Code zu diesem Rechner da. Ich habe alles Mögliche ausprobiert. Und siehe da, mit dieser Kombination hat es funktioniert."

„Wir haben eine echte Spur. Und eine heiße noch dazu."

Markus hielt kurz inne, und seine spontane Freude zerfiel wieder in einen Haufen kleiner Scherben aus neuen Fragen.

„Aber warum hatte er diesen Zettel in seinem Hals stecken? Und was sagen uns diese Informationen über den weiteren Weg?"

„Der Kopist war auf jeden Fall ein heller Kopf. Er wusste um die Brisanz seiner Entdeckung."

„Vielleicht verschlüsselte er das eigentliche Rätsel noch einmal."

„Du meinst, es steckt noch weitaus mehr in dieser Botschaft?"

„Ja, ich bin davon überzeugt, dass sich darin auch der eigentliche Schlüssel zu dem Geheimnis verbirgt", schien Markus sich der Sache ganz sicher.

„In diesen paar Wörtern? Für mich ist es schon ein Wunder, dass der Spiritual überhaupt was darin gefunden hat."

„Vielleicht hat Joiner einen Code benutzt, den man auf den ersten Blick nicht entschlüsseln kann."

„Spiritual Weithofen muss für diese Recherche Jahre gebraucht haben."

„Aber es muss noch etwas anderes in der Mitteilung versteckt sein.

Dafür hat er sich zuviel Mühe gegeben, es zu verschleiern."

Markus nahm sich den Ausdruck vor und las die Botschaft noch einmal laut vor:

*„Das Bild der Wahrheit siehst du in dem klaren, glatten Wasser von Sunabar."*

„Vielleicht liegt die Lösung viel näher, viel oberflächlicher. Ähnlich wie bei der Verschlüsselung von Sunabar", gab Georg zu bedenken.

Ohne seinen Blick von der weiß getünchten Decke zu nehmen, nickte Markus zustimmend.

„Aber was sieht man denn in einem klaren, glatten Gewässer?"

Georg schüttelte achselzuckend den Kopf. „Wasser, den Boden, die Steine, Sand, Fische, was weiß ich."

„Fische!? Ja, Fische kann man in klarem Wasser sehen. Und Fische sind in der Zeit der Christenverfolgung das geheime Zeichen der Christen gewesen."

„Stimmt. Aber wo besteht der Zusammenhang zwischen einem Fisch und dem Bild der Wahrheit von Sunabar?"

Markus ging zu der gegenüberliegenden Wandseite, zu dem großzügigen Aquarium im hinteren Teil des Raums. In die Knie gehend schaute er durch die Glasscheibe. Ein Miniaturkosmos aus Grünpflanzen, bräunlich schimmerndem Kies und der farbenprächtigen Vielfalt südamerikanischer Scalare empfing seine Blicke, die nach einer Lösung suchend durch das Wasser glitten.

„Helft mir ein bisschen, meine kleinen Freunde", bat er die schwimmenden Mitbewohner. Doch außer einem etwas dümmlich wirkenden Gesichtsausdruck konnte er keine Reaktionen aus dem Aquarium erkennen.

Die Scalare hatte Professor Weithofen einst von einer Studienreise aus Südamerika mitgebracht. Sie waren eine weitere Leidenschaft von ihm. Mittlerweile hatte er eine beachtliche Zucht dieser Tiere zustande gebracht. In Gefangenschaft pflanzten sie sich nur äußerst selten und zögerlich fort. Doch der Spiritual hatte schon mehrere Jahre Zuchterfolg mit ihnen. Markus stand noch immer ganz dicht vor dem Glas des Aquariums und flüsterte vor sich hin.

„Die verstehen kein Wort Deutsch. Die kommen aus Brasilien", kam Georgs Kommentar aus der anderen Ecke des Raumes. „Vielleicht sollten wir es besser mit Portugiesisch versuchen."

Markus grinste, und er konnte seine weißen Zähne im Glas des Aquariums wiedererkennen.

Plötzlich traf ihn die Erkenntnis wie aus heiterem Himmel.

*Klares, glattes Wasser!*

*Englisch!*

Die Antwort schien ihm zu banal, als dass die Möglichkeit so einfach vor ihm liegen sollte. Konnte das wirklich die Lösung sein, nach der jahrhundertelang die klügsten Köpfe vergeblich gesucht hatten… aber ja, es musste die Antwort sein! Das Adrenalin schoss durch seinen Körper und schwemmte alle Müdigkeit aus jeder einzelnen seiner Poren.

„Englisch! Klares, glattes Wasser", wiederholte er laut.

„Ja und?", fragte Georg nichts ahnend.

„Alle haben den Rest der Botschaft immer nur auf Deutsch und nach dem Sinn forschend untersucht. Aber es war ja nur die deutsche Übersetzung!"

„Was willst du damit sagen?"

„Ich will damit sagen, dass Joiner Engländer war und sich die Botschaft logischerweise auch auf Englisch ausgedacht hat."

*Das Bild der Wahrheit siehst du in dem klaren, glatten Wasser von Sunabar*

*The picture of truth shows the clear and mirror-like water of Sunabar.*

„Clear" and „mirror-like", wiederholte Markus. Das ist die englische Übersetzung der Wörter „klar“ und „glatt“.

„Mirror-like?“, wiederholte Georg noch immer nicht ganz wissend, worauf Markus hinauswollte.

„Spiegelgleich“, fuhr Markus fort. „Auch das ist ein Wortspiel. Joiner meinte dies sowohl im übertragenen Sinne als auch sprichwörtlich. Es ergibt alles einen Sinn. Wenn ich auf das Wasser schaue, sehe ich zunächst einmal ... mich. Ich sehe mein Spiegelbild. Um also den Ort der „versteckten Erleuchtung“ zu finden, musst du in einen Spiegel schauen. Wenn du demnach das Wort Sunabar spiegelst, also von hinten nach vorn liest, erkennst du, dass es um keinen Ort geht, sondern um etwas ganz anderes.“

Markus sprach laut und deutlich, als er das Geheimnis lüftete. Und Georg hing gebannt an jedem Wort, dass seine Lippen verließ.

„Ich werde verrückt. Der Schlüssel zu allem liegt nicht tausende von Kilometern entfernt an einem Ort. Der Schlüssel ist vielmehr eine Person: Rabanus!“

# VIII.

Es war ein festlicher Tag für das Kloster, die umliegenden Dörfer und Ländereien, als Erzbischof Heistulf von Mainz die neue Kirche feierlich einweihte. Viele Sommer und Winter waren gekommen und gegangen, bis das Gotteshaus in dieser Pracht weit über dem Land thronen konnte. Doch mit großer Hingabe und Demut hatten die Mönche die Aufgabe angenommen. Einen Stein um den anderen war das Gotteshaus in Breite und Höhe gewachsen. In ihrer ganzen Dimension war die Basilika mit keinem anderen Bau des Reiches vergleichbar. Die beiden mächtigen Türme ragten weit in den Himmel hinein, dem Allmächtigen entgegen. Gott selbst musste der Mörtel sein, der dieses Bauwerk zusammenhielt. Staunend und mit großer Bewunderung schritten die kirchlichen Würdenträger durch den halbkreisförmigen Chor. Nach alter Christensitte war dieser östlich ausgerichtet. Der aufgehenden Sonne entgegen.

Durch die schier unglaublichen Ausmaße des Innenraums hatte es der Erzbischof schwer, die Worte seiner Predigt bis in die letzten Ecken und Winkel der Kirche zu tragen. Rabanus wurde die Ehre zuteil, dem Erzbischof bei der Messe zu assistieren. Abt Eigil hatte ihn, den hochangesehenen Magister des Klosters, damit auszeichnen wollen. Zusammen mit Erzbischof Heistulf, Abt Eigil, den Äbten Theogar von Herrieden und Brunward von Hersfeld sowie Erkanbert und dem Probst des Klosters Fulda, Eddo, trug Rabanus nun die Bahre, auf der

der Leib des Bonifatius ruhte, durch die neue Klosterkirche.

In der neuen Krypta stand das fantastische Ciborium schon an seinem Platz und wartete nur noch auf den Leib des Märtyrers. Der Erzbischof segnete das Ciborium und die gesamte Krypta mit Weihwasser und sprach ein Dankesgebet. Darauf zog die Gemeinschaft wieder nach oben in Richtung des Hauptschiffes. Obwohl Rabanus schon oft während der Arbeiten die Kirche besichtigt hatte, wurde ihm in diesem Moment klar, was hier geschaffen worden war. Beeindruckt blickte er sich um. Die Kirche hatte ein gewaltiges Langhaus, ein Querschiff und im Westen und Osten jeweils eine Krypta. Sie war das größte Gotteshaus diesseits der Alpen und galt geradezu als ein Wunderwerk. Das Kloster würde mit diesem Bauwerk, das berühmteste außerhalb Roms werden. Doch waren die Bauvorhaben des Klosters damit noch lange nicht beendet. Rabanus hatte noch ein weiteres Bauwerk zu betreuen. Abt Eigil hatte Rabanus sein Vertrauen ausgesprochen und ihn damit beauftragt den Bau einer kleinen Kirche zu betreuen. Die Kirche sollte dem heiligen Michael, dem Geleiter der Seelen, geweiht werden.

Nach der offiziellen Messe hatte das Kloster Fulda die sonst gut gesicherten Tore geöffnet, um neben den geladenen Gästen auch dem Volk einen Blick auf das imposante Bauwerk zu gewähren. Menschen, die auf den weit verstreuten Klostergütern arbeiteten. Landbewohner und allerlei fromme Menschen aus dem ganzen Land strömten durch das Haupttor ins Kloster. Ein Pulk von vielen hundert Köpfen schob sich an der Klosterkirche vorbei. Ehrfürchtige Bekundungen, Kreuzzeichen und offenes Staunen an allen Ecken. Es gab gar Gerüchte, dass sich geheime Gänge unterhalb der Basilika in alle Himmelsrichtungen streckten. An diesem Tag jedoch beschäftigten sich die meisten der einfachen Landleute mit ganz anderen Dingen. In der Luft verschmolzen die süßesten Düfte zu einer verheißungsvollen Wolke. Die Vorratskammer des Klosters war zum Ehrentag für alle geöffnet worden. Gerste, Bier, Met, Honig und Maulbeerwein.

Gemästete Ochsen. Speck, fette Hammel, Schweine, edle Hühner, Fasane, Enten und Rebhühner. Alles, was ein hungriger Magen sich wünschen konnte, fand man an den Ständen reihum. Geräuschvolles Leben und Treiben, wo sonst nur Stille zu Hause war. Alle schienen beschwingt. Nur ein Einziger nicht.

In der Nähe der *necessario*, der Einrichtung für die Notdurft der Mönche, stand ein Mann, dem das lockige Haar dreifarbig aus dem Schädel schoss. Rot, blond und einige vereinzelte braune Haare tanzten wild um seine Tonsur. Auch er trug eine Mönchskutte. Doch spiegelte seine Miene, entgegen aller anderen Mönche, eher Teilnahmslosigkeit und Gleichgültigkeit wieder. Griesgrämig lehnte er an der Außenwand der *necessario* und blickte mit Unverständnis auf die tumultartigen Zustände, die sich auf dem Klosterhof abspielten. Von einem Stand, an dem gerauchter Honig und süßer Kuchen feilgeboten wurde, kam ein groß gewachsener Bauer mit Kopfbedeckung und weiter Kleidung in Richtung der *necessario* geschlurft, änderte dann aber seinen Weg und trat auf den Mönch zu.

„Ihr seht unglücklich aus, Mönch, was bedrückt euch?“, fragte der Bauer, den Rest seines Kuchens mampfend.

„Lasst nur, Bäuerlein. Ihr werdet das nicht verstehen. Feiert ruhig mit den anderen und lasst euch täuschen von der Frömmigkeit der Brüder.“

Der Mönch hielt den Bauern für einen *imperitus*, einen Ungebildeten, mit dem er seine Probleme sicherlich nicht teilen wollte.

„Es ist nicht rechtens, einen Dienst zu leisten, den man nicht frei gewählt hat, nicht wahr?“

Der Mönch starrte den Bauern verständnislos an. „Was wollt Ihr damit sagen?“

„Nichts, Bruder Gottschalk. Wir möchten euch nur helfen. Wenn es euch wirklich ernst ist mit eurem Wunsch nach Veränderung und eurem Austritt aus dem Klosterbund, dann wollen wir euch gerne helfen."

„Woher wisst Ihr…?"

Mit einer abschneidenden Handbewegung fuhr der Fremde Gottschalk ins Wort.

„Glaubt mir, wir wissen noch weitaus mehr."

„Wer ist *wir*?", musterte Gottschalk den Mann misstrauisch.

„Lasst es mich so sagen: Wir haben nicht die gleichen Freunde, aber gewiss doch einen gemeinsamen Feind. Es ist aber besser für uns alle, wenn Ihr nicht zu viele Dinge wisst. Es genügt völlig, dass wir gemeinsame Ziele haben. Was denkt Ihr?"

„Angenommen, ich wäre interessiert, wie wollt Ihr mir helfen?"

„Wenn der Abt mit seiner engstirnigen Meinung bezüglich der Obligation eurer Eltern einst nicht mehr ist und ein gemäßigter Abt an seiner statt das Amt einnehmen würde…"

„Hatto oder Eddo, sie sind beide anderer Meinung und würden meinem Wunsch sicherlich nachkommen."

„Ihr versteht schnell."

„Aber was ist mit Rabanus? Er ist der gleichen Überzeugung wie Eigil und hätte wie Hatto und Eddo die Möglichkeit, Abt zu werden."

„Dann wäre es nur eine Frage der Zeit, bis auch dieser Abt dem Schöpfer gegenübertreten würde."

Gottschalk verschlug es für einen Moment die Sprache. „Ihr wollt sie umbringen?"

„Wäre das nicht immer noch besser, als ein Leben wie ein Toter zu führen, so wie Ihr es tut?"

Die Gedanken des Mönchs wanderten wild durcheinander. Was tat es schon sich mit diesem Bauern zu unterhalten. Wenn er jemals frei sein wollte, musste er jede Möglichkeit in Betracht ziehen und sie gegebenenfalls am Schopfe packen. Sei sie auch noch so verwegen.

„Was verlangt Ihr von mir?"

Ein siegesgewisses Grinsen überflog die Mundwinkel des Fremden. Mit einer Kopfbewegung deutete er Gottschalk an, ihm zu folgen.

Ohne eine weitere Frage zu stellen, gehorchte Gottschalk und trottete hinter ihm her. Hinein in die feiernde Menge, bis die Menschenmasse sie schließlich komplett schluckte.

# 9.

Die große Wanduhr mit dem altmodischen Ziffernblatt zeigte bereits nach Mitternacht. Das Tageslicht war seit dem frühen Morgen einmal über die gesamte Fensterfront gewandert, bis es schließlich auf der anderen Seite wieder ganz erloschen war. Die Buchstaben begannen langsam vor Markus' schmerzenden Augen wild durcheinanderzutanzen, und das künstliche Licht der unentwegt wummernden Neonröhren tat ihr Übriges. Tief in die vor ihnen liegenden Berge von Büchern vertieft, saßen Markus und Georg um einen Tisch im hinteren Bereich der Bibliothek. Sie hatten den gesamten vergangenen Tag damit verbracht, sich Notizen zu machen und alle verfügbaren Informationen über Rabanus zusammenzutragen. Natürlich wussten sie mittlerweile einiges über den einstigen Fuldaer Abt aus verschiedenen Projekten des Priesterseminars. Auf keinen Fall aber wollten sie auch nur das geringste Detail übersehen.

Georg streckte alle Viere weit von sich. Er gähnte ausgiebig. Dann rückte er seinen Stuhl wieder an den Tisch heran und klappte sein Buch zu.

„Okay, was haben wir denn inzwischen alles?"

Markus, über die Unterbrechung nicht undankbar, resümierte die letzten Stunden. Mittlerweile hatte die handgeschriebene Liste vor ihm eine beeindruckende Länge.

„Rabanus wurde um das Jahr 780 als Sohn eines rheinfränkischen

Adelsgeschlechts in Mainz geboren. Seine Eltern gaben ihn früh in die Klostergemeinschaft. Er war also ein so genannter *oblatus*. Jemand, der nicht aus freier Entscheidung ins Kloster eintrat, sondern von den Eltern in die Obhut des Klosters übergeben wurde."

„Genau wie Bonifatius!", erkannte Georg.

„Dann legt er sein Mönchsgelübde ab und studiert später zusammen mit seinen Mitbrüdern Hatto und Samuel im Martinskloster zu Tours in Frankreich, wo sie vom angesehendsten Kirchengelehrten der damaligen Zeit unterrichtet wurden."

„Alkuin!"

„Richtig, Alkuin", vergewisserte sich Markus mit einem Blick auf das vor ihm liegende Papier, auf dem er in einem Zeitstrahl das Leben des Rabanus dargestellt hatte. „Bald darauf wird Rabanus Magister des Klosters Fulda und übernimmt die Leitung der Klosterschule, die später so berühmte Gelehrte wie Walahfried Strabo, Otfried von Weißenburg oder auch Lupus von Ferrieres, immerhin die bedeutendsten Philologen des frühen Mittelalters, hervorbringt. Als Magister war er Vermittler zwischen dem damaligen Abt Eigil und den zwölf Lehrenden."

„Aber was waren seine genauen Aufgabengebiete?"

„Traditionsgemäß lag der Schwerpunkt der Ausbildung auf den sieben freien Künsten."

„Grammatik, Rhetorik, Dialektik, Arithmetik, Geometrie, Musik und Astronomie", zählte Georg auf. Die konnte er auswendig.

„Nicht zu vergessen die theologischen Wissenschaften und die deutsche Sprache, die zum Auslegen der Heiligen Schrift diente", ergänzte Markus die Auflistung und führte weiter aus.

„Als Eigil 822 stirbt, übernimmt Rabanus die Gesamtverantwortung als Abt des Klosters Fulda. Er behält es sich aber weiterhin vor, den speziellen theologischen Unterricht der Kleriker selbst zu gestalten und durchzuführen."

„Und das, so wissen wir, waren nicht weniger als 600 Mönche, davon alleine über 400 in den kleineren Niederlassungen außerhalb Fuldas, wie die von ihm errichteten oder ausgebauten Nebenklöster Johannesberg, Petersberg und Frauenberg, der damals noch Bischofsberg hieß."

„Ebenso war er maßgeblich am Bau der Ratgarbasilika und der im gleichen Jahr fertiggestellten Michaelskirche beteiligt."

„Für uns sollte aber mehr von Interesse sein, dass im Rahmen seiner Lehrtätigkeiten die Einrichtungen der Mal- und Schreibschule eine besondere und über Jahrhunderte hinaus wirksame Bedeutung besaß." Georg war sich sicher, dass hier die Lösung zu finden war. Markus fuhr mit dem Finger einen zweiten Zeitstrahl entlang.

„Das ist auch die Zeit, als Allen Joiner alias Al Hatab als Kopist in Fulda tätig ist. Die Biblioteca Fuldensis umfasst zu dieser Zeit die unglaubliche Anzahl von ungefähr 2000 Handschriften. Rabanus katalogisierte und ordnete sie."

„Wie umfassend er dabei vorging, zeigt allein die rasche Ausweitung der Klosterbibliothek, in der sich aber nicht nur rein theologische Werke befanden."

„Genau. Warte mal, wo habe ich es", suchte Markus die dazugehörige Information. „Ach ja, hier: Auch antike Autoren wie Cicero, Vergil oder Horaz sowie altdeutsche Literatur wurden aufgenommen, was ungewöhnlich ist, da die Ablehnung solcher heidnischer Schriften ziemlich groß war."

„Das bedeutet wohl auch, dass er sich damit nicht nur Freunde machte."

„Besonders einer seiner Schüler machte ihm das Leben schwer. Ein Mönch namens Gottschalk. Er lehnte sich gegen eine alte Benediktinerregel auf. Die Regel besagte, dass ein Oblatus sich nicht im Nachhinein gegen ein Klosterleben entscheiden kann. Rabanus reagierte daraufhin ungewohnt rabiat gegen den Aufsässigen und ließ ihn nach mehreren harten Strafen schließlich sogar in die Verbannung nach Reims schicken. Dort verlor der Mönch Gottschalk später seinen

Verstand und starb schließlich völlig vereinsamt. Manch einer vermutete, dass noch mehr hinter der Abneigung von Rabanus steckte, als der Verstoß gegen die Benediktinerregel."

„Beweise gibt es allerdings keine dafür, Markus. Vielleicht nur ein Gerücht. Lass uns mal weiter über die Arbeiten der Kopisten forschen. Von entscheidender Bedeutung bei der Erstellung von Handschriften war die Buchmalerei. Doch noch beeindruckender als die Buchmalerei sind die eindrucksvollen Figurengedichte von Rabanus höchstselbst. In seinem berühmtesten Werk: *De Laudibus sanctae crucis*. In diesen werden Texte mit geometrischen Mustern und einfachen Zeichnungen unterlegt. Das Außergewöhnliche daran war, dass der Text innerhalb der Zeichnungen einen völlig anderen Inhalt haben konnte als der Gesamttext. Rabanus erreichte diesen Effekt dadurch, dass die Schrift innerhalb der Zeichnungen manchmal vertikal oder auch von rechts nach links gelesen werden musste."

„Wie bei einem Kreuzworträtsel mit optischer Täuschung."

„Könnte man so sagen. Die genauen Abmessungen der einzelnen Zeilen offenbaren dabei eine weitere Auffälligkeit. Die Zahlen werden als verstecktes Symbol mystisch-religiöser Wahrheiten gedeutet."

Markus plädierte hingegen für einen weiteren wichtigen Zweig des damaligen Klosterlebens als Anhaltspunkt für eine Lösung.

„Vergiss nicht, dass neben der Tätigkeit in den Mal- und Schreibschulen und der Vermittlung der geistlichen Lehre im Kloster Fulda von Beginn an ein weiterer Ausbildungsbereich gepflegt wurde: das Handwerk. Die benediktinischen Mönche sollten in der Lage sein, sich komplett selbst zu versorgen."

„Richtig", erinnerte sich Georg und hob die Hände zu einer übertriebenen Geste. „Sie sollten durch die körperliche Betätigung zugleich dem Müßiggang als einem Feind der Seele entgegenwirken."

Lächelnd nahm Markus die Äußerung entgegen. Aber Georg hatte recht. Nach den Regeln des Benedikts war dies unerlässlich.

„Dazu boomte in der Amtszeit von Rabanus geradezu die

Herstellung von Steindenkmälern und Steinfiguren. Als ein Meisterwerk der Fuldaer Werkstätten galt das Ciborium über dem Grab des heiligen Bonifatius.

„Cibo… was?", wunderte sich Georg.

„Ciborium. Das war ein legendäres Kunstwerk aus Marmor. Vier Säulen trugen dabei ein Dach über einem steinernen, reich verzierten inneren Bogen. Leider ging es verloren. Niemand weiß, was damit geschah."

„Okay", sagte Georg tonlos. Er war müde und abgekämpft. „Wir wissen jetzt also, wer Rabanus war und was er tat. Doch wie hilft uns das in Bezug auf Al Hatab und Spiritual Weithofen weiter?"

„Weithofen muss auf irgendetwas gestoßen sein."

„Aber in den ganzen Unterlagen und Dateien ist nichts von seiner Entdeckung zu finden."

„Und doch hat er etwas verheimlicht", beharrte Markus auf seiner These.

„Dann muss er die Ergebnisse seiner Untersuchung irgendwo versteckt haben. Vielleicht in seinem Zimmer?

„Nein, glaube ich nicht." Markus schüttelte vehement den Kopf. „Wenn er ahnte, dass man ihm auf den Fersen war, dann hätte er sicherlich nicht die geheimen Ergebnisse in seinem Zimmer aufbewahrt. Wohl eher an einem Ort, an dem man sie nicht vermuten würde und sie dennoch gut aufgehoben sind."

„Was hatte er dir über dieses geheime Projekt gesagt, als er dich im Labor erwischt hat?"

„Leider nichts, nur dass er mir noch nichts darüber sagen könne."

„Nein, ich meine das andere. Hatte er nicht irgendwas von seinem Herzen erzählt?"

Nun fiel es Markus wieder ein. Weithofen hatte ihm noch diese seltsame Andeutung gemacht.

„*…bis dahin bewahre ich, Adalbertus, das Wissen verschlossen in meinem Herzen wie hinter einer steinernen Wand auf.*"

„Stimmt", gab Markus Georg recht. „Das könnte ein versteckter Hinweis gewesen sein. Warum sprach er seinen Namen lateinisch aus? Und was bedeutet *hinter einer steinernen Wand*?"

„Nur ist dieser Hinweis so versteckt, dass auch wir ihn nicht finden."

„Wir müssen dranbleiben, Georg, das sind wir ihm einfach schuldig. Irgendwo in diesen ganzen Sachen muss etwas stehen, was wir übersehen haben. Wir müssen nur mit wachen Augen weitersuchen."

„Genau, und da meine Augen mir schon seit Stunden signalisieren, dass sie alles andere als wach sind, werde ich ihrer Bitte Folge leisten und mich jetzt ins Bett begeben. Komm, lass uns Schluss machen für heute."

Mit einem Blick auf seine Uhr erkannte Markus die vorgerückte Stunde.

„Okay, bringt wahrscheinlich auch heute nichts mehr."

„Sag ich doch. Wir werden morgen ausgeruht an der Sache weiterarbeiten."

Markus klappte seinen Block zu, in dem er alle wichtigen Details zusammengefasst hatte. Georg schwang sich seine Tasche um die Schulter und stand auf.

„Na dann, bis morgen", verabschiedete er sich, schnappte sich seine Jacke und verschwand.

Markus wollte zunächst aus Gewohnheit noch die Bücher wieder zurückräumen, erinnerte sich aber daran, dass in den nächsten Tagen niemand in der Bibliothek sein würde, um sich Bücher auszuleihen. Daher beschloss er, die Sachen an ihrem Platz liegen zu lassen, um am nächsten Morgen ohne langes Suchen weiterarbeiten zu können.

Nach mehrmaligem Gähnen packte er seine Notizen zusammen und steckte sie in seinen Rucksack. Er löschte das Licht und ging durchs Treppenhaus nach draußen.

*

Die hohe Sandsteinmauer bot einen hervorragenden Schutz. Die dunkle Ecke war weder von der Straße noch von dem Fußweg einzusehen, der sich an dem Parkplatz vorbeischlängelte. Ein perfekter Hinterhalt. Auch das gesuchte Auto stand auf seinem Platz. Die Anweisungen waren am Abend zuvor telefonisch durchgegeben worden. Klar und eindeutig, wie immer. Der Auftrag war einfach und wurde sehr gut bezahlt. Wenn diese Aufgabe hier in Fulda erledigt war, würde eine Beförderung innerhalb der Thule-Gesellschaft unumgänglich sein. Und er hatte es satt, immer nur die Drecksarbeit machen zu müssen. Der finanzielle Gewinn war zwar hoch, doch das Risiko ebenso. Allerdings wunderte es Erik de Flandre, dass nichts von dem Vorfall im Labor in der Presse zu finden war. Nur ein schlichter Nachruf. Wollte man nur die Öffentlichkeit aus der Sache heraushalten oder ahnte die Polizei wirklich nichts. Erik schmunzelte. Er wusste nur zu gut, wie langsam und zäh Polizeiermittlungen sein konnten und wie ineffektiv oftmals gearbeitet wurde. Die zu kleinen Budgets und die dafür umso größere Bürokratie würden ihr Übriges tun. Jahrelang hatte er sich selbst über die mangelnde Unterstützung durch die Politik geärgert. Dann wurde die Organisation auf den engagierten Polizisten aus Brüssel aufmerksam. Wenige Wochen später quittierte er seinen Dienst. Von da an gab es keine lästige Bürokratie mehr im Leben von Erik de Flandre.

„Wann kommt der Typ denn endlich?“, flüsterte Michele Moutroux unruhig. Genervt streckte Erik den Zeigefinger vor den Mund, um Michele Ruhe zu gebieten. Erik de Flandre mochte keine Menschen. Er verabscheute es regelrech,t mit anderen zusammenzuarbeiten.

„Er wird schon kommen. Es ist alles bestens vorbereitet. Und jetzt halt die Klappe.“

Michele Moutroux war noch jung und ungeduldig in seinem Handeln. Es war nicht das erste Mal, dass Erik mit ihm zusammenarbeitete. Als seinen Nachfolger sollte er ihn anlernen. Ihm alles Wichtige zeigen und alles noch Wichtigere verschweigen. Seit fast zwanzig Jahren erledigte Erik nun die unbequemen Aufgaben der Thule-Gesellschaft. Viele hatte er innerhalb der Thule-Gesellschaft kommen und gehen sehen. Michele jedoch hatte das Zeug, Karriere zu machen. Er brannte für die Sache, wie es auch einst bei Erik der Fall gewesen war. Das imponierte Erik, allerdings barg dies auch ein Risiko. Michele war aggressiv und hatte keine Hemmungen, skrupellos Befehle auszuführen. Manchmal glaubte Erik, dass es Michele erregte, anderen Leid und Schmerz zuzufügen. Eriks Aufgabe bestand nun darin, diese wilden Energien zu kanalisieren und für die Organisation zu nutzen. Die Gesellschaft benötigte Nachwuchs, um ihre Ideologie weiterzuführen. Michele tat dies aus tiefer Überzeugung, ohne Fragen zu stellen.

„Statt sich hier die Nacht um die Ohren zu schlagen, könnten wir jetzt auch in…", weiter kam Michele in seiner Ausführung nicht. Erik hatte ihm den Ellenbogen in den Magen gerammt. Michele wusste nicht wie ihm geschah, sank auf die Knie und röchelte nach Luft. Doch Erik hielt ihm nur mit seiner massigen Hand den Mund zu und zeigte mit der anderen die Straße hinauf. Zunächst wusste Michele nicht, was Erik damit andeuten wollte. Dann konnte er eine Silhouette erkennen, ein Schatten näherte sich schnellen Schritts dem Parkplatz.

*

Frische Luft. Markus atmete tief und ganz bewusst. Die letzten Stunden im Labor hatten ihre Spuren hinterlassen. Seine Augen brannten und der Nacken war steif. Eine leichte Brise wehte in seinen Haaren und blies ebenso seine festgefahrenen Gedanken ein wenig fort. Es war schon sehr spät geworden, doch Markus hatte seiner Mutter versprochen, noch einmal bei ihr vorbeizuschauen. Sie war im Begriff, eine Kreuzfahrt mit ihrer Cousine aus Kiel anzutreten, und Markus wollte sich zumindest von ihr verabschieden. Sichtlich übermüdet und in Gedanken versunken, trottete er hinüber zum Parkplatz der Fakultät, wo er sein Auto abgestellt hatte. Die kleine Straße mündete in einem beschaulichen Innenhof. Nur spärlich erhellten Straßenlaternen die schwarze Nacht. Markus schlug den Kragen an seinem Mantel auf. Er kramte nach seinem Autoschlüssel, als er ein leises Knacken unmittelbar hinter sich hörte. Er wollte sich umdrehen, doch es war schon zu spät. Ein dumpfer Schmerz raste durch seinen Körper. Für einen Moment verlor Markus die Orientierung und taumelte zu Boden. Sein Rucksack rutschte ihm von der Schulter und fiel neben ihn auf das kalte Pflaster.

„Guten Abend, Herr Schuhmann, wir wollten uns bei Ihnen vorstellen“, hörte er eine raue, tiefe Männerstimme.

Markus versuchte aufzustehen. Ein Stiefel traf ihn mit voller Wucht im Gesicht. Trotz seines durchtrainierten Körpers hatte er keine Chance, sich zu wehren. Alles ging rasend schnell. Im nächsten Moment spürte er, wie er von jemandem gepackt und nach oben gezerrt wurde. Sein Kopf wurde an den Haaren gerissen und in den Nacken gezogen. Das Gesicht seines Gegenübers war nur wenige Zentimeter von ihm entfernt. Der schlechte, stechende Atemgeruch stieg Markus in die Nase.

„Was wollen Sie?“, stöhnte Markus. Er erkannte, dass er gegen die Übermacht der zwei Männer nichts ausrichten konnte.

„Oh, jetzt enttäuschen Sie mich aber. Sie haben keine Idee, was wir wollen oder wer wir sind?“

„Ich habe kein Geld bei mir.“

„Geld“, höhnisch lachte ihn der breitschultrige Mann von oben herab an. „Geld ist nun wirklich das Letzte, was wir von Ihnen möchten."

„Dann sagen Sie schon, was Sie von mir wollen."

„Lassen Sie uns ein Spiel spielen. Ich gebe Ihnen einige Tipps, und Sie raten. Also, wir sind immer noch da und wir waren auch niemals wirklich weg. Wir sind überall und doch bleiben wir unsichtbar. Unsere Macht reicht weiter als Ihre Vorstellungskraft. Wer sind wir? Eine Idee?"

Markus glaubte, einen leichten Akzent ausmachen zu können. Der Fremde schien Skandinavier oder Niederländer zu sein. Der Mann drehte sich kurz ab, um Sekundenbruchteile später wieder herumzuwirbeln und Markus eine Faust in den Magen zu rammen. Markus rang nach Luft, und im nächsten Moment kämpfte Markus gegen die Ohnmacht, die sich auszubreiten drohte. Er röchelte, und ein dünner Faden Blut lief aus seinem Mund auf das nasse Kopfsteinpflaster. Mit aller Macht versuchte er sich aufzurichten, doch seine Beine wirkten zentnerschwer.

„Ich habe Sie gefragt, ob Sie eine Idee haben. Es ist unhöflich, auf eine Frage mit Schweigen zu antworten. Sie sind ja fast so schweigsam wie Ihr Lehrer. Wobei dieser nun ja für immer schweigen wird."

Damit bestätigten sich Markus' schlimmste Befürchtungen. Längst ahnte er, mit wem er es zu tun hatte. Die zwei Gestalten mussten Mitglieder des Thule-Ordens sein. Der fremde Mann grinste ihn mit einem geradezu grotesken Gesichtsausdruck an. Kraftlos ergab sich Markus in sein Schicksal. Der zweite, jüngere Mann hinter Markus wollte ihn am Kinn fassen und den Kopf nach hinten reißen, als ihm ein Finger in Markus' Mund abrutschte. Auf diese Chance hatte Markus gewartet. Er nahm all seine verbliebene Kraft zusammen und biss zu. Der Jüngere schrie vor Schmerz laut auf und entließ Markus aus seiner Umklammerung. Er wollte sich losreißen, doch vergeblich versuchte er seine Hand aus Markus' Mund zu ziehen. Markus biss mit dem Mute der Verzweiflung immer tiefer in das Fleisch und spürte bereits den Knochen zwischen seinen Zähnen.

„Hilf mir doch, verdammt", schrie der Jüngere außer sich vor Schmerz. „Dieser Bastard beißt mir den Finger ab."

Sein Kollege hämmerte einige Schläge auf Markus' Körper, der jedoch nur noch fester zubiss. Schwer schnaufend konnte Markus das Fleisch langsam zwischen seinen Zähnen zurückweichen spüren. Wieder schmeckte er Blut. Diesmal jedoch nicht sein eigenes.

„Was ist hier los?", wurde die Szenerie von einer weiteren Stimme unterbrochen. „Lassen Sie diesen Mann sofort in Ruhe. Polizei, Polizei!"

Die Stimme kam Markus bekannt vor, aber er war zu schwach, um sie zuordnen zu können. Sofort ergriff der Wortführer die Flucht, und als Markus den Finger aus seinem festen Biss freigab, rannte auch der zweite mit einer Mischung aus wilden Flüchen und schmerzerfüllten Schreien davon.

Ein Mann kniete sich neben Markus nieder, zog seine Jacke aus und legte sie vorsichtig unter Markus' Kopf.

„Halt durch, Junge. Ich rufe einen Krankenwagen."

Erst jetzt erkannte Markus die helfende Gestalt, die sich über ihn beugte. Subregens Romberg war ihm zu Hilfe geeilt. Markus' Hände klammerten sich fest um den Unterarm Rombergs. Mit letzter Kraft versuchte Markus, einige Wörter zu formen, doch nur ein Röcheln verließ seinen Mund.

„Sagen Sie nichts, Markus. Bleiben Sie einfach nur ruhig liegen. Haben Sie keine Angst, es wird alles gut werden."

Markus hörte die Stimme des Subregens, doch allmählich wurde sie leiser und verschwand schließlich völlig. Romberg zog ein Handy aus seiner Jacke und wählte eine Nummer. Das war das Letzte, was Markus noch wahrnahm.

*

Die Szenerie war verschwommen. Immer, wenn Markus glaubte, ein Bild festhalten zu können, verschwand es wieder. Doch nach und nach gewann sein Geist wieder die Kontrolle über seinen Körper. Er lag auf dem Rücken und helles Licht blendete ihn. Dann dieser stechende Geruch. Es roch nach Chemikalien, irgendwie steril. Noch benommen, versuchte er etwas zu erkennen. Langsam wichen die schemenhaften Gestalten echten Menschen aus Fleisch und Blut. Stimmengewirr mischte sich mit elektronischen Tönen. Er war also nicht tot. Es sei denn, im Himmel wären Hightech und Hektik an der Tagesordnung.

„Hallo, Herr Schuhmann", hörte er eine angenehm warme Stimme. Zarte Finger berührten seinen Handrücken. „Schön, dass Sie wieder da sind."

Markus wollte antworten, doch sein Hals war zu trocken. Ein Plastikbecher berührte seinen Mund. Er nahm zwei kleine Schlucke. Es schien ihm, als ob er jeden einzelnen Tropfen spüren könnte, der sich in seiner Kehle ausbreitete. Nur seine Unterlippe fühlte sich noch immer seltsam taub an.

„Wo, wo bin ich hier?", stotterte Markus.

„Im Herz-Jesu-Krankenhaus. Ich bin Doktor Sonya Ramzy. Sie waren bewusstlos, als Sie gestern Abend eingeliefert wurden, und haben die ganze Nacht durchgeschlafen. Erinnern Sie sich?"

Markus musterte Doktor Ramzy. Selbst in ihrem weißen Kittel wirkte sie elegant und sehr weiblich. Sie trug ihr dunkles Haar zu einem Zopf zusammengebunden. Ihr Gesicht war von beneidenswerter Gleichmäßigkeit mit vollen, sinnlichen Lippen. Einen kurzen Moment glaubte sich Markus doch im Himmel.

„Erinnern? Ja, doch. Leider sehr genau."

„Sie haben Glück gehabt. Es hätte auch anders ausgehen können. Sie haben nur eine angebrochene Rippe und einige Prellungen im Gesicht und Brustbereich. Außerdem mussten wir eine Platzwunde an Ihrer Lippe kleben. Sie werden aber nur eine winzig kleine Narbe davontragen."

Markus tastete seine geschwollene Unterlippe. Sie schmerzte.

„Das nennen Sie Glück? Ich will nicht wissen, was Sie als ziemlich ernsthafte Verletzung bezeichnen", scherzte er bereits wieder. Musste aber sogleich erkennen, dass sich ein herzhaftes Lachen mit einer angebrochenen Rippe nicht gut vertrug. Doktor Ramzy lächelte Markus an. Ihr Blick hatte etwas Beruhigendes.

„Schmerzhaft, so eine gebrochene Rippe, nicht wahr? Ruhen Sie sich noch etwas aus. Sie genießen den Luxus eines Einzelzimmers. Wir behalten Sie heute noch hier, und wenn Sie sich gut benehmen, können Sie morgen wieder nach Hause gehen."

„Selbst wenn ich wollte, könnte ich mich im Moment nicht danebenbenehmen. Danke, Doktor."

„Übrigens wartet schon Besuch auf Sie. Ich schicke ihn gleich zu Ihnen herein." Doktor Ramzy verließ den Raum, ließ die Tür aber offen. Markus überlegte noch, wie alt Doktor Ramzy wohl sein könnte. Er vermutete, dass sie wohl im gleichen Alter war wie er.

Seine Mutter und Georg kamen herein. Georg sah blass aus und hielt sich an einem kleinen Strauß Schnittblumen fest. Seine Mutter hatte rote Augen und schüttelte nur verständnislos den Kopf. Sie drückte ihn fest an sich und strich ihm mit der Hand über das Gesicht. Markus' Rippe schmerzte dabei, doch er verkniff sich eine Bemerkung.

„Junge, was ist denn passiert? Ich bin fast zu Tode erschrocken, als mich Herr Romberg anrief."

Markus warf Georg einen fragenden Blick zu. Ob er seiner Mutter irgendetwas erzählt hatte? Georg verstand und schüttelte verneinend den Kopf. Seine Mutter hatte sich sicherlich schon genug Gedanken gemacht, als sie von dem Vorfall gehört hatte. Sie sollte nicht noch mit den näheren Umständen belastet werden.

„Geht's dir denn wieder gut, oder hast du Schmerzen?"

„Nein, mir geht's schon wieder ganz gut. Aber ich hätte gerne etwas zu trinken. Könntest du mir vielleicht eine Flasche Wasser besorgen?"

„Eine Flasche Wasser?", zeigte sich Frau Schuhmann überrascht. „Aber ja doch. Ich gehe kurz zur Stationsschwester."

Kaum war sie aus dem Zimmer verschwunden, stellte Georg die Blumen in eine Vase und setzte sich mit einem Stuhl an Markus' Bett.

„Ich habe ihr nichts erzählt."

„Das ist gut so. Sie soll sich keine Sorgen machen."

„Aber ich mach mir Sorgen. Diese Typen hätten dich umbringen können. Wenn Romberg nicht gewesen wäre, hätte ich dir anstelle dieser Blumen vielleicht einen Kranz kaufen können."

„Romberg. Ich muss mich noch bei ihm bedanken. Ich bin mir jetzt aber erst recht sicher, dass wir auf dem richtigen Weg sind."

„Du willst also weitermachen?"

„Natürlich." Markus zwang sich zu einem schmerzvollen Lächeln.

„Du bist und bleibst ein unverbesserlicher Dickkopf."

Frau Schuhmann kam mit der Flasche Wasser unter dem Arm zurück ins Zimmer und stellte sie auf den kleinen Nachttisch neben dem Bett. Sie sah sehr mitgenommen aus. Schon einmal wurde sie von Fremden benachrichtigt und über einen schlimmen Unfall unterrichtet. Markus hoffte, dass bei ihr nicht alte Wunden aufreißen würden. Nie wieder wollte er seine Mutter so leiden sehen wie damals, als sie vom Tod ihres geliebten Mannes erfahren musste. Markus war froh, dass sie schon am nächsten Tag zu der geplanten Kreuzfahrt mit ihrer Cousine aus Kiel aufbrechen würde. Wie auch immer sich die Dinge hier in Fulda entwickeln würden, er würde sich wohler fühlen, wenn seine Mutter nicht vor Ort war.

# IX.

Kein Laut war mehr zu vernehmen. Die völlige Stille innerhalb der Klostermauern war ein Sinnbild des Friedens. Es war bereits weit nach Mitternacht und alle Mönche waren längst in den *cellae novicorum*, den Schlafräumen des Klosters, verschwunden und schliefen tief und fest. Nach den anstrengenden Tagesarbeiten waren alle erschöpft und dankbar für ein wenig Ruhe, bis die Nacht allzu früh wieder ihr Ende nahm und die von vielen Gottesdiensten unterbrochene Arbeit von vorn begann. Doch nicht alle hatten Schlaf gefunden.

Im Licht des Mondscheins zeichnete sich die Silhouette einer schlanken Gestalt ab, die eng an die Klostermauer gedrückt in Richtung des Haupttores schlich. Die tief ins Gesicht gezogene Kapuze verbarg dabei jeglichen Blick auf das Gesicht. Im Dunkeln sahen sich die Mönche in ihren weiten Kutten ohnehin zum Verwechseln ähnlich. Die Gestalt bahnte sich ihren Weg den Hang hinunter bis zu einer hüfthohen Klappe, die noch einige Meter weiter entfernt lag als das große Haupttor. Durch diese Klappe entsorgten die Brüder den Unrat und die Töpfe ihrer nächtlichen Notdurft. Man konnte die Klappe nur von innen öffnen und mit einem quer eingelegten Holzbrett sichern. Durch eine abfallende Lehmrinne wurde die Brühe weitergeführt. Hinter der Mauer in einen dort fließenden kleinen Bach, der sich bis hinunter ins Tal schlängelte und schließlich in die Fulda mündete. Die ungeliebten und übel stinkenden Überbleibsel wurden so schnell und effektiv entsorgt. Noch einmal schaute er in alle Richtungen, um sich zu vergewissern, dass ihm auch ganz sicher niemand gefolgt war. Eine kupferrote Locke rutschte unter der Kapuze hervor, als der Mönch die Klappe nach oben schob. Er klemmte das Holzbrett, welches zur Sicherung diente, zwischen die Klappe, sodass diese geöffnet blieb. Nach einem weiteren kontrollierenden Blick lief er hastigen Schrittes wieder den gleichen Weg zurück, den er zuvor gekommen war. Als der Mönch weit genug entfernt war und man ihn nicht mehr erkennen konnte, schob sich von der anderen Seite der Klostermauer ein weiterer schwarz gewandeter Kuttenträger von beachtlicher Statur durch die geöffnete Klappe. Kurz verharrte dieser und schien dabei seine Umgebung genauestens zu überprüfen. Die Gebäude, den Innenhof, das Tor, einige Sträucher und Bäume, die sich im lauen Wind hin und her wiegten und dabei wie taumelndtrunkene Menschen wirkten, weckten kurz seine Aufmerksamkeit. Zufrieden stellte er fest, dass nichts und niemand von seiner Anwesenheit ahnte. Niemand hatte sein Eindringen bemerkt. Katzengleich federte er über den Boden. Kein einziger Laut war zu vernehmen. Nur ein Windstoß, der durch die Sträucher wehte, ließ hörbar etwas Laub aufrauschen. Dann ebbte auch diese kleine Böe ab, und der Fremde war verschwunden.

*

Das mit einem eisernen Hammer geschlagene Glöcklein rief am nächsten Tag zur gemeinsamen Mittagsmahlzeit ins Refektorium. Alle Mönche betraten schweigend den Raum und nahmen die ihnen streng vorgegebenen Plätze ein. Rabanus war immer wieder aufs Neue erfreut über die Vielfalt und Herkunft der Brüder. Hellhäutige Nordländer saßen neben südländischen Mönchen mit ledriger, sonnengegerbter

Haut. Einfache, schlichte Gemüter reihten sich an tiefsinnige Denker. Dem reifen Kopisten Rudolf, dem das Leben unübersehbare Geschichten in das faltige Gesicht geschrieben hatte, saß der bübchenhafte Novize Johannes gegenüber, der erst seit Kurzem der Klostergemeinschaft angehörte und schüchtern aus seinem zarten Gesicht zu Boden schaute. Jeder für sich anders und doch alle vereint im Glauben an den allmächtigen Herrn. Züchtig hatten sie ihre Plätze eingenommen, sodass sich das gewünschte, musterhafte Bild bot. Die täglichen Mahlzeiten waren von immer wiederkehrender Einfachheit und wenig Abwechslung geprägt. Nur den Kochkünsten Wunibalds war es zu verdanken, dass sich die Gerichte trotz der Ähnlichkeit der Zutaten geschmacklich unterschieden. Er war einer der wenigen, die es verstanden, mit Kräutern und teilweise exotischen Gewürzen kulinarische Farbtupfer in den tristen Speiseplan der Mönche zu bringen. Lediglich zu den Festtagen wie Ostern oder Weihnachten wurden die Mahlzeiten etwas üppiger gestaltet.

Nachdem alle mit dem Essen begonnen hatten, stieg Hatto auf die Lesekanzel und zitierte aus der Heiligen Schrift. Mit gleichschwingender Stimme begann er zu lesen.

*

Nach dem Mittagsmahl ging Rabanus mit gestärktem Körper und Geist hinüber ins *scriptorium*. Einige Abschriften, die das Kloster Trier in Auftrag gegeben hatte, warteten auf Erledigung. Außer Rabanus und seinem Gehilfen Samuel, den er wie Hatto bei seiner Ausbildung im Martinskloster im fernen Tours kennengelernt hatte, waren nur eine Handvoll der Kopisten und Schüler anwesend. Unter der Anweisung von Rabanus arbeiteten sie in dem großen, weiten Saal an wertvollen Werken wie der Heiligen Schrift, kirchlichen Gesetzessammlungen, aber auch an Abschriften heidnischer Klassiker. Alles wurde hier sorgsam in zierlichen, kunstvoll gestalteten Buchstaben geschrieben und zum Teil mit Bildern in Gold und in bunten Farben verziert. Extra hierfür waren in den Eichenholzpulten kleine Fässchen mit wertvollen Farben eingelassen worden. Das einfallende Licht der gekuppelten Bogenfenster spiegelte sich in den verschnörkelten und großzügigen Anfangsbuchstaben, die die Schreibkünstler gerade auf Pergamentblättern fertigten. Nach den Reliquien waren die Bücher der kostbarste Schatz des Klosters. Dank Rabanus' Initiative wuchs die Bibliothek stetig an. Sie war mittlerweile die größte und wertvollste des gesamten Reichs. Jeder Gast staunte beim Anblick der unglaublichen Menge großer Folianten, welche die Schreine an den holzgetäfelten Wänden füllten. Hatten andere Klosterbibliotheken etwa 500 bis höchstens 700 Handschriften, behauptete man, dass in Fulda die Zahl der Bücher so groß sei, dass man sie kaum noch zählen könne. Rabanus widersprach diesen Gerüchten nicht.

Nach der Biblioteca galt die Hauptsorge des Abtes der Schule. Sie gehörte zu jedem Benediktinerkloster. Sie war notwendig für jene, die als Kinder dem Kloster zugewiesen wurden. In der Schule wurden zunächst die unteren Fächer gelehrt wie Schreiben, Lesen, Rechnen und Singen. Danach kamen die höheren Fächer in zwei Abteilungen. Dabei umfasste die erste Abteilung den Unterricht der lateinischen Sprache, der Redekunst und der Philosophie. Die zweite Abteilung hatte vier Fächer: Sternkunde, Arithmetik, Naturkunde und Geometrie. Erst danach folgte das eigentliche theologische Studium.

Rabanus strich durch die Sitzreihen und überprüfte die Fortschritte der einzelnen Schriften. Bruder Allen übersetzte eine bedeutende alt-anglikanische Minuskel ins Lateinische. Daneben fertigte Bruder Rudolf gerade ein Wappen auf einer auffällig verzierten Urkunde. Eine Art Kopfhaube wurde dabei von einem gerade verlaufenden Stab gekreuzt, an dessen Ende sich ein Kreuz befand. Rudolf war der Spezialist auf diesem Gebiet. Rabanus deutete ihm mit einem kurzen Nicken seine Zufriedenheit über das Werk an. Der junge Schüler Balduin hingegen wurde mit der Kopie eines weniger wertvollen Evangeliums betraut. Als Magister des Klosters hatte Rabanus die Hauptverantwortung und die Aufgabe, die klösterliche Jugend zu erziehen. Er war für diese Aufgabe gewählt worden, da er wie kein anderer ein Mann mit reifem Urteil und starkem Charakter war. Im Besondern besaß er aber die Gabe, die jungen Seelen zu gewinnen und die Novizen in ihrem oft hitzigen Streben anzuleiten. Bei Balduin war dies bestens gelungen. Es würde nicht mehr lange dauern, und auch ihm würde das Kopieren wertvoller Schriften anvertraut werden. Mit kritischem Blick beäugte Rabanus die feinen Linien, die der Griffel des Novizen auf dem Papier hinterließ.

„Es ist eine Freude, euch bei der Arbeit zuzusehen, Bruder Balduin", lobte Rabanus den jungen Kopisten, der noch nicht allzu lange Zeit im Kloster seine Dienste verrichtete und seitdem schon außerordentliche Fortschritte gemacht hatte. Anders als Bruder Allen, der bereits ein über die Grenzen hinaus bekannter Kopist aus England war, ließ sich Balduin erst in die Künste der Kopisten einführen. Die Ausbildung an der Fuldaer Klosterschule galt als die beste nördlich der Alpen, was auf die vorzügliche Arbeit von Rabanus zurückzuführen war. Mit manchmal unorthodoxen Mitteln gewann er immer wieder die Aufmerksamkeit und das Interesse der Schüler. So unterrichtete er nicht nur in den klassischen Fächern der freien Künste, sondern nahm entgegen der benediktinischen Meinung auch Schriften in das Unterrichtsprogramm auf, die viele andere Geistliche durchaus als heidnische Schriften verstanden hätten. Doch Rabanus' universale Bildung resultierte teilweise aber genau aus solchen Schriften. Es war sein Anliegen, dass seine Schüler auch Einblicke in Astronomie oder Naturkunde erhalten sollten. Zufrieden mit dem Vorankommen der Arbeiten, setzte sich Rabanus an einen Tisch und wollte sich den Plänen für den Bau der Michaelskirche widmen. Hatto trat ein und überbrachte ihm die Nachricht, dass der Abt ihn in seiner Unterkunft erwarten würde. Wohl wissend, dass der Abt nicht gerne wartete, legte Rabanus seine Arbeit sofort nieder und folgte Hatto.

Die Zelle des Abtes lag etwas abseits von den *cellearen* der anderen Brüder. Direkt neben ihr befand sich der *Kaiserbau,* eine palastartig gewölbte Bogenhalle, die für den Besuch des Kaisers bereitgehalten wurde.

„Ihr habt nach mir gerufen, ehrwürdiger Vater?“ blieb Rabanus mit ehrerbietiger Verbeugung in der Tür stehen.

Eigil stand am Fenster und blickte hinaus auf die prachtvolle Klosterkirche. Er schien in Gedanken verloren zu sein. Aus den Augenwinkeln blickte Rabanus unsicher auf. Ob er ihn nicht gehört hatte?

„Soll ich später noch einmal wiederkommen?“

„Nein, kommt näher“, wandte sich der Abt ihm zu. Rabanus trat einige Schritte näher.

„Ich störe euch nur ungern bei eurer geschätzten Arbeit, Bruder Rabanus, aber es gibt unaufschiebbare Dinge, die ich mit euch besprechen muss.“

„Macht euch keine Sorgen um meine Arbeit, Vater Abt. Aber sagt, was bedrückt euch?“

„Was wisst Ihr über den Märtyrertod des Bonifatius?“

Rabanus verstand nicht recht, was der Abt mit dieser Frage bezweckte. Jeder im Kloster wusste um die Heldentat des heiligen Missionars und Klostergründers von Fulda, der auf seiner letzten Reise ins friesische Dokkum wie all seine Gefährten erschlagen wurde.

„Herr, darf ich offen zu euch sprechen?“

„Natürlich.“

„Was wollt Ihr tatsächlich wissen? Euch geht es doch nicht wirklich um meine Kenntnisse bezüglich des Märtyrertods unseres ehrwürdigen Bruders. Ich entnehme eurer Frage jedoch eine Ernsthaftigkeit, die ich nicht zu deuten vermag.“

„Ihr habt natürlich recht.“ Die Geistesschärfe von Rabanus empfand Eigil immer aufs Neue als eine außergewöhnliche Gabe. „Entschuldigt, Rabanus. Allerdings möchte ich euch vorher noch einige Dinge erzählen, die Ihr wahrscheinlich noch nicht wisst."

Die Sandalen des Abts schlurften über den Boden, als er wieder vor das Fenster trat. Dann begann er seine Ausführung.

„Am Morgen bevor Bonifatius zu seiner letzten Reise gen Norden aufbrach, schenkte er seiner Cousine Lioba zum Abschied ein Gewand."

„Auch dies ist mir bekannt, Herr. Man sagte er, hätte in der Nacht zuvor eine Vision gehabt. Eine Todesvision. Er ließ sich der Überlieferung nach gar ein Leichentuch mit in seine Bücherkiste packen."

„Richtig, so lautet die Überlieferung", drehte sich Eigil zu Rabanus.

„Zweifelt Ihr etwa daran?"

„Dass er Lioba das Gewand schenkte und ein Leichentuch mit einpacken ließ? Nein."

„Was dann?"

„Die Todesvision, die Bonifatius angeblich hatte, war wahrscheinlich sehr realer Natur."

„Wie meint Ihr das?"

Die hohe Stirn des Abtes legte sich in wellige Falten. Offensichtlich bedrückte ihn dieses Gespräch sehr.

„Habt Ihr schon einmal von den Todesboten aus Alamut gehört?"

Rabanus hatte von Reisenden aus dem Gelobten Land einige fantastische Geschichten gehört. Die meisten waren von solcher Abwegigkeit, dass man ihnen nur sehr wenig Glauben schenken konnte.

„Mörder aus dem Fernen Osten, die im Auftrag ihrer Herren ungenehme Gegner beseitigen."

„So ist es. Als letzte Warnung ist es bei ihnen üblich, dass sie ihren Opfern einen goldenen Dolch überbringen. Dabei schleichen sie sich heimlich bis in die Schlafräume ihrer Opfer. Während das nichtsahnende Opfer schläft, positionieren sie den Dolch mit der Klinge auf den Kopf des Schlafenden zeigend."

„Woher wisst Ihr das?"

„Nennen wir es einfach Überlieferungen im Familienkreis", lachte der Mund des Abtes, nicht jedoch sein Blick.

„Sturmius?"

Eigil nickte zustimmend. Es war bekannt, dass Eigil mit dem ersten Abt Fuldas verwandt war.

„Bonifatius erhielt in der Nacht vor seiner Abreise diese unmissverständliche Botschaft. Seine Todesvision war also vielmehr eine handfeste Drohung, die er auch sehr ernst nahm. Er rief seinen engsten Vertrauten, seinen Schüler Sturmius, zu sich und erzählte ihm davon."

„Ich verstehe. Aber warum erzählt Ihr mir davon, und warum beschäftigt euch dies so sehr? Das Ganze ist doch schon Jahrzehnte her."

Ohne ein Wort zu sprechen, ging Eigil zu dem kleinen Bänkchen, das neben seinem Bett stand und auf dem ein Leinentuch ausgebreitet lag. Er zog den Stoff weg. Rabanus lief sofort ein kalter Schauer über den Rücken, als er die blitzende Klinge erkannte. Ein goldener Dolch kam zum Vorschein, dessen Spitze auf das Kopfkissen des Abts zielte. Die Augen des Magisters fixierten den Dolch und er verstand, dass auch Eigil eine letzte Drohung erhalten hatte.

„Aber warum?", fragte Rabanus zögernd und fügte fast schon ängstlich hinzu: „Was habt Ihr getan, dass Ihr den Zorn solch böser Mächte auf euch gezogen habt?"

„Ich denke, ich weiß, um was es hier geht. Deswegen habe ich euch zu mir bestellt, Rabanus."

„Mich? Warum mich, warum nicht Hatto oder Eddo?", fragte Rabanus überrascht.

„Weil ich euch als meinen Nachfolger ansehe und die restlichen Brüder ebenso", zuckten die wässrigen Augen unter den buschigen Brauen hin und her. „So wie einst Bonifatius seinen Vertrauten Sturmius einweihte, will auch ich euch nun einweihen."

„Einweihen? Worin einweihen? Ich verstehe nicht."

„Nehmt besser Platz. Es gibt da noch weitere Dinge, von denen Ihr nichts ahnt und die euch bisher verborgen geblieben sind. Dinge, die auch für mich einst kaum zu glauben waren. Dieses Wissen muss weitergegeben werden, Rabanus."

Der Abt deutete auf den immer noch vor ihnen liegenden Dolch.

„Und wie es aussieht, sollten wir damit keine Zeit mehr verlieren."

# 10.

Der Fernseher lief ohne Ton. Im Nachtprogramm lief eine Dokumentation über weiße Haie vor der Küste Südafrikas. Doch Markus' Gedanken waren an einem ganz anderen Ort. Er fragte sich, warum ihm die Schläger aufgelauert hatten. Sie waren wahrscheinlich von der Thule-Gesellschaft geschickt worden. Doch warum? Anscheinend wussten sie, dass Markus Nachforschungen anstellte und etwas herausgefunden hatte. Krampfhaft versuchte er, sich die Bilder des Überfalls noch einmal ins Gedächtnis zu rufen. Den größeren und jüngeren der beiden hatte er eigentlich gar nicht richtig gesehen. Schließlich hielt dieser ihn die ganze Zeit von hinten fest an den Armen. Eher hätte er ihn am Geschmack seines Blutes erkannt als auf einem Bild. Den anderen glaubte er wiedererkennen zu können, wenn er ihn nur irgendwo zu sehen bekam. Er war älter, kleiner und fülliger gewesen. Mit halblangen, blonden, fast weißen Haaren. Das Gesicht war rundlich gewesen. Die klaren Augen lagen von Falten umsäumt tief in den Augenhöhlen verborgen. Dies könnte von zu wenig Schlaf herrühren. Gerade wollte Markus Georg noch mal anrufen, um ihn zu fragen, wie er mit den Nachforschungen um Rabanus Maurus vorankam, als es an der Tür klopfte. Markus warf einen Blick auf die Uhr. Kurz vor Mitternacht. Wer besuchte ihn denn zu dieser Zeit noch? Die Besuchszeit war schon lange vorbei. Die Tür glitt auf und Frau Doktor Ramzy kam herein.

„Ich wollte mal schauen, wie es Ihnen geht, bevor ich nach Hause gehe."

„Vielen Dank", antwortete Markus sichtlich erfreut über den Besuch. „Mir geht es auch schon viel besser. Und Sie? Hatten Sie nach Ihrem Besuch bei mir noch einen anstrengenden Arbeitstag?"

„Nach Ihnen konnte es ja nur noch ruhiger werden", winkte Frau Dr. Ramzy mit einem Schmunzeln ab. „Darf ich?"

„Aber natürlich. Bitte kommen Sie herein."

Sonya Ramzy trat an das Bett von Markus.

„Ich durfte noch bei einer Herzoperation assistieren. Ich glaube, die Details wollen Sie nicht wirklich hören."

„Doch, das finde ich spannend. Was ist das für ein Gefühl, ein Herz schlagen zu sehen?"

„Beeindruckend und beängstigend zugleich. Dass dieser Muskel unseren ganzen Körper am Leben hält, ist schon faszinierend. Doch ist er auch so verletzlich. Ich bin immer froh, wenn das Herz so schnell wie möglich wieder von selbst in der Brust des Patienten schlägt. Sicher und geschützt vor allen äußeren Dingen."

In diesem Moment durchzuckte Markus ein Gedanke. Das Herz, sicher und geschützt vor allen anderen Dingen. Könnte das nicht…?

„Herr Schuhmann, geht es Ihnen nicht gut? Soll ich doch noch mal die Schwester zu Ihnen schicken?", fragte Doktor Ramzy zögerlich.

„Nein, nein, mir geht es gut. Ich habe nur gerade eine … eine Idee gehabt. Entschuldigen Sie meine Unaufmerksamkeit."

„Fehlt Ihnen wirklich nichts? Sie sehen so aus, als hätten Sie gerade einen Geist gesehen."

„Nein, mir fehlt nichts", beruhigte er die Ärztin, in deren Augen sich noch immer die akute Sorge um den Patienten abzeichnete. Er musste wohl noch ein wenig Überzeugungsarbeit leisten und versuchte es mit Humor. „Wenn ich ganz ehrlich bin. Es fehlt mir hier doch etwas."

Doktor Ramzy sah überrascht aus, trat einen weiteren Schritt näher und setzte sich auf einen Stuhl neben dem Bett. „Ja bitte, ich bin ganz Ohr."

„Das Unterhaltungsprogramm für unschuldige Gewaltopfer wie mich lässt stark zu wünschen übrig."

Doktor Ramzy verstand sofort den, nicht ganz ernst gemeinten, Einwand und spielte mit.

„Oh, Sie meinen also, wir sollten für Sie ein kleines Zirkusprogramm zur Ablenkung bereitstellen, um einer möglichen psychischen Neurose zuvorzukommen?"

„Nicht ganz. Eine individuelle Gestaltung würde ich vorziehen."

„Was schlagen Sie vor?"

„Sie haben doch Dienstende, oder?" Markus wunderte sich selbst über seine forschen Worte. Vielleicht lag es ja an den Medikamenten. Es war sonst nicht seine Art, Frauen so direkt und unverblümt anzusprechen.

„Ja."

„Entschuldigen Sie meine indiskrete Frage, aber es geht hier um die Zukunft Ihres Hospitals."

„Verstehe."

„Werden Sie zu Hause erwartet? Ich meine, gibt es irgendwelche Verpflichtungen, denen Sie nachkommen müssen?"

„Sie wollen wissen, ob ich verheiratet bin."

Sonya Ramzy schien sich von Markus' direkter Art nicht irritieren zu lassen, im Gegenteil. Es schien ihr auch Spaß zu machen. Sie hatte den Spieß nun umgedreht und Markus durch ihre direkte Gegenfrage in die Defensive gedrängt. Nun konnte er nicht mehr zurück.

„Ehrlich gesagt, ja."

„Nein, ich bin nicht liiert."

„Haben Sie heute Abend schon etwas vor?"

„Außer mit einem heißen Bad und meinem Bett habe ich heute kein Rendevouz mehr."

„Wissen Sie, ich habe zufälligerweise auch nichts mehr vor. Vielleicht hätten Sie Lust, mir etwas Gesellschaft zu leisten."

Sonya lächelte.

„Ist das also ein Ja?"

Sie zögerte eine Sekunde, legte dann aber ihren Mantel über den Stuhl und kreuzte ihre Beine übereinander.

„Also gut, warum nicht."

„Sehr schön." An Schlaf war momentan eh nicht zu denken. „Leider kann ich Ihnen außer einem Glas stillem Wasser und dem Rest vom Abendessen nicht viel anbieten. Ich, ähem, ich hatte keine Zeit einzukaufen."

Sonya Ramzy griff nach einem kleinen Schlauch, der von einem Tropf herabhing und im Handrücken von Markus endete.

„Kein Problem. Ich hole mir einfach noch eine kleine Kanüle. Dann kann ich mich mit an ihren Tropf hängen", grinste sie hämisch und streckte Markus ihre schlanke Hand entgegen. „Ich heiße übrigens Sonya."

„Markus. Aber das wissen Sie ja schon."

„Allerdings. Ich weiß sogar noch viel mehr über Sie. Dich, entschuldige", verbesserte sie sich sofort. „Du bist 30 Jahre alt, Priesteranwärter und hast die Blutgruppe A Positiv."

„Das weißt du alles?"

„Ja, steht alles in deiner Akte. Aber es gibt auch noch einige Dinge die ich nicht weiß."

„Frag mich. Einen angehenden Priester unter medikamentösem Einfluss wirst du nicht allzu oft aushorchen können."

„Seit wann weißt du, dass du Priester werden willst?"

Markus strich sich durchs Haar und überschlug die letzten Jahre.

„Meine Eltern haben mich religiös erzogen. Allerdings ohne Zwang. Ich konnte immer entscheiden, ob ich zur Messe gehen wollte oder nicht. Im Alter von zehn Jahren ging ich dann zur Erstkommunion. Leider war der Pfarrer, der uns auf dieses Fest vorbereitete, kein guter Pädagoge und weckte nicht gerade mein Interesse am katholischen Glauben. Und so freute ich mich mehr über die vielen Geschenke, als über das Wesentliche."

„Und wer hat dich dann doch noch bekehrt?"

„Als ich fünfzehn war, nahm mich mein Vater mal mit zu einem Gottesdienst in die Kaserne. Der dortige Diakon war ein guter Freund meines Vaters. Er fragte mich, ob ich nicht Lust hätte, ihm bei der Messe zu helfen. Einer seiner Ministranten war erkrankt. Ich weiß bis heute nicht, ob mein Vater das geplant hatte oder nicht. Jedenfalls war der Diakon ein faszinierender Mann. Er nahm sich viel Zeit für mich und beantwortete alle meine Fragen. Und glaube mir, das waren einige."

„Er brachte dir den Glauben wieder näher. Das ist gut. Viele schämen sich in der heutigen Zeit ja fast schon ihres Glaubens und ihrer religiösen Überzeugung."

„Auch ich benötigte einige Zeit, bis ich akzeptierte, dass Gott mich als Priester in seiner Kirche haben wollte. Nachdem mein Vater gestorben war, fühlte ich mich zunächst für meine Mutter und Schwester verantwortlich und wollte ihre Hoffnungen und Wünsche nicht enttäuschen."

„Sie wollten, dass du einen anderen Beruf erlernst."

„Wenn Freunde oder meine Mutter mich fragten, was ich studieren wolle, antwortete ich, Medizin oder Jura."

„War deine Mutter sehr überrascht, als du ihr schließlich die Wahrheit präsentiert hast?"

„Überrascht wäre geschmeichelt. Doch ein Freund meines Vaters, ein Theologe, nahm ihr alle Ängste. Dennoch konnte sie lange nicht verstehen, dass sie keine Enkel von mir bekommen würde. Nun ruhen alle Hoffnungen auf meiner Schwester."

„Also müssen wir Frauen mal wieder die Kohlen aus dem Feuer holen."

„Ja. Aber meine Mutter akzeptiert mittlerweile meine Entscheidung und freut sich für mich. Sie ist eine tolle Frau", schweiften Markus' Gedanken zu seiner Mutter. Er hatte ihr viel zu verdanken. Trotz der Witwenrente, die sie von der US-Army erhielt, musste sie hart arbeiten, um ihren Kindern eine gute Ausbildung zu ermöglichen. Auch hier half Professor Weithofen der Familie weiter und vermittelte der Mutter einen guten Job als Sekretärin. „Und du? Warum wurdest du Ärztin?"

„Ganz ähnliche Gründe. Ein Teil meiner Familie stammt ursprünglich aus Ägypten. Ich habe meine Ferien häufig dort verbracht und das viele Leid und Elend gesehen, das unter großen Teilen der Bevölkerung herrscht. Also ein klassisches Helfersyndrom, würde ich sagen."

„Bist du Deutsche oder Ägypterin?"

„Deutsche. Meine Großmutter kam damals aus Ägypten nach Deutschland. Ich bin sogar katholisch getauft."

„Sehr löblich", grinste Markus.

„Darf ich dich mal was persönliches fragen, Markus?"

„Natürlich, nur zu."

„Das bist du wahrscheinlich schon hundertmal gefragt worden..."

Markus ahnte, was nun kommen würde. Irgendwann kam es fast in jedem Gespräch mit jungen Menschen auf dieses Thema. Er hatte kein Problem damit. Fand es aber interessant, dass dies anscheinend die größte Faszination auslöste.

„Der Zölibat. Du willst wissen wie das mit dem Zölibat ist."

Sonya war es sichtlich unangenehm, und sie schien ihre Frage schon wieder zu bereuen. Sie nahm eine entschuldigende Haltung ein.

„Du musst nicht antworten, wenn du nicht möchtest. War eine blöde Idee. Entschuldige."

„Nein, kein Problem", zeigte sich Markus unerschrocken. „Zunächst muss man erst mal genau erklären, was der Zölibat ist. Und noch viel wichtiger: sas er nicht ist."

„Ich bin ganz Ohr."

„Er bedeutet jedenfalls nicht Leibfeindlichkeit, Verleugnung der eigenen Sexualität oder ein trauriges Single-Leben."

„Ach, nein?", sah Sonya fragend zu Markus. „Was dann?"

„Richtig verstanden ist der Zölibat eine Gabe Gottes, die mit seiner Hilfe gelebt werden kann. Der Zölibat ist vielmehr geistlich zu verstehen. Ähnlich wie die Ehe."

„Die Ehe?", wunderte sich Sonya. „Was hat denn ausgerechnet die Ehe mit dem Zölibat zu tun?"

„Der Zölibat hat zwei Ziele: *vacare deo*. Innerlich frei zu sein für Gott. Und zweitens: *pro – existenz*. Für den Menschen da zu sein. Beide Gründe gelten nicht ausschließlich für den Zölibat, sie gelten zum Beispiel auch für die Ehe. Damit hat der Zölibat eheliche und die Ehe zöllibatere Elemente."

„So habe ich das noch nie gesehen. Aber ich könnte mir trotzdem nicht vorstellen…na du weißt schon, ich finde es unglaublich schön, einen Körper zu spüren und sich einem Menschen in Zärtlichkeit so nah fühlen zu können."

Markus wusste genau, was sie meinte. Für einen Moment schossen ihm Fantasien durch den Kopf, in denen Sonya die Hauptrolle spielte. Er schob sie beiseite.

„Natürlich verstehe ich dich, und es ist ja auch nichts gegen deine Empfindungen einzuwenden. Aber der Zölibat ist mehr als nur Verzicht. Es soll den angehenden Priester auf die Wichtigkeit und Ernsthaftigkeit seines Wunsches prüfen. Wer diese Frage nicht für sich positiv und als sinnvoll erachtet, ist noch nicht soweit und sollte sich und seine Entscheidung hinterfragen."

„Und wie weit bist du?"

„Wie alles im Leben, ist auch der Zölibat nicht immer problemlos. Es gibt Krisen, wie in anderen zwischenmenschlichen Beziehungen auch. Man muss sich jeden Tag neu entscheiden. Was manchmal schwerer und manchmal leichterfällt."

„Das war keine Antwort auf meine Frage", lächelte Sonya ihn an.

„Bist du soweit?“

„Ja“, antwortete er, und ergänzte nach einer weiteren Sekunde: „Ich denke schon.“

Er hatte sich in den letzten Monaten des Öfteren mit diesen Fragen auseinandergesetzt und war immer ohne Zweifel zu einer deutlichen Antwort gekommen. Nun keimte ein Gefühl in ihm auf, was sich seltsamerweise ganz und gar anders anfühlte als das, was er gerade gesagt hatte. Allerdings wollte er sein Zögern nicht vor Sonya zeigen und hoffte, dass sie seine Unsicherheit nicht bemerkt hatte.

*

Am darauffolgenden Morgen war Markus nach dem Frühstück aufgestanden. Außer der noch immer schmerzenden Rippe fühlte er sich deutlich besser. Er wollte nicht noch mehr Zeit verstreichen lassen und sich wieder an die Arbeit machen. Georg hatte er am Abend zuvor nicht mehr anrufen wollen. Was hätte er ihm auch schon sagen können. Zu so später Stunde hätten sowieso keine weiteren Nachforschungen angestellt werden können. Außerdem würde er in wenigen Stunden aus dem Krankenhaus entlassen werden. Es war ja auch nur eine Vermutung, eine fixe Idee. Sonya hatte ihm, ohne es zu wissen, den Hinweis gegeben. Sie war noch bis drei Uhr geblieben, und jede Sekunde davon hatte Markus genossen. Sonya Ramzy war nicht nur äußerst attraktiv und gebildet, sie besaß auch eine spezielle Art von Humor, die Markus sehr schätzte. Markus konnte nicht leugnen, dass er sich von ihr angezogen fühlte. Und auch sie schien von ihm durchaus fasziniert zu sein. Einige Male hatten sich ihre Blicke getroffen und sich nur schwer voneinander lösen wollen. Es waren nur kurze Augenblicke. Doch wehrten sie zu lange, als dass man dies als Zufall abtun konnte. Nach einem langen Gespräch und zwei Flaschen

Wasser hatte sich Sonya dann verabschiedet und war nach Hause gegangen.

Nach der morgendlichen Visite, die zum Bedauern des Patienten heute von Doktor Ziegler durchgeführt wurde, hatte man keine Bedenken mehr, Markus zu entlassen. Er schlüpfte in seine Alltagskleidung und war fast schon auf dem Weg nach draußen, als er Sonya an der Tür stehen sah.

„Guten Morgen."

„Guten Morgen, Markus. Ich habe gehört, du wurdest entlassen?"

„Ja, Doktor Ziegler sah keinerlei Anlass mehr, mich noch länger hierzubehalten."

„Na dann wünsche ich dir alles Gute. Und beehre uns nicht so bald wieder."

„Ich werde mir alle Mühe geben", streckte Markus der attraktiven Ärztin seine Hand zur Verabschiedung entgegen. „Auf Wiedersehen."

Markus fühlte ihre zarte Hand und suchte einen Grund, um sie nicht wieder loszulassen. Ohne weitere Worte wandte er sich ab. Als er schon einige Meter gegangen war, drehte er sich noch einmal zu ihr um.

„Sonya."

„Ja?", blickte sie ihn aus ihren großen dunklen Augen an, und Markus glaubte eine Art hoffnungsvolle Erleichterung zu erkennen.

„Vielleicht könntest du mir doch noch bei einer Sache helfen."

„Gerne, wenn ich kann."

„Es geht um meinen Unfall. Könntest du vielleicht herausfinden, ob in den zwei vergangenen Tagen ein Mann in den umliegenden Kliniken mit einer Bissverletzung behandelt wurde?"

„Ich will mal sehen, was sich machen lässt."

„Das wäre sehr freundlich von dir." Markus griff in seinen Rucksack und notierte etwas darauf. „Hier ist meine Nummer. Nur im Falle, dass du etwas herausfindest."

„Gute Masche. Sollte ich mir merken."

„Was?“

„Ach nichts.“

„Nein, nein, ich wollte nicht…“

„War nur ein Scherz. Ich melde mich, sobald ich was habe.“

Mit einem frechen Schmunzeln ging Sonya Ramzy den Gang der Station hinab und drehte sich nicht mehr um. Wenn sie es getan hätte, hätte sie gesehen, wie Markus ihr mit verträumtem Blick hinterhersah. Immer noch sichtlich irritiert aber irgendwie doch zufrieden.

# 11.

Markus war sofort zurück in die Fakultät geeilt. Sein Gespräch mit Sonya hatte ihn auf eine Idee gebracht. Als er die letzten Meter zu Fuß dorthin nahm, überkam ihn ein seltsames Gefühl. Es war die Stelle, an der ihm die beiden Fremden nachts aufgelauert hatten. Eine Gänsehaut lief ihm über den ganzen Körper. Ob sie ihn immer noch beschatteten? Markus ließ seinen Blick über die Menschen wandern, die ihm entgegenkamen. Keiner von ihnen verhielt sich auffällig. Dennoch fühlte er sich beobachtet. Erst als er die Tür des Labors hinter sich schloss, fühlte er sich besser. Er hoffte, Georg dort zu finden, doch der war nicht da. Markus wählte die Nummer seines Mobiltelefons. Georg meldete sich verschlafen am anderen Ende der Leitung. Es war mittlerweile nach neun Uhr und Georg jammerte, was Markus einfallen würde, ihn mitten in der Nacht aus dem Bett zu klingeln.

„Nörgle nicht herum und hör mir zu. Ich glaube, ich weiß, wo Weithofen die Informationen versteckt hat."

Sofort war Georg hellwach.

„Wo?"

„Du hattest recht mit deiner Vermutung."

„Mit welcher Vermutung? Du weißt, ich vermute viel, wenn der Tag lang ist."

„Mit deiner Vermutung, dass es etwas mit Weithofens Aussage mir gegenüber zu tun haben könnte."

„Seine komische Ausführung bezüglich „Ich, Adalbertus“, …“, wiederholte Georg den Spiritual.

„Genau die. Ich wusste doch, dass mich das an irgendetwas erinnert. Es gibt tatsächlich einen Platz, an dem ein Adalbertus das Wissen verschlossen in seinem Herzen, wie hinter einer steinernen Wand aufbewahrt.“

„Erzähl schon.“

„Sonya hat mich darauf gebracht.“

„Wer ist denn nun wieder Sonya?“

„Frau Doktor Sonya Ramzy. Die Ärztin aus dem Herz-Jesu-Krankenhaus.“

„Die Brünette?“, erinnerte sich Georg. „Und ihr seid per du? Muss ich noch mehr wissen?“

„Nein. Na ja. Vielleicht doch. Aber das erzähle ich dir ein anderes Mal. Jedenfalls hat sie mich darauf gebracht. Weithofens Name, das Herz und so weiter. Sie hat mich darauf gebracht, als sie mir von einer Herzoperation erzählte.“

„Weithofen war Organspender?“

„Quatsch. Vergiss es. Ich bin in zwanzig Minuten bei dir. Zieh dich an, wir müssen uns noch ein paar Sachen besorgen.“

„Ich frage besser nicht weiter, was das nun wieder bedeuten soll. Also bis gleich“, beendete Georg das Gespräch.

*

Gegen zwei Uhr nachts huschten die Umrisse zweier Männer an der Domfront entlang. Schlüssel raschelten, als die beiden Schatten an einem der Eingänge innehielten. Eine der großen, schweren Türen schwang zur Seite, und die zwei Gestalten verschwanden im Innern des Doms. Markus und Georg schlossen behutsam die schwere Tür hinter sich und blickten in die düsteren Kuppeln des Baus. Ohne ein Wort zu wechseln setzten sie ihren Weg fort. Die gut siebzig Meter vom Eingang bis zur Gruft streckten sich unendlich in die Länge, und doch kamen sie Markus noch nie so bedrückend vor. Trotz des Lichts der Taschenlampen konnte man nicht viel erkennen. Markus versuchte sich anhand der Altäre an den Seiten zu orientieren.

Vor ihm lag die mit Stuck verzierte Johanneskapelle samt ihrem eindrucksvollen Altar. Zu dessen Füßen befanden sich die Grablegen der verstorbenen Fuldaer Bischöfe Dietz, Bolte und Dyba. Einige Totenlichter flackerten auf den großen Steinplatten mit den darauf eingefassten Insignien der Verstorbenen und warfen ein unheimliches Schattenspiel an die weißen Wände. Markus steckte die Schlüssel, die er aus Heeses Büro geliehen hatte, zurück in seine Tasche.

Vorbei an den Altären des heiligen Johannes, den Brüdern Krispin und Krispinian mit all den pompösen Girlanden und Putten aus feinstem Stuck, tappten die zwei Schatten in kleinen Schritten durch das nördliche Seitenschiff. Markus schickte ein Stoßgebet gen Himmel, als sie an einem Beichtstuhl vorbeikamen, in der Hoffnung, niemals über diesen Abend Beichte ablegen zu müssen.

Auf der linken Seite tauchte ein großer Schatten auf, den er zunächst für einen Menschen hielt. Beim Näherkommen stellte er jedoch beruhigt fest, dass es sich um das lebensgroße Standbild des heiligen Petrus handelte. Ein Geschenk von Papst Leo XIII. Die Skulptur war die Nachbildung einer Statue aus der Peterskirche in Rom. Die Füße der Statue waren deutlich abgescheuert, da viele Pilger sich durch eine Berührung des Fußes Schutz und Glück versprachen. Dahinter deutete sich im Halbdunkel der wuchtige Hochaltar an, der durch Marmorbalustraden von Quer- und Seitenschiffen abgetrennt wurde. Auf den hohen Marmorsockeln thronten die Alabasterfiguren Davids und Isaias mit ihren Schriftrollen in den Händen, und Markus musste unweigerlich an die Inschrift denken, die auf dem Bildnis dahinter verewigt war. „*Sie wird dir den Kopf zertreten*“, war dort zu lesen. Markus verbannte diesen Gedanken wieder aus seinem Kopf, und endlich kam die Treppe in Sicht, die hinunter zur Bonifatiusgruft führte.

Leise schlichen sie die Stufen hinab in das Heiligtum. Nur einige wenige Kerzen, die als Dank oder Schutzbitte von Besuchern entzündet worden waren, spendeten ein wenig Licht und Orientierung. Dutzende Male waren beide schon hier unten gewesen und hatten an diesem Ort die Stille und Ruhe genossen, um sich im Gebet von nichts stören zu lassen. Meist war es mit der Ruhe aber nicht allzu weit her gewesen. Regelmäßig strömten Besuchergruppen in die Gruft, denn ein Blick auf das Grab des heiligen Bonifatius war für viele der Höhepunkt ihres Fulda-Besuchs. Um das Heiligtum vor allzu euphorischen Besuchern zu schützen, lag der große Altar aus schwarzem Marmor hinter einer kleinen Absperrung aus Holz und Metall. Zu viele der Besucher hatten das in den weißen Marmor gehauene Abbild des Bonifatius anfassen wollen, und mit der Zeit hatte es sich abgegriffen.

Ein großes Reliefbild über dem Sarg stellte die Szene des Martyriums von Bonifatius dar, in dem das Schwert seines Mörders auf ihn niederschlug. Das Antependium des Altars zeigte ein Bild, auf dem Engel symbolisch die Grabplatte hoben, während sich Bonifatius unversehrt aus seinem Grab erhebt. Links und rechts von dem Bonifatiussarkophag standen eine ganze Reihe weiterer Statuen. Unter ihnen auch die des Rabanus Maurus. Die Bonifatiusgruft war während des Zweiten Weltkrieges komplett verschalt worden, um sie vor Schaden zu bewahren. Erst später wurde die Rückseite durch das bunte Glasfenster ersetzt, welches nun dort zu sehen war.

Markus und Georg stiegen über die Brüstung zum Grab. Jedoch interessierten sie sich nicht für das eigentliche Grab, sondern für die Wände ringsherum. Sie leuchteten mit der Taschenlampe die Wände ab. Nur Augenblicke später tauchte das gesuchte Objekt aus der Dunkelheit im Lichtkegel auf. Eine kleine Steinplatte, die in die Wand eingelassen war. Kaum größer als eine Zigarettenschachtel. Sieben weitere dieser kleinen Platten reihten sich in einem Abstand von einem halben Meter um den Altar auf. Die beiden suchten die Platten ab und fingen ganz links an. Schon bei der ersten wurden sie fündig.

„Hier ist sie", deutete Markus auf die kleine Platte. Wie auf den anderen auch, war ein Name eingraviert. „Adalbertus II" war darauf zu lesen. Ihre Blicke trafen sich.

„Siehst du, ich habe es doch gewusst. Die Herzen der früheren Fürstäbte und Fürstbischöfe wurden hier einer alten Sitte nach beigesetzt. Und einer dieser Fürsten trug den Namen Adalbertus, wie Adalbert Weithofen."

„Du bist genial, Markus. Woher wusstest du das?"

„Bei der letzten Bonifatiuswallfahrt hat mir das ein Pfarrer erzählt und ich habe mir natürlich daraufhin das Ganze mal aus der Nähe angeschaut."

„Aber wenn nicht wirklich mehr dahintersteckt oder wir erwischt werden, haben wir mächtig Ärger am Hals."

Mitten in der Nacht unerlaubt durch das Innere des Doms zu schleichen, war eine Sache. Neben der Gruft eines Heiligen ein Stück Wand herauszubrechen, um ein eingemauertes Herz eines Fürsten zu stehlen, eine andere. Wenn irgendjemand davon Wind bekommen sollte, würde dies nicht nur das Ende ihrer Priesterlaufbahn bedeuten, sie würden sich darüber hinaus schlichtweg strafbar machen. Doch beide waren sich der Wichtigkeit ihrer Mission bewusst. Ein Zurück gab es ohnehin nicht mehr, dafür hatten sie sich zu weit in die Sache hineinmanövriert.

„Ich weiß, dass wir uns in Gefahr begeben. Ich bin mir aber ziemlich sicher. Ein besseres Versteck hätte Weithofen nicht finden können. Los jetzt, ich will nicht die ganze Nacht hier unten bleiben."

Georg streifte den Rucksack ab und legte ihn vor sich auf den Boden. Er öffnete ihn und angelte einen Hammer und einen spitzen Meißel hinaus. Bevor er den Meißel direkt an der Kante zur Steinplatte ansetzte, blickte er abermals zu Markus, der ihm nur zunickte.

„Na, dann wollen wir mal“, holte Georg aus und traf mit dem Hammer das abgerundete Ende des Meißels. Ein markerschütternder Ton hallte durch die Gruft, kroch die Stufen zum Hauptportal hinauf und verteilte sich im gesamten Dom. Mit so viel Lärm hatte Markus nicht gerechnet.

„Viele Schläge sollten wir nicht brauchen, sonst haben wir ziemlich bald Besuch hier unten.“

Georg blickte auf die kleine Delle in der Wand, die der Meißel hinterlassen hatte. Er musste fester schlagen, um hinter die Plattenkante zu gelangen. Obwohl der Putz um die Platte bei genauerem Betrachten etwas frischer und neuer aussah, war er erstaunlich hart und unnachgiebig. Wieder setzte er den Meißel an und hämmerte einige gezielte und harte Schläge auf die Kante. Mit Erfolg. Nach zwei weiteren Schlägen bröckelte ein wenig Putz, und ein kleines Loch zeichnete sich ab.

„Leuchte mir mal, ich probiere, ob das Brecheisen schon dahinterpasst.“

Doch Georg kam nicht dazu.

„Hallo“, hallte es plötzlich laut durch das alte Gemäuer und ließ den beiden schlagartig das Blut in den Adern gefrieren.

„Hallo, ist da wer?“, ertönte erneut die tiefe männliche Stimme. Dieses Mal nur etwas lauter. Der Mann schien näher zu kommen. Sofort schaltete Georg die Taschenlampe aus. Eilig suchten sie sich im Dunkel die Werkzeuge zusammen.

„Was machen wir denn jetzt“, flüsterte Georg mit ängstlicher Stimme. „Wo sollen wir denn hin?“

„Weiß ich auch nicht. Nach oben können wir nicht. Ich kann nicht erkennen, aus welcher Richtung die Stimme näher kommt.“

Markus blickte sich hilfesuchend um. Er deutete Georg an ihm zu folgen. Reden konnten sie nicht mehr. Nun waren deutliche Schritte zu hören, die erschreckend nah klangen. Auf allen Vieren kriechend schafften sie es gerade noch bis hinter die zweite Reihe der Gebetsbänke und legten sich auf die Sitzfläche. In diesem Moment wanderte der Lichtkegel einer Taschenlampe über den Steinboden vor den Bänken. Dann erlosch er für eine Sekunde, um sofort wieder aufzuleuchten. Offenbar hatte die Taschenlampe einen Wackelkontakt. Der Mann schien auf den Treppen zur Krypta zu stehen und leuchtete hinunter. Markus hoffte darauf, dass er sich damit begnügen würde. Doch der Mann tat ihm nicht den Gefallen. Deutlich konnte er anhand des größer werdenden Lichtkegels ausmachen, dass der Mann zu ihnen nach unten schritt. Jetzt konnte er auch erkennen, um wen es sich handelte. Es war Sakristan Hubertus Kamp, der während des Papstbesuchs für die Ausschmückung des Gotteshauses zuständig war. Aber warum musste er das ausgerechnet heute, zu dieser Uhrzeit machen? Kamp leuchtete über den Bonifatiussarkophag. Markus konnte es mit einem Auge verfolgen, indem er seinen Kopf etwas hinter der Bank hervorstreckte. Im Kerzenlicht erkannte er Kamp. Den Sarkophag. Und gut zwei Meter weiter links sogar die kleine Metallplatte. Von hier war keine Beschädigung zu erkennen. Doch Georg begann mit einem Mal hinter ihm nervös zu zappeln. Er tippte Markus an, und mit einem Gesichtsausdruck, der nichts Gutes verhieß, machte er eine Handbewegung, die an das Schlagen eines Nagels mit einem Hammer erinnerte. Dann deutete er in Richtung der Steinplatten. Markus folgte seiner Handbewegung. Dann erkannte er das Malheur. Geschockt biss er sich auf die Lippen. Georg hatte den Hammer auf dem Boden vor der Platte liegen lassen. Wie auf dem Präsentierteller lag er mitten auf dem Steinboden. Kamp ließ das Licht langsam und sorgfältig über jedes Detail der Krypta wandern. Markus konnte kaum hinsehen. Dann drehte sich Kamp plötzlich um und leuchtete in die Bankreihen hinein. Reaktionsschnell zog Markus seinen Kopf zurück. Über ihm tanzte das Licht der Taschenlampe an der Decke und an den Wänden. Dann hörte er wieder Schritte. Kamp war höchstens noch zwei Meter entfernt und würde die beiden unweigerlich finden. Wenige Schritte vor ihrem Versteck stoppte Kamp und seufzte erleichtert. Im nächsten Moment raschelte ein Schlüsselbund und Kamp murmelte leise etwas vor sich hin.

„Wußte doch, dass ich ihn hier irgendwo vergessen hatte."

Doch anstatt nun die Krypta zu verlassen, ging Kamp weiter in Richtung Markus und Georg. Markus konnte die Schuhspitzen des Sakristar bereits erkennen, als mit einem Mal das Licht der Taschenlampe erneut zu flackern begann. Erst nur ein wenig, dann stärker, bis das Licht schließlich völlig erlosch. Kamp wackelte hörbar an der Taschenlampe, ohne den gewünschten Effekt. Sie schien ihren Geist nun endgültig aufgegeben zu haben. Ein kurzer Moment der Stille trat ein. Höchstens ein paar Sekunden. Markus schienen sie endlos. Dann hörte er wieder Schritte. Diesmal entfernten sie sich jedoch. Der Sakristar ging die Stufen hinauf, bis er schließlich gar nicht mehr zu hören war. Markus und Georg warteten sicherheitshalber noch eine Zeit, bis sie sich wieder regten.

„Ich glaube er ist weg", atmete Georg durch und setzte sich auf.

„Das war knapp", blies Markus seine Backen auf. „Wir sollten uns beeilen."

Erstaunt blickte Georg zu Markus hinüber.

„Du willst doch nicht etwa weitermachen."

„Natürlich. Glaubst du, ich möchte noch mal hierherkommen? Also los, schau mal, ob die Luft rein ist."

Georg wusste, dass weitere Gegenworte von wenig Erfolg gekrönt wären und ergab sich in sein Schicksal. Vorsichtig ging er die Treppen hinauf und kam nach einem kurzen Augenblick wieder zurück in die Bonifatiusgruft.

„Kamp scheint nicht mehr da zu sein. Er hat wohl nur seinen Schlüssel gesucht. Wir können weitermachen."

Noch etwas unsicher gingen sie wieder nach vorne. Markus hob den Hammer vom Boden auf und reichte ihn kopfschüttelnd Georg. Dem war es peinlich, dass sie wegen seiner Vergesslichkeit um ein

Haar aufgeflogen wären.

„Tut mir leid. Es musste so schnell gehen, da habe ich ihn irgendwie vergessen. Es ist ja alles nochmal gut gegangen."

Ohne darauf zu antworten, setzte Markus das Brecheisen an und kratzte die entstandene Fuge etwas weiter aus, fand einen Hebel und drückte mit aller Macht gegen den Widerstand. Ein quietschender, knirschender Ton pfiff durch die Gruft. Noch einmal lehnte sich Markus mit seinem gesamten Körpergewicht gegen das Eisen. Mit einem letzten, trockenen Ächzen brach die Platte schließlich heraus. Markus konnte das plötzlich fehlende Gegengewicht nicht rechtzeitig austarieren. Das Brecheisen rutschte aus seinen Händen und fiel unter lautem Getöse hinunter auf den Steinfußboden. Mit den Händen versuchte er, seinen Sturz abzufangen, stieß sich jedoch nur dabei das Knie an der Kante des Bonifatiussarkophags.

„Psst", zischte Georg reflexartig, merkte aber die Unsinnigkeit seines Einschreitens.

„Ja doch", tastete sich Markus wieder nach oben. „Und, ist was zu sehen?"

Georg leuchtete in das kleine, etwa faustgroße Loch, das im Mauerwerk entstanden war.

„Nichts zu erkennen. Vielleicht lagst du doch falsch."

„Unmöglich. Es ergibt alles einen Sinn." Markus trat ganz nah an die Öffnung.

„Willst du da reinfassen? Schließlich ist da doch das Herz von..."

„Quatsch. Das ist doch längst verwest", fingerte Markus nervös in dem Loch herum.

„Moment, ich kann was fühlen. Da ist tatsächlich etwas."

„Das Herz?"

„Nun hör endlich mit diesem Herz auf. Nein, leuchte mal hier drauf."

Georg konnte die Taschenlampe vor Aufregung kaum ruhig halten. Im Lichtkegel zeichnete sich ein kleiner, metallisch glänzender

Gegenstand ab. Markus langte hinein und hielt den Gegenstand ungläubig in den Lichtkegel.

„Ein Schlüssel mit einem Anhänger daran. Sonst nichts."

„Scheint ein Sicherheitsschlüssel zu sein", glaubte Georg zu erkennen.

„Was steht denn drauf?"

„Auf dem Anhängerschlüssel steht nur: *„Der Weg in die Freiheit, No.11"* und hier auf dem Schlüssel ist was eingraviert: ICPB, GB – Jersey, 11."

„Wenn du mich fragst, hört sich das nach einem Schließfach an." Georg blickte fragend zu Markus. „Was machen wir damit?"

„Hast du noch einen gültigen Reisepass?"

„Oh nein, ich ahne schon, was du vorhast. Du meinst, wir sollen nach Jersey?"

„Ich wüsste nicht, wie wir sonst erfahren sollen, was sich hinter dem Schlüssel verbirgt. Aber nun lass uns die Metallplatte erst mal wieder einsetzen. Wir müssen auch noch die Schlüssel zurück ins Büro der Fakultät bringen. Es weiß keiner, dass ich sie mir genommen habe."

Schnell verspachtelten sie das Loch provisorisch und übermalten die kleinen Risse mit weißer Farbe. Die Steinplatte schien unverändert an ihrem angestammten Platz zu sitzen. Von Weitem war die kleine kosmetische Veränderung kaum zu erkennen. Zufrieden mit dem Ergebnis der nächtlichen Aktion, verließen sie die Gruft und den Dom.

Nur wenige Sekunden später öffnete sich die Domtür ein weiteres Mal. Eine dritte Person verließ das ehrwürdige Gotteshaus, verschloss vorsichtig die Tür und verschmolz mit der Dunkelheit.

# X.

Obgleich der Sommer nun allmählich endgültig den Kampf gegen die kälteren Nächte zu verlieren schien, war es an diesem Morgen außergewöhnlich warm. Ein letztes Mal versuchte die Sonne mit all ihrer Kraft die Luft zu wärmen. Der Tag war noch jung, doch die Sonne brannte bereits mit voller Wucht auf die Gruppe der Mönche nieder, die gerade im Weingarten am Bischofsberg den ersten Wein des Jahres ernteten. Einige von ihnen standen mit beiden Beinen bis zu den Knien in großen Weinbottichen und stampften mit nackten Füßen die frischen Trauben zu einem kleinen Rinnsal, das sich durch eine Öffnung am Boden des Bottichs in ein Fass ergoss. Aus manchen floss ein dünner roter, aus anderen Bottichen hingegen ein weißer Strom. Trotz der schweißtreibenden Anstrengung schien den Mönchen die Arbeit Freude zu bereiten. Eifrig schütteten die einen immer neue Körbe mit Reben in die Bottiche, was die anderen sogleich mit Inbrunst zu dem geschätzten, süßen Saft stampften. Probst Eddo hatte zusammen mit Rabanus die Aufgabe erhalten, die Weinernte zu begleiten. In der Vergangenheit war es einmal zu einer allzu überschwänglichen Ernte gekommen und einige der jungen Novizen hatten sich eine wahre Traubenschlacht geliefert, die zwar zu großer Erheiterung beitrug, aber ebenso einen Teil der Ernte kostete. Da aber die Weinernte erheblich zu den Einnahmen des Klosters beitrug, konnte man sich einen solchen Ausfall nicht noch einmal leisten.

Rabanus hatte sich gut ein Dutzend Mönche gesucht und sie mit in den Weinberg genommen. Auch die Kopisten seiner Schreibschule waren darunter. Er war der Überzeugung, dass ihnen die körperliche Bewegung guttun würde, was auch zweifelsohne der Fall war. Die Stimmung war ebenso sonnig wie das Wetter, das vom Himmel lachte. Selbst Gottschalk, der sich in letzter Zeit beruhigt zu haben schien, trug ein Lächeln auf seinem Gesicht. Zufrieden mit der Arbeit, deutete Eddo auf die kleine Gruppe und nickte Rabanus zu.

„Ich muss zugeben, dass ich eurer Idee, die Kopisten mit in den Weinberg zu nehmen, zunächst kritisch gegenüberstand. Aber sie erledigen ihre Aufgabe wirklich ohne Murren und mit großer Hingabe."

„Sie haben in letzter Zeit alle sehr hart und konzentriert gearbeitet. Ein bisschen weniger filigrane Arbeit wird ihre Hände und ihren Geist wieder lockern."

„Es tut uns allen gut, mal wieder die Gedanken zu ordnen und sich an der Natur zu erfreuen. Der Bau der Basilika hat uns lange Zeit vereinnahmt."

„Auch Gottschalk scheint sich inzwischen mit seinem Dasein als Mönch anzufreunden."

„Ja, Rabanus. Ich sagte ja, dass Ihr ihn zu kritisch betrachtet. Er wird seinen Weg schon finden."

„So Gott will." Rabanus ließ seinen Blick über das Tal schweifen, das vor ihm lag. Das Kloster mit der neuen Basilika und der daneben neu entstehenden Totenkapelle des heiligen Michael lag friedlich zwischen den grünen Bäumen und Feldern eingebettet.

Friedlich, so Gott will, dachte sich Rabanus ein weiteres Mal und Eigils Erläuterungen um den goldenen Dolch und seine Bewandtnis kamen ihm wieder in den Sinn. Rabanus hatte seither keine Nacht mehr ruhig in den Schlaf gefunden. Wenn alles der Wahrheit entsprach, was er erfahren hatte, würde es nicht nur sein eigenes Leben für immer verändern. Voller Ehrfurcht schob er den Gedanken schnell beiseite, als er am Horizont einen Mitbruder ausmachen konnte. Das wehende Gewand verriet seine Zugehörigkeit. Mehr konnte Rabanus zunächst nicht erkennen. Doch der Mönch schien sehr in Eile und kam schnell näher, und einige Male strauchelte er. Schließlich stürzte er sogar, und seine Kapuze wich zurück. Er rappelte sich wieder auf und Rabanus erkannte, dass es sich um Samuel handelte. Samuel unterstützte Rabanus nicht nur als Gehilfe in der Leitung der Klosterschule, er war ihm auch stets ein guter und treuer Freund gewesen. Als er die letzten beschwerlichen Meter hinauf in den Hang der Weinreben gestürmt kam, erkannte Rabanus einen seltsamen Ausdruck in Samuels Gesicht, den er bei ihm bis dahin noch nicht gesehen hatte. Seine Augen waren feuerrot und verquollen. Er hatte wohl den gesamten Weg hier herauf geweint, und auch jetzt liefen ihm die Tränen in dicken Perlen über die Wangen. Völlig außer Atem und schluchzend fiel er Rabanus in die Arme. Bestürzt verstummten auch die eben noch so freudigen Stimmen der Mitbrüder. Sie traten näher und schauten sich einander sprachlos und verstört an.

„Samuel, was um alles in der Welt…“, weiter kam Rabanus nicht.

„Tot“, unterbrach ihn Samuel stammelnd und um Atem ringend.

„Tot? Wer ist tot?“, schüttelte Rabanus ihn mit ernstem Blick zurecht.

„Der Vater Abt, er ist tot.“

*

Von innerer Leere ergriffen, legte Rabanus die Arbeit nieder. Obwohl nun auch die anderen Brüder sich um Samuel und Rabanus sammelten, nahm er keinen von ihnen mehr wahr. Trotz sengender Sonne lief ihm ein eisiger Schauer über den ganzen Körper. Sofort war ein Gedanke in sein Hirn geschossen: der Dolch, die Drohung. Sollte diese Drohung nun blutige Wahrheit geworden sein? Aber auch das

Versprechen, das Eigil ihm abgerungen hatte, beschäftigte ihn. Was auch immer geschehen würde, so hatte Eigils Ausführung geendet, das Einzige was zähle, sei die Wahrung des Geheimnisses. Rabanus müsse nur diesen Gedanken als Leitfaden beherzigen und alles andere unterordnen. Rabanus schwor, dem Folge zu leisten. Doch hätte er, Rabanus, ihn nicht mit seinen eigenen Händen schützen können?

Auf dem Weg in Eigils Zelle plagten ihn fürchterliche Vorwürfe. Als Rabanus eintraf, standen die Mitbrüder in einem Pulk versammelt und tuschelten hinter vorgehaltener Hand. Sie verstummten jedoch, als Rabanus sie beiseiteschob und vor den Toten trat. Der leblose Körper lag bäuchlings, mit dem Gesicht zum kalten Lehmboden gedreht. Vorsichtig drehte Rabanus den Toten auf den Rücken. Der Kopf des Abts war unversehrt. Die Augen, starr aufgerissen, blickten leer in eine andere Welt. Nichts schien jedoch auf einen gewaltsamen Tod hinzudeuten. Nur ein seltsam nussiger Geruch lag in der Luft, den Rabanus aber nicht einzuordnen wusste. Vielleicht hatte sich Rabanus zu sehr in die Sache hineingesteigert. Und obgleich Eigil nur vier Jahre beschieden waren, in denen er den Abtsstab führen durfte, war er doch ein Mann, der in die Jahre des Lebens gekommen war. So war der Zeitpunkt zwar überraschend, aber nicht ungewöhnlich, zu dem der Herr seinen treuen Hirten zum Heimgang gerufen hatte.

Rabanus fuhr ihm mit seiner Hand über das Gesicht und schloss ihm dabei die unnatürlich blickenden Augen, was dem toten Abt einen ruhigeren, sanfteren Ausdruck verlieh. Mit einem Kuss auf die Stirn legte er dem Abt wie zum Gebet die Hände übereinander auf den Bauch.

„Bruder Virgin hat ihn so gefunden“, erklärte Hatto, der sich aus der Traube der Mönche gelöst hatte. „Als er auch nach der Morgenandacht nicht aufzufinden war, habe ich Virgin zum Vater Abt geschickt und da hat er Ihn hier auf dem Boden liegend gefunden.“

Langsam erhob sich Rabanus von dem Leichnam. Er stand mit dem Rücken zu den anderen, sodass diese nicht sehen konnten, wie er sich eine Träne von der Wange wischte. Nun galt es, stark zu sein, um nicht alles aus den Fugen geraten zu lassen. Er hatte Eigil darüber hinaus versprochen, sich um die Brüder zu kümmern, falls ihm etwas zustoßen sollte. Dass dieser Tag so schnell kommen würde, hatte Rabanus nicht geahnt. Bis man einen neuen Abt gewählt hätte, würden einige Tage, wenn nicht Wochen vergehen. Doch die täglichen Arbeiten mussten eingeteilt und verrichtet werden. Die einstweilige Leitung würde neben den *seniores* vor allem in den Händen des Propstes Eddo sowie in Hattos und seinen eigenen liegen. Nach einem tiefen Atemzug drehte er sich wieder zu den anderen herum. Neben Hatto standen Eddo und Samuel, die ebenso wie die anderen Mönche vom Weinberg hergeeilt waren. Einige standen mit Traubensaft gefärbten, nackten Füßen in der Stube und blickten hilflos zu ihm.

„Bereitet alles Nötige vor."

„Entschuldigt, Bruder Rabanus, aber wo soll der Vater Abt denn beigesetzt werden?", fragte Samuel zögerlich. „Wir haben auf unserem *Zömeterium*, nun ja, wie soll ich es sagen…"

Das *Zömeterium* war der kleine Friedhof der Bruderschaft. Die Stätte, an welcher die Brüder nach vollendetem Lebenswerk ihre letzte Ruhe fanden. Eigentlich gab es auf dem stillen und bepflanzten Hügel genug Platz. Doch momentan gab es ein Problem.

„Was ist damit?", fragte Eddo, obwohl er die Antwort schon wusste. „Sprecht frei heraus, Samuel."

„Wir mussten aufgrund der Arbeiten an der Michaelskirche einen Lagerplatz für die Baumaterialien finden. Daher haben wir dort momentan keinen Platz mehr."

Rabanus zögerte einen Moment. Die Bauarbeiten würden sich noch einen langen Zeitraum hinziehen, lediglich die Krypta würde demnächst fertiggestellt werden.

„Die letzte Freude des Abtes wäre die Einweihung der Michaelskirche gewesen", erklärte Rabanus. „Also wollen wir Ihm auch dort seine letzte Ruhestätte schenken, auf dass der Herr Ihn in sein

Himmelreich aufnehmen möge. Und nun geht wieder an eure Arbeiten, zusammen mit den *seniores* werden wir alles Weitere besprechen."

Die rangniederen Mönche verließen den Raum. Als sie gegangen waren, blickte Rabanus in die verbliebene Runde.

„Ich schlage vor, dass wir uns heute Abend im Kapitelsaal treffen und uns beraten."

„Als Propst der Abtei bin ich um eine baldige Lösung bemüht", erklärte Eddo sein Einverständnis. „Mir soll es recht sein. Allerdings müssen wir eine Neuwahl gut vorbereiten, damit sollten wir keine Zeit verlieren. Was meint ihr, Hatto?"

„Wir haben keine andere Wahl, wir müssen eine *congregatio* einberufen. Ich werde die anderen seniores von der Situation unterrichten und sie um ihre Teilnahme an der *congregatio* bitten. Bis jedoch alle aus den umliegenden Abteien hier sind, werden sicherlich einige Tage vergehen."

Der Propst war es, der als erstes die Worte nach einer kurzen Stille wiederfand.

„Gut, dann lasst uns die Details heute Abend besprechen und nicht hier, neben dem Leichnam unseres Eigil."

Die Mönche nickten ringsum und verließen den Raum. Rabanus ging wortlos hinter ihnen her. Er spürte eine neue, große Verantwortung auf seinen Schultern lasten. Nicht nur, dass eine *congregatio* einberufen und dabei ein neuer Abt gewählt werden musste, vielmehr wurde ihm etwas anderes bewusst. Von nun an war er derjenige, der das Geheimnis bewahren musste. Nun war er der Wächter.

# 12.

Nach der erfolgreichen vergangenen Nacht hatten Markus und Georg beschlossen, am nächsten Tag ihren bevorstehenden Kurztrip nach Jersey zu besprechen. Markus hatte sich bereit erklärt, die Planung zu übernehmen. Sie trafen sich am späten Abend und beschlossen, in das nahe liegende *Café Palais* zu gehen. Das Café lag vom Labor nur ein paar Gehminuten entfernt im barocken Viertel der Stadt. Ein kleines Café, das sich direkt neben dem Denkmal des Bonifatius befand. Die imposante Statue thront über den gesamten Platz und zeigt den Märtyrer in einer erhabenen Pose. Während er in seiner rechten Hand das Evangelium fest in seiner Hand umschlossen hält, streckt er mit der linken Hand und klarem Blick jedem Betrachter das Kreuz entgegen.

Markus und Georg schritten an der Statue vorbei und traten in das Café. Die warmen Wandfarben und das dunkle Holz der Möbel verbreiteten eine beruhigende und angenehme Atmosphäre. Es war bereits weit nach Mitternacht, und die meisten Gäste hatten sich in die Clubs und Diskotheken der Stadt verabschiedet. Die beiden saßen an einem Tisch in der Mitte des Raums. Beide bestellten sich eine Latte macchiato, und nur langsam fiel etwas von ihrer Anspannung ab.

„Also, ich habe mich auch mal schlaugemacht. Es gibt zwei Möglichkeiten, nach Jersey zu kommen“, erklärte Georg, bevor Markus etwas sagen konnte.

„Ach wirklich?“

„Entweder mit dem Auto. Dann könnten wir die Fähre von Frankreich aus nehmen. Oder mit dem Flugzeug, wozu ich aber aufgrund einiger Faktoren abraten würde.“

Markus konnte sich nur schwer ein Grinsen verkneifen, versuchte aber noch ernst zu bleiben.

„Hat einer der Faktoren zufällig irgendetwas mit deiner Flugangst zu tun?“

„Nein“, wehrte sich Georg energisch gegen Markus‘ Vermutung. „Es ist einfach viel zu umständlich. Wir müssten von Nürnberg über Manchester und dann noch über den Ärmelkanal nach Jersey fliegen. Dazu ist es wahnsinnig teuer, und es gibt auch so kurzfristig leider keine Flüge mehr.“

Markus kannte Georgs Bedenken gegenüber dem Fliegen. Wo auch immer es ging, versuchte er es zu umgehen.

„Es gibt also keine Flüge mehr?“

„Genau.“ Georg hob entschuldigend, aber auch erleichtert die Hände. „Ich weiß, dass wir dadurch viel Zeit sparen würden, aber da kann man halt leider nichts machen.“

„Na ja, ich habe es eh schon anders geplant“, antwortete Markus, der noch immer wacker sein Lächeln zu unterdrücken versuchte.

„Du hast also schon ein Auto gemietet und uns einen Platz auf der Fähre reserviert?“ Georg freute sich offensichtlich über die überraschend einfache Lösung seiner Sorgen. „Na dann“, hob Georg seine Latte macchiato zum Anstoßen in die Höhe. Markus erwiderte den Toast.

„Ja, es ist bereits alles gebucht“, antwortete Markus, stellte sein Glas zurück und fügte fast beiläufig an: „Unser Flugzeug steht in Jossa. Ich werde selbst fliegen.“

Zunächst verstand Georg es nicht richtig und lächelte noch immer siegessicher. Doch gerade als das heiße Getränk seine Lippen berührte wurde ihm der Inhalt von Markus‘ Bemerkung klar. Um ein Haar hätte er sich verschluckt. Ohne die Latte macchiato wieder abzusetzem blickte er Markus an.

„Kannst du das bitte noch mal wiederholen."

„Ich werde fliegen. Du weißt doch, dass ich den Flugschein habe. Es ist die einfachste und vor allen Dingen schnellste Lösung."

In der Tat wusste Georg, dass Markus jedes Jahr aufs Neue seine Flugtauglichkeitsprüfung ablegte. Markus hatte ihn schon mehrfach eingeladen, einmal mitzufliegen. Nach Paderborn oder Berlin. Er hatte immer dankend abgelehnt.

„Du willst uns nach Jersey bringen?" Georg stellte seine Tasse zurück auf den Tisch und lehnte sich bockig zurück. „Vergiss es!"

„Wir haben gar keine andere Möglichkeit. Wie du schon gesagt hast: Es gibt weder Flüge noch einen Platz auf der Fähre. Ich habe es überprüft."

„Aber es ist doch bestimmt auch sehr teuer, oder?" Georg versuchte verzweifelt einen anderen Grund zu finden, den Flug zu verhindern. Und Geld war immer ein guter Einwand.

„Nein, es wird nicht teuer. Der Präsident des Flugvereins ist ein alter Bekannter meines Vaters und mein ehemaliger Fluglehrer. Er macht uns ein Spitzenangebot."

Auch dieser Versuch von Georg war also kläglich gescheitert. Es gab offenbar keine vernünftige Erklärung, nicht mit Markus zu fliegen. Nur seine eigene Angst hinderte ihn. Er wusste, dass es nun kein Zurück gab und er über seinen Schatten springen musste. Mit leerem Blick starrte er vor sich auf den Tisch.

„Wann und wo geht es los?"

Markus lächelte erleichtert über Georgs Entscheidung, im Bewusstsein, dass ihm das sicher nicht leichtfiel.

„Morgen. 12:30 Uhr vom Flughafen Fulda-Jossa. Danke."

Auch Georg lächelte, wenn auch etwas verkrampft. Dann nahm er seine Tasse und hielt sie erneut zum Anstoßen nach oben.

„Du hast wertvolle Fracht an Bord. Ich hoffe, du weißt das."

„Und ob ich das weiß."

Markus stieß mit Georg an und beide schlürften den Rest Milchschaum aus dem Glas. Gerade als Markus genauer auf die Reise eingehen wollte, wurde er von einer bekannten Stimme abgelenkt, die sich ihm von hinten näherte. Als er sich umdrehte, stand Sonya Ramzy mit einer nicht minder attraktiven Freundin am Nebentisch.

„He, ist das nicht die Ärztin aus dem Krankenhaus?", bemerkte Georg.

Markus empfand sie als noch schöner und reizvoller als im Krankenhaus. Ihre dunklen Haare legten sich auf einen beigefarbenen Mantel. Sie trug einen kurzen Rock und dazu farblich zum Mantel abgestimmte Stiefel, die ihre Beine noch mehr in den Vordergrund rückten. Markus entschied, dass es nicht am Alkohol liegen konnte. Er fühlte sich hellwach und munter.

„Markus", rüttelte Georg ihn am Arm. „Wollen wir sie nicht an unseren Tisch bitten?"

„Ich denke nicht, dass das eine gute Idee ist. Es sieht so aus, als ob sie ungestört bleiben möchten."

„Findest du?", blickte Georg erstaunt. „Nein, quatsch. Warte, ich frage sie mal."

„Nein, Georg, warte", versuchte Markus ihn noch am Arm zu packen, doch der war schon aufgesprungen und auf dem Weg zum Nebentisch. Er konnte die Blicke der zwei Frauen auf seinem Rücken praktisch körperlich spüren. Markus wäre am liebsten vor Scham im Boden versunken. Stühle wurden gerückt und klackende Absätze näherten sich.

„Hallo, Markus."

Markus stand von seinem Tisch auf, drehte sich um und ließ seine strahlend weißen Zähne blitzen.

„Sonya, hallo. So eine schöne Überraschung."

„Das ist Jasmin, meine Freundin und Kollegin aus dem Krankenhaus."

„Ich bin Georg, freut mich."

„Freut mich ebenfalls."

„Mein Name ist Markus."

„Ja, ich weiß, der Mann der überfallen wurde, nicht wahr? Ich habe die Aufnahmen deiner Rippen gemacht. Ich kenne dich also besser als du denkst. Ich bin Radiologin."

„Durchschaut", scherzte Markus. „Aber nehmt doch Platz."

„Aber nur, wenn wir euch nicht stören."

„Nein, natürlich nicht." Markus bot den beiden Damen einen Stuhl an ihrem Tisch an. „Ein wenig Gesellschaft wäre sehr nett."

„Unbedingt", pflichtete Georg bei. „Das ist das Schöne an so einer kleinen Stadt. Wenn man abends ausgeht, kann man fast sicher sein, irgendwo in einer der Bars Bekannte zu treffen. Was wollt ihr trinken?"

Jasmin winkte beschwichtigend ab.

„Also wenn überhaupt, dann nur ein Glas Rhönsprudel. Ich muss noch fahren."

„Für mich einen Cappuccino", ergänzte Sonya.

„Okay, ich gehe mal bestellen. Bin gleich wieder da."

Bevor Markus zustimmen konnte, wollte Georg bereits aufstehen, um die Bestellung weiterzugeben. Im gleichen Moment klingelte jedoch sein Handy, und er nahm ab.

„Entschuldigt bitte. Georg Stangl", meldete er sich.

Georg konnte die Stimme am anderen Ende kaum verstehen. Es schien sich um einen älteren Herrn zu handeln.

„Wie bitte, wer ist da?", fragte er nach. Die Antwort schien nicht ohne Wirkung zu sein. Georg zog beschämt die Mundwinkel nach unten und deutete den anderen an, leiser zu sein.

„Ja, einen Moment bitte." Georg drehte sich zu Markus und reichte ihm das Handy weiter. „Ist für dich, ein Herr Leinweber. Ich geh solange mal die Getränke organisieren."

Verdutzt nahm Markus das Gespräch an.

„Ja bitte?"

Leinweber schien angespannt zu sein. „Entschuldige, dass ich dich so spät noch störe, aber ich habe erst heute erfahren, was dir zugestoßen ist. Seitdem versuche ich dich vergeblich zu erreichen. Deine Mutter hat mir dann die Nummer von deinem Kommilitonen gegeben. Das war wohl dieser komische Vogel eben."

Markus fingerte sein Handy aus seiner Tasche und erkannte, dass sein Akku leer war und sein Handy sich abgeschaltet hatte.

„Ja, das war er. Wie kann ich Ihnen helfen, Herr Leinweber?"

Eine kurze Pause entstand, und Markus überprüfte den Empfang von Georgs Handy. Sowohl der Akku als auch die Netzanzeige zeigten eine volle Skala.

„Ich weiß nicht, wie ich es sagen sol,l aber ich weiß, wer hinter der ganzen Sache mit Spiritual Weithofen steckt."

Das Herz schlug Markus mit einem Mal bis zum Halse hinauf und es war ihm, als hätte ihm jemand einen Schlag in den Magen versetzt.

„Sie wissen was?", stieß er laut hervor. Erschrocken blickten die anderen am Tisch zu Markus.

„Ich kann dir jetzt nicht mehr darüber sagen. Wir treffen uns morgen früh um neun Uhr im Schlossgarten am Teich. Du weißt, wo das ist?"

„Selbstverständlich."

„Gut. Und sei bitte pünktlich."

Das Gespräch wurde beendet und Markus steckte wieder mit seinen Gedanken mitten in diesem Sumpf aus Fragen, die kein Ende nehmen wollten.

„Entschuldigt bitte. Ich habe nur gerade eine interessante Neuigkeit erfahren. Also nichts Schlimmes." Er wollte die Stimmung nicht zerstören und würde Georg die Neuigkeiten später erzählen. Die beiden Frauen hätten ohnehin nichts damit anfangen können. „Wo bleiben denn eigentlich die Getränke, Georg?", rief Markus in Richtung der Theke. Sonya schaute Markus verschmitzt an. Bevor die Blicke jedoch allzu vertraut wurden, unterbrach sie den Augenkontakt.

„Du wolltest doch wissen, ob jemand mit Bissverletzungen eingeliefert wurde, nicht wahr?"

„Ja. Hast du etwas herausbekommen?"

„Ich habe heute Morgen sowohl die Städtischen Kliniken als auch die Kollegen des Hünfelder Krankenhauses angemailt."

„Und?"

„Ich habe bisher meine Mails noch nicht überprüft. Wenn du willst, kann ich noch mal nachschauen. Ich wohne hier ganz in der Nähe."

Es war ihm etwas peinlich. Aber die Information war sehr wichtig. Und sie duldete keinen Aufschub.

„Georg und ich haben morgen einen wichtigen Termin und wollen nicht zu spät nach Hause."

In diesem Moment trat Georg wieder mit den gewünschten Getränken sowie einer Flasche Wein zurück an den Tisch.

„So ist es, wir begeben uns auf eine Art Schatzsuche."

Die Frauen blickten sich kurz erstaunt an. Für die anderen nicht erkennbar, trat Markus zeitgleich mit seinem Absatz auf Georgs Zehen. Georg sollte nichts ausplaudern. Er verstand.

„Schatzsuche?", fragte Sonya erstaunt.

„Er meint, dass ich ihn morgen mit zum Fliegen nehme. Dann werden wir über einige interessante Fleckchen Erde fliegen. Wenn wir sie denn aus der Luft entdecken. Ist fast so wie eine kleine Schatzsuche. Das ist ein lang ersehnter Wunsch von Georg."

„Ja, das ist es", pflichtete Georg schnell bei. „Ich liebe das Fliegen. Meine große Leidenschaft sozusagen."

Die beiden Frauen verstanden zwar nicht, fragten aber auch nicht weiter nach. Markus versuchte auf ein anderes Thema abzulenken.

„Du sagtest, dass du deine Mails noch heute überprüfen könntest?"

„Kein Problem. Wir müssen nur um die Ecke an meinen Rechner.

Sind keine fünf Minuten von hier."

„Wenn dir das keine Umstände machen würde."

„Nein, kein Problem. Dann muss ich nicht alleine nach Hause laufen. Ich hörte, dass es hier nachts ziemlich ungemütlich werden kann. Es soll erst vor Kurzem wieder mal jemand zusammengeschlagen worden sein", feixte sie in Richtung Markus. Amüsiert über die Schlagfertigkeit Sonyas grinste Georg spitzbübisch zu Markus hinüber.

„Treffer, Markus. Das kannst du Frau Doktor nicht abschlagen. Ich bleibe noch ein wenig hier und bringe dann Jasmin zu ihrem Auto."

Markus wusste nicht warum, aber irgendwie war er dankbar dafür, dass Georg noch länger bleiben wollte.

*

Das Kopfsteinpflaster der Fuldaer Innenstadt war für Sonyas hohe Damenschuhe denkbar ungeeignet. Immer wieder knickte sie um oder blieb mit ihren Absätzen zwischen dem Kopfsteinpflaster hängen.

„Macht es dir was aus, wen ich mich bei dir einhänge?"

„Nein, natürlich nicht", bot ihr Markus seinen Arm als Halt an.

„Es ist sehr nett von dir, dass du mich nach Hause begleitest."

„Wo wohnst du denn?"

„Am Rosengarten, wir müssen nur über den alten Gemüsemarkt, und schon sind wir da. Sind nur ein paar Minuten."

Das Ziel lag tatsächlich nur einige Gehminuten entfernt. Sonya ging die Stufen des Treppenhauses voran. Markus ging direkt hinter ihr und konnte seinen Blick nicht von ihrem Körper wenden, der vor ihm die Treppen hinauftanzte. Was war mit ihm los? Ein Flirt, in Ordnung. Doch nun ging er mit dieser attraktiven Frau in ihre Wohnung. Und sie schien nicht uninteressiert. Oder bildete er sich das alles nur ein? Die Wohnung lag im obersten Stockwerk und war eine Art Penthouse mit gläserner Fensterfront und einem am Tage sicherlich schönen Ausblick über die Fuldaauen.

„Nimm Platz, und schau dich bitte nicht zu genau um.“

In der ansonsten aufgeräumten Wohnung lagen einige Sachen wild über den Boden verstreut.

„Meiner Katze ist die Einrichtung manchmal zu langweilig und sie stellt sie dann spontan um, wenn ich nicht zu Hause bin“, scherzte Sonya, zog sich dabei die Stiefel aus und verschwand im Nebenzimmer. „Fühl dich wie zu Hause. Ich schlüpf nur gerade in was Bequemeres.“

Markus zog seine Jacke aus und ließ seine Blicke durch die Wohnung schweifen. Die Einrichtung war stilvoll mit teurem Mobiliar und allerlei ägyptischer Kleinkunst eingerichtet. Bilder von Wandzeichnungen und Nachbildungen von Totenmasken der Pharaonen hingen an den Wänden. Heller Parkettboden lag in der kompletten Wohnung aus. Die Tür zu dem Zimmer, in dem Sonya verschwunden war, bewegte sich und eine kleine getigerte Katze schlängelte sich hinaus. Es war nur ein kleiner Spalt, aber es genügte, um Markus‘ Aufmerksamkeit zu erregen. Durch den Spalt konnte er Sonya erkennen, die sich ihres Pullovers entledigte. Sie trug keinen BH darunter und Markus konnte ihre vollen Brüste sehen, die perfekt zu ihrem gesamten femininen Körper passten. Gelenkig schlüpfte sie aus ihrem Rock und gab den Blick auf einen schwarzen Slip frei. Selbst vom Wohnzimmer aus konnte man erkennen, wie samtweich ihre Haut die Rundungen des kleinen Körpers umspannte und ihre Schulterblätter hervortraten, als sie einen anderen Pullover über ihren Kopf streifte und dieser bis auf ihre Hüften fiel.

Die Katze kam herübergelaufen, schmiegte sich an Markus Beine und schwänzelte zufrieden knurrend um ihn herum. Sein Blick wanderte wieder verlegen und zugleich neugierig in Richtung des Schlafzimmers. Es war niemand zu sehen. Mit einem Satz war die Katze plötzlich auf seinen Schoß gehüpft und machte Anstalten, dort zu verweilen.

„Ah, ich sehe, ihr habt euch schon bekannt gemacht“, kam Sonya wieder zurück in das Wohnzimmer.

„Ja.“ Markus hoffte, dass sie seine Blicke nicht doch bemerkt hatte. „Du hast wirklich eine schöne Katze.“ Das hörte sich irgendwie komisch an, dachte er sich, als die Worte seinen Mund verlassen hatten. Mit seinen Gedanken schien er noch im Schlafzimmer gefangen. Es wäre sicherlich das beste, nach den Informationen sofort nach Hause zu gehen. Sonya setzte sich an den Schreibtisch, auf dem der PC stand.

„Ich fahre schnell den Computer hoch, dann wissen wir mehr. Was magst du trinken? Einen Wein oder Wasser? Oder macht das überhaupt einen Unterschied für jemanden, der in Zukunft täglich das eine ins andere verwandelt?“

Sonya lachte laut auf, ging in die Küche und öffnete den Kühlschrank. Mit knackenden Geräuschen versuchte der Computer hörbar eine Verbindung ins Internet aufzubauen. Sonya kam mit zwei Gläsern Wein in der Hand zurück aus der Küche. Sie stießen kurz an und nahmen einen Schluck Rotwein. Auf dem PC-Bildschirm baute sich die Seite des Internetanbieters auf.

„So, dann wollen wir doch mal sehen, was uns die Kollegen geantwortet haben“, setzte sich Sonya zurück an den Computer und ließ ihre Finger geschickt über die Tastatur wandern. Ihr Postfach deutete an, dass sie zwei neue Mails erhalten hatte.

„Geantwortet haben sie jedenfalls. Kleinen Moment noch.“

„Und?“, fragte Markus neugierig.

„Im Fuldaer Klinikum ist ein Mann mit einer Bissverletzung eingeliefert worden.“ Sonya las weiter und musste kichern.

„Was ist los? Hat der Mann doch keine Verletzung gehabt, die passen könnte?“

„Doch, das schon. Allerdings gibt es ungefähr neunzig Zeugen, die bei der Hundeschau anwesend waren, als ihn ein prämierter Hund gebissen hat. Außerdem war die kleine Wunde auch nicht sehr schlimm, musste nicht mal genäht werden. Es ist nur eine Tetanusspritze als Vorsichtsmaßnahme verabreicht worden. Der Täter war übrigens ein kleiner Chihuahua" lachte Sonya.

„Ein Chihuahua. Ich denke zwar nicht, dass ich die Bisskraft eines Bullterriers habe, aber einen Chihuahua sollte ich doch übertreffen. Schade, ich dachte, es wäre eine gute Möglichkeit."

„Tut mir leid, Markus. Ich hätte dir wirklich gerne geholfen."

„Schon in Ordnung. Trotzdem vielen Dank, dass du nachgefragt hast."

„Kein Problem. Aber jetzt verrate mir doch mal, was das alles zu bedeuten hat."

„Wie meinst du das?"

„Na, da stimmt doch irgendetwas nicht. Dir wird nachts von zwei Typen aufgelauert und du wirst zusammengeschlagen. Sie rauben dich aber nicht aus. Du meldest den Überfall nicht der Polizei, aber du stellst trotzdem Nachforschungen über diese Typen an. Wenn das nicht seltsam klingt."

Markus nickte zustimmend.

„Gut kombiniert, Holmes."

„Danke, Watson. Also?"

Markus setzte sich zurück auf die Couch und nahm einen Schluck aus dem Glas. Sonya folgte ihm und nahm neben ihm Platz. Mit angewinkelten Beinen machte sie es sich mit einem Kissen in den Armen auf dem Sofa bequem. Ihre Füße berührten dabei kaum merklich seine Oberschenkel.

„Es geht um etwas Privates. Mein Mentor ist vor ein paar Tagen ums Leben gekommen. Er war aber nicht nur mein Mentor. Ich habe dir doch erzählt, dass ein Theologe nach dem Tod meines Vaters unserer Familie weiterhalf. Das war er. Ihm habe ich unendlich viel zu verdanken."

Schon die kleine Berührung ihrer Füße verunsicherte ihn. Merkte sie diesen Kontakt überhaupt? Markus wurde es mit einem Mal ziemlich heiß. Der Wein schien eine starke Wirkung zu haben.

„Ich verstehe. Das wusste ich natürlich nicht." Sie blickte zur Decke und ihre Gedanken schienen für einen Moment ganz wo anders zu sein. Dann kehrte ihr Blick zurück zu Markus. „Es ist schlimm, jemanden zu verlieren, dem man sehr nahe stand. Ich kenne das Gefühl sehr gut."

„Ach ja?"

„Meine Eltern starben als, ich noch klein war. Ein Unfall. Ich wuchs hauptsächlich bei meinem Großvater und Freunden von ihm auf. Bei dem Unfall kamen nicht nur meine Eltern, sondern auch meine Großmutter ums Leben. Sie lebte getrennt von ihrem Mann, doch sie hatte nie aufgehört, ihn zu lieben. Danach wurde ich dann zu meinem einzigen noch lebenden Verwandten nach Deutschland gebracht. Meinem Großvater. Ihm habe ich alles zu verdanken. Er nahm mich bei sich auf und kümmerte sich um mich."

„Mein Vater ist auch bei einem Autounfall ums Leben gekommen, als ich noch klein war. Er war Amerikaner und hier stationiert."

„Es ist schön, mit jemandem sprechen zu können, der diese Gefühle kennt."

„Ich glaube, all diese Gefühle sind durch den seltsamen Tod eines Mentors jetzt wieder in mir aufgekommen."

„Durch den *seltsamen* Tod?"

Markus fühlte sich von Sonya verstanden. Es tat gut, mit jemandem zu sprechen, der nichts mit der Sache zu tun hatte. Sonya strahlte durch ihre angenehme Wärme eine Atmosphäre aus, in der er seit Tagen mal wieder loslassen konnte.

„Ja, irgendwas stimmt daran nicht. Irgendjemand hat ihn auf dem Gewissen. Ich weiß nur noch nicht wie."

Für eine Sekunde schien Sonya sprachlos. Vielleicht hätte er sie nicht damit belasten sollen. Aber er fühlte sich von einer Zentnerlast befreit. Seit Weithofens Tod hatten sich Gedanken und Emotionen aufgestaut, die er immer wieder versuchte zu unterdrücken. Er brauchte ein Ventil. Mit Georg war es etwas anderes, über die Vorfälle im Priesterseminar zu sprechen.

„Was meinst du mit *auf dem Gewissen*?"

„Professor Weithofen hatte etwas herausgefunden, das er wohl besser nicht hätte wissen sollen."

„Was genau hat er denn herausgefunden?"

„Ich habe keine Ahnung", schüttelte Markus den Kopf. „Noch nicht. Anscheinend hat es aber mit alten Schriften zu tun, die eine enorme Wichtigkeit für manche Leute haben."

„Hast du denn eine Vermutung, wer ihn auf dem Gewissen hat?"

„Es sieht so aus, als ob eine Gruppe, die sich Thule-Orden nennt, dafür verantwortlich ist. Jedenfalls deutet einiges darauf hin."

„Hast du die Polizei informiert?"

„Nein, noch nicht. Ich kann ja nichts beweisen. Außerdem weiß ich nicht, ob die Polizei nicht auch noch mit drinsteckt. Diese Thuleleute haben anscheinend beste Verbindungen in alle Schichten der Gesellschaft."

Sonya nickte verständnisvoll und entschuldigte sich danach kurz und verschwand im Bad. Markus fühlte sich seltsam beschwingt. Einerseits fühlte er sich sehr wohl. Und genau deswegen zugleich unwohl. Hatte er sich vollen Bewusstseins in diese Situation begeben? Der Alkohol tat sein Übriges und vernebelte seine ansonsten klaren Gedanken und Entscheidungen stärker als er dachte. Was tat er hier noch? Er hätte längst nach Hause gehen sollen. In einigen Stunden würde er sich mit Leinweber treffen und später nach Jersey fliegen.

Aber ich bin ein Mann. Niemand kann einem Mann seine bloßen Gedanken verübeln, das ist menschlich. Oder etwa nicht?

Als angehender Priester musste er solch eine Situatio meistern können. Vielleicht war es ein Test seiner Standhaftigkeit? Wollte Gott ihn mit dieser Prüfung testen? Er spürte eine Erektion. Zu Abiturzeiten hatte er das letzte Mal mit einer Frau geschlafen. Sie war in der gleichen Stufe gewesen und hieß Marion. Marion war nicht die einzige, die auf Markus ein Auge geworfen hatte. Durch seine charmante Art und sein attraktives Äußeres stand er bei den Mädchen der Schule hoch im Kurs. Noch heute war sich Markus seiner Ausstrahlung durchaus bewusst und genoss die Blicke der Frauen, wenn sie mit ihm flirteten. Markus und Marion hatten sich einige Male zum Lernen getroffen, was dann allerdings selten stattfand. Die Beziehung ging über ein paar Wochen, vielleicht waren es auch Monate. Jedenfalls hatten sie leidenschaftlichen Sex. Marion war sehr experimentierfreudig. Auch sonst mochte er sie natürlich. Sie war erfrischend anders als die meisten Mädchen in diesem Alter. Bevor mehr daraus entstehen konnte, wurde sie schwanger. Von Sören. Ein schleimiger Typ mit zu teurem BMW für einen Abiturienten. Er ging in die gleiche Stufe. Angeblich hatten die beiden nur einmal auf einer Party nach zu viel Alkohol miteinander geschlafen. Soweit Markus wusste, waren sie bald darauf nach Norddeutschland gezogen. Zu seinen Eltern. Eine Unternehmerfamilie aus Hamburgs High Society. Markus hatte Marion nicht wirklich geliebt und sie ihn sicherlich auch nicht. Aber es hatte ihn trotzdem verletzt. Die Wunden verheilten jedoch schnell und die Erinnerungen verblassten ebenso zügig.

Und jetzt saß er hier, mit seinen dreißig Jahren. Er fühlte sich wieder wie ein Schuljunge, der Angst davor hatte, von seinem Lehrer nach den Hausaufgaben gefragt zu werden, die er nicht gemacht hatte. Er hoffte darauf, dass ihm diese Frage erspart bleiben würde. Dann gäbe es keine verwerfliche Situation und somit auch keine Entscheidung. Was aber, wenn sie doch fragen würde? Einige Andeutungen in dieser Richtung glaubte er erkannt zu haben.

Markus entschloss sich, dass es das Beste war, sich von ihr zu verabschieden. Sobald sie aus dem Bad zurückkam.

*Höflich, aber bestimmt.*

Das war für alle sicherlich das Beste und auch Vernünftigste. Im Bad wurde derweil die Spülung betätigt und Markus zuckte zusammen. Die Tür schwang auf und Sonya kam mit ihrem unvergleichbaren Lächeln auf den Lippen herein. Mit der Jacke in der Hand stand Markus auf und kam ihr entgegen. Das Lächeln wich aus Sonyas Gesicht.

„Oh, willst du schon gehen?"

*Höflich, aber bestimmt*, rief sich Markus ins Gedächtnis. Er war fest entschlossen.

„Ja, weißt du, ich muss morgen früh raus, und der Wein hat mich jetzt doch müde gemacht", erklärte Markus ungewohnt verlegen und schlüpfte in seine Jacke.

„Verstehe", lächelte Sonya ihn an und versuchte, dabei verständnisvoll zu wirken. Markus nahm es ihr nicht ab.

Ohne stehen zu bleiben, ging Markus zur Tür, öffnete sie und stand mit einem großen Schritt im Treppenhaus. Er ging ein paar Schritte. Sichere Entfernung.

*Höflich, aber doch bestimmt.*

Dann drehte er sich auf den Stufen noch einmal um. Sonya stand, mit einer Hand an der Tür lehnend, im spärlichen Licht, das sich von der Straße durch die Glasbausteine herein stahl.

„Danke für den Wein. Gute Nacht."

Mit einem durchbohrenden Augenaufschlag nickte Sonya zweimal zustimmend ohne einen Ton zu sagen und ohne den Blick von ihm zu nehmen.

*Höflich, aber bestimmt*, versuchte sich Markus zu besinnen.

*Höflich, aber…*

Markus drehte sich sich auf dem Absatz um. Die wenigen Stufen zurück erlebte er wie in Trance. Fast schwebend. Sie wehrte sich nicht. Er nahm sie in den Arm und küsste sie. Erst zurückhaltend, dann entschlossen.

# XI.

Der Platz war prall gefüllt. Eine große Schar von Mönchen stand im Halbkreis verteilt um den *Tonsurbrunnen.* Ein rundes Brunnenhäuschen, wo den Brüdern zu bestimmten Zeiten Bart und Haupthaar geschoren wurde. Eine weitere Gruppe hatte sich ins *Klaustrum* begeben. Dies war der große Platz, der von vier Bogengängen umschlossen wurde. In der Mitte des Rasenplatzes standen die Mönche beieinander und steckten ihre Köpfe zusammen. Der Bann des strengen Stillschweigens war nun für eine Stunde unterbrochen, und alle rätselten über den möglichen Nachfolger des Abtes. Erstaunlich aktiv zeigten sich die meisten Anwesenden. Hatten doch viele von ihnen beträchtliche Reisestrapazen auf sich genommen, um nun bei der Wahl anwesend sein zu können.

Wie Hatto vermutet hatte, waren die Letzten erst nach fünf Tagen im Kloster Fulda eingetroffen. Alle waren der Einladung zu dieser außerordentlichen Versammlung gefolgt. Die *congregatio* war die wichtigste Versammlung der Benediktinerbrüder im Klosterleben. Sie diente als höchste Instanz bei schwierigen Entscheidungen. Eine Art Gericht, bei dem über Beschwerden, Verfehlungen und deren Strafmaß beraten und entschieden wurde. Ebenso wurde bei den Versammlungen aber auch über Ernennungen und Amtseinführungen verdienter Brüder getagt. Solch eine Versammlung aller *seniores* des Klosters Fulda bedurfte einer guten Vorbereitung, nahmen doch auch die

Brüder der Nebenklöster und Abteien daran teil, die teilweise einige Tagesmärsche entfernt lagen.

Propst Eddo war die Planung jedoch mit erstaunlicher Übersicht gelungen. Ruhig und besonnen hatte er die verschiedensten Punkte bedacht. Unterkünfte mussten bereitgestellt und die gewachsene Anzahl der Mönche bei den Speisungen berücksichtigt werden. Niemand der hohen Brüder sollte Grund zu Kritik haben. Das Kloster Fulda hatte einen vorzüglichen Ruf zu verteidigen.

Jeder Bruder hatte sich von dem toten Eigil verabschiedet. Nun war es an der Zeit, dessen Nachfolger zu wählen. Unter den Brüdern des Klosters Fulda gab es unterschiedliche politische Strukturen und Strömungen. Die Bruderschaft war sehr mächtig. Nach der entbehrungsreichen Aufbauzeit ging es ihr zudem gut wie nie zuvor. Auch aus diesem Grund war die Betroffenheit über Eigils Tod unter den Brüdern wahrhaftig. Man wollte möglichst schnell einen neuen Abt gewählt haben, damit sich aus den höheren Reihen der Kirche erst gar niemand Gedanken über dieses Thema machen musste. Auf keinen Fall wollte man das Risiko eingehen, einen fremden Abt aus Mainz, Köln oder Worms zugewiesen zu bekommen.

Nach der gemeinsamen Messe und der vorgegebenen Zeremonie hatte man sehr schnell die möglichen Kandidaten für das Amt auserkoren. Außer Eddo, der auch als Vorsitzender der Wahl fungierte, hatten die seniores Rabanus, Hatto und Bruder Landfrid, einen senior aus der Abtei Hersfeld, zur Wahl aufgestellt. Allen vier wurden gute Chancen eingeräumt, jedoch schien Eddo durch seine Position als Propst und Vorsitzender der Zeremonie über einen leichten Vorsprung gegenüber den anderen zu verfügen. Die Auszählung würde nicht allzu lange dauern, sodass alle Brüder nicht weit vom Kapitelsaal entfernt verweilten.

Nun ertönte die Glocke. Abrupt beendete sie alle Spekulationen und Unterhaltungen. Das Glockengeläut verkündete das Ende der Auszählung. Alle Brüder strömten zurück in den Saal, in dem ringsherum Steinbänke angebracht waren. Schweigend nahmen die Brüder wieder ihre Plätze ein, voller Erwartung auf das Ergebnis der Wahl. Das Auszählen der Stimmen hatten drei unabhängig voneinander bestimmte seniores durchgeführt. Das Ergebnis wurde von ihnen in einem versiegelten Umschlag dem Propst übergeben. Eddo nahm den Umschlag entgegen, erhob sich von seinem Sitz und blickte in die Runde der gespannt wartenden Mönche.

„Liebe Brüder, wir freuen uns, euch mitteilen zu können, dass wir einen neuen Vater Abt für das Kloster Fulda gefunden haben."

Bedächtig brach er das Siegel und las das Ergebnis. Ohne Hast hob er den Zettel für alle sichtbar nach oben und verkündete das Ergebnis.

„Das Amt soll vom heutigen Tage an auf Lebzeiten von unserem geliebten Bruder Rabanus übernommen werden."

Die Gesichter der meisten Mitbrüder zeigten eine tiefe Erleichterung. Obwohl Eddo und Landfrid als ältere Brüder ein gewisses Privileg in der Bruderschaft genossen, hatte sich die Meinung durchgesetzt, dass Rabanus derjenige sei, der die Abtei am ehesten in die Zukunft geleiten könnte. Rabanus zuckte bei der Nennung seines Namens kurz zusammen, fing sich aber im nächsten Moment wieder. Nur sein Herz hüpfte weiter unbändig vor Aufregung in seiner Brust, als er aufstand und den Bruderkuss Eddos entgegennahm. Dann drehte er sich ebenfalls zu der versammelten Bruderschaft, um einige Worte an sie zu richten. Zum Abschluss einer *congregatio* war es üblich, dass der Abt den Herrn um Vergebung der Sünden bat.

„Voller Dankbarkeit und Demut stehe ich nun vor euch, liebe Mitbrüder. Habt Dank für euer Vertrauen, und doch bitte ich euch gleichzeitig um Unterstützung durch eure Gebete. Lasst uns gemeinsam den Herrn um Erbarmen für unsere Seelen bitten."

Das Murmeln verstummte und die gestenreichen Ausführungen der Mönche im Kapitelsaal ebbten langsam ab. Eine erwartungsfrohe Ruhe kehrte stattdessen ein. Die Hände zum Gebet gefaltet, blickten einige andächtig vor sich auf den Boden. Doch die meisten spähten neugierig aus den Augenwinkeln, um zu sehen, wie sich der neue Abt bei seinem ersten offiziellen Auftritt bewähren würde. Mit festem Blick und ebenso fester Stimme trat Rabanus vor die Versammlung und begann sein Gebet.

„Herr, schau auf uns Arme, erbarme dich unserer Tränen, schwer haben wir gefehlt, reiß uns, du Starker, heraus aus unseren Sünden. Alles Böse treib von uns fern, denn Sünde umfängt uns in Leib und Gemüt. Durch gar vieles Irren ist unser Leben befleckt. Dein Gebot zu übertreten, scheuten wir uns nicht. Wir taten Sünde mit der Zunge, mit den Händen und in Gedanken. So nimm, erhabener Gott, in deiner Huld deinen Diener wieder auf, der demütig und von Schmerz erfüllt zu dir wieder heimkehrt. Heile unsere Wunden, tröste unser verwirrtes Gemüt, verzeih uns all unsere Schuld. Gib uns Hoffnung auf deine Verzeihung, mach wieder froh unser betrübtes Herz. Erweck in uns Glaube, Hoffnung und Liebe, auf dass wir fortan in Werk und Gesinnung dein Gebot erfüllen. Amen."

„Amen", hallte es unisono aus den Kehlen der anwesenden Bruderschaft. Alle waren höchst zufrieden mit dem Ausgang dieser Wahl.

Nur einer unter ihnen kämpfte mit seinem Zorn und musste sich zu einem bitteren Lächeln zwingen.

# 13.

Das Lächeln auf seinem Gesicht kam ganz unbewusst. Er hatte wohl nur einen angenehmen Traum, den er gerne noch weiterverfolgt hätte. Endlich kein Albtraum über diesen seltsamen Autounfall und seinem allmählichen Ertrinken. Doch nun mischten sich helle Schreie in seinen Traum und ließen ihn aus dem Schlaf fahren. Zunächst wusste er nicht, was es war.

Unsicher öffnete er seine Augen und blinzelte gegen das Licht, das durch das geöffnete Fenster hineinfiel. Sein Blick wanderte durch den Raum. Der Schrank. Die Bilder. Das Bett, in dem er lag. Es war nicht sein Zimmer. Langsam setzte er sich auf. Er sah an sich hinab. Sein durchtrainierter Körper war nur mit einer Shorts bekleidet. Sofort pochte das Blut in seinem Schädel. Kopfschmerzen. Nun kam die Erinnerung langsam zurück. Neben ihm lag Sonya, die nackt war. Lediglich ihre braunen Haare legten sich sanft wie ein seidener Schleier über den schmalen Nacken und ihre Schultern. Dann weckten wieder die Schreie Markus' Aufmerksamkeit. Sie kamen von nebenan. Ein Baby. Anscheinend hatten Sonyas Nachbarn Nachwuchs, der sich lautstark bemerkbar machte. Markus blickte auf seine Uhr. Es war noch früh und er hatte noch etwas Zeit bis zum Treffen mit Leinweber. Dennoch entschied er zu gehen. Auf einem kleinen Zettel hinterließ er ihr eine kurze Nachricht, dass er sie vor dem Abflug nach Jersey noch einmal anrufen würde. Er wollte sie nicht wecken.

Vielleicht wollte er auch nur einem Gespräch mit ihr aus dem Weg gehen. Er konnte sich nicht genau daran erinnern, was geschehen war. Doch ganz egal, was genau geschehen war, er war angehender Priester und hatte die Nacht mit einer Frau verbracht. Er fühlte sich furchtbar. Zwar hatte er Alkohol getrunken, doch das wäre eine naive Ausrede gewesen. Schon gar vor den Augen des Herrn. Ihm konnte er nichts vormachen. Bisher hatte er sich immer stark und sicher gefühlt. Was war nur mit ihm geschehen? Er haderte mit sich und seinem Gewissen. Wie sollte es nun weitergehen? War er überhaupt noch würdig, die Prüfung eines Priesters abzulegen, wenn er so schwach war? Und was sollte er Sonya sagen. Markus zog sich an, band sich seine dünne Strickjacke um die Hüften und verließ voller Scham die Wohnung. Mit aller Macht versuchte er sich auf das Treffen mit Leinweber zu konzentrieren. Es gab noch genügend weitere Probleme als seine eigene Schwäche. Die frische Luft tat Markus gut. Auch die Kopfschmerzen verschwanden mehr und mehr.

Nach einem zehnminütigen Fußmarsch betrat er den Schlosspark durch das große eiserne Tor der domzugewandten Seite. Der rote Kies des Fußwegs war sauber und akkurat von den Grünflächen getrennt und führte zwischen der Floravase und dem Neptunbrunnen hinab in den eigentlichen Garten. Von dieser erhöhten Position aus konnte man den kompletten hinteren Teil des Schlossparks überblicken. Nicht umsonst hatte man gerade an dieser Stelle einen überdimensionalen Bilderrahmen aufgestellt, durch den man sogar das Theatron am anderen Ende des Parks erkennen konnte. Dadurch schien sich vor dem Betrachter ein Landschaftsgemälde aufzubauen.

Markus hielt einen Moment inne und ließ seinen Blick suchend durch den Park streifen. Sofort erkannte er den alten Mann im Rollstuhl, der sich linksseitig des Schlossteichs postiert hatte. Auch Leinweber schien einige Minuten zu früh zu sein. Er trug einen hellen Strohhut und seine dunkle Sonnenbrille. Eine braune Wolldecke bedeckte seine Beine. Fontänen in der Mitte des Teichs schossen nach einem bestimmten Rhythmus abwechselnd in die Höhe und sollten die Gäste unterhalten. Zu dieser frühen Uhrzeit waren allerdings selten Besucher im Schlossgarten. Außer Leinweber konnte Markus nur einen Landstreicher am gegenüberliegenden Ufer erkennen, der sich gerade, mit seinen Habseligkeiten und ein paar Plastiktüten bestückt, auf einer Bank niederließ. Erst weiter oben, Richtung Theater, waren zwei weitere Männer zu erkennen, die Anstalten machten, die Wege mit technischen Werkzeugen, neu auszumessen. Trotzdem hatte Markus immer noch ständig das Gefühl, beobachtet zu werden. Wahrscheinlich Nachwirkungen des Überfalls. Durch die Zweige der Bäume schimmerte das grelle Licht der Sonne, und Markus ging den kurzen, schattengefleckten Weg hinunter zu Leinweber, ohne dass dieser ihn kommen sah.

„Schön, diese Ruhe, nicht wahr?", stellte sich Markus direkt hinter den Rollstuhl des alten Mannes.

Ohne sich umzudrehen und ohne jegliche sichtbare Reaktion blickte Leinweber weiter auf das Wasser.

„Ja, ich war seit langer Zeit nicht mehr hier. Und nun frage ich mich, wie oft ich hier überhaupt noch herkommen werde."

Erst jetzt blickte Leinweber auf und deutete Markus zu einer Sitzbank.

„Setz dich, Markus. Ich muss dir einiges erklären."

Markus folgte der Aufforderung und suchte sich ein einigermaßen sauberes Fleckchen auf der Bank, die mit weißem Vogelkot beschmutzt war.

„Was meinten Sie am Telefon damit, ich wäre in großer Gefahr und Sie wüssten, warum Professor Weithofen sterben musste?"

„Um dir das zu erklären, muss ich einige Jahre zurückblicken. Es geht dabei um polizeiliche Ermittlungen, die höchster Geheimhaltung unterlagen, und das gilt auch nach wie vor. Alles, was ich dir nun erzähle, ist streng geheim und wird dir vor keinem Gericht der Welt helfen können."

Zustimmend lehnte sich Markus zurück und wartete gespannt auf die weiteren Ausführungen des ehemaligen Polizeipräsidenten, der wieder mal stark husten musste. Leinwebers Miene wurde noch fester und ernster, als sie es bereits war.

„1967 bekam ich die Weisung vom Bundeskriminalamt in Wiesbaden, eine Untersuchung zu leiten. Dabei ging es um eine Kooperation mit den US-Behörden, die gerade in Fulda ihre Barracks bezogen."

„Die Black Horse Barracks", antwortete Markus.

„Genau. Es ging dabei um Unterlagen, die den Amerikanern nach dem Krieg in die Hände gefallen waren und mit denen sie ohne unsere Hilfe nichts anfangen konnten. Sie benötigten jemanden, der sich hier vor Ort auskannte und mit den geographischen Angaben etwas anfangen konnte. Zudem war ein Großteil der Unterlagen noch in altdeutscher Schrift verfasst."

„Und warum beauftragten die US-Streitkräfte keine Privatunternehmen oder Übersetzer?"

„Das fragte ich mich zunächst auch", nickte Leinweber zustimmend. „Schließlich hatte ich genug andere Dinge zu tun, als mich auch noch als Fremdenführer zu betätigen. Aus diesem Grund lehnte ich zunächst ab. Bis irgendwann ein Agent des CIA mit einer Vollmacht des Bundesnachrichtendienstes in meinem Büro stand und mir sehr deutlich machte, welche Priorität die Untersuchung sowohl für die USA als auch für die Regierung der Bundesrepublik Deutschland hatte."

„Und was stand in den Unterlagen, das den Bundesnachrichtendienst dazu veranlasste, einem amerikanischem Agenten eine Vollmacht auszustellen?"

„Verschiedenes. Neben Auflistungen und Notizen ranghoher Offiziere und Generäle des Dritten Reichs hauptsächlich Dossiers über diverse Arbeitsprojekte im Dritten Reich."

„Und weiter?"

„Zusammen mit einem jungen Priester bildeten der CIA-Agent und ich also eine Sonderkommission zur Untersuchung dieser Angelegenheiten."

„Ein Priester? Warum wurde ein Priester mit in die Untersuchung einbezogen?", fragte Markus erstaunt.

„Unter anderem beleuchteten die Dossiers auch geheime Informationen aus den Reihen der Kirche. Listen von Reliquien, wie zum Beispiel die *Lanze des Longinus.*"

„Die heilige Lanze?" Lächelnd legte sich Markus gegen die Rückenlehne der Bank, bemerkte aber im letzten Moment einen weiteren weißen Kotfleck. „Das ist doch nur ein Märchen."

„Du kennst natürlich als angehender Priester die Geschichte, die sich um die Lanze rankt."

„Selbstverständlich. Laut dem Evangelisten Johannes handelt es sich dabei angeblich um die Lanze, mit der der römische Legionär Longinus Christus am Kreuz durchbohrt haben soll. Als Reliquie gehörte diese vermeintliche Speerspitze zu den Insignien des heiligen Römischen Reichs deutscher Nation, die heute in der Schatzkammer der Wiener Hofburg zu besichtigen sind."

„So ist es", stimmte Leinweber nach einem heftigen Husten zu.

„Das hört sich sehr spannend an. Wenn man jedoch die wechselvolle Geschichte dieser Speerspitze betrachtet, stellt man fest, dass dies nicht die einzige Lanze war, von der man annahm, sie sei die wahre Lanze des Longinus."

Leinweber hatte erwartet, dass Markus so kritisch reagieren würde. Er wollte die kurze Story um die Lanze als Einleitung ausspielen.

„Soweit die theologische Sichtweise über die Lanze." Leinweber tupfte sich mit seinem Taschentuch die Mundwinkel, bevor er weitersprach. „De facto war es aber so, dass im Jahr 1912 der renommierte Anthroposoph und Doktor der Philosophie, Walter Johannes Stein, Zeuge war, als ein junger Mann bei dem Anblick des Speers eine Vision seiner zukünftigen Macht hatte. Er traf sich daraufhin einige

Male mit dem jungen Mann."

„Was wollen Sie damit sagen? Ich dachte auch als kleiner Junge, dass ich Cowboy oder wenigstens Fußballprofi werden würde", antwortete Markus lächelnd. „Mal im Ernst. Solche Visionen hat doch jeder, wenn er jung ist."

„Das schon, aber der junge Mann war nicht irgendein Junge. Der Junge hieß Adolf Hitler."

Schlagartig hatte Markus wieder dieses flaue Gefühl im Magen, das er schon beim ersten Mal verspürt hatte, als ihm Leinweber über den Thule-Orden berichtete und den Zusammenhang zu Hitler hergestellt hatte.

„Aber was wollte Hitler mit der Longinuslanze?"

„Auch das ist ganz einfach zu erklären. Angeblich soll jedes Heer, das im Besitz der Lanze ist, unbesiegbar sein. Als Hitler Jahre später an der Spitze des Dritten Reichs stand, erinnerte er sich an die übermächtigen Kräfte der Longinuslanze. Angeblich soll er nur aus diesem Grund den Anschluss Österreichs vorangetrieben haben, um so in den Besitz der Lanze zu gelangen."

Markus schüttelte den Kopf.

„So ein Blödsinn. Selbst wenn er das wirklich geglaubt hätte, wäre dieses Vorhaben wohl ziemlich schiefgelaufen. Schließlich wissen wir alle, dass Hitler den Krieg verloren hat."

„…nachdem gegen Kriegsende US-Truppen die Lanze in einem Versteck der Nazis entdeckt und an sich genommen hatten", führte Leinweber den Satz weiter.

Markus schaute Leinweber ungläubig an. Er hatte ihn immer als sehr kritischen und bodenständigen Mann kennengelernt.

„Sie glauben doch nicht etwa daran, oder?"

„Das will ich damit nicht sagen. Ich möchte es aber auch nicht dementieren. Es geht hier nicht um meine Meinung, sondern um Fakten", unterstrich Leinweber seine Ausführung und strich die Decke glatt, die über seinen Beinen lag.

„Jedenfalls reagierten die US-Streitkräfte in der Folge sehr empfindlich auf alle esoterischen Unterlagen, die mit den Nazis in Verbindung gebracht wurden."

Kopfschüttelnd legte Markus den Kopf in seinen Nacken, als wolle er um himmlischen Beistand bitten.

„Was soll das nun wieder heißen?"

„Das soll heißen, dass dem CIA sehr daran gelegen war, diese Dinge zu klären. Zumal es noch andere brisante Unterlagen neben der Longinuslanze gab."

„Tatsächlich? Ich wusste gar nicht, dass die Nazis spirituell so interessiert waren."

Leinweber wusste nicht, ob er darüber lachen oder weinen sollte. Er hätte Markus von unendlich vielen Thesen erzählen können, die in den Unterlagen zum Vorschein kamen. Thesen, die er selbst nie für möglich gehalten hatte, bis er einst mit den Fakten konfrontiert worden war. Der CIA hatte ihm damals uneingeschränkten Zutritt zu den Thule-Akten gewährt. Er konnte sich noch genau an den Tag erinnern, an dem er das erste Mal von dem Orden hörte, dessen Einfluss später die ganze Welt in eine Tragödie treiben sollte.

Er erinnerte sich noch sehr genau. Es war ein Tag im Juni, und er wollte eigentlich ein paar Tage später in den wohlverdienten Urlaub fahren. Als er in sein Büro trat, stand ein großer Karton auf seinem Schreibtisch. Ein großer Stempel des CIA und der Zusatz TOP SECRET kennzeichneten den Karton. Zunächst verfluchte er die augenscheinliche Mehrarbeit vor seinem Urlaub. Doch schon nach dem ersten Ordner konnte er sich nicht mehr davon losreißen. Er verschlang die Aktenordner geradezu, wie er noch nie etwas anderes gelesen hatte. Zwei Tage und Nächte verbrachte er in seinem Büro, um alles über seinen Gegner zu erfahren. Und der Urlaub wurde wieder mal auf unbestimmte Zeit verschoben. Ein besonderes Augenmerk schien der CIA auf einen Nazi-Geheimorden mit der Bezeichnung THULE-Gesellschaft gelegt zu haben. Der Name „THULE" kam demnach aus dem Skandinavischen. Dort gab es der Sage nach ein fantastisches Land, in dem die Sonne nie unterging und die Vorfahren der Arier leben sollten. Die Einwohner dieses Landes sollen riesig, weiß, blond und blauäugig gewesen sein. Teilweise sollen sie sich sogar bis unter die Erdoberfläche zurückgezogen haben, indem sie riesige Tunnel bauten. Angebliche Zentren soll es demnach auch im brasilianischen Santa Catarina Gebirge, unter dem Mt. Shasta in Kalifornien, in Yucatan/Mexico, England, Ägypten und in der ehemaligen Tschechoslowakei geben. Herrscher des unterirdischen Reiches sollte demnach ein König mit dem Namen Rifden Iyepo gewesen sein. Angeblich existieren die Leute aus Agarthi noch bis in die heutige Zeit. Speziell Hitlers Anliegen war es angeblich, Eingänge in das unterirdische Reich Agarthi zu finden und in Kontakt mit den Nachfahren der arischen Gottmenschen zu kommen. Während des Bestehens des Dritten Reiches wurden deshalb zwei große Expeditionen der SS ins Himalayagebirge unternommen, um diese Eingänge zu finden. Weiterhin besagten die CIA-Unterlagen, dass die Thule-Anhänger glaubten, dass die Erde zwei große Eingänge am Nord- und Südpol hätte, die in das Unterreich führen sollen.

Leinweber erinnerte sich, dass er es besonders bemerkenswert fand, dass fast alle namhaften Polarforscher, ob Cook, Peary, Amundsen, Nansen, Kane und nicht zuletzt Admiral E. Byrd, diese These unterstützten. Alle hatten die gleichen, seltsamen und mit bestehenden wissenschaftlichen Theorien nicht übereinstimmenden Erlebnisse gemacht:

Alle bestätigten, dass der Wind nach dem 72 Breitengrad wärmer wurde, dass Vögel über das Eis seltsamerweise nach Norden flogen, das man bunten und grauen Schnee vorfand, der, wenn er taute, zum einen bunte Blütenpollen freigab und zum anderen Vulkanasche zu erkennen war. Und dies, obwohl auf keiner Karte der Welt Blumenfelder oder Vulkane auf diesem Teil der Erde zu finden sind. Ein Teil der Forscher fand sich in einem Frischwassermeer wieder. Und wiederum alle berichteten, dass sie zu irgendeinem Zeitpunkt zwei Sonnen erblickt hätten. Dazu fanden die Expeditionen Mammuts, deren Fleisch noch frisch war und deren Mageninhalt zum Teil noch frisches Gras enthielt.

Es war also auch für den CIA, nicht zu leugnen, dass die Polarforscher alle sehr seltsame, bisher nicht erklärbare Erlebnisse gemacht hatten, was darauf hindeutet, dass dort etwas Seltsames vor sich ging. Doch aufgrund mangelnder Forschungen in der Neuzeit lagen keine greifbaren Beweise vor. Dagegen ist es jedoch bereits Tatsache, dass die unterirdischen Tunnelsysteme wahrhaft existent sind. Hierbei führte der CIA eine Entdeckung im eigenen Land als Beispiel an. In Boynton Canyon, Sedona, Arizona. Dort fand man tatsächlich eines dieser riesigen Tunnelsysteme mit glatt geschliffenen Wänden. Die unbekannten Maschinen, die ebenfalls geborgen wurden, zeugten von einer technisch hoch entwickelten Kultur und stellten die Fachleute vor ein Rätsel.

Leinweber war damals so geschockt über diese neuen Offenbarungen gewesen, dass er die amerikanischen Behörden zur Rede stellen wollte und ein Schreiben verfasste, in dem er sie mit den aufgeworfenen Fragen löcherte. Wieso so etwas der Menschheit vorenthalten werden würde und warum gerade die Deutschen nichts davon wüssten, da ein Großteil der reichsdeutschen Ideologie darauf basierte und dies doch aufgedeckt werden müsse. Die kurze, schriftliche Antwort war klar und deutlich gewesen.

*„In Anbetracht der Vergangenheit und der immer noch vorhandenen rechtsradikalen Aktivitäten in der BRD befanden und befinden die Alliierten es als angebracht, alle Schriften, die dieses Thema beinhalteten und zum Teil auch primitiv zu gewaltvollem Rassismus aufriefen, zu konfiszieren.“*

Leinweber hatte beschlossen, Markus nur die wichtigen Eckdaten aufzuzeigen. Alles andere konnte er aus den Unterlagen ersehen. Es war sowieso keine Zeit für lange Diskussionen.

„Du erinnerst dich an meine Ausführungen über den Thule-Geheimorden?"

„Leider ja."

„Der Thule-Orden soll laut der Unterlagen auch hier in Fulda aktiv gewesen sein. Besonders in den Jahren zwischen 1935 und 1938. Weiter geht aus den Unterlagen hervor, dass die Nazis dabei auf der verzweifelten Suche nach einer weiteren Reliquie waren. Einer Reliquie, die von noch größerer Strahlkraft sein sollte als die Longinuslanze."

„Was soll das für eine Reliquie sein? Außer den Gebeinen des heiligen Bonifatius ist mir keine Reliquie bekannt, die einen nennenswerten Stellenwert besitzt."

„In den Unterlagen ist von einem Codex die Rede."

„Ein Codex?", wunderte sich Markus. „In der Tat befinden sich zwar einige Bücher in dem Besitz des Fuldaer Domschatzes. Teilweise auch wertvolle. Aber sicherlich keine Reliquie, die solch einen Stellenwert hätte. Selbst in der alten Biblioteca Fuldensis gab es keinen solchen Codex."

„Dennoch glaubten die Nazis fest daran."

„Um was für einen Codex soll es sich dabei handeln?"

„Darüber gab es verschiedene Ansichten." Erneut musste Leinweber kurz unterbrechen. Er schien extrem kurzatmig. „Auf jeden Fall muss es eine außergewöhnliche Schrift sein, die die Nazis für ihre Sache hätten nutzen können."

„Wie sollen die Nazis einen alten Codex für ihr Hassregime nutzen können?"

„Dazu gibt es ebenfalls Hinweise in den Unterlagen. Zum Beispiel bei einem Auszug aus der Bibel. *Matthäus 21, 43.*"

Markus kannte den Abschnitt.

„Da spricht Jesus zu den Juden."

„Nicht ganz. In dieser Rede gibt es einen Abschnitt, den die Thule-Anhänger für sich auslegten."

*„Das Reich Gottes wird von euch genommen und einem anderen Volk gegeben werden, das die erwarteten Früchte hervorbringt."*

„Und?"

„Das Interessante daran ist, das Jesus dabei konkret wird, welches Volk er meinte. Er spricht nämlich nicht zu den Juden, sondern er wendet sich zu einer Gruppe Germanen, die dort in einer römischen Legion Dienst tun, und sagt ihnen, dass es ihr Volk sein werde, das er ausgewählt habe."

„Sie meinen, die Nazis sahen dies als Legitimation für den Judenhass?"

„Noch mehr als das, Markus. Das germanische Volk war nach ihrer Auffassung dadurch mit der Schaffung des neuen, einzig wahren Reiches beauftragt."

„Sie denken sich das doch nicht etwa alles aus, oder?"

„Nein, Markus, leider nicht. Und es gibt noch viel mehr. Ich werde dir nicht alles erzählen können, und aus diesem Grund möchte ich dir auch etwas geben."

Leinweber griff unter seine Wolldecke und zog eine flache Holzkiste hervor. Ein Hakenkreuz hinter einem senkrecht stehenden blanken Schwert war darauf deutlich zu erkennen.

Markus schreckte beim Anblick des Symbols instinktiv zurück.

„Das buddhistische Sonnenrad. Das Zeichen der Thule."

„Richtig." Leinweber war sich mittlerweile nicht sicher, inwieweit sich Markus Informationen bezüglich der Verbindung zwischen den Nazis und asiatischen Geheimlogen verschafft hatte. Er selbst hatte ihm nur so viel verraten, dass es ihn nicht gefährden würde. Markus hatte mit Sicherheit bereits auf eigene Faust weiter nach Informationen gesucht. Aber hatte er auch in Richtung des Thule-Ordens weitergeforscht? Viel konnte er dabei nicht gefunden haben. Weder in Büchereien noch im Internet gab es detaillierte Informationen darüber. Die Alliierten hatten saubere Arbeit geleistet. Wusste er, dass insbesondere Sebottendorf und Haushofer, die Begründer des Thule-Ordens, erfahrene Afrika-, Indien- und Tibetreisende waren und von den Lehren der Tibeter sehr geprägt waren? Es waren wichtige Informationen, um den Hintergrund des Ganzen besser zu verstehen. So hatte Haushofer im Ersten Weltkrieg intensive Kontakte zu der wohl einflussreichsten Geheimgesellschaft Asiens, den so genannten GELBMÜTZEN, geknüpft.

Hitler hatte demnach sogar ständig Kontakt zu einem eigenartigen tibetanischen Mönch, der stets grüne Handschuhe trug und als *„Hüter des Schlüssels"* bezeichnet wurde. Dieser soll den Eingang zu Agarthi gekannt haben. Dies war auch der Grund dafür, dass sich in den zwanziger Jahren überall tibetische Gemeinden in Deutschland bildeten und seltsamerweise im Frühjahr 1945, beim Einmarsch der Russen in Berlin, die Leichen von über 1000 Menschen entdeckt wurden. Sie stammten allesamt aus der Himalayaregion und hatten auf der deutschen Seite gekämpft. Tausende Kilometer von ihrer Heimat entfernt. Sechs von ihnen lagen in einem Kreis auf dem Boden, als man sie fand. Sie schienen kollektiven Selbstmord begangen zu haben. Einer von ihnen lag in der Mitte des Kreises. Er trug grüne Handschuhe.

Leinweber beschloss, diesen Teil auszulassen. Markus würde es aus den Unterlagen erfahren, wenn er es nicht schon wusste.

„Dies sind alle Informationen, die ich in den letzten fast vierzig Jahren finden konnte. Teilweise auch geheime Akten, die ich eigentlich nicht besitzen dürfte. Ich habe das meiste auf CD oder Microfilm gespeichert."

„Warum haben Sie alle diese Akten über die Jahre aufbewahrt und nicht ihrem Nachfolger überlassen?"

„Zum einen war das Ganze wie gesagt eine geheime Operation, von der die heutige Polizei keinen Schimmer mehr hat. Zum anderen habe ich eine persönliche Bindung zu diesem Thema entwickelt. Nach meinem Unfall, der mich an diesen verdammten Rollstuhl fesselte, war ich leider in meinen Möglichkeiten stark eingeschränkt. Jedoch ist kein Tag vergangen, an dem ich nicht versuchte, in diesem Fall weiterzukommen."

„Aber warum erzählen Sie mir erst jetzt davon?"

Markus konnte den unmittelbaren Zusammenhang noch nicht erkennen.

„Der Priester", schoss es aus Leinwebers Mund.

„Der Priester, der in die Untersuchungen mit eingebunden war?"

„Genau dieser. Der Priester entdeckte einige sehr interessante Dinge, als er begann, an der Oberfläche zu kratzen. Auch in den Kreisen der Kirche. Unsere Untersuchungen wirbelten viel Staub auf, der die ganzen Jahre wie ein dunkler Schleier über allem gelegen hatte."

„Er bekam Ärger."

„Wir alle bekamen Ärger", erklärte Leinweber. „Doch das schweißte uns nur noch enger zusammen. Es entstand eine ganz besondere Bande zwischen uns drei. Wir schworen uns, die Operation zu einem guten Ende zu führen. Auch wenn es bis ans Ende unserer Tage dauern würde. Allerdings durften wir uns aus Eigenschutz fast nie sehen und arbeiteten meist getrennt voneinander."

„Das ist aber keine Antwort auf meine Frage. Was hat es mit mir zu tun und warum erzählen Sie mir jetzt erst davon?"

„Weil du nun ins Fadenkreuz der Thule gerückt bist. Als du mir von der Zeichnung des Hakenkreuzes mit dem Schwert erzählt hast, war mir klar, dass der Thule-Orden und der Falke immer noch existieren und anscheinend noch sehr lebendig sind. Der Schoß, aus dem alles kroch, ist also immer noch fruchtbar.

„Der Falke? Welcher Falke?"

Eine kurze Pause folgte auf Markus' Frage, und Leinweber atmete tief ein.

„Bei unseren Ermittlungen stießen wir auf eine Schlüsselperson des Thule-Ordens. Diese Person schien Insider-Informationen zu besitzen und konnte uns immer entwischen, wenn wir dachten, dass er diesmal in der Falle saß. Keiner kannte seine wahre Identität. Wir wussten lediglich von ihm, dass es ein Mann war, wahrscheinlich Europäer, und dass bei ihm die Fäden zusammenliefen. Er selbst trat nie in Erscheinung und war nur unter seinem Synonym *Der Falke* bekannt. Kollegen aus Palästina, wo er versuchte, eine Antiquität zu erstehen, haben seine Stimme bei einem Telefonat auf Band aufgezeichnet. Das ist der einzige direkte Beweis, dass es den Falken überhaupt gibt. Ich selbst habe mir die Aufzeichnungen in Damaskus hunderte Male angehört."

„Und warum wurde er gerade Falke genannt?"

„Es wurde dieses Synonym gewählt, da er wie ein Falke mitten unter uns lebt. Ob in der Stadt oder auf dem Land. Er passt sich an, fällt kaum auf, und doch kreist er ständig über uns. Und wenn er sein Opfer erst einmal entdeckt hat, stößt er im Sturzflug auf seine Beute und tötet sie mit seinen dolchartigen Krallen. Eiskalt und blitzschnell."

„Und Sie denken, der Falke hat etwas mit dem Tod von Spiritual Weithofen zu tun?"

„Es trägt zumindest seine Handschrift. Als du dann noch überfallen wurdest, konnte ich nicht länger schweigen. Und womöglich noch einen Freund zu Grabe tragen."

„Warum noch einen? Kannten Sie denn Professor Weithofen näher?"

Leinweber stockte in seiner Ausführung und verstummte für einen Moment. Es schien ihm sehr nahezugehen.

„Mehr als das, Markus. Viel mehr. Der junge Priester, von dem ich dir erzählt habe. Mein Kollege und guter Freund. Dieser Mann war niemand Geringerer als Spiritual Weithofen."

Markus Gesichtsausdruck verhärtete sich abrupt.

„Sie meinen, Spiritual Weithofen hat mit Ihnen an diesem Geheimprojekt gearbeitet? Warum haben Sie mir das verschwiegen?"

Leinweber wusste, dass jede Antwort unzureichend war. Dennoch versuchte er, es zu erklären.

„Ich wollte dich schützen und dich nicht gefährden. Aber du musstest ja unbedingt weiterschnüffeln."

Markus bemühte sich, seine Gedanken zu ordnen und klar zu denken. Tausend Gedanken schossen ihm durch den Kopf. Wieviel wusste Leinweber noch? Wenn Weithofen und Leinweber seit Jahren an diesem Projekt arbeiteten, konnte er ihm sicher weiterhelfen.

„Was wissen Sie über Sunabar?"

Leinweber blickte ihn vielsagend an.

„Sunabar? Du meinst, das Rätsel von Al Hatab. Anscheinend bist du weiter in deinen Nachforschungen vorangekommen, als ich dachte. Natürlich kenne ich die Geschichte um Sunabar. Es war Weithofens Obsession. Er war geradezu vernarrt in dieses Rätsel und versuchte schon seit Jahren, hinter die Verschlüsselung zu gelangen. Er war davon überzeugt, dass es eine andere Bedeutung geben musste als die allseits angenommene."

„Und weiter", insistierte Markus.

„Vor ein paar Wochen erhielt ich schließlich eine Mail von ihm, in der er andeutete, einen entscheidenden Schritt weitergekommen zu sein. Er müsse jedoch Dritte um Hilfe bitten."

„Was meinte er damit?"

„Ich habe keine Ahnung. Bevor er mir mehr darüber erzählen konnte, hat wohl irgendjemand Wind davon bekommen und ihn zum Schweigen gebracht."

„Der Falke", antwortete Markus.

„Anzunehmen. Aber der Falke hat anscheinend nicht die Informationen bekommen, die er gerne haben wollte. Weithofen hat die Lösung mit in sein Grab genommen. Leider auch für uns."

„Nicht unbedingt", entgegnete Markus und dachte an Georgs Computerkenntnisse. „Wir sind auf einige interessante Anhaltspunkte gestoßen, die viele Dinge in einem neuen Licht erscheinen lassen."

„Ach ja?“

Mit einem zufriedenen Lächeln quittierte Leinweber die Aussage. Aber er war müde ob der langen Hetze nach Antworten. Müde vom Leben. Er würde nicht fragen, was sich hinter diesen interessanten Anhaltspunkten verbarg. Es gab aber noch eine weitere Sache zu tun. Er musste Markus die ganze Wahrheit sagen.

„Ich wusste, du würdest etwas herausfinden. Es steckt eben viel von deinem Vater in dir. Er hat sich auch nie abschütteln lassen. Er hat Dinge herausgefunden, wo es eigentlich keine Dinge mehr zu finden gab.“

„Mein Vater? Wie meinen Sie das? Was hat der Falke mit meinem Vater zu tun?“ In Markus‘ Tonfall mischte sich plötzlich Ablehnung.

„Bleib ruhig, Markus, ich erkläre es dir ja.“

Markus klebte bei jeder Silbe an Leinwebers Lippen. Offenbar fiel es diesem schwer, die passenden Worte zu finden.

„Dein Vater“, stockte Leinweber ein weiteres Mal. Wie gerne hätte er dieses Gespräch ausgespart. Aber es nützte nichts. Es war seine Pflicht, Markus einzuweihen. Wenigstens das war er ihm schuldig. Entschlossen verkreuzte er die Hände wie zu einem Gebet und holte tief Luft.

„Dein Vater war der Agent, der an dem besagten Morgen in meinem Büro stand und mich überzeugte. Er arbeitete für den CIA und war der mutigste Mann, den ich je kennenlernen durfte.“

„Nein, Sie täuschen sich“, zischte Markus in Richtung des alten Mannes. „Mein Vater war Colonel bei der US-Army.“

„Ja, natürlich, aber das ist nur ein Teil der Wahrheit. Ich habe immer auf den richtigen Augenblick warten wollen, um dir alles zu erzählen. Aber nun läuft mir die Zeit davon. Dein Vater war Spezialagent des CIA und wurde zur Tarnung in die Downs Barracks nach Fulda eingeschleust.“

Markus bebte vor Erregung und spürte gleichzeitig einen dicken Kloß in seinem Hals. Statt dem Drang zu weinen, nachzugeben, sprang er auf. Mit einem Satz war er am Ufer und blickte starr und ungläubig über den Weiher. Ein paar Enten schwammen ihm entgegen, erwartungsfroh, von dem am Ufer stehenden Menschen nun wie üblich mit Brot gefüttert zu werden. Der Penner auf der anderen Seite war inzwischen allem Anschein nach eingeschlafen.

„Nein, das hätten wir doch bemerkt“, hörte er sich sagen, ohne zu wissen ob die Antwort für sich selbst oder für Leinweber bestimmt war. „Er hätte doch so ein Geheimnis nicht vor seiner Familie verstecken können.“

Leinweber wählte seine nächsten Worte mit Bedacht.

„Er liebte euch viel zu sehr, als dass er euch in irgendeine Gefahr gebracht hätte. Er musste schweigen, auch wenn es ihm das Herz brach. Dies war die einzige Chance, mit euch überhaupt ein einigermaßen normales Familienleben zu führen.“

Markus stand noch immer, den Rücken Leinweber zugewandt, am Ufer des Weihers und blickte ins Nichts. Hatte sein Vater wirklich seiner Mutter, seiner Schwester und ihm jahrelang dieses Geheimnis vorenthalten? Er erinnerte sich, dass wenige Tage nach dem Tod einige Männer in Uniform vor der Haustür standen. Die gleichen, die einige Tage zuvor die Todesnachricht überbracht hatten. Sie räumten das komplette Büro, das sein Vater sich zu Hause eingerichtet hatte, sorgfältig aus. Das sei so üblich, und alle Gegenstände gehörten schließlich der US-Army und somit der Regierung der Vereinigten Staaten. Seine Mutter hatte nichts dagegen gesagt. Sie war damals froh darüber gewesen, nicht noch mehr schmerzvolle Erinnerungen irgendwo verstauen zu müssen.

So sehr Markus auch nachdachte, er konnte keinen Grund dafür erkennen, warum Leinweber ihn anlügen sollte. Das ergäbe keinen Sinn. Außerdem hatte er diese Holzkiste mit den angeblichen Beweisen bei sich, die er ihm sogar aushändigen wollte. Mit geschlossenen Augen füllte Markus seine Lungen mit frischem Sauerstoff und drehte sich wieder zu dem alten Mann um, der wie ein Häufchen

Elend zusammengekauert in seinem Rollstuhl saß.

„Also, was soll ich nun tun?“, fragte Markus.

Leinweber zog seine Schultern fast entschuldigend nach oben.

„Das musst du ganz alleine entscheiden. Ich kann verstehen, wenn dir das Ganze zu gefährlich wird. Denn genau das ist es. Dein Vater ist tot, Professor Weithofen wurde wahrscheinlich ermordet und meine Zeit geht ebenfalls zu Ende. Ich habe Krebs.“

Markus konnte kaum glauben, wie viel er an diesem jungen Tag erfahren musste. War das die Strafe für sein Fehlverhalten der vergangenen Nacht?

„Das tut mir sehr leid. Das wusste ich nicht. Wie schlimm ist es?“

„Der Arzt sagt, ich hätte noch einige Wochen, vielleicht auch ein paar Monate.“

Markus nahm wieder Platz und verbarg sein Gesicht in seinen Händen. Vergeblich versuchte er, seine Gedanken zu ordnen. Wenn das seine Prüfung war, musste er sich nun entscheiden, ob er sich dieser wirklich stellen wollte. Hatte er noch das Gottvertrauen, das ihn bisher durch alle schwierigen Lebenssituationen begleitet hatte? Dann streckte er Leinweber seine offenen Handflächen entgegen.

„Geben Sie mir die Schatulle.“

„Bist du dir sicher, Markus?“

„Nein. Aber ich werde es hoffentlich sein, wenn ich wirklich alles über diese Sache weiß.“

Leinweber nickte zustimmend und reichte Markus die Holzkiste, ohne ein weiteres Wort zu verlieren. Markus stand auf und ging einige Schritte, drehte sich aber noch einmal zu Leinweber um.

„Danke, Herr Leinweber. Für alles.“ Markus wartete nicht auf eine Antwort und setzte seinen Weg fort. Aufgewühlt lief er den roten Kiesweg zurück, auf dem er vor nicht einmal zwanzig Minuten gekommen war. Zwanzig Minuten, die sein Leben verändert hatten. So sehr in Gedanken versunken bemerkte er nicht, dass der Landstreicher auf der anderen Seite sich aufgerichtet hatte. Dieser schmunzelte, als er den länglichen, metallischen Gegenstand aus seiner Hand legte, mit dem er die gesamte Zeit in die Richtung von Leinweber gezielt hatte.

*

Die unbequeme, harte Parkbank hatte schon bessere Zeiten erlebt. Sie war verschmutzt und verdreckt. Ein Schwarm Fliegen kreiste um eine hellbraune, nach Erbrochenem stinkende Masse. Zu allem Überfluss fehlte auch noch eine der vier Latten der Sitzfläche. Eriks Rücken schmerzte höllisch und sein linker Arm drohte einzuschlafen. Eng an die Rückenfront gedrückt, verharrte er nun schon eine kleine Ewigkeit in dieser Position. So kam es ihm zumindest vor. Doch was hätte er tun sollen? Es war die einzige Bank, von der aus er freie Sicht auf sein Ziel hatte. Das Schlimmste jedoch war, in dieser unangenehmen Position ruhig liegen bleiben zu müssen und sich schlafend zu stellen. Am liebsten wäre er zu diesem jungen Schnösel rübergegangen und hätte ihn zurück ins Krankenhaus geprügelt oder noch einen Schritt weiter.

Sie hatten gedacht, dass dieser Bastard schon bewusstlos war, als er plötzlich seine Zähne in Micheles Daumen verbissen hatte. Michele lag immer noch vor starken Schmerzen wimmernd in seiner Kammer. Die tiefe Fleischwunde war zwar mit sechs Stichen genäht worden, doch war die ganze Hand mittlerweile dick geschwollen. Wie ein aufgeblasener Ballon, der jeden Moment zu platzen drohte. Dass sich der Bastard wehren würde, war nicht geplant gewesen. Aber was nützte es, mit dem Schicksal zu hadern. Er hatte in den letzten Jahren gelernt, sich zurückzuhalten und Emotionen zu kontrollieren.

Bewegungslos lag er nun da und hörte in der Plastiktüte das Tonbad rauschen, das jedes Wort der zwei Männer aufzeichnete. Leider konnte er das Gespräch nicht mithören, das wäre zu auffällig gewesen.

Seine Tarnung als Landstreicher hätte es nicht zugelassen, mit Kopfhörern durch den Schlosspark zu streifen. Ihm blieb nichts anderes übrig, als zu warten und zu hoffen, dass das Richtmikrofon ohne Störungen alle Signale gut auffing. Einmal dachte er, seine Tarnung sei aufgeflogen, als der Jüngere der beiden wie von der Tarantel gestochen aufgesprungen war und zu ihm herüberstarrte. Nun stand der Kerl noch immer in unveränderter Pose am Ufer. Ohne jegliche Regung. Er sah verstört und blass aus. Fast hätte er nicht bemerkt, dass der Alte im Rollstuhl dem Jüngeren eine dunkle Kiste übergab. Oder war es ein Päckchen? Aus seiner unvorteilhaften Position konnte er es nicht genau erkennen. Kurz darauf trennten sich die beiden Männer. Der junge drehte sich noch einmal kurz um. Dann ging er endgültig.

Erik überprüfte noch einmal die Ausrichtung und peilte den im Rollstuhl sitzenden Greis mit dem langen Metallmikrofon an. Dieser war ebenfalls im Begriff zu gehen und bemerkte Erik nicht. Das Signal war klar und deutlich. Es schien funktioniert zu haben. Erik vergewisserte sich noch einmal, ob ihn niemand beobachtet hatte und steckte seine Utensilien in die Plastiktüte. Zupfte sich an seiner Jacke und machte sich auf den Weg zurück in seine stille Kammer auf dem Frauenberg. Dort würde er auf den Anruf des Falken warten.

# XII.

Erneut legten sich die schweißnassen Finger des Mönchs um den schlichten hölzernen Griff. Dieser Rabanus war tatsächlich von der Congregatio zum Abt gewählt worden. Das machte alles nur noch schlimmer. Die Gedanken des Mönchs waren noch immer voller Zorn und Missgunst. Schon lange schlugen diese sündigen Gefühle in seiner Brust. Zunächst hatte er versucht, sie zu ignorieren. Doch immer heftiger hämmerten sie wild nach Gerechtigkeit. Nach einer Gerechtigkeit, die ihm doch zustand. Dann war es zu dieser schicksalhaften Begegnung gekommen und ein kühner Plan wurde geschmiedet. Doch auch Albträume und schlimme Vorwürfe befielen ihn seit diesem Tag.

Durch harte Hand gegen sich und somit gegen Leviathan, dem Dämonenfürst, der die Menschen zur Sünde des Neids verführt, suchte er um Vergebung und Reue. Durch diese immer wiederkehrende, körperliche Pein tat er Buße und erfuhr eine Art Reinigung.

Langsam ließ er die neun unterarmlangen Lederriemen durch seine Handinnenfläche gleiten, an deren Enden die bleiernen Dornen spitz hervorragten. Zu Beginn seiner Pein hatte er noch ein einfaches Seil mit Knoten benutzt. Doch schon nach kurzer Zeit kam er zu der Überzeugung, dass dies nicht genug Buße war. Seine Sünde verlangte nach größerem Schmerz, der sich unnachgiebig in sein Fleisch bohren sollte.

Lateinische Verse rannen kaum hörbar über seine Lippen, als er mit geübter Hand die Schnürung seiner Tunika löste und die narbige Haut seines Rückens freilegte. Im nächsten Moment klatschten die Riemen laut auf seinen Schultern auf und die Dornen verharkten sich tief in seinem Fleisch. Einige der wulstigen Narben waren kaum verheilt und platzten durch die Schläge sofort wieder blutig auf. Seine Augen schrumpften zu kleinen Schlitzen, und der Schmerz breitete sich heiß über dem gesamten Rücken aus. Dabei zog er scharf den Atem zwischen seinen Zähnen ein. Er wusste, was als Nächstes folgen würde. Mit einem festen Ruck spannten sich die Lederriemen und rissen dabei erbsengroße Fetzen Haut und rohes Fleisch aus seinem Rücken. Sofort entsprang ein neues, kleines Rinnsal aus dunkelrotem Blut und lief ihm über den blassen Rücken hinunter in seine nach unten geschobene Tunika. Der Schmerz war so stark, dass er fast sein Bewusstsein verlor. Doch außer einem stotternden Atemzug war kein Laut zu vernehmen. Ein um den anderen Schlag nahm der Mönch still und demütig hin, bis er selbst den Schmerz nicht mehr spüren konnte.

Dann zog er die Tunika wieder über seine Schultern. Gerne wäre er nun einfach erschöpft eingeschlafen, doch es lag noch ein gutes Stück Weg vor ihm. Er verließ seine Kammer und machte sich auf den Weg zum vereinbarten Treffpunkt.

# 14.

Der kleine Flughafen von Fulda-Jossa liegt etwa eine Stunde von Fulda entfernt. Markus hatte alle nötigen Dokumente bereits per Fax geschickt. Nach dreißig weiteren Minuten hatten sie ihre Starterlaubnis erhalten und standen in dem Hangar vor der Cessna, die sie nach Jersey bringen sollte. Markus' Augen leuchteten vor Begeisterung und Vorfreude. Mit seiner rechten Hand strich er vorsichtig über die Außenschicht des Fliegers und inspizierte sie. Georg hingegen stand angewurzelt mit seinem Handgepäck in einem sicheren Abstand vor dem Flieger und schüttelte unentwegt den Kopf.

„Das Ding ist ja noch viel kleiner als ich dachte. Wie soll uns das Teil lebend bis nach Jersey bringen? Sollten wir nicht doch lieber mit dem Auto fahren?" fragte Georg, stellte seine Tasche ab und kramte hastig darin herum.

„Unsinn. Das würde viel zu lange dauern. Außerdem ist das kein Ding, sondern eine Cessna 150 NAV-COM, ADF, GPS, X-Ponder, Intercom. Kurz, genau das Richtige. Mensch Georg, weißt du, wie lange ich schon nicht mehr diesen Typ geflogen bin?"

„Nein. Und ich möchte es auch nicht wissen. Es erhöht nicht gerade mein Vertrauen in dich. Aber ich habe vorgesorgt", hielt Georg nun triumphierend zwei kleine Döschen in die Höhe.

„Was hast du da?", fragte Markus.

„Baldriankapseln und ein, zwei Schlaftabletten."

„Das ist doch nicht dein Ernst. Ich dachte, wir würden gemeinsam den tollen Ausblick genießen und ich könnte dir ein wenig über das Fliegen erzählen."

„Toller Ausblick? Unendliche Meter über dem sicheren Erdboden? Ich weiß nicht, was daran toll sein soll", befand Georg und nahm jeweils eine Pille aus beiden Döschen. „Wenn Gott gewollt hätte, dass wir fliegen, hätte er uns Flügel gegeben."

„Stell dich nicht so an, Georg. Du weißt gar nicht, was du verpasst. Und nun komm. Wir haben einen straffen Zeitplan einzuhalten."

*

Kurz nach dem Start des Fliegers waren Georgs Augenlieder schnell schwer geworden. Die Beruhigungspillen hatten ihre Wirkung nicht verfehlt. Immer wieder ruckte sein Kopf im Schlaf nach vorne. Markus grinste und nahm einen großen Schluck aus einer Wasserflasche. Dann fühlte er wieder dieses unnachahmliche Gefühl des Fliegens. Die Menschen auf der Erde mit all ihren Problemen wurden winzig klein, und der Himmel versprach eine unbekümmerte Leichtigkeit.

Markus dachte an die Zeit mit seinem Vater, wenn er ihn mit auf einen Flug nahm. Es waren mit die schönsten Erinnerungen, da sein Vater immer sehr glücklich wirkte, sobald er vom Boden abhob. Dann schoss Markus eine weitere Person in den Sinn. Sonya. Die letzten Tage hatten ihre Spuren hinterlassen. Nun, da er ein wenig Ruhe fand, wurden ihm die Ernsthaftigkeit und Ausmaße der Situation immer bewusster, auch privat. Er war Priesteranwärter und hatte Gefühle zu einer Frau entwickelt, die deutlich mehr an ihm nagten, als er vermutet hätte. Die Vorwürfe breiteten sich immer stärker in ihm aus. Er hatte es geradezu provoziert. Warum musste er auch im Krankenhaus mit ihr flirten. Wollte er prüfen, ob er noch immer auf Frauen wirkte? Wie kindisch und unreif er sich verhalten hatte. Kurz vor seinem Abflug hatte er Sonya noch einmal angerufen, um sich für das Geschehene zu entschuldigen. Doch bevor er das Thema anschneiden konnte, hatte Sonya sofort bemerkt, dass Markus wegen etwas anderem aufgewühlt war und fragte ihn, was vorgefallen war. Und obgleich er Sonya nicht mit der Geschichte Leinwebers belasten wollte, hatte er ihr von den Neuigkeiten über seinen Vater berichtet. Er kannte Sonya noch nicht lange, dennoch gab sie ihm das Gefüh,l verstanden zu werden. Sie hatte in ihrer Kindheit ebenfalls schmerzvolle Verluste erfahren müssen. Allerdings wusste er auch, dass die momentane Situation nicht tragbar war. Er musste sich bald einer Entscheidung stellen. Keinesfalls wollte er ein Priester sein, der sein Gelübde nur nach außen ablegte. Wenn er die Entscheidung für eine Seite getroffen hatte, so würde er diese auch mit voller Überzeugung tragen. Mit allen Konsequenzen.

Nach nicht einmal zwei Stunden Flugzeit konnte Markus am Horizont die Silhouette einer felsigen Küste erkennen. Nur allmählich wurden die Konturen klarer. Während das kleine Flugzeug zielsicher auf die Küste zusteuerte, döste Georg noch immer im Sitz neben Markus. Aus der Luft betrachtet wirkte die Insel wie ein längst vergessenes Eiland aus einem kitschigen Hollywood-Fantasiefilm. Unzählige blaue Buchten wechselten mit nicht enden wollenden saftig grünen Wiesenflächen. Jersey, die *Königin des Ärmelkanals*, wie sie in den Reiseführern angepriesen worden war, brachte es lediglich auf eine Größe von 120 qkm. Die wenigen Informationen über ihr Ziel hatten sich Markus und Georg vor dem Abflug aus einer Broschüre entnommen, die Georg besorgt hatte. Die Kanalinseln waren demnach so genannte *Crown Dependencies,* unmittelbar mit der britischen Krone verbundene Gebiete, die jedoch weder Teil des Vereinigten Königreiches noch Mitglieder der Europäischen Union waren. Zu den Kanalinseln gehörten außer Jersey noch Alderney, Guernsey, Sark und Herm. Zahlreiche kleinere Inseln dieser Gruppe galten als unbewohnt und im

Allgemeinen als nicht zugänglich. Dank des milden Klimas war der Tourismus der wichtigste Wirtschaftszweig, allerdings war in den letzten zwanzig Jahren ein weiterer geradezu explosionsartig hinzugekommen: Finanzwesen! Und das hatte einen Grund. Jersey hatte zwar kein rechtlich garantiertes Bankgeheimnis, aber ein Trustgesetz. Wenn die Konten von einem Vermögenstrust verwaltet wurden, unterlag der Treuhänder, und das konnte auch eine Bank sein, der Geheimhaltungspflicht. Durch diesen Trick blieb die Anonymität privater Anleger gewahrt. Dazu konnte man sein zu versteuerndes Einkommen durch großzügige Freibeträge stark verringern. Überdies galten für bestimmte Kategorien von Steuerpflichtigen ermäßigte Steuersätze. So waren auch Zinserträge aus Bankdepots für nicht auf der Insel lebende Personen von der Steuer befreit.

Für Unternehmen boten Jersey und dessen Nachbarinsel Guernsey attraktive Steuergestaltungsmöglichkeiten an. So hatten sich dort in den letzten Jahren 37.000 Gesellschaften niedergelassen. Britische Banken erkannten als erstes diesen Trend und etablierten Niederlassungen mit speziell ausgebildeten Vermögensverwaltern und Aktienspezialisten. Ähnlich wie auf den Caymen Islands, in der Schweiz oder Luxemburg genossen die Banken durch ihren exklusiven und diskreten Service einen ganz speziellen und oftmals auch undurchsichtigen Ruf. Allerdings galt Jersey noch als unverbraucht und war daher ein echter Geheimtipp unter Kennern.

Markus setzte den Flieger sanft in St. Peters, dem Flughafen von Jersey, auf. Nach einigen Formalitäten verließen sie den Flughafen. Anschließend ging es von St. Peters noch einmal fünfzehn Minuten mit dem Bus über St. Aubin in die Inselhauptstadt nach St. Helier. Von den 90.000 Einwohnern der Insel lebten alleine 30.000 in dem charmanten, viktorianischen Hafenstädtchen. Über die Touristen-Information, die direkt neben dem Hauptbusbahnhof *Central Bus Station* lag, buchten sich Markus und Georg ein Zimmer im Pomme d'Or. Das Hotel am Liberation Square im Herzen von St. Helier zählte zu den bekanntesten Häusern auf Jersey, von dem man einen herrlichen Blick auf den Hafen hatte. Nur eine Nacht sollte der Aufenthalt dauern. Viel Zeit blieb ihnen also nicht. Nach einer Dusche und einem kurzen Kleiderwechsel machten sich Markus und Georg auf den Weg zum Royal Square.

Wie sie bei dem Portier beim check-in in ihrem Hotel in Erfahrung brachten, hatten an diesem zentralen Punkt fast sämtliche Banken ihren Sitz. Allerdings konnte er mit dem Kürzel ICPB nichts anfangen, und Markus und Georg zweifelten schon für einen Moment an ihrer These, denn auch im Internet hatten sie keine Aufschlüsse über das Kürzel erhalten.

Als sie die Treppe herunterkamen, hatte der Portier eine Überraschung für sie. In einer Art Branchenverzeichnis, in der sich alle ansässigen Firmen eintragen mussten, hatte er tatsächlich eine Bank gefunden, auf die das Kürzel eventuell passen würde:

die *International Catholic Privat Bank.*

Sofort wussten die beiden, dass die Spur richtig sein musste. Ohne noch weitere Zeit zu verlieren, machten sie sich zu Fuß auf den Weg zum Royal Square, der nur ein paar Blocks entfernt lag. Vorbei an der St. Helier Parish Church, bogen sie die nächste Straße ein und standen wenige Meter später am Royal Square vor der angegebenen Adresse. Zwischen den großen und auffallenden Firmen und Büroschildern hätte man die *International Catholic Privat Bank* fast übersehen. Unscheinbar und fast schüchtern lag das schmale Gebäude aus der Viktorianischen Zeit eingekeilt zwischen zwei großen Banken. Nur ein goldenes Schild neben der Klingel deutete auf die Richtigkeit der Adresse.

„Marketing wird hier wohl nicht sehr groß geschrieben?“, scherzte Georg beim Anblick des biederen Gebäudes.

„Das nenne ich britisches Understatement.“

Markus klingelte, und eine Männerstimme meldete sich am anderen Ende. Nach einer kurzen Erklärung des Besuchs öffnete sich die

Tür. Wenn das Gebäude von außen unscheinbar wirkte, so stand die Inneneinrichtung dem Ganzen im krassen Gegensatz gegenüber. Edles Kirschparkett bedeckte den Boden und wenige, aber dafür umso ausgesuchtere Antiquitäten verliehen dem Raum ein klassisch britisch und äußerst edel anmutendes Ambiente. Alles wurde überragt von einem gewaltigen Kronleuchter mit unglaublichen Ausmaßen. Einzig die Eisengitter vor den Fenstern störten das repräsentative Gesamtbild.

„Sir, ich heiße Sie herzlich willkommen auf Jersey. Mein Name ist Albright, und wie ich hört,e kommen Sie aus Deutschland und möchten Ihr Schließfach einsehen?"

„Sie sprechen Deutsch?"

„Unser Haus bietet jedem Kunden die Möglichkeit, mit einem Angestellten in seiner Muttersprache zu kommunizieren. Unsere Kundschaft schätzt diese persönliche Vorgehensweise bei so intimen Angelegenheiten wie dem eigenen Vermögen."

„Selbstverständlich, es überrascht mich nur jedes Mal wieder aufs Neue. Ich war schon längere Zeit nicht mehr hier."

Markus pokerte.

„Ich verstehe, wenn Sie mir dann bitte folgen würden."

Über eine breite Steintreppe ging es in ein tiefer gelegenes Stockwerk. Sie passierten zwei Sicherheitskontrollen, bei dem sie wie zuvor am Flughafen nach Waffen durchsucht wurden. Alle Metallgegenstände mussten abgelegt werden. Mr. Albright blieb schließlich vor einem Eisentor stehen und deutete auf einen kleinen silbernen Apparat, der direkt neben der Tür angebracht war.

„Sie müssten dann nur noch Ihr Codewort eingeben und den aufsteigenden Nummern der Schließfächer folgen."

„Das Codewort?"

„Ja, Sie wissen doch: Wir führen zwar keine Ausweiskontrollen durch, da diese zu leicht zu fälschen sind. Wir bevorzugen andere Optionen."

„Ach ja, das Codewort. Selbstverständlich, vielen Dank."

„Ich lasse die Herren dann mal alleine. Wenn Sie mich brauchen, klingeln Sie einfach und verlangen Sie nach Mr. Albright."

„Herzlichen Dank, Mr. Albright."

Etwas irritiert wartete Mr. Albright darauf, dass Markus den Code eingeben würde. Jedoch standen Markus und Georg nur lächelnd vor ihm.

„Wenn Sie uns dann bitte entschuldigen würden. Es ist uns ein sehr privates Anliegen. Ich denke, Sie verstehen."

„Oh. Aber ja doch. Entschuldigen Sie bitte."

Mr. Albright legte den Kopf entschuldigend leicht zur Seite und verließ die beiden. Markus wartete noch, bis Mr. Albright um die Ecke verschwunden war.

„Was machen wir jetzt?"

„Keine Ahnung", entgegnete Georg. „Wie konnten wir auch nur so naiv sein und glauben, dass man hier einfach so reinspazieren und das Schließfach öffnen kann."

„Was könnte Weithofen als Codewort benutzt haben?"

„Es gibt Tausende von Möglichkeiten. Er könnte den Namen seiner Mutter benutzt haben oder sein Lieblingsessen."

Markus überlegte einen Moment.

„Nein, das glaube ich nicht. Ich denke, er hat etwas gewählt, das mit der ganzen Sache zu tun hat."

„Na dann mal los."

„Du meinst, wir sollten einfach irgendwas eingeben?"

„Wir sind Hunderte von Kilometern hierhergekommen. Natürlich probieren wir es."

„Aber was?"

Sie überlegten, bis Georg eine Idee hatte.

„Sunabar. Das ist doch schließlich auch der Schlüssel zu allem."

„Okay. Warum nicht. Es würde Sinn ergeben."

Markus legte die Finger auf die Tastatur und tippte SUNABAR ein. Dann betätigte er die Eingabetaste. Ein rotes Licht leuchtete auf und im Display erschien die Mitteilung

*access denied*!

Was aber die Situation mit einem Mal verschärfte, war nicht der verweigerte Zugang, sondern die zweite Mitteilung im display:

*4 choices left*!

„Was, nur noch vier Versuche? Man hat also insgesamt nur fünf Möglichkeiten. Na bravo. Wir sollten uns was Gutes überlegen."

„Ich dachte halt, Weithofen hat ein Codewort benutzt, welches nur er wissen konnte und was er als Code hätte eingeben können", entschuldigte sich Georg.

„Sunabar war ja auch nicht schlecht. Aber leider nicht richtig."

„Spiegel es. Du weißt schon. So wie es Weithofen auch gemacht hat. Versuch es also mit Rabanus."

„Gute Idee, Georg."

Wieder legte Markus die Finger auf die Tastatur. Wieder drückte er die Entertaste und wieder leuchtete das rote Licht auf und verweigerte den Zugang. Es blieben noch drei weitere Versuche.

„Warum versuchen wir es nicht einfach mit seinem Namen? Schließlich wusste sonst niemand von dem Schließfach und der Schlüssel wurde von ihm und seinem Namen bewacht. Erinnere dich an die Steinplatte mit dem Namen Adalbertus darauf!"

„Gut, ich versuch's!"

Behutsam und darauf achtend, sich nicht zu verschreiben, gab Markus den Namen ein. Nur einen Moment später zerstörte das rote Licht erneut die Hoffnung auf Zutritt.

„Jetzt wird es wirklich eng, Markus. Aber es war eine gute Idee."

„Aber Adalbertus ist doch eigentlich logisch. Es ist der Name von Weithofen und ein Wächter des Schlüssels."

„Na ja, so ganz ist es nicht sein Name. Er heißt schließlich Adalbert."

„Du meinst, wir sollten es mit seinem Namen probieren?"

„Ist zwar irgendwie fantasielos, aber wer weiß."

„Gut, wenn nicht, kannst du dir schon mal eine Ausrede für Mr. Albright überlegen.“

Markus gab den Vornamen des Spirituals ein und wollte gerade die Entertaste drücken, als Georg seine Hand festhielt.

„Halt, wir haben etwas vergessen.“

„Ach ja, was denn?“

„Das spiegeln, wir haben Adalbertus nicht gespiegelt, dies war einer der Schlüssel, die Weithofen entdeckt hatte.“

„Du meinst wir sollten Adalbertus spiegelverkehrt schreiben?“

„Ja.“

„Was machen wir jetzt, wir haben nur noch zwei Optionen?“

„Probiere es.“

„Okay.“ Markus löschte die vorherige Eingabe und tippte jeden Buchstaben einzeln ein: S U T R E B L A D A.

„Vielleicht sollten wir doch noch weiter überlegen und warten.“

„Auf was? Dass uns Mr. Albright Tee und Kuchen bringt?“

„Nein, aber vielleicht…“

Weiter kam Markus nicht, denn Georg hatte unvermittelt die Eingabetaste gedrückt. Wie in Zeitlupe blickten sie beide auf das Display. Und ebenso schnell wie die Male davor, leuchtete auch diesmal das Display auf. Wieder rot. Markus musste sich zusammenreißen, nicht zu fluchen.

„Wir müssen irgendetwas übersehen haben“, Georg drehte sich enttäuscht ab. Markus ebenso.

„Von wegen Weg der Freiheit. Wir sitzen hier total fest.“

„Moment mal, das bringt mich auf eine Idee. Zwar auf eine verrückte, aber es ist eine Idee. Komm mit.“

Georg wusste zwar nicht, was in Markus gefahren war, folgte ihm aber hinauf zum Empfang. Mr. Albright stand sofort von seinem Schreibtisch auf, als er die beiden kommen sah.

„Das ging aber zügig, meine Herren.“

„Ja, uns ist noch etwas eingefallen. Ob Sie wohl einen Straßenplan von Jersey hätten?"

„Einen Straßenplan, Sir?"

„Sie haben mich richtig verstanden, Mr. Albright", nickte Markus zustimmend. „Einen Straßenplan."

„Natürlich Sir, einen kleinen Moment bitte. Mr. Albright wählte eine Nummer am Telefon und wartete einen Augenblick. Nur zwei Minuten später klingelte es an der Türe und Albright öffnete. Ein kleiner Junge kam herein. Markus schätzte ihn auf höchstens zehn Jahre. In seinen Händen trug er einen Straßenplan von Jersey. Mr. Albright drückte dem Jungen ein paar Münzen in die Hand und schickte ihn wieder fort.

„Ihr Straßenplan, Sir."

„Vielen Dank, Mr. Albright. Das nenne ich mal unbürokratische Hilfe." Markus nahm den Plan entgegen und faltete ihn auf. Am unteren Ende war das Straßenregister.

„Nach was suchst du denn?", fragte Georg ahnungslos über die Karte.

„Nach einer Straße mit dem Namen *Freedom Road* oder so ähnlich. Auf dem Schlüsselanhänger steht doch *„Weg in die Freiheit"*, vielleicht müssen wir tatsächlich zunächst einen wirklichen Weg oder eine Straße mit diesem Namen suchen, um weiterzukommen."

Mit dem Finger fuhr er über das alphabetische Register.

*„Fountain Lane, Francis Street,* … nein, es gibt keine Straße mit Freedom."

Aufgrund der Lautstärke räusperte sich Mr. Albright und kam noch einmal auf Markus und Georg zu.

„Wenn ich Ihnen vielleicht meine Hilfe anbieten dürfte. Bis in die Fünfzigerjahre wurde auf der Insel nur Französisch gesprochen. Die meisten Straßennamen haben ihren französischen Namen über die Jahre natürlich behalten. Wenn Sie also eine Straße mit dem Namen Freiheit beziehungsweise Freedom suchen, probieren Sie es doch mal mit der *Rue de Liberté*", deutete Mr. Albright auf der Karte auf eine kleine Straße in dem Dörfchen La Moye, das im Südosten der Insel lag.

„Sie sind ein Genie, Mr. Albright", zeigte sich Markus begeistert. „Sie haben uns damit sehr geholfen. Wir hätten es wissen müssen, Georg. Nichts ist von Zufall, und Weithofen hat sich bei allem etwas gedacht."

# XIII.

Es war eine sternenklare Nacht und die Brüder längst im Schlaf versunken, als die Dunkelheit die Silhouette eines Mönchs preisgab, der wie ein Geist geradewegs aus der Klostermauer herauszutreten schien. Der Kuttenträger blickte sich, nachdem er die kleine Tür passiert hatte, kurz nach allen Seiten um und ließ die Klostermauern hinter sich. Als er sie gänzlich aus den Augen verloren hatte, erhöhte er seine Schrittfrequenz und tauchte ins Schwarz der Nacht. Er ging so schnell, dass er seinen Atem hören konnte, wie er sich in den Lungen kräuselte, und fühlte seinen Herzschlag mit jedem Schritt, den er tat, an seinem Brustkorb hämmern. Dazu rissen immer wieder die kaum getrockneten Wunden an seinem Rücken auf, an denen der raue Stoff der Tunika scheuerte. Sein Plan war nicht so aufgegangen, wie er es sich gewünscht hatte. Nun hieß es schnell handeln, und dazu benötigte er ein weiteres Mal die Dienste des Mannes, der ihn gleichermaßen faszinierte wie ängstigte.

Als er nach einem ordentlichen Fußmarsch den abgelegenen Rand eines Buchenwaldes erreichte, konnte er die alte Stallung erkennen, die als Treffpunkt ausgemacht war. Schweißperlen liefen in kleinen Rinnsalen über seine Schläfen. Er streifte die Kapuze ab und wischte sich mit einem Ärmel den Schweiß fort. Der Schuppen war schon seit Jahren nicht mehr benutzt worden und rottete vor sich hin. Die meisten Bretter hingen inzwischen lose herunter oder fehlten gänzlich.

Unwohlsein stieg in ihm auf, als er eintrat und obwohl seine Augen sich schon an die Dunkelheit gewöhnt hatten, konnte er nichts und niemanden in der Stallung ausmachen.

„Sind Sie da?“, fragte er vorsichtig in die schwarze Nacht, als er den Hals hineinstreckte.

Mit zusammengekniffenen Augen tastete er sich langsam an der Wand entlang weiter in den Raum hinein. Doch niemand außer ihm schien anwesend zu sein. Er blies seine Backen auf und beschloss, lieber vor dem Schuppen zu warten. Gerade als er sich umdrehte, um den Weg nach draußen einzuschlagen, baute sich vor ihm aus dem Nichts eine dunkle Wand auf. Ungebremst stieß er gegen sie und merkte, dass es keine Wand, sondern ein Mensch war, der allerdings ebenso wenig wie eine Wand zurückwich.

„Gott im Himmel, müsst Ihr mich so erschrecken? Mir wäre beinahe das Herz stehen geblieben.“

„Seid froh, dass es euch überhaupt noch treu schlägt“, bekam er als Antwort. Nach der tieferen Bedeutung wollte der Mönch nicht weiter fragen. Er zog es vor, in die Offensive zu gehen.

„Stellt euch vor, sie haben den Magister Bruder Rabanus zum neuen Abt gewählt.“ Nervös wie ein Raubtier in einem viel zu kleinen Käfig schlich der Mönch von Wand zu Wand. „Ich hätte es mir denken können. Er war der Liebling des Abtes und genießt bei den Brüdern wegen seiner Begabungen höchstes Ansehen.“

„Es geht uns nur um das Wissen des Wächters“, zeigte sich sein Gegenüber wenig beeindruckt.

„Ich pfeif auf euer Geschwafel und ich pfeif erst recht auf das Wissen irgendeines Wächters.“

„Ihr solltet in der Wahl eurer Worte etwas vorsichtiger sein“, kam der massive Körper einen Schritt näher auf ihn zu. Der Mönch musste schon den Kopf in den Nacken legen, um ihn überhaupt ansehen zu können. Der entschlossene Blick des Hünen wurde durch die tiefschwarzen Augen noch verstärkt. „Ihr denkt, es geht hier nur um euer Leben? Nein, es geht um unser aller Leben."

„Unser aller Leben, pah", drehte sich der Mönch mit Verachtung und Unbehaglichkeit seiner unterlegenen Position und schüttelte den Kopf. „Ich kann es nicht mehr hören. Unser, wir, gemeinsam…ich will nicht mehr dieses karge Leben führen müssen. Ich will ein Leben führen, so wie ich es verdient habe."

„Das werdet Ihr, habt keine Sorge." Missachtung klang in der kantigen Antwort mit. „Ihr werdet noch früh genug das bekommen, was Ihr verdient, glaubt mir."

„Das will ich hoffen. Vergesst nicht, dass wir ein Geschäft abgeschlossen haben." Der Mönch trat auf sein Gegenüber zu und streckte ihm die Hand entgegen. „Und ein Wort gilt."

Lachend quittierte der Hüne das erbärmliche Auftreten des Mönchs.

„Ihr seid ein allzu unterhaltsamer Zeitgenosse. Ausgerechnet Ihr erinnert mich an Ehre und treibt dabei Euresgleichen den Dolch ins Fleisch."

„Ich habe mir meine Hände nicht beschmutzt. Ich habe auch kein Blut an meinen Fingern. Ihr habt die Tat ausgeführt und den Tod gebracht."

„Wer besitzt wohl das kältere Herz? Der den Tod bestellt oder der ihn liefert?"

„Schweigt nun", zog der Mönch seine noch immer ausgestreckte Hand zurück und zog sich stattdessen seine Kutte zurecht. „Ich will nichts mehr davon hören, wir haben ein Abkommen, und jeder von uns profitiert davon. Sorgt also dafür, dass es bald zu einer weiteren Wahl kommt und dieses Mal der Richtige Abt wird und Ihr somit auch zu eurem Ziel kommt."

Der Mönch warf sich wieder seine Kapuze über den Kopf, zog sie tief ins Gesicht und verließ die Stallung. Nach wenigen Metern schluckte ihn die Dunkelheit, aus der er gekommen war.

# 15.

Markus lenkte den Mietwagen über die Victoria Avenue aus St. Helier hinaus auf die Schnellstraße. Die Fahrt nach La Moye führte die beiden direkt an der Südküste Jerseys entlang. Über die A1 fuhren sie vorbei an dem weiten, sandigen Strandbogen der St. Aubins Bay. An den Piers lagen zahllose Segel- und Fischerboote und warteten darauf, wieder losgelassen zu werden, um hinaus aufs freie Meer zu fahren. Von diesem Punkt aus konnte man auch die schwimmende Festung der Elizabeth Burg perfekt einsehen. Markus erinnerte sich daran, irgendwo gelesen zu haben, dass man sie bei Ebbe sogar zu Fuß erreichen konnte. Nach wenigen Minuten erreichten sie schon die Bucht von St. Brelade, die mit ihrem sichelförmigen Strand zum Verweilen einlud. Doch die beiden hatten keine Zeit für die goldgelbe Strandverlockung und lenkten den Wagen weiter ins Landesinnere. Hinauf nach La Moye.

Die Rue de la Liberté Nr. 11 war ein einfaches Häuschen in den wenigen Straßen des Dörfchens und leicht zu finden. Sie parkten ihren Wagen direkt vor dem Haus und gingen zur Eingangstür. Ein schwerer Metallring war dort angebracht. Markus klopfte an. Nach wenigen Augenblicken näherte sich ein alter Mann und öffnete die Tür.

„Oui?“, fragte der kahlköpfige Mann, der eine Lesebrille an einer kleinen Kette um den Hals trug.

Markus antwortet ihm.

„Parle vous anglais ou allemand?“

„Yes und Ja!“, antwortete der Mann grinsend mit funkelnden Augen.

„Oh, wie schön, Sie sprechen beide Sprachen. Das vereinfacht unser Anliegen immens.“

„Ein Anliegen? Was kann ich für Sie tun.“

Ohne zu zögern offenbarte Markus dem Mann, weshalb sie ihn aufgesucht hatten. Auch wenn Markus noch gar nicht wusste, was genau er dem Mann erzählen sollte.

„Es geht um eine Botschaft, die wir erhalten haben und die uns zu Ihnen geführt hat. Leider wissen wir nicht, was sie bedeuten soll. Aus diesem Grund hoffen wir, dass Sie uns vielleicht weiterhelfen können.“

„Eine Botschaft?“, legte der alte Mann fragend seine Stirn in Falten. „Von wem?“

„Von unserem Professor. Sein Name ist Adalbert Weithofen.“

Der Name hinterließ offensichtlich Eindruck.

„Sie kennen ihn?“

„Adalbert? Und ob. Aber kommen Sie doch herein.“

Hinter dem alten Mann gingen sie durch das Wohnzimmer hinaus in den Garten. Eine französische Tageszeitung lag aufgeschlagen neben einer Tasse Tee. Aus dem Garten hatte man einen herrlichen Ausblick auf den Mont Fiquet, einen kleinen Berg am Südzipfel der Insel.

„Bitte, nehmen Sie Platz“, deutete der Greis auf zwei freie Stühle. „Entschuldigen Sie meine Unhöflichkeit, ich habe mich Ihnen noch gar nicht vorgestellt. Mein Name ist Jacques Bruneles.“

Den beiden jungen Männern fiel auf, dass sie sich ebenfalls nicht vorgestellt hatten.

„Pardon, Monsieur“. Entschuldigte sich auch Markus. „Mein Name ist Markus Schuhmann, und das ist mein Freund Georg Stangl.“

„Sehr erfreut. Kann ich Ihnen vielleicht eine Tasse Tee anbieten?“

„Gerne“, freute sich Georg über das erste Warme an diesem Tag, das er zu sich nehmen konnte. Monsieur Bruneles verschwand für einen kurzen Moment in der Küche. Markus' Handy klingelte, am anderen Ende war Sonya. Sie bot sich an, die beiden am darauffolgenden Tag vom Flughafen abzuholen. Markus nahm dankend an und beendete das Gespräch kurz darauf. Georg bemerkte Markus' Anspannung.

„Markus. Ich weiß, mir steht es wahrscheinlich nicht zu, dich zu warnen. Aber ich hoffe, du weißt, was du tust."

„Ich weiß. Und du hast ja auch recht. Vielleicht habe ich einen Fehler begangen."

„Du hast doch nicht etwa...?"

„Ich weiß es nicht. Ich kann mich nicht mehr genau erinnern. Aber das ändert nichts an der Tatsache, dass ich anscheinend nicht gefestigt genug bin, um das Amt eines Priesters zu führen."

„Moment. Du bist ein ausgezeichneter Theologe. Mein bester Freund und vor allen Dingen ein Mensch mit Fehlern und Schwächen, wie jeder andere auch. Es gibt auch im Leben eines Priesters immer wieder Krisen. Diesen Druck muss man aushalten und Treue beweisen."

„Aber als Priester darf man sich manche Fehler einfach nicht erlauben", sagte Markus.

„Dann lerne aus deinen Fehlern und wachse daran."

„Du meinst also, ich sollte trotzdem meinen Abschluss machen?"

„Nein. Ich meine, du solltest in Klausur mit dir gehen und deine Gefühle als Chance sehen."

„Als Chance? Wie meinst du das?"

„Du hast die Chance, dich nun zu entscheiden. Es ist deine Prüfung. Die Entscheidung liegt bei dir."

Georg hatte wahrscheinlich recht. Anstatt zu versuchen die Gefühle zu Sonya zu unterdrücken, sollte er sie akzeptieren. Liebe war nicht das Problem, sondern wie er damit umging. Er würde mit Sonya darüber sprechen, sobald er wieder zurück war. Doch zunächst musste er mit sich selbst und Gott wieder ins Reine kommen.

Monsieur Bruneles kam mit einem kleinen Tablett zurück in den Garten. Eine Kanne Tee, drei Tassen und etwas Gebäck standen darauf. Sofort nahm er wieder das Gespräch auf.

„Sie sagten, sein Name ist Adalbert Weithofen?"

Bruneles schenkte den Tee ein und setzte sich an den kleinen Gartentisch. Behutsam nippte er an seiner Tasse.

„Ja." Markus versuchte sich wieder auf das momentan Wesentliche zu konzentrieren. „Allerdings ist er vor wenigen Tagen leider verstorben."

Irritiert stellte Monsieur Bruneles seine Tasse zurück auf den Tisch. „Adalbert ist tot?"

Markus nickte und behielt es sich vor, zu den näheren Umständen des Todes von Spiritual Weithofen ins Detail zu gehen.

„Woher kannten Sie Adalbert Weithofen?"

„Oh, das ist eine lange Geschichte. Sie ist schon über 60 Jahre her. Damals war ich ein junger Mann. Ich hatte gerade meine Priesterweihe erhalten, als der Krieg ausbrach."

Markus und Georg tauschten einen flüchtigen Blick aus. Bruneles war also ein Priester. Dieser bemerkte die kurze Unaufmerksamkeit seiner Gäste nicht und fuhr weiter fort.

„Viele der Einheimischen verpflichteten sich freiwillig, um gegen die Nazis zu kämpfen. Auch ich wollte die Freiheit verteidigen. Aber ich durfte nicht. Man wollte jemanden hier auf der Insel haben, der die trauernden Seelen der Mütter, Frauen und Kinder trösten sollte. Die Wahl fiel auf mich. Ich blieb und leistete meinen Teil zum Frieden. Zum Seelenfrieden."

„Und Weithofen, wie haben Sie ihn kennengelernt?"

„Während des Krieges okkupierten die Deutschen einen Teil der Insel. Zunächst waren wir geschockt, dass die Deutschen in ihren Uniformen über unsere geliebte Insel marschierten. Doch dann merkten wir, dass auch sie nur Menschen waren."

„Verstehe, aber wie lernten Sie Weithofen kennen?“, konnte Markus seine Neugier kaum noch zurückhalten.

„An einem verregneten Sommertag spielten einige Kinder unten an der Steilküste, als ein Erdrutsch die Kinder erfasste und sie mit in den Abgrund zog. Vier der sechs Kinder rutschten in die Tiefe. Für sie kam jede Hilfe zu spät. Zwei konnten sich mit letzter Kraft an einem Vorsprung festhalten und drohten ebenfalls abzugleiten.“ Bruneles machte eine kurze Pause und nippte an seiner Teetasse. Dann kreuzte er seine Hände und sprach weiter. „Eine kleine Einheit deutscher Soldaten machte gerade eine Übung in der Nähe, als sich das Unglück ereignete. Sofort eilten sie zuhilfe und ließen sich ohne zu zögern und unter Einsatz ihres eigenen Lebens hinab zu den Kindern. Als der erste Soldat bei den Kindern angelangt war und sie gerade beide an den Händen hielt, löste sich ein weiterer Teil des oberen Massivs. Der Soldat hätte die Kinder loslassen und sich in Sicherheit bringen können, doch er hielt die Kinder fest. Selbst als ein gewaltiger Felsbrocken über sein Bein rollte und es zerschmetterte, ließ er sie nicht los. Die anderen Soldaten retteten ihn und die beiden Kinder. Schwer verletzt wurde der Soldat zu mir und einer Schwester gebracht. Wir verarzteten ihn so gut es ging, doch sein rechtes Bein blieb steif. Der Soldat war Adalbert Weithofen.

„Daher hatte er also sein steifes Bein. Er sprach immer nur von einer Kriegsverletzung.“

„Es entwickelte sich eine echte Freundschaft daraus. Die Einheit von Weithofen half bei der Feldarbeit, und so manch einsame Frau verliebte sich in einen der deutschen Soldaten. Der Krieg hatte auf unserem Teil der Insel schon viel früher aufgehört.“

„Und sie beide wurden also Freunde?“

„Erst im Laufe der Zeit entwickelte sich daraus eine Freundschaft. Eines Abends vertraute er mir an, dass die Aufgabe der deutschen Einheit nicht nur in der Sicherung der Insel lag.“

„Ach nein?“, wunderte sich Georg. „Welche Aufgabe hatten sie denn noch?"

Bruneles nahm einen weiteren Schluck aus seiner Tasse. Dabei machte er den Eindruck, dass er mit seinen Gedanken wieder zurück in die Kriegszeit wanderte.

„Hitler ließ die Inseln zu wahren Bollwerken ausbauen: 484 000 Kubikmeter Beton wurden gegossen. Zwangsarbeiter gruben Tunnel quer unter der Insel hindurch. Alle schufteten für Hitlers so genannten *Atlantikwall.*"

„Und alles nur wegen dieser kleinen Insel?"

„Das fragte ich Adalbert auch. Zuerst druckste er herum. Doch dann erzählte er mir mehr. Die Nazis vermuteten einen Schatz auf der Insel."

„Einen Schatz?", verschluckte sich Georg beinahe an einem Gebäckstück, das er sich in die Backen schob.

„Das ist zunächst nicht so verwunderlich. Schließlich wurde Jersey früher von Piraten und Schmugglern als Versteck und Unterschlupf genutzt. Aber Adalbert schüttelte nur seinen Kopf. Es ginge nicht um einen Goldschatz."

Sofort hatte Markus eine Vermutung. Doch er wollte zunächst die Ausführung Bruneles abwarten.

„Um was ging es dann?"

Der alte Mann verschränkte die Arme vor seiner Brust und lächelte Markus an.

„Um Ihnen das zu erklären muss ich Sie bitten, mit mir eine kleine Fahrt zu unternehmen."

„Eine kleine Fahrt? Wohin?"

„Zur wohl bedeutendsten Sehenswürdigkeit der Kanalinseln."

„Oh ja, ich habe davon gelesen." Markus glaubte das Reiseziel Bruneles zu kennen. „Die Burg Mont Orgueil. Wir sind auf der Fahrt zu Ihnen daran vorbeigefahren. Wirklich wunderschön."

„Ja, sie ist wirklich wunderschön. Aber ich meine nicht die Burg."

„Nicht die Burg? Wo soll die Fahrt denn sonst hingehen?"

„Nach La Hougue Bie. Oder besser gesagt zum Grabhügel von La Hougue Bie."

*

Die Fahrt dauerte nicht allzu lange. Ein Vorteil einer so kleinen Insel. Sie fuhren über die B 28 Richtung Osten. Auf einem kleinen Hügel deutete Monsieur Bruneles an, den Wagen zu parken. Eine Kapelle krönte den Hügel.

„Eine Kapelle", stellte Georg gelangweilt fest. „Verstehen Sie mich bitte nicht falsch, Monsieur Bruneles, aber wenn das die herausragende Sehenswürdigkeit Jerseys ist, werde ich meinen nächsten Urlaub doch wieder in Italien verbringen."

„Zwei. Es sind zwei Kapellen", stellte Bruneles fest, während er aus dem Auto stieg. „Sie sind von außen allerdings kaum noch als zwei Bauten auszumachen. Im Innern kann man es aber anhand der unterschiedlichen Deckenhöhe noch gut erkennen."

„Gut, zwei Kapellen. Das wird mich in meiner Urlaubsplanung dennoch nicht umstimmen."

Monsieur Bruneles ging auf Georgs Bemerkung nicht ein und erklärte weiter.

„Es steckt mehr in diesem Hügel, als nur die zwei Kapellen. Oder soll ich besser sagen: Es steckt mehr darunter."

„Darunter?", staunte Markus. „Ich verstehe nicht."

Monsieur Bruneles winkte die beiden jungen Männer näher heran und deutete ihnen an, ihm zu folgen. Als sie um den Hügel herumgingen, kam ein schmaler Eingang zum Vorschein. Die Männer mussten ihre Köpfe einziehen, als sie geduckt durch den Eingang in das Halbdunkel des Hügels gingen.

„Wo sind wir hier?", fragte Markus.

„Willkommen in La Hougue Bie, meine Herren. Sie befinden sich in Europas besterhaltener und größter megalithischer Grabanlage."

„Grabanlage?", wiederholte Georg ungläubig. „Wir stehen in einem Grab?"

„Ein Grab, ja. Erst 1924 entdeckten Archäologen dieses Grab aus dem 4. Jahrtausend vor Christus, aber doch nicht wirklich als Erste. Denn es war bereits geplündert. Die Grabkammer ist von einem Erdhügel überwölbt, wie er ursprünglich alle Steingräber schützte. Doch auf der Kuppe dieses Hügels stehen als unerwartete Zutat zwei mittelalterliche Kapellen."

Der alte Mann war nun sichtlich in seinem Element. Er war offensichtlich mit der Geschichte der Insel bestens vertraut.

„Wie so oft wurden auch hier christliche Kirchen bewusst an heidnischen Kultplätzen gebaut. Außer dieser Hauptkammer gibt es noch mehrere Nebenkammern – etwa 70 Steine wurden in dem über 20 Meter langen Grab verbaut. Die Erweiterung, in der wir gerade stehen, bietet mehreren Menschen Platz. Vermutlich diente sie als Versammlungsort für Kultzwecke."

„Okay, das ist nun allerdings beeindruckend", zeigte sich Georg jetzt deutlich interessierter.

„Sie fragen sich nun sicherlich, was dies mit Weithofen zu tun hat?"

„Allerdings", bestätigte Markus.

„Wie gesagt wurde die Grabkammer erst 1924 entdeckt. Natürlich bekamen auch die Nazis davon Wind. Man fand dabei mehrere menschliche Skelette, Pfeilspitzen und Keramik aus jüngerer Zeit. Man vermutete, dass die Fundstücke aus dem 7. oder 8. Jahrhundert stammten. Als die Deutschen die Insel besetzten, bauten sie umgehend auf dem Gelände von La Hougue Bie einen Bunker und einen Unterstand. Einige der Fundstücke deuteten scheinbar auf einen ganz besonderen Schatz hin, den die Nazis zu bergen hofften."

„Welchen?"

„Genau wusste es Adalbert auch nicht. Das Ganze stand unter der höchsten Geheimhaltungsstufe der Nazis. Anscheinend fanden Sie aber auch nicht, wonach sie die halbe Insel umgegraben haben."

„Vielleicht ist Weithofen damals schon auf einen Hinweis gestoßen", flüsterte Markus leise zu Georg. „Das würde bedeuten, dass er schon vor dem Treffen mit Leinweber und meinem Vater von diesem Geheimnis wusste."

„Aber was nützt uns das für den Zugangscode, Markus? Denkst du, dass vielleicht Hougue Bie das gesuchte Codewort ist?"

„Könnte sein. Aber die Geschichte hätten wir oder sonst wer auch irgendwo lesen können. Es muss etwas sein, das nur er oder Monsieur Bruneles wissen konnten. Und nicht das komplette Naziregime."

Markus knetete seine Unterlippe auf der Suche nach einer zündenden Idee. „Monsieur Bruneles, hat er zu Ihnen irgendeine Andeutung gemacht, um was es sich handeln könnte?"

„Nein."

„Es muss aber irgendeine Verbindung zwischen ihnen beiden geben, die ihn veranlasste, gerade Sie als Vertrauten zu wählen."

„Ich verstehe nicht. Als was hat er mich ausgesucht?"

„Als Vertrauten", wiederholte Markus. „Er hat uns mit einem Rätsel von Deutschland bis hierher zu Ihnen gelotst. Sie müssen also irgendetwas wissen oder besitzen, mit dem wir etwas anfangen können. Wir benötigen ein Passwort, das wir hier auf der Insel finden sollen. Da bin ich mir ganz sicher."

Die Stirn von Bruneles legte sich in tiefe Falten. Einige Sekunden der Stille vergingen, die Markus und Georg wie eine Ewigkeit erschienen. Doch mit einem Mal begannen die Augen des alten Mannes vielsagend zu leuchten, als erinnerten sie sich an eine fast vergessene Geschichte.

„Ich habe eine Idee. Allerdings kann ich Ihnen das nur an einem anderen Ort erklären. Sie haben sicherlich noch etwas Zeit, oder?"

Natürlich hatten sie eigentlich keine Zeit. Doch wenn ihnen jemand weiterhelfen konnte, dann Monsieur Bruneles. Sie fuhren wieder an der Küste zurück in den Südwesten. Der alte Mann lotste sie erneut zu einer kleinen Kapelle direkt an der Küste, ohne ein weiteres Wort zu verlieren. Um die kleine Kapelle lag ein Friedhof, und der Ausblick, der sich von hier bot, war atemberaubend. Georg konnte sich dennoch seinen Kommentar nicht verkneifen.

„An Kapellen hapert es auf Jersey wohl nicht, was?"

„Nein. Allerdings nicht. Doch dies ist ebenfalls eine besondere Kapelle, sie heißt Fishermen's Chapel. Als die Amerikaner zusammen mit den Alliierten die Invasion vorbereiteten, legten sie auch hier in Jersey an. Wir alle wussten, dass das schlimme Folgen für die deutschen Soldaten auf der Insel haben würde. Weithofens Männer waren die ersten deutschen Soldaten, auf die die Alliierten treffen würden. Viele der Alliierten hatten noch nie einen feindlichen Wehrmachtssoldaten gesehen. Ich war davon überzeugt, dass man an ihnen ein Exempel statuieren würde."

„Sie hätten sie exekutiert", verstand Markus.

„Wahrscheinlich. Verstehen Sie mich nicht falsch. Die Deutschen waren unsere Feinde. Und sie brachten auch viel Leid über die Kanalinseln. Aber nicht diese Einheit. Nicht Weithofens Einheit."

„Was haben Sie unternommen?"

„Ich flüchtete mit den deutschen Soldaten hier herauf nach Fishermen's Chapel. Hier versteckten sie sich. Allerdings dauerte es nicht lange und die Aliierten entdeckten die Deutschen. Doch sie waren in einem Gotteshaus. Das heißt, ich war für die Kirche und alles was darin vor sich geht, verantwortlich. Natülich verlangten die Aliierten die Auslieferung der deutschen Soldaten."

„Was Sie aber nicht taten?"

„Mon dieu, nein", entgegnete Bruneles auf Markus' Frage mit einer abweisenden Geste. „Es waren mittlerweile enge Beziehungen entstanden. Hier auf Jersey hatten wir längst keinen Krieg mehr mit diesen Soldaten."

„Aber Sie konnten doch unmöglich das Ende des Kriegs in der Kirche aussitzen."

„Natürlich nicht. Das war auch unser Problem. Die Alliierten konnten mich zwar nicht zwingen sie auszuliefern, aber sie konnten verhindern, dass die Bewohner Lebensmittel hier heraufbrachten. Ihre Strategie war die Aushungerung der Einheit. Das Ende war absehbar und die Deutschen wollten sich schon ergeben. Adalbert bedankte sich bei mir und bat mich zu gehen, damit mir nicht auch noch ein Leid geschehe. Doch dann erinnerte ich mich an ein altes Gesetz."

Markus und Georg sahen sich gespannt an.

„Wir haben hier auf Jersey einige alte Gesetze, die es schon seit ewigen Zeiten gibt. Und dieses ist eine wirkliche Besonderheit."

Bruneles ging einige Meter voran und deutete auf einen kleinen Weg, der von der Kirche aus Richtung Meer führte.

„Dies ist der *Perquage*. Ein geweihter Pfad. Er führt durch das Tor dort vorn bis hinunter zur Bucht."

Markus konnte nichts Auffälliges daran erkennen.

„Was ist damit?"

„In der früheren Zeit durften Straftäter in der Fishermen's Chapel Zuflucht suchen und über diesen geweihten Weg die Insel straffrei verlassen. Sie durften nur nicht den Weg auch nur für einen Meter links oder rechts verlassen."

„Straffrei?", glaubte Markus sich zunächst verhört zu haben. „Sie wollen damit sagen, dass Sie sich auf das alte Recht berufen haben?"

„Genau das habe ich getan."

„Das ist ja unglaublich. Und die Alliierten konnten nichts dagegen tun?"

„Nein, viele Einheimische waren hierhergekommen und bezeugten dieses Gesetz. Der Direktor der alten Bücherei brachte gar den originalen Gesetzestext aus einem alten Buch mit hierher und legte ihn den Amerikanern vor. Was hätten sie tun sollen? Sich mit der halben Insel anlegen? Nein, sie mussten die Deutschen ziehen lassen."

„Unfassbar", staunte Georg.

„Später erzählte mir Adalbert, dass dies der Moment in seinem Leben gewesen sei, in dem er beschlossen hatte, auch Priester zu werden. Nicht aus Dankbarkeit mir gegenüber, sondern aus der Überzeugung, dass der Herr auch in ausweglosesten Situationen Wunder schenken kann. Dass dieser Pfad existierte, war ein Zeichen Gottes."

Markus erkannte, welch persönliches Verhältnis Weithofen und Bruneles gehabt haben mussten. Er wollte dem freundlichen Mann nichts vorenthalten und entschied sich für eine nähere Erläuterung der Umstände von Weithofens Tod.

„Monsieur Bruneles, ich muss Ihnen ein Geständnis machen."

„Ein Geständnis?"

„Wir gehen davon aus, dass Spiritual Weithofen Opfer eines Gewaltverbrechens geworden ist."

„Was meinen Sie damit?"

„Es könnte sein, dass er keines natürlichen Todes gestorben ist."

„Sie meinen, er wurde umgebracht?"

„Es spricht zumindest einiges dafür."

Bruneles setzte sich auf eine Holzbank und blickte auf das weite Meer hinaus.

„Wir gehen außerdem davon aus, dass er an einem äußerst wichtigen Projekt gearbeitet hat und deswegen sterben musste."

Bruneles rieb sich die Augen und blinzelte in den Himmel. „Nun kommt er nie wieder."

„Haben Sie eine Idee, warum er uns zu Ihnen gelotst hat?"

„Nein, ich habe keine Ahnung."

Markus blickte über die Klippen in das endlos blaue Meer. Seine Gedanken versuchten, mit Ruhe und Konzentration den Sinn der Botschaft zu verstehen.

In seinem Kopf kreisten die Gedanken wild umeinander: Straße der Freiheit, Monsieur Bruneles, der Krieg, die Rettung der Kinder, sein steifes Bein, die Freundschaft, die Landung der Aliierten, das Versteck in der Kapelle, seine skurrile Befreiung, … Plötzlich fiel es ihm ein. Es lag direkt vor ihm, fast wäre er darübergestolpert. Natürlich, das musste es sein.

„Ich hab's", drehte er sich um. „Ich glaube, ich weiß, warum er uns hierhergelotst hat. Es ist einfach und doch genial. Er wusste, dass Monsieur Bruneles uns die Geschichte seiner Flucht erzählen würde. Die Fishermen's Chapel und der geweihte Pfad. Sein persönlicher, heiliger Weg in die Freiheit. Der *Perquage*! Das ist das Codewort. Und deswegen mussten wir auch erst hierher kommen. Er wusste, dass Monsieur Bruneles niemals irgendwelchen Leuten von dem Perquage erzählen würde. Nehmen Sie es mir bitte nicht übel, aber er wollte anscheinend, dass Sie denjenigen gewissermaßen testen, der Sie nach Weithofen fragen würde."

„Du hast recht, das muss es sein." Auch Georg war sich nun sicher. „Man sieht es hier direkt vor sich und kommt doch nicht drauf."

„Ich gebe ihnen recht. Wahrscheinlich hat er es so gewollt. Er war schon immer ein cleverer Kerl. Es freut mich, wenn ich ihm einen letzten Dienst erweisen konnte."

„Oh ja, und wie", bestätigte Markus den alten Mann. „Das haben Sie. Und wie. Vielleicht können wir jetzt dadurch herausfinden, wer für den Tod von Spiritual Weithofen verantwortlich ist und warum er sterben musste."

Bruneles nickte zustimmend, doch drehte er sich wieder zur anderen Seite und blickte über die Weite des Meeres. Dabei wischte er sich mit seiner Hand über die feuchtschimmernden Augen. Markus und Georg fragten nicht weiter und ließen dem alten Mann noch einige Minuten der Ruhe, bevor sie wieder aufbrachen.

# XIV.

Der allmorgendliche Weckruf hallte durch die Gänge des Klosters. Bereits zu dieser frühen Stunde vor dem ersten Hahnenschrei nutzten die Mönche die Stille, um das Gotteslob zu beginnen. Darauf versammelten sich alle Mönche im Chor. Die aus zwölf Psalmen bestehenden *Vigilien* begannen. Mit diesen Gebeten wollten die Mönche die Mahnung des Herrn befolgen, wach zu sein, damit der Allmächtige sie nicht schlafend finden würde, wenn er zur nächtlichen Stunde käme. Die völlige Stille und das Gleichmaß der Psalme bewirkten eine Art Erdung der Mönche, aus der sie Kraft für das tägliche Werk schöpften. Nach der abschließenden *laudes*, die den Übergang der Nacht zum Tag heiligt und das aufgehende Licht des Tages verherrlicht, empfingen die Brüder als erste Speise des Tages die Kommunion. Die Sonne kletterte langsam am Horizont und ein neuer Tag des Herrn begann.

Rabanus ging den kurzen Weg hinüber zur Baustelle der Michaelskirche, um sich ein Bild über den Fortschritt des Baus zu machen. Die Kirche sollte, anders als die Basilika, in Einklang und Frieden durch die Hände der Brüder entstehen. So waren denn auch diesmal nur die eigenen Brüder und keine auswärtigen Mönche oder gar Bauern aus der Umgebung an den Arbeiten beteiligt.

Normalerweise herrschte hier reges Treiben. Karren und Lastwagen rollten über die Wege. Aus gewaltigen Stämmen wurden täglich Balken zugehauen, dass die Späne nur so durch die Luft wirbelten. Aus rohen Sandsteinen wurden zierliche Figuren und Knäufe gemeißelt. Zahllose Hände bildeten lange Ketten und reichten sich die geglätteten Steine zu. Sorgsam wurden diese dann auf die wachsenden Mauern gesetzt, die zuvor mit Latte, Lot und Schnur exakt ausgerichtet wurden. Der mächtige Kalkofen, der schon beim großartigen Bau der Basilika beste Dienste geleistet hatte, stand neben dem Eingang. Durch sorgfältige Bemühungen hatte man in unzähligen Versuchen der Beimischung von Ziegel- und grobkörnigen Sand einen geeigneten Mörtel erstellt, musste doch die Kirche wie auch die Basilika Wind und Wetter trotzen.

Rabanus zur Seite stand der Fuldaer Klosterbaumeister Bruder Rachulf. Dieser schien denselben Gedanken gehabt zu haben und kam auf Rabanus zu.

„Gut, dass ich euch treffe, Rabanus. Ich habe einige Fragen bezüglich des Gewölbes der Kirche."

Als sich Rabanus ihm gerade zuwenden wollte, schoss der Novize Chindolf um den Stapel von Steinen, sodass einige herunterpurzelten.

„Chindolf", ermahnte ihn Rabanus. „Nicht so stürmisch. Die Kirche steht noch nicht einmal, da reißt du sie schon wieder ein."

„Entschuldigt bitte, Vater Abt", keuchte Chindolf. „Ein Notfall. Kommt bitte schnell."

„Ein Notfall?" Rabanus verlor sofort wieder seine gerade gewonnen geglaubte Ruhe. „Was ist passiert? Ihr seid ja völlig außer Atem."

„Seht besser selbst, Herr."

# 16.

Markus und Georg gingen zeitig zu Bett, um am frühen Morgen der International Catholic Privat Bank einen weiteren Besuch abzustatten. Schon nach wenigen Minuten war von Georg nur noch ein gleichmäßiges, tiefes Atmen zu hören. Markus hingegen fand keinen Schlaf. Von einer Seite wälzte er sich auf die andere. Obwohl die Zimmertemperatur angenehm war, schwitzte er. Die neuen Erkenntnisse und seine Schwäche gegenüber Sonya kreisten in seinem Kopf und ließen ihn nicht zur Ruhe kommen. Auf dem kleinen Nachttischchen konnte er die leuchtenden Ziffern seines Weckers erkennen. Es war kurz nach vier Uhr morgens. Leise stand er auf und ging ins Bad. Die Neonröhre flackerte auf und das gleißende Licht blendete seine Augen. Mit etwas kaltem Wasser verschaffte sich Markus ein wenig Abkühlung. Doch schon nach wenigen Sekunden stand ihm der Schweiß erneut auf der Stirn.

Er entschloss sich zu einem nächtlichen Spaziergang am Hafen. Die Straßen vom Hotel hinunter zum Hafen waren menschenleer. Markus legte sich seinen Pullover um die Schultern und blickte die Gasse hinab. Zu dieser Stunde war kein Tourist mehr in St. Helier unterwegs. Die Nacht war sternenklar, frisch, und im Hafenbecken schaukelten die Fischerboote mit den weißen Yachten der Touristen um die Wette. Am Ende einer Pier, die sich weit in das Wasser hinausstreckte, nahm er Platz. Die Ruhe und die salzige Seeluft taten gut.

Eigenartig bizarr spiegelte sich der schräg einfallende Mondschein auf dem schwarzen Wasser. Markus faltete seine Hände und schloss die Augen. Er musste an das Gespräch mit Sonya denken, das er mit ihr im Krankenhaus geführt hatte. Über seine Berufung als Priester. Seine Antworten auf ihre Fragen waren allesamt aus tiefer Überzeugung gekommen. Seine sozialen und kommunikativen Qualitäten waren ebenfalls unbestritten. Er konnte sehr gut mit Menschen umgehen. Während seines nun fast vierjährigen Studiums und einjährigen Praktikums hatte er sich zu einem hervorragenden Theologen entwickelt. Doch was war mit seiner persönlichen Beziehung zu Gott? Seit dem Abend bei Sonya fragte er sich, ob sein Wunsch, Priester zu werden, geschwächt worden war. War er der Richtige für dieses Amt? Oder hatte er sein Recht auf das Priesteramt gar verwirkt? Und wie musste er sich nun als angehender Priester verhalten? Er rief sich die drei *evangelischen Räte* ins Gedächtnis. Armut, Gehorsam und Ehelosigkeit. Unter der Armut verstand man die innere Haltung, die sich auch im Lebensstil ausdrücken sollte. Den Gehorsam hatte er schon bei der Diakonweihe dem Bischof geschworen – als Zeichen der Demut, Bescheidenheit und Loyalität. Und wer bewusst nicht heiratete und dies aus geistigem Grund tat, begab sich ganz in Gottes Hand, im Vertrauen darauf, dass der Herr ihn hält und führt.

Doch wo war diese Hand jetzt? Hatte der Herr ihn losgelassen, als er seine eigenen Hände nicht zügeln konnte? Markus hatte zwar ein schlechtes Gewissen, doch konnte er nicht abstreiten, dass die Nacht mit Sonya ein tiefes Bedürfnis in ihm befriedigt hatte. Sonyas Geruch war ihm so präsent, als säße sie neben ihm, und seither sehnte er sich jede Nacht nach ihrem Körper und der Geborgenheit, die er bei ihr empfand. Er wusste nicht, ob er in der Lage wäre, auf Sonya zu verzichten. Doch er wollte Priester werden. Und für dieses Ziel galt es Opfer zu bringen.

*

Das inseltypische Frühstück am nächsten Morgen war stark gewöhnungsbedürftig. Es gab *Black Butter*, einen Brotaufstrich, der aus Äpfeln, Most und Gewürzen hergestellt wurde, und den inseltypischen *Cream Tea*. Markus und Georg waren zeitig aufgebrochen, um der ICPB einen weiteren Besuch abzustatten. Als sie am frühen Morgen in die Lobby der Bank traten, erwartete sie schon ein alter Bekannter: Mr. Albright.

„Wie schön, Sie wieder in unserem Hause begrüßen zu dürfen. Es scheint Ihnen bei uns gut zu gefallen."

„Das liegt daran, dass man sich als Kunde bei Ihnen wie ein König fühlt."

„Danke, Sir. Möchten die Herrschaften erneut in den Raum der Schließfächer?"

„Das wäre sehr nett."

Diesmal nahmen sie den Aufzug und fuhren hinab in die Kellergefilde des Hauses. Georg wunderte sich, warum sie nicht auch beim ersten Mal schon den Aufzug benutzt hatten. Er war grundsätzlich für jede Art körperlicher Erleichterung dankbar. Die Türen des Aufzugs glitten auf. Mr. Albright blieb im Aufzug und entschwand wieder nach oben. Mit dem Aufzug ersparte man sich auch die beiden ersten Kontrollpunkte. Anscheinend wollte Mr. Albright sie nur beim ersten Besuch, als sie ihm noch unbekannt waren, auf die Probe stellen. Nun standen sie erneut vor dem Eisentor.

„Wir haben nur noch einen Versuch."

„Ich weiß, Georg."

Das Display forderte erneut den Code für das Schloss. Markus tippte bedächtig jeden Buchstaben ein:

*P E R Q U A G E*

Nach der Entereingabe hielten beide den Atem an und eine Farbe leuchtete auf. Eine Farbe, die selten so schön grün geleuchtet hatte wie in diesem Moment. Die Tür öffnete sich mit einem surrenden Geräusch und Markus und Georg traten sichtlich erleichtert ein. Die

Schließfächer verliefen links und rechts an den Wänden. In der Mitte des Raumes stand lediglich ein dunkler, fein geschnitzter Tisch mit weißer Marmorplatte und einem dazu passenden Stuhl, der mit blauem Samt überspannt war. Durch die aufsteigenden Zahlen fanden sie schnell das gesuchte Fach mit der Nummer 11. Professor Weithofen hatte sich anscheinend extra dieses Schließfach mit der Nummer elf geben lassen, damit es die gleiche Nummer trug wie die Hausadresse von Monsieur Bruneles. Markus zog den Schlüssel aus seiner Hosentasche und steckte ihn in das Schloss. Er passte. Ohne Problem ließ er sich im Schloss drehen, und die zentimeterdicke Tür des Schließfachs schwang zurück. In dem Schließfach selbst lag ein einziger brauner Umschlag. Markus streckte seine Hand danach aus. Mit den Fingerspitzen angelte er ihn sich. Der Umschlag war weder besonders schwer, noch tat er sich durch irgendetwas anderes hervor. Es war ein schlichter, brauner Umschlag. Er ging hinüber zum Tisch. Vorsichtig öffnete er ihn und leerte den Inhalt über der Tischplatte aus. Eine Plastikkarte der ICPB Bank und einige Dokumente kamen zum Vorschein. Alles waren Unterlagen der Bank.

„Kontoverträge, Kreditkarte", zählte Markus die einzelnen Gegenstände auf. „Stopp, was ist das hier? Zugangsdaten für einen privaten Server."

„Für was brauchte er denn einen privaten Server?", wunderte sich Georg.

„Das werden wir hoffentlich bald wissen. Komm, wir müssen zu Mr. Albright."

Mit prüfendem Blick schaute Markus in das Schließfach, um zu sehen, ob er auch alles mitgenommen hatte, und verschloss es wieder. Danach gingen sie zum Aufzug hinüber und fuhren nach oben. Mr. Albright stand neben seinem Schreibtisch und erwartete die beiden mit einem freundlichen Lächeln.

„War alles zu Ihrer Zufriedenheit, Gentlemen?"

„Vielen Dank, alles bestens. Wie immer", fügte Markus wie selbstverständlich an. „Wir hätten allerdings noch eine Frage."

„Nur zu, ich hoffe, dass ich Ihnen weiterhelfen kann."

„Es geht um den Privatserver. Ich hatte mir damals in meinem Vertrag einen solchen bereitstellen lassen. Allerdings habe ich ihn nie benutzt, würde aber nun gerne auf diesen Service zurückgreifen. Können Sie mir noch einmal das Wichtigste darüber erläutern?"

„Sehr gerne, Sir. Wenn Sie mir bitte in den Aufzug folgen würden."

Mr. Albright ging voran und drückte den Schalter des zweiten Stockwerks. Sekunden später öffnete sich die Fahrstuhltür und etliche geschlossene Türen erstreckten sich bis zum Ende des Gangs.

„Hier entlang", deutete Mr. Albright auf die erste Tür der linken Seite. In dem Raum befand sich ein Computer auf einem großen, dunkelbraunen Tisch. Vier identische Stühle standen gereiht um diesen herum. Mr. Albright deutete Markus und Georg an, Platz zu nehmen.

„Welche Informationen benötigen Sie genau?"

„Alle."

„Alle?" Mister Albright räusperte sich kurz. „Gut. Die ICPB Gruppe bietet jedem ihrer Anleger die Möglichkeit, neben einem privaten Konto auch einen diskreten Zugang zu einem absolut sicheren Server zu erhalten. Über diesen Server können Sie nicht nur Ihre Kontogeschäfte unabhängig und vor allen Dingen unbemerkt durchführen, vielmehr können Sie auch Ihre persönlichen Geschäfte oder Korrespondenzen darüber abwickeln."

„Wie unbemerkt ist denn unbemerkt?"

„Absolut unbemerkt. Wir haben Kunden aus Japan, den Vereinigten Staaten, den arabischen Ländern und aus der gesamten restlichen Welt. Noch nie haben wir eine einzige Beschwerde eines Kunden erhalten. Und diese Leute werden teilweise von einflussreichen Behörden…"

„Verfolgt?", unterbrach Georg.

„Beobachtet."

„Und der Zugang zu diesem Server?"

„Erfolgt von jedem Punkt der Erde, einzig und alleine über Ihre Codenummer. Die meisten unserer Kunden sehen wir höchstens ein, zwei Mal im Lauf der Jahre. Die Bankgeschäfte der Zukunft werden im World Wide Web getätigt."

Markus schaute beeindruckt auf den vor ihm stehenden PC.

„Wir könnten also theoretisch nun direkt auf unseren Server zugreifen?"

„Selbstverständlich, Sir. Geben Sie einfach Ihre Codierung ein, und Sie können sofort loslegen. Ich würde mich dann einstweilen wieder empfehlen. Wenn Sie Kaffee oder Tee wünschen, lassen Sie es mich wissen."

„Sehr freundlich, aber wir wollen nur noch einige Dinge klären und werden dann wieder aufbrechen. Aber vielen Dank, Mr. Albright, Sie haben uns sehr geholfen."

„Ich bitte Sie, das ist doch selbstverständlich, Sir."

Mister Albright vergewisserte sich noch, dass die beiden den Weg nach unten finden würden, und schloss die Tür hinter sich.

„Nun mach schon, fahr den Computer hoch." Georg ruckelte nervös auf seinem Stuhl hin und her.

Auf dem Bildschirm flackerte das Logo der ICPB auf. Ein Phönix, der auf einem Felsen thronte. Ein graues Kästchen forderte die Eingabe des Codes mit einer zweiten Bestätigung. Markus gab den zehnstelligen Nummerncode ein und eine Ordnerübersicht baute sich auf.

„Hier, geh mal auf Kontoübersicht", deutete Georg auf ein Icon. Markus las laut vor.

„Der Saldo beträgt 250.000 Euro auf der Habenseite. Seit 1998, der Gründung des Kontos, wurden drei Eingänge verzeichnet. 30. Mai 1998: 80.000 Euro, 6. September 2000: 70.000 Euro und 16. März diesen Jahres noch einmal 100.000 Euro. Also exakt eine Woche vor dem Tod des Spirituals."

„Für was hat er diese Gelder verwendet?"

„Keine Ahnung", hob Markus ratlos seine Schultern. „Es steht noch nicht mal ein Absender dabei. Nur die Zahlen eines anderen Nummernkontos."

„Vielleicht erklärt es sich in einem der anderen Ordner."

„Gute Idee, mal schauen, was haben wir denn da noch?"

Die anderen Ordner auf dem Desktop waren allerdings allesamt leer. Bis auf einen mit dem Namen „FORSCHUNGSPROJEKT BIBLIOTECA FULDENSIS".

Markus klickte das Dokument an und eine Auflistung verschiedenster Untersuchungen zeichnete sich nach dem Datum geordnet auf. Es handelte sich dabei um das komplette Untersuchungsprotokoll zur Biblioteca Fuldensis. Das meiste waren Berichte über Arbeiten, die den beiden bereits bekannt waren. An den meisten hatten sie sogar selbst mitgearbeitet. Georg machte bereits einen entmutigten Eindruck, bis sie auf einen weiteren Unterordner stießen:

„Ergebnisse der Schriftstücke C 69, C 70 und C 71 unter Nutzung der Bandpassreflektographie".

„Halt, was ist das?"

„Hast du schon mal von diesen Schriftstücken gehört?", fragte Georg.

„Nein, wir benutzen doch immer nur die Kennzahlen A und B. Klick mal weiter."

„C4, hört sich eher an wie ein neuer Plastiksprengstoff."

„Nein, sieh doch", deutete Markus auf den Bildschirm. „Ich würde mal sagen Volltreffer!"

Die einzelnen Dokumente des Ordners hatten sich aufgebaut, und gleich das erste trug einen erfolgversprechenden Titel:

Sunabar.

Das Dokument schien identisch mit der letzten Seite der Nachricht zu sein, die der Spiritual beim Zusammenprall mit Markus verloren hatte. Doch dies war noch nicht alles. Mit jedem Klick der

Maustaste kamen sie der Wahrheit ein kleines Stückchen näher, und ihr Erstaunen wurde mit jeder Minute größer. Weithofens private Forschungsprotokolle der letzten Monate flimmerten vor den Augen der beiden auf. Sie saugten jedes Detail wissbegierig in sich auf:

*14. Mai Untersuchung Victorcodex*

*Protokoll:*

*Der Victorcodex enthält 505 Pergamentblätter. Die Handschrift ist in ihren Hauptteilen in sorgfältiger italienischer Unziale von einer Hand geschrieben, kleine Texte z.T. in Capitalis rustica, während die Korrekturen, die Victor veranlasst bzw. selbst ausgeführt hat, in „schräger Unziale mit halbunzialen Elementen" notiert sind. Die Jakobusbriefglossen sind in angelsächsischer kursiver Minuskel fuldischer Herkunft und Griffelglossen z.T. mit tironischer Kurzschrift.*

*Der Einband besteht aus starken Eichenholzdeckeln, über die ehemals rotes, jetzt bräunliches Leder gezogen ist; der Rücken wurde 1966 erneuert. Die Decke trägt Blindstempelverzierungen (Palmette, Rosette, Kreismuster, Hufeisenform) und wies ursprünglich 22 silberne durchbrochene Beschläge auf, wovon noch fünf erhalten sind; dazu kommen am oberen Rand des Hinterdeckels zwei Ösen. Vielleicht hat einst ein Elfenbeindiptychon als Einband fungiert.*

*Der Codex enthält eine Evangelienharmonie, die Zusammenfassung aller vier Evangelien in einem fortlaufenden Text, sowie die Paulinischen und die Katholischen Briefe. Außerdem die Apostelgeschichte sowie die Apokalypse.*

*Die bekannteste Evangelienharmonie hat der Syrer Tatian im zweiten Jahrhundert zusammengestellt: Wie intensiv an diesem Buch gearbeitet wurde, beweisen eigenhändige Korrekturen auf den Seiten 433 und 502.*

*Vermerk:*

*Der nächste Schritt der Untersuchung wird unter Nutzung des Bandpassreflektors geschehen.*

*15. Mai*

*Bei der heutigen empirischen Untersuchung des Victor Codex mit dem Bandpassreflektor stellte sich eine partielle Insuffizienz der Strukturdichte ein. Ob sich dieses Phänomen nur auf dieses Schriftstück beschränkt oder sich auf weitere Schriften der Biblioteca Fuldensis ausweitet, werden die weiteren Untersuchungen beantworten."*

*16. Mai*

*„Nach ausgiebigen Untersuchungen sämtlicher vorliegender Schriften kann man folgendes Ergebnis zur Auffälligkeit der Strukturdichte festhalten:*

*Außer dem bereits angesprochenen Victorcodex wiesen noch zwei weitere Schriftstücke die gleichen Symptome auf. Die Verdickungen rühren wahrscheinlich von einer früheren Restaurierung bzw. Überarbeitung der Texte her. Die heutigen Untersuchungen haben ergeben, dass es sich bei den Insuffizienzen anscheinend nicht um einen Zufall handelt, sondern sie vielmehr mit System durchgeführt wurden. So kann man anhand der Bilder des Bandpassreflektors gut erkennen, dass zwar alle Texte bearbeitet wurden, aber einige Buchstaben und Ziffern noch einmal gesondert behandelt und mit einem speziellen Werkstoff überschrieben wurden. Aufgrund der Farbzusammensetzung kann man die Bearbeitung auf das Mittelalter zwischen 800 und 850 einschränken."*

*Bei den zwei Schriften handelt es sich um den Ragyndrudiscodex und den Cadmug Codex, im Folgenden C70 und C71 genannt. Allesamt Codices aus dem Besitz des heiligen Bonifatius.*

*17. Mai*

*Heute damit begonnen den, Victorcodex (C 69) genauer zu überprüfen und einigen Tests zu unterziehen. Bei einer Zusammenführung der auffälligen Buchstaben ergeben sich unglaublicherweise zusammenhängende und schlüssige Sätze. So erscheint beim Verbinden der Buchstaben folgende Botschaft:*

*„Ich verneige mich vor dem heiligen Kreuz."*

*Sinn dieser anscheinend mit Absicht versteckten Botschaft entzieht sich vorläufig meiner Kenntnis. Beim Verfasser handelt es sich offenbar um Rabanus Maurus. Zur besagten Zeit besaß nur er die nötigen Voraussetzungen und Fähigkeiten, um solch diffizile Arbeiten anzufertigen. Die Bedeutung des Textes bedarf es nun genauer zu klären. Nähere Aufschlüsse sollten die nächsten Tage ergeben, in denen C70 und C71 ebenfalls nach gleichem Schema untersucht werden.*

„Rabanus bildet also tatsächlich den Schlüssel zu allem, und Weithofen hat an diesem geheimen Projekt gearbeitet."

„Ja, und irgendjemand hat ihn anscheinend dabei sehr großzügig unterstützt?"

„Meinst du, er hat vielleicht doch gemeinsame Sache mit den Thuleleuten gemacht?", mutmaßte Georg.

„Glaube ich nicht. Schließlich hat er den Geheimbund zusammen mit Leinweber und meinem Vater jahrelang bekämpft. Außerdem haben sie ihn wahrscheinlich sogar auf dem Gewissen."

„Es wäre doch möglich, dass er mit ihnen kooperieren musste, sei es aus finanziellen Gründen oder Gründen, die uns bisher verborgen blieben. Er nutzte das Geld der Thule für sein Projekt, und als er dem Ziel näher kam, wandte er sich von ihnen ab. Bedenke, er war Wissenschaftler. Und ein Forscher, der nicht forschen kann, wird wahnsinnig. Da gab es in der Geschichte schon die seltsamsten Kooperationen zwischen Parteien, die sich ansonsten nie an einen gemeinsamen Tisch gesetzt hätten."

„Und warum sollten sie ihn dann umbringen, wenn er gemeinsame Sache mit ihnen machte?"

„Vielleicht weil er nur zum Schein auf ihr Angebot einging. Natürlich wollte die Thulegesellschaft ihre bezahlten Lorbeeren auch einheimsen und forderten den Spiritual auf, die Ergebnisse auszuhändigen. Als dieser das nicht tat, brachten sie ihn um."

Markus musste zugeben, dass dies eine Option darstellte.

„Wir sollten es zumindest in Betracht ziehen. Doch noch mehr interessiert mich, was sich in den beiden anderen Codices verbirgt. Stell dir das doch mal vor, eine geheime Botschaft in den Codices des Bonifatius, die über Jahrhunderte unentdeckt blieb. Wir müssen sofort Weithofens Untersuchungen fortführen, sobald wir wieder in Fulda angekommen sind."

„Da gibt es nur zwei kleine Probleme", meldete Georg seine Bedenken an.

„Ach ja, welche denn?"

„Zum einen stellt sich das Problem, wie wir an die originalen Codices herankommen, und zum anderen ist der Bandpassfilter defekt. Die Speziallampe liegt in hundert kleinen Scherben auf dem Sondermüll."

Nun fiel es auch Markus wieder ein. Das Auswechseln der Speziallampe verschlang immer eine Menge Zeit und noch mehr Geld.

„Und wir wissen ja, wie lange es dauert, bis diese Speziallampe lieferbar ist und was sie kostet. Das letzte Mal ist Heese fast ausgerastet als sie kaputtging und Weithofen ihm die Rechnung für die neue gab."

„Wir müssen wohl eine andere Lösung finden. Aber jetzt lass uns erst mal raus hier."

Hastig packten sie ihre Sachen zusammen, überspielten die Daten auf eine CD und gingen zum Fahrstuhl. Höflich bedankten sie sich am Empfang bei Mr. Albright und verließen darauf die Bank. Sie wollten keine Zeit verlieren, um wieder zurück nach Fulda zu fliegen.

# XV.

Schnellen Schritts lief Chindolf voraus, dass ihm Rabanus kaum folgen konnte. Gerade erkannte er noch, wie der Novize in einer Traube von Mönchen verschwand, die sich am Haupttor versammelt hatte. Aufgeregt liefen diese durcheinander und tuschelten. Rabanus trat näher und schob die Brüder auseinander, um sich ein besseres Bild machen zu können. Als er in der vordersten Reihe angekommen war, fiel sein überraschter Blick auf den Boden. Eine halbnackte Frau wälzte sich krampfend im Staub des Bodens. Ihre schmutzigen Kleider waren abgewetzt und hingen ihr in großen Fetzen vom Körper. Doch das war noch nicht alles. Die Frau wimmerte und wand sich mit schmerzverzerrtem Gesicht. Dabei hielt sie sich ihren dicken Bauch, der nur eine Schlussfolgerung zuließ.

Sie war hochschwanger und stand kurz vor ihrer Niederkunft.

Er kniete sich neben sie und trocknete ihre schweißnasse Stirn mit seinem Ärmel.

„Weib, wer seid Ihr? Wo kommt Ihr her?"

Die Frau schien bereits in eine Art Delirium gefallen zu sein. Sie zeigte keine Reaktionen auf die Fragen von Rabanus. Schwer atmend krallte sie sich lediglich in seinen Unterarm. Unsicher strich er ihr über das verkrampfte Gesicht. Eine Frau? Hier im Kloster? Das sprach gegen jede Regel der Brüder. Frauen hatten hier im Kloster nichts verloren. Andererseits sagte das Gebot des heiligen Benedikts, dass man jedem Bedürftigen eine offene Tür gewähren müsse.

„Was sollen wir mit ihr machen, Herr?“, fragte Chindolf hilfesuchend in Richtung Rabanus.

Die Frau trug ein Kind in ihrem Bauch. Offensichtlich hatte sie niemanden, dem sie sich anvertrauen konnte. Höchstwahrscheinlich war das Kind ein Bastard. Ein uneheliches Kind. Doch es war auch ein Gottesgeschöpf. Das nächste Nonnenkloster war einige Tagesmärsche entfernt und somit für die geschwächte Frau unerreichbar.

„Bringt sie in eine trockene Zelle und schickt schnell nach Bruder Rupert.“

Rupert war für die erkrankten Brüder des Klosters zuständig. Einen großen Teil seines Wissens über Kräuter und ihre Wirkungsweisen hatte Rabanus von ihm gelernt.

Erstaunt blickten die Mitbrüder Rabanus an. Einer der jungen Novizen sprach aus, was alle dachten.

„Aber Vater, es ist doch eine Frau.“

„Das sehe ich selbst. Es ist eine Frau, die auf Hilfe angewiesen ist.“

„Aber alle trockenen Zellen sind belegt. Wir sind hoffnungslos überfüllt, Herr.“

„Dann bringt sie in meine Zelle. Beeilt euch nun, wir dürfen keine Zeit verlieren.“

Staunend taten die Brüder wie ihnen befohlen und trugen sie so vorsichtig als möglich zu den Zellen. Alle paar Schritte schrie die Frau vor Schmerzen laut auf, bis sie schließlich in dem Steingebäude verschwunden waren.

Bruder Rupert war sofort mit einem Gehilfen in die Zelle von Rabanus geeilt. Alle anderen hatte Rabanus wieder an ihre Arbeiten geschickt. Er selbst kniete sich vor die Tür seiner Zelle und begann zu beten. Tat er das Richtige bei einer seiner ersten Aufgaben als Abt? Unweigerlich musste er auch wieder an die beiden Mädchen denken, die er nicht vor dem Tod retten konnte. Die Pest und das Feuer hatten die beiden aus dem Leben gerissen, ohne das Rabanus ihnen helfen konnte. Vielleicht hatte er nun die Möglichkeit, einem Ungeborenen das Leben zu schenken.

Aus dem Inneren der Zelle mischten sich die Schreie der Frau mit den lauten Anweisungen von Rupert. Rabanus vergrub sein Gesicht noch tiefer in den zum Gebet gefalteten Händen. Er presste die Finger so stark ineinander, dass die Knöchel der Finger weiß hervortraten. Nach einer schier endlosen Zeit ertönte zwischen dem Stimmengewirr aus der Zelle ein weiterer Schrei. Doch dieser war heller und klang rein wie das Zwitschern des ersten Vogels, der den Frühling ankündigte. Erst ein kurzer Schrei, dann nach einer kleinen Pause ein weiterer. Noch lauter als der erste. Rabanus' Kopf tauchte wieder hinter seinen Händen hervor, und die weißen Knöchel seiner Finger färbten sich langsam in ein gesundes Rot. Er lächelte und fühlte sich durchflutet von einem Glücksgefühl, das er so noch nie zuvor erfahren hatte. Er stand auf, klopfte sich den Staub von seinem Gewand und wischte sich über seine feuchten Augen. Dann ging er den Gang hinunter nach draußen. Aus der Zelle wollte das Schreien derweil kein Ende nehmen.

# 17.

Sonya wartete bereits am kleinen Flughafen in Jossa. Sie trug einen langen beigefarbenen Mantel mit einer schwarzen Bluse und Jeans. Für Markus war es ein Rätsel, wie man selbst in so einfacher Kleidung eine derart umwerfende Ausstrahlung haben konnte. Sie drückten sich kurz und wechselten einen verlegenen Blick. In den nächsten Stunden würde sich sicherlich die Möglichkeit für ein Gespräch unter vier Augen ergeben. Ohne viele Worte zu verlieren, gingen sie hinaus zu den Parkplätzen und verstauten das wenige Gepäck in Sonyas Kofferraum.

„Hattet ihr einen guten Flug?"

Noch bevor Georg etwas sagen konnte, antwortete Markus kurz und knapp. Er hatte die letzten beiden Stunden genug von Georg gehört. Die Tabletten hatten diesmal leider nicht ihre erhoffte Wirkung entfaltet und Markus eine ausführliche Schilderung über die Gefahren des Fliegens beschert.

„Ja, alles bestens."

„War euer kleiner Trip denn auch erfolgreich?"

„Ja, schon. Allerdings stehen wir jetzt vor neuen Problemen."

„Und die wären?"

„Geld und Zeit", lächelte Markus. „Wir haben nichts von beidem."

„Wieviel braucht ihr denn? Ich meine Geld, und wofür?"

Markus druckste mit der Antwort herum. Er versuchte, möglichst wenig Lügen einzubauen, doch seine Erklärung wirkte äußerst staksig und ungewöhnlich ungelenk. Es lag wohl an Sonya. Er mochte sie einfach nicht anlügen. Sonya bemerkte die Ausflüchte von ihm und unterbrach ihn nach wenigen Sätzen.

„Okay, jetzt mal Klartext. Wo seid ihr da hineingeraten? Ihr müsst es mir natürlich nicht erzählen, wenn ihr nicht wollt, aber ich mache mir natürlich auch meine Gedanken. Und Sorgen. Euer Professor stirbt plötzlich, Markus wird nachts vor dem Dom zusammengeschlagen, ihr zwei fliegt für einen Tag nach Jersey, und das sicher nicht, um euch die Brutgehege der Seemöwen anzuschauen. Wenn ihr wollt, dass ich euch helfe, müsst ihr wenigstens ehrlich zu mir sein."

Genau dies wollte Markus verhindern. Weder wollte er Sonya mit in die Sache hineinziehen, noch wollte er sie anlügen. Er hatte ihr bei ihrem gemeinsamen Abend im Krankenhaus schon einiges über sich und seine Arbeit erzählt. Über die Biblioteca Fuldensis, Professor Weithofen und die alten Schriften. Sonya war sehr interessiert und schien sogar fasziniert von seiner Arbeit. Georg nickte Markus auffordernd zu, Sonya etwas mehr einzuweihen. Markus war auch bereit, ihr mehr zu erzählen. Nicht aber von dem Ausmaß, das es haben könnte. Er stellte es weiterhin als einfaches Forschungsprojekt dar. Was es ja, streng genommen, eigentlich auch war. Vielleicht konnte sie ihnen ja tatsächlich helfen. Auch den gewaltsamen Tod von Spiritual Weithofen verschwieg er. Es ging nur um die Entzifferung der Schriften und dass es wohl noch weitere Interessenten dafür gab. Nach seiner Ausführung schaute er Sonya ungläubig an.

„Ich hatte dir ja schon erzählt, dass Professor Weithofen an einem Forschungsprojekt arbeitete. Unser Professor hat bei den Untersuchungen dieser Codices Unregelmäßigkeiten entdeckt, die für das normale menschliche Auge nicht sichtbar sind. Mithilfe einer hochsensiblen Apparatur, die mit Strahlung und hochempfindlichen Lichtmessungen agiert, hat er herausgefunden, dass an manchen Textstellen der Codices die Farbgebung nachgebessert wurde."

„Was an sich auch nichts Ungewöhnliches ist. So hat man auch schon vor Jahrhunderten versucht, verblassende und teils zerstörte Textteile wiederherzustellen", erklärte Georg weiter.

„Was ist also so besonders daran?"

Markus wünschte sich etwas von Sonyas Leichtigkeit und Unbekümmertheit in diesem Moment.

„Professor Weithofen hat einen gewissen Rhythmus bei den Verbesserungen erkannt. Wenn man die einzelnen Buchstaben in dieser Reihenfolge aneinanderreiht, ergeben diese lateinische Wörter. Leider hatte Weithofen erst an einem einzigen Codex versucht, den Rhythmus komplett zu entschlüsseln. Und nun kommen wir nicht weiter."

„Aber warum? Die Maschine steht doch im Labor? Und ihr wisst doch wohl, wie man sie bedient."

„Das schon. Na ja, um ehrlich zu sein, haben wir die Maschine nie selbst eingestellt. Immer nur nach Anweisungen gehandelt und programmiert. Die Berechnungen stammten allesamt immer von Professor Weithofen. Aber es gibt ein weitaus größeres Problem." Markus ließ eine kleine Pause entstehen ehe er weitersprach. „Die Lampe. Sie ist defekt."

„Dann repariert sie", gab Sonya sofort zurück.

„Die Maschine ist kein Fotoapparat, bei dem man mal so die Batterie wechseln kann. Bei der Maschine handelt es sich um eine hochsensible Apparatur. Erstens dauert es Wochen, bis man einen Ersatz dafür bekommt, und zweitens kostet so ein Teil Tausende von Euro. Ich brauche nicht zu erwähnen, dass wir die nicht haben."

„Verstehe. Aber es muss doch eine Möglichkeit geben, so eine Lampe aufzutreiben. Sagtest du eben nicht, austauschen wie bei einer großen Fotokamera?"

„Ja", stimmten Markus und Georg unsisono ein.

„Und diese Lampe funktioniert im Prinzip wie ein Röntgengerät?"

„Im Prinzip ist es eine modifizierte Röntgenmaschine mit einigen Zusätzen und Aufbauten."

„Kein Problem. Ich besorg euch die Lampe."

„Nein, nein, behalt dein Geld mal. Wie gesagt, es würde eh Wochen dauern, bis es hier ist und …"

„Nein", unterbrach Sonya Markus, „ich will euch das Ding nicht kaufen. Nur leihen."

„Geht es dir wirklich gut?" Georg fasste ihr an die Stirn. „Oder sammelst du solche Maschinen etwa heimlich in deinem Keller?"

„Spinner. Ihr kennt doch Jasmin."

„Jasmin. Die Radiologin?", erinnerte sich Georg.

„Genau die. Wir haben im Krankenhaus für alle wichtigen Geräte einen Notfallservice. Ich bin mir sicher, dass dies für eine so wichtige Maschine wie das Röntgengerät auch zutrifft. Jasmin kann bestimmt eine solche Lampe, wie ihr sie benötigt, besorgen."

Georg und Markus sahen sich an.

„Mensch, das könnte klappen", freute sich Georg über die plötzliche Wendung. „Die Lampen der Geräte könnten identisch sein. Ich gebe dir die Seriennummer durch, und vielleicht hat euer Service das Ding tatsächlich am Lager. Im Prinzip ist es ja nichts anderes."

Markus pflichtete ihm bei. Sofort funktionierten seine Gedankenwindungen wieder. „Es muss nicht mal zwangsläufig der gleiche Bautyp sein. Die Aufbauten sind noch intakt. Mit ein paar kleinen Umbauten an dem Gerät könnte das auch mit einer ähnlichen Lampe funktionieren."

„Ich werde gleich mal rüber in die Klinik fahren und Jasmin fragen, wie lange es dauern würde, die Lampe zu bestellen. Normalerweise ist eine Lieferung innerhalb von 24 Stunden möglich."

„Bekommst du denn da keinen Ärger?"

„Ach Markus, unterschätzt die Macht der Frauen nicht. Wer kann diesen Augen schon einen Wunsch abschlagen."

Sonya klimperte kokettierend mit ihren Augen und den langen schwarzen Wimpern. Ein breites Lächeln wanderte über ihren Mund und gab den Blick auf ihre strahlend weißen Zähne frei.

Markus verkniff sich eine Bemerkung. In diesem Moment klingelte Georgs Handy. Markus hatte seines nach dem Flug noch nicht wieder eingeschaltet.

„Stangl", meldete sich Georg freundlich. Schon im nächsten Moment konnte Markus jedoch erkennen, dass Georgs Lachen auf dem Gesicht einfror.

„Natürlich. Ja. Jetzt sofort?", stammelte er in das Telefon. „Nein, nein. Um drei Uhr, gut, wir sind da. Auf Wiederhören."

„Alles klar, Georg?", fragte Markus besorgt.

„Nein. Das hört sich nach Ärger an."

„Warum Ärger? Wer war das?"

„Das war Gerda Weinert."

„Frau Weinert, die Sekretärin des Bischofs?", wunderte sich Markus.

„Genau die. Wir sollen umgehend ins Büro des Bischofs kommen, er will uns dringend sprechen."

*

Wenn der Dom das Herz des Bistums Fulda darstellt, so ist das bischöfliche Generalvikariat das Hirn. In seinem Inneren beherbergt das graue Gebäude unzählige Büros und Archive. Markus und Georg kannten das Generalvikariat aus vielen Besuchen. Dennoch gingen sie zunächst zur Anmeldung. Noch bevor sie etwas sagen konnten, begrüßte sie die nette Dame an der Auskunft schon von Weitem.

„Sie werden bereits erwartet und sollen direkt nach oben kommen."

Mit einem freundlichen Lächeln bedankten sich Markus und Georg und steuerten direkt auf das Treppenhaus zu. Die breite, rustikale Treppe führte in den ersten Stock des Gebäudes. Dutzende Türen reihten sich nebeneinander auf wie an einer Perlenkette. An den Wänden versuchten allerlei Bilder vergebens den ansonsten kahlen Korridor zu verschönern. Am Ende des Ganges konnte man das Amtszimmer von Bischof Alfons G. Jeresmies ausmachen. Sichtlich unwohl in seiner Haut, atmete Georg immer wieder laut ein und aus, bis sie direkt vor der Tür standen.

„Mach dir keine Sorgen, Georg. Lass mich einfach reden, Okay?“

„Gerne, da will ich mich nicht aufdrängen“, erwiderte Georg, der ansonsten nicht um Worte verlegen war, es in einer solchen Situation aber lieber vorzog, Markus die Gesprächsführung zu überlassen.

Mit pochendem Herz und einer marternden Ungewissheit klopfte Markus an die Tür des Büros.

„Ja, bitte“, antwortete eine Stimme aus dem Inneren des Raumes und sie traten ein. Außer einem wuchtigen Schreibtisch mit kunstvollen Schnitzereien und einiger imposanter Wandbilder unterschied sich das Amtszimmer des Bischofs nicht sehr von den anderen Büros, die Markus zuvor im Generalvikariat besucht hatte. Kein goldener Kronleuchter oder andere pompöse Spielereien, wie er sich oftmals ausgemalt hatte. Einzig der Blick aus dem Fenster war von beeindruckender Schönheit. Durch das breite Panoramafenster konnte man den Dom sowie dessen Vorplatz komplett einsehen.

Bischof Jeresmies saß hinter dem Schreibtisch und deutete mit einer Handbewegung an, Platz zu nehmen. Grimmig dreinblickend musterte er Markus und Georg. Die Alumnen schätzten ihn als vorzüglichen Redner mit klaren Aussagen und einer erfrischend realistischen Sichtweise auf die Fragen und Sorgen der Menschen. Alle waren bei seinen Besuchen immer begeistert von seiner geradezu freundschaftlichen Art, mit den Studenten umzugehen. Erst jetzt bemerkte Markus, dass noch jemand im Raum anwesend war. Ein kräftig gebauter Mann mit stählernem Blick und dichtem, dunklem Haar trat aus dem Schatten der Tür. Um den Hals trug er einen Rosenkranz. Er war, wie auch Jeresmies, in eine schwarzen Soutane gekleidet. In den Augen des unbekannten Kirchenmannes glaubte Markus Müdigkeit und Angespanntheit zu erkennen.

„Meine Herren, Sie kennen Kardinal Alberto de Castillo sicherlich bisher noch nicht. Er ist heute Morgen extra aus Rom angereist."

Markus streckte dem Kardinal die Hand entgegen. Ein fester Händedruck wurde ausgetauscht.

„Markus Schuhmann. Und das ist mein Freund und Kommilitone Georg Stangl."

„Ja, ich weiß", entgegnete de Castillo in fast perfektem Deutsch mit einem nur leichten, südländischen Akzent.

„Bitte nehmen Sie doch beide Platz", deutete Bischof Alfons G. Jeresmies auf zwei freie Stühle vor dem Schreibtisch und setzte sich ebenfalls wieder auf seinen dunkelbraunen Ledersessel.

„Kardinal di Castillo ist Sicherheitsbeauftragter des Vatikans. Er ist verantwortlich für die Sicherheit während des Papstbesuchs und arbeitet daher auch mit der örtlichen Polizei zusammen. Er hat einige Fragen an Sie. Und..." Der Bischof machte eine kurze Pause und vollendete dann den Satz. „... und auch einige Antworten, die sie wahrscheinlich interessieren werden."

„Ach, tatsächlich?", zeigte sich Markus überrascht. Er fühlte sich außerordentlich unwohl. Was wusste der Bischof von ihren Nachforschungen, und was wollte der Sicherheitsbeauftrage des Vatikans von ihnen?

„Bene, Signores", begann di Catillo. „Sie fragen sich, was sie hier sollen, nicht wahr?"

„Allerdings, ja", antwortete Markus.

„Nun, wir haben erfahren, dass Sie einige Nachforschungen betrieben haben Nachforschungen, die im Zusammenhang mit dem bedauerlichen Tod von Spiritual Weithofen stehen."

Markus versuchte betont unemotional zu wirken. Schließlich wusste er nicht, was und wie viel der Kirchenmann wusste. Und ob er ihm vertrauen konnte. Allerdings war ihm andererseits bewusst, dass er sich auf sehr dünnes Eis begeben würde, falls er dem Kardinal oder dem Bischof Informationen vorenthalten würde. Georg war schon bei dem Wort „Nachforschungen" kurz zusammengezuckt, und man musste Angst haben, dass er aus Angespanntheit vergaß zu atmen.

„Wir betreuen das Forschungsprojekt kommissarisch bis zum Semesterende weiter", begann Markus erst zögerlich, dann aber mit zunehmender Entschlossenheit. „Dabei sind uns in der Tat einige Ungereimtheiten aufgefallen."

„Einige Ungereimtheiten?", zog der Kardinal seine buschigen Augenbrauen zu zwei spitzen Pfeilen zusammen. „Herr Schuhmann, niemand wird wegen einiger Ungereimtheiten Opfer eines Überfalls durch den Thule-Orden."

Thule-Orden? Hatte Markus das richtig verstanden? Kardinal de Castillo schien überaus gut informiert zu sein.

„Sie wissen von dem Thule-Orden?", beugte sich Markus überrascht vor.

„Natürlich. Wir beobachten diesen Orden seit langer Zeit. Und wir wissen auch, dass Weithofen nicht freiwillig verschieden ist."

Markus glaubte, sich verhört zu haben. Wusste die Kirche gar von seinem Fund. Dem Fetzen Papier in Weithofens Rachen? Womöglich kannte der Vatikan gar die Drahtzieher des Ganzen.

„Warum verheimlichen Sie dann Ihr Wissen?", fragte Markus harsch nach und ging noch einen Schritt weiter. „Oder vertuschen sie den ganzen Vorfall absichtlich?"

Hatte Markus Signore di Castillo gerade wirklich Vertuschung vorgeworfen? Georg sank immer tiefer in seinen Stuhl und rutsche unruhig hin und her. Er sah seine Laufbahn als Priester heute und in diesem Büro zu Ende gehen.

„Ich kann Ihre Erregung gut nachvollziehen", hob di Castillo erneut seine Augenbrauen. „Aber Sie kennen nicht die Hintergründe des Ganzen. Wenn wir einen möglichen Mord, und auch das wissen wir noch nicht, publik machen würden, käme dies einer Katastrophe gleich. Abgesehen davon, dass wir diesem Naziorden eine Plattform geben würden. Wir hätten in kürzester Zeit eine Unzahl von unangenehmen Fragestellern hier vor Ort."

„Dann erklären Sie mir diese Dinge", sagte Markus. „Und woher wissen Sie von dem Thule-Orden und Weithofens geheimem Projekt."

„Weil Weithofen kein Einzelkämpfer war. Er war vielmehr ein romtreuer Kirchenmann", unterstrich di Castillo mit Nachdruck.

„Er hat Ihnen von dem Projekt berichtet?"

„Nicht nur das", stach di Castillos durchdringender Blick. „Wir haben es finanziert."

Das erklärte Markus einiges. Und es beruhigte Markus zugleich. Weithofen hatte also nicht mit dem Thule-Orden kooperiert. Die Kirche war für die Zahlungen auf das Konto in Jersey zuständig.

„ICPB", warf Markus das Schlagwort in den Raum.

Di Castillo erlaubte sich eines seiner seltenen Lächeln.

„Ich muss zugeben, dass ich überrascht bin über Ihr Detailwissen. Ja, wir unterstützten ihn mit finanziellen Mitteln. Zu diesem Zweck existierte das Nummernkonto bei dieser Bank. Die Bank hat ihren Sitz in Rom, besitzt aber darüber hinaus Filialen auf der ganzen Welt. Der Service dieser Bank ist sehr diskret."

„Das kann ich mir vorstellen."

Markus zog es vor, über die eigenen Erlebnisse bei der Filiale in Jersey zu schweigen. Vielleicht würde er es später noch erwähnen. Doch zunächst wollte er mehr Informationen erhalten.

„Für was genau waren diese Gelder bestimmt?"

„Sie dienten der Anschaffung von Geräten, die für die Auswertung der alten Schriften notwendig waren", entgegnete ihm di Castillo. „Das Ganze wurde dann über kirchliche Einrichtungen an das Bistum Fulda weitergeleitet und für das Projekt bereitgestellt. Nur der Bischof war eingeweiht. Aus Sicherheitsgründen."

„Und der letzte Betrag von 100.000 Euro?"

Di Castillo zögerte keine Sekunde mit der Antwort. Er schien alles ohne Hintergedanken offen und ehrlich zu erklären. „Weithofen wollte mit dem Geld eine Maschine kaufen, mit der man hochsensible Stoffe auf ihre Materie untersuchen kann. Er berichtete uns von einem sensationellen Durchbruch, dessen Ergebnisse er uns präsentieren wollte."

„Aber dazu kam es nicht mehr", ergänzte Markus. Alles klang logisch, was der Kardinal ihm erzählte, aber er hatte immer noch Zweifel an di Castillos Aufrichtigkeit. Konnte er ihm vertrauen?

„Exactamente! Der Papst gab der Angelegenheit absolute Priorität und wollte sich von Weithofen persönlich vor Ort von den Ergebnissen überzeugen lassen."

„Ich verstehe. Der Papstbesuch war also der vereinbarte Termin zur Präsentation. Aber von was? Von welcher Schrift sprechen wir?"

„Das will ich Ihnen beiden gerne erzählen. Ich muss Sie aber darauf hinweisen, dass alle Informationen höchste Diskretion verlangen."

„Gewiss."

„Herr Stangl?"

„Natürlich", quälte sich Georg ein Lächeln ab.

„Des Weiteren hoffe ich auf Ihre uneingeschränkte Mitarbeit und Identifikation mit Rom. Auch zur Polizei bitte kein Wort. Sie würden es Ihnen wahrscheinlich sowieso nicht glauben."

„Einverstanden", nickte Markus zustimmend.

„Um Ihnen den komplexen Zusammenhang genau erläutern zu können, muss ich allerdings weit ausholen."

Eine bedrückende Stille breitete sich für einen Moment in dem Büro aus. Ohne einen weiteren Blick mit dem Bischof zu wechseln, stand Kardinal di Castillo schließlich von seinem Stuhl auf und ging ein paar Schritte durch den Raum. Er trat an das Fenster, blickte hinaus und begann zu erzählen.

„Lassen Sie mich zunächst in das Jahr 715 zurückblicken. In diesem Jahr stößt eine kleine Gruppe englischer Geistlicher in der Nähe von Jericho auf einen schwer verletzten Mann. Der Mann ist Christ und angeblich auf der Flucht vor radikalen Christenverfolgern."

„Christenverfolgung?", wunderte sich Markus. „Aber die Christenverfolgung endete doch bereits im Jahr 313 durch Kaiser Konstantin mit dem Edikt von Mailand."

„Die offizielle Verfolgung ja", drehte sich di Castillo herum und lächelte knapp. „Doch einige Fanatiker betrieben auch zu dieser Zeit noch eine wahre Hetze auf bestimmte Gruppen."

„Verstehe. Diese Fanatiker suchten sich also gezielt ihre Opfer aus."

„So ist es. Der schwer verletzte Mann übergibt der Gruppe der Geistlichen eine Schriftrolle aus Kupfer und bittet sie, diese in Sicherheit zu bringen. Doch bevor sie den Mann weiter befragen können, stirbt er."

Di Castillo blickte während seiner Erzählung immer wieder durchdringend in Markus' Augen, als wolle er testen, wie Markus reagierte.

„Zurück in England, kehrt die kleine Gruppe im Kloster von Nursling ein, welches zur damaligen Zeit nicht nur eine der besten Bibliotheken beheimatet, sondern auch renommierte Schriftgelehrte in seinen Reihen weiß. Der begabteste Mönch des Klosters untersucht die Schriftrolle und kann kaum glauben, was er dort in den Händen hält. Der Fund scheint eine Sensation zu sein."

Di Castillo machte erneut eine kurze Pause, als wolle er dadurch seinen Worten noch mehr Gewicht verleihen. Dann ging er einige Schritte und drehte sich erneut zu Markus und Georg und ergänzte seinen letzten Satz.

„Der Mönch vermutet, dass es sich um eine authentische Niederschrift Jesu Christi handeln könnte."

„Eine Schrift von Jesus Christus", konnte Markus den Worten kaum glauben. „Sie meinen tatsächlich von ihm selbst verfasst?"

„Si. Der Bischof von Nursling beschließt, den Mönch mit der brisanten Kupferrolle nach Rom zu schicken, um sie dort genauer untersuchen zu lassen. Bevor man solch eine Behauptung äußern will, sollen alle Zweifel beseitigt werden. Also schickt er den Mönch mit der Schriftrolle nach Rom."

Es machte Markus schier wahnsinnig, dass di Castillo weiterhin beim Reden seelenruhig durch den Raum schritt. Immer wieder musste er sich umdrehen, um dem Kardinal zu folgen.

„Und dieser einfache Mönch hielt nun also den vermeintlich größten Fund aller Zeiten in seinen Händen. Der Bischof hatte wohl großes Vertrauen in diese Person."

„Sie kennen diesen einfachen Mönch", schaltete sich Bischof Jeresmies wieder in das Gespräch mit ein. „Sogar sehr gut. Jeder Kirchenmann und besonders wir Fuldaer kennen ihn."

„Tatsächlich?" Markus und Georg tauschten einen kurzen Blick aus, keiner der beiden hatte einen Schimmer, von wem die Rede war.

Der Bischof deutete auf ein Gemälde, das hinter ihm an der Wand hing. Es war das Bild eines Kirchenmannes, der mit einem Schwert ein Buch aufgespießt vor sich hielt. Natürlich erkannten ihn beide sofort, doch konnten sie es kaum glauben.

„Bonifatius?", sprudelte es zeitgleich aus Markus und Georg heraus.

Der Bischof senkte zustimmend den Kopf. Dann hob der Kardinal wieder seine Stimme, um seine Ausführung fortzusetzen.

„Im Jahr 719 trifft Bonifatius in Rom ein und übergibt dem Papst die Schriftrolle. Die dortigen umfangreichen Untersuchungen bestätigen den Fund. Der Papst verlangt absolute Diskretion von dem Mönch und befiehlt ihm, nach seiner Rückkehr nach Nursling das Land wieder zu verlassen. Und zwar für immer. Bonifatius darf nie wieder zurück nach Hause. Er soll zudem den Brüdern zu Hause in Nursling ein falsches Untersuchungsergebnis überbringen."

„Aus welchem Grund?", fragte Markus.

„Aus Schutz und aus Angst. Der Papst weiß um die Brisanz des Fundes und möchte ihn schützen."

Auch Georg verstand nun die Erklärung des Kardinals.

„Und in England geht man davon aus, dass die Untersuchung negativ verlaufen ist und die Kupferschriftrolle eine Fälschung ist."

„Richtig, Herr Stangl. Bonifatius versteckt die Schrift angeblich an einem sicheren Ort und überbringt den Brüdern im Kloster Nursling die Botschaft von dem falschen Ergebnis. Darauf kehrt er wieder auf das europäische Festland zurück, um dort zu missionieren."

„An welchem sicheren Ort hielt er die Schrift denn in der Zwischenzeit versteckt?"

„Darüber gibt es nur Vermutungen. Einige sagen, er hätte sie bereits hier in der Buchonia versteckt. Andere Stimmen behaupten, er habe sie bei seiner Überfahrt nach England auf einer der Kanalinseln versteckt."

„Kanalinseln?", durchzuckte es Markus. „Sie meinen die Inseln im Ärmelkanal zwischen Frankreich und England?"

„Genau die." Die Augen des Kardinals verengten sich wieder zu diesem scharfen Blick, dem Markus nur schwer standhalten konnte. Anscheinend hatte di Castillo die Unsicherheit von Markus bemerkt.

„Warum fragen Sie?"

Markus murmelte etwas, was sich anhörte wie „Nur so".

Doch Markus und Georg wurde in diesem Moment einiges klar. Monsieur Bruneles Erzählung ergab nun einen Sinn, warum die Nazis gerade auf Jersey so eifrig gruben. Und vor allen Dingen nach was.

Sie vermuteten dort nichts Geringeres als die Kupferschriftrolle. Bonifatius könnte sie demnach in der Grabanlage von Houge Bie versteckt haben. Di Castillo begnügte sich überraschenderweise mit Markus' Antwort und fuhr in seiner Ausführung fort.

„Doch damit noch nicht genug. 722 zitiert der Papst Bonifatius abermals nach Rom. Er, der einzig Wissende außerhalb des Vatikans, soll die Rollen erneut an sich nehmen und an einen anderen geheimen, abgelegenen Ort bringen. Der Papst hatte Informationen erhalten, nach denen das Geheimnis keines mehr war und der Vatikan infiltriert wurde. Die Rollen schienen nicht mehr sicher zu sein. Damit niemand Bonifatius belangen konnte, verlieh der Papst Bonifatius den Titel eines päpstlichen Legaten."

„Das ist wiederum bekannt. Er unterstand somit nur dem Papst selbst", erinnerte sich Markus. „Allerdings glaubte man, dass dies aus anderen Beweggründen geschah. Aber in der Tat war diese Auszeichnung durch den Papst einmalig in der Geschichte Roms. Schließlich erlangte Bonifatius dadurch bischöflichen Status, ohne ein Bistum zu besitzen."

„Ich sehe, Sie kennen sich mit der Geschichte des Bonifatius sehr gut aus, Herr Schuhmann. Sie wissen sicherlich auch, was darauf geschah."

Neugierig wartete der Kardinal auf Markus' Reaktion.

„Bonifatius gründet hier in der Einöde der Buchonia ein Kloster."

„Und Sie verstehen nun auch, warum er sich solch einen abgelegenen Ort aussuchte."

„Ich kann es mir denken", glaubte Markus die Antwort zu kennen. „Er hoffte, dass hier niemand die Rollen vermuten und nach ihnen suchen würde."

„Bene. Sie kennen natürlich auch die weitere Geschichte. Bonifatius gründet das Kloster Fulda, das unter seiner Führung sehr populär wird. Zu populär. Es wird schnell so bekannt, dass sich schon bald auch finstere Gestalten einfinden, die..."

„...auf der Suche nach der Schriftrolle sind", führte Markus den Satz zu Ende und biss sich dabei nervös auf seine Unterlippe. Aus den Augenwinkeln warf er einen ungläubigen Blick zu Georg, der die neuen Informationen über Bonifatius ebenso erstaunt aufnahm. Dann schüttelte er ungläubig den Kopf.

„Aber wer sind diese finsteren Gestalten? Um dieses Wissen zu erlangen, müssten diese Leute doch informiert gewesen sein."

„Man weiß nicht genau, um wen es sich dabei handelt. Die Fäden halten jedenfalls Menschen in den Händen, die in der Tat über ein erstaunliches Insiderwissen verfügen. Abtrünnige Roms. Alte Gegner, die einst auch den Christen verfolgten, der die Schriftrolle in Sicherheit brachte. Englische Adelige, die von den Gerüchten aus Nursling Wind bekommen hatten“, zählte di Castillo mögliche Gegner auf. „Keiner weiß das so genau. Sicher ist nur eins. Egal, wer es ist. Sie haben allerbeste Kontakte zu den höchsten Führungsebenen des Vatikans. Es gibt Vermutungen, dass die Assassinen von Alamut die Personen waren, die die Aufträge ausführten. Morde, Folterungen, Entführungen. Sie kennen die Assassinen?“

Markus hatte von dieser Vereinigung gehört, die auch zu Zeiten der Kreuzzüge aktiv waren.

„Die Assassinen waren eine Art Killerkommando. Wurden sie nicht sogar von den Fürsten des Abendlandes gegen die Kreuzritter eingesetzt.“

Zustimmend nickte di Castillo.

„Sie lebten teilweise sogar jahrelang unerkannt in der Bevölkerung. Sie übernahmen die Sprache und Gewohnheiten der jeweiligen Region, bis sie schließlich aktiviert wurden und ihren Auftrag ausführten. In der heutigen Zeit würde man sie wohl als *Schläfer* bezeichnen. Überall, wo sie auftauchten, hinterließen sie eine Spur des Todes und des Leidens. Anscheinend fand man heraus, dass Bonifatius der Hüter der Schriftrolle war, und verlor keine Zeit. Doch das Kloster Fulda war mittlerweile zu gut befestigt und bewacht. Wer auch immer die Auftraggeber waren, sie mussten spontan ihren Plan ändern, um an die Rolle heranzukommen. Sie wussten, dass sie den Wächter ausschalten mussten.“ Di Castillo seufzte gequält. „Sie wollten Bonifatius umbringen.“

„Das Martyrium?“, fragte Georg erstaunt. „Meinen Sie, dass seine Mörder in Dokkum Assassinen gewesen sein könnten?“

Achselzuckend neigte di Castillo seinen Kopf zur Seite. Ohne eine genaue Antwort auf Georgs Frage zu geben, fuhr er mit seiner Erklärung fort.

„Jedenfalls wird Bonifatius im Juni 754 nach Dokkum gelockt.

Man vermutet wohl, dass er das begehrte Objekt nicht unbewacht in Fulda zurücklassen würde. Bonifatius und all seine Begleiter werden dort in einen Hinterhalt gelockt und brutal ermordet. Jedoch ohne den gewünschten Effekt. Die Mörder gelangen nicht in den Besitz der Rolle."

Georg schaute den Kardinal immer noch erstaunt an.

„Bonifatius hatte die Schrift also nicht mit auf seine Reise genommen?"

„Nein, Herr Stangl. Bonifatius hatte vor seiner Missionsreise eine Todesvision. Er weihte seinen Schüler Sturmius ein, der bei seinem Ableben die Geschicke Fuldas weiterführen und sich um die Sicherung der Rolle kümmern sollte."

Markus knetete seine Unterlippe. Er versuchte den Wust an Informationen in seinem Kopf irgendwie zu ordnen.

„Wer wusste sonst noch von dem Versteck der Schriftrolle? Wer wusste überhaupt von deren Existenz?"

Bischof Jeresmies räusperte sich, faltete die Hände über seinem Bauch, atmete einmal tief durch und blies die Luft wieder aus seinen Backen.

„Nur der jeweilige Abt war stets über das Versteck der Rolle eingeweiht. Dies funktioniert anscheinend auch die nächsten achtzig Jahre. Fuldas Kloster ist mittlerweile das einflussreichste und auch bestgeschützte Kloster nördlich der Alpen. Der Papst unterstützt Fulda nach Leibeskräften, um das Geheimnis auch weiterhin zu hüten. Dann jedoch verliert sich plötzlich die Spur mit dem Abt Rabanus Maurus. Seitdem wissen weder wir noch unsere Gegner, wo sich die Rolle befindet oder ob sie überhaupt noch existiert."

„Aber Sie wissen, von dem einstigen Kloster existiert nichts mehr", antwortete Markus und wand sich wieder di Castillo zu. „Umbauten, Brände, kaum ein Stein befindet sich mehr an dem Ort, an dem er einst gestanden hatte. Denken Sie wirklich, dass es noch Hoffnung gibt?"

„Ich gebe Ihnen recht, Herr Schuhmann. Sollte er sie in Fulda gelassen haben, ist sie mit an Sicherheit grenzender Wahrscheinlichkeit zerstört worden. Wenn Rabanus sie jedoch aus Fulda weggeschafft hatte, könnte sie noch existieren."

Auch der Bischof schüttelte resignierend den Kopf.

„Herr Schuhmann hat recht. Die alte Ratgarbasilika brannte bis auf die Grundmauern nieder. Ebenso die angrenzende Michaelskirche. Unzählige Umbauten der hiesigen Kirchen in den Barockstil veränderten ihren Charakter vollständig. Allein der Zweite Weltkrieg hat hier alles wie eine zerstörerische Walze überrollt. Ich befürchte, dass hier kein Versteck mehr aus dieser Zeit überlebt hat."

„Aber der Mythos überlebte dennoch", antwortete der Kardinal. „Durch das Geheimnis Sunabars und angeblicher neuer Beweise wurde die Geschichte stets geschürt."

„Sunabar sagt mir etwas", nickte Markus, „aber was meinen Sie mit neuen Beweisen?"

Di Castillo verschränkte die Arme hinter dem Rücken und ging nach einer für ihn langen Pause des Stillstehens wieder auf und ab.

„In der Zeit, in der die Geschichte von Sunabar die Runde macht, entsteht auch die Hatz nach der Lösung des Rätsels. Eine beliebte Variante ist dabei die Theorie, dass der Schlüssel in den Büchern und Schriften des Bonifatius zu finden sei. Im Besitz des Fuldaer Domschatzes findet man drei original erhaltene Codices aus Bonifatius' Besitz."

„Der Ragyndrudiscodex, der Victorcodex und das Cadmug-Evangeliar", zählte Markus die drei bekannten Schriftstücke auf.

„Ich vergaß, dass Sie einen erstklassigen Mentor hatten. Richtig. Doch macht schon von Anfang an das Gerücht die Runde, dass Bonifatius noch einen vierten Codex in seinem Besitz hatte. Ein vierter Codex, der wie eine Schatzkarte den Weg zur Schriftrolle aufzeigt."

„Ein vierter Codex?" Markus und Georg sahen sich an. „Wir haben in den letzten Monaten und Jahren fast alle noch existierenden

Bücher aus der infrage kommenden Zeit zusammengesucht und untersucht. Doch von einem vierten Codex habe ich nie etwas gelesen oder gehört."

„Meiner persönlichen Meinung und der vieler Experten nach existiert die Rolle nicht mehr. Wahrscheinlich ist die Existenz dieses vierten Codex auch nur ein Mythos. Es drängt sich sogar die Frage auf, ob die Kupferrolle überhaupt tatsächlich von Jesu Christi stammen könnte. Die damaligen Experten waren noch gar nicht in der Lage, eine wirklich belegbare Untersuchung durchzuführen."

„Und dennoch flackerte die Suche immer wieder auf."

„Ja. Selbst wenn es sich dabei um eine Fälschung handeln sollte, wollte man zumindest Gewissheit darüber. So gab es immer wieder Versuche und die Hoffnung, den Codex zu finden. Teilweise erzählte man sich sehr eigentümliche Geschichten über vergebliche Suchen."

„Wie meinen Sie das?"

„Eine der spektakulärsten Geschichten ist wohl die des Mönchs Amnichads. Etwa um 1025 kam dieser irische Wandermönch ins Kloster nach Fulda. Wahrscheinlich hatte er auf der Insel von dem Mythos des Codex erfahren. Er machte sich auf die Spur von Bonifatius und Rabanus und kam schließlich ins Kloster nach Fulda. Fand aber auch keine neuen Hinweise."

„Was ist dann so eigentümlich daran?"

„Er ließ sich einmauern und lebte zwanzig Jahre lang als ein so genannter *Inkluse.* Als Eingeschlossener", antwortete Bischof Jeresmies.

Markus hatte schon von der Einmauerung als Zeichen der Sühne und Reue gehört. Aber hier in Fulda?

„Man wandte diese Art der Unterwerfung auch schon im alten Ägypten an, nicht wahr?", fragte Markus in Richtung des Kardinals.

„Das *Inklusentum* stammt wohl aus dem 3. Jahrhundert und war auch schon in dieser Zeit in Italien bekannt."

„Und was genau geschah mit Amnichad?"

„Völlige Abschottung. Der Eingang wurde vom Abt mit seinem

Ring versiegelt. Außer durch ein kleines Fensterchen, durch das er in die Kirche sehen und dem Gottesdienst folgen konnte, hatter er keinerlei Kontakt zur Außenwelt. Nur die Sakramente und etwas Nahrung waren ihm gegönnt."

„Und so lebte er zwanzig Jahre bis zu seinem Tod?", fragte Georg erstaunt.

„Zwanzig Jahre...", bestätigte di Castillo. Und gerade als Markus etwas über den Mönch fragen wollte, fügte der Kardinal noch etwas an. „...aber nicht bis zu seinem Tod."

„Was soll das nun wieder bedeuten?"

„Er verschwand." Der Kardinal hob beide Arme gen Himmel. „Als man einige Tage nichts von ihm gehört und gesehen hatte, brach man die Mauer schließlich auf. Aber Amnichad war nicht mehr zu finden."

Markus schaute di Castillo ungläubig an.

„Wie sollte das funktionieren?"

„Das konnte man sich auch nicht erklären. Und schon bald erzählte man sich die wundersamsten Geschichten. So sollen noch lange nach seinem Verschwinden himmlische Lichter in seiner Zelle erschienen sein und ein ebenso himmlischer Geruch die Räume erfüllt haben."

„Eine fantastische Geschichte", zweifelte Markus an derlei Erläuterungen. „Aber der Codex blieb anscheinend trotzdem verschwunden."

„Allerdings", schaute der Bischof ausdruckslos über den Schreibtisch. „Zuletzt versuchten die Nazis, den ominösen vierten Codex hier in Fulda aufzuspüren, um die Rolle zu finden. Dabei zerstörten sie fast die komplette barocke Michaelskirche und bauten sie sogar in ihren ursprünglichen mittelalterlichen Zustand zurück. Allerdings mit dem gleichen Ergebnis wie alle anderen zuvor. Sie fanden keinen einzigen Hinweis. Das war das letzte Mal, dass man etwas mit dem Codex in Verbindung brachte."

Di Castillo räusperte sich etwas, und der Bischof verstand den Hin-weis. Es sollte die gesamte Geschichte erzählt werden. Auch wenn die Kirche gerne darüber Stillschweigen behielt. Jeresmies brummte ein „Fahren Sie fort“ in Richtung des Kardinals.

„Nachdem man sich nun mehr oder weniger damit abgefunden hatte, bekam die ganze Geschichte einige Jahre später einen neuen Schub. An einem Morgen im Sommer 1947 führte ein Ziegenhirte namens Mohammend ed Dib seine Herde durch eine geheimnisvolle Gegend nahe des Toten Meeres. Sie kennen Qumran?“

Markus nickte. Erst vor Kurzem hatte er von den Qumranruinen und ihren einstigen Erbauern gelesen. Er versuchte, sich die Informationen wieder ins Gedächtnis zu rufen.

„Sollen dort nicht die Essener, eine streng religiöse Gemeinschaft, gelebt und gewirkt haben?“

„Ganz genau. Bei Grabungen fand man eine Art klösterliches Anwesen. Bis heute spekuliert man, ob nicht Johannes der Täufer oder sogar Jesus dort gelebt haben könnte. Als dieser ed Dib nun auf der Suche nach einer entlaufenen Ziege einen Stein in eine Höhlenspalte wirft, zerschlägt dieser einen Tonkrug im Inneren. In den Scherben des Krugs kommen einige Leinenbündel zum Vorschein. Als er diese ausbreitet, findet er ein paar verklebte Lederrollen, mit denen er allerdings zunächst nichts anzufangen weiß. Er bringt seinen Fund nach Bethlehem und bietet sie einem Mann namens Khalil Iskander, genannt Kando, an. Es handelt sich dabei um einen undurchsichtigen Händler mit guten Verbindungen zur Unterwelt. Kando ist syrischer Christ und wittert beim Anblick der alten Schriftzeichen auf dem Leder ein Geschäft. Er kauft sie ed Dib für sage und schreibe vier Dollar ab.“

„Vier Dollar“, wiederholte Georg entsetzt.

„Ganz recht. Vier Dollar. Doch noch weiß auch Kando nicht genau, was er dort in den Händen hält. Kando weiß jedoch, dass illegaler Handel mit Antiquitäten verboten ist und lässt Strohmänner für sich arbeiten, die in Jerusalem dem dortigen Bischof die Rollen anbieten.“

„Selbst ein Bischof ist dort mit im Spiel“, sagte Georg ungläubig.

„Ja. Und dieser Bischof Samuel erkennt, dass er 2000 Jahre alte Bibeloriginale in seinen Händen hält. Er zahlt den gewünschten Preis und fordert weitere Stücke. Er beauftragt die berühmten amerikanischen Forscher William Albright und seinen Kollegen John Trever, die Rollen auf ihre Authentizität hin zu untersuchen. Die Experten unterziehen die Handschriften etlicher Tests. Schließlich sind sie sich sicher und gratulieren Bischof Samuel zum wohl spektakulärsten Fund der Neuzeit. Die Schriften sind echt und stammen aus der Zeit Jesu.“

Markus ahnte schon, wie sich die Geschichte weiterentwickeln würde, schwieg aber und hörte stattdessen der genauen Erläuterung di Castillos zu.

„Der Kirchenmann verkauft daraufhin auf eigene Faust die Schriften ins Ausland. Alleine die mit ihrer Länge von 7,43 Meter beeindruckende Jesaiarolle bietet er für 1 Million Dollar an. Yigael Yadin, ein israelischer Archäologe, ersteht die Schriften und bringt sie zurück ins Heilige Land. Mittlerweile hat der Fund aber auch anderenorts für ungeheueres Aufsehen gesorgt, und es entsteht ein wahrer Run auf die Qumranhöhlen. Wissenschaftler aus christlichen Ländern wie auch die offiziellen jordanischen Behörden suchen nach weiteren Fundstücken. Doch sie sind nicht alleine. Kando, der gewiefte Händler aus Jerusalem, will nun das ganz große Geld machen. Zusammen mit beduinischen Schmugglern rüstet er ein eigenes Team aus und liefert sich einen Wettlauf mit den Behörden. Und tatsächlich entdeckt man im unmittelbaren Umkreis der ersten Fundstelle zehn weitere Höhlen mit Hunderten von Bruchstücken alter Schriften. Besonders erwähnenswert ist dabei eine Rolle, die aus Kupfer besteht.“

„Eine Kupferrolle wie die, die einst nach England und später hier nach Fulda gelangt ist“, ergänzte Markus den Zusammenhang und spürte, wie die Information sein Herz wieder schneller schlagen ließ. Doch langsam mischte sich auch etwas Angst in diese Aufregung. Mit welchen Mächten hatte er sich hier angelegt? Der Gedanke an

Verschwörungen und Morde schnürte ihm die Kehle zu.

„Sie müssen sich vorstellen, was dies für einen Aufschrei auslöste. Eine Kupferrolle taucht in der gleichen Gegend auf, wie angeblich schon einmal eine Rolle 1200 Jahre zuvor. Sofort hielt man dies für den nötigen Beweis, dass die Legende wahr ist. Und es kam noch besser. Beim Entziffern des Textes stießen die Forscher auf eine Sensation. Es handelte sich um eine geheimnisvolle Beschreibung, die zu einem mysteriösen Schatzversteck führen soll. Durch die internationale Presse beflügelt, strömten Schatzforscher aus der ganzen Welt nach Qumran, doch gefunden hat niemand etwas. Weder Gold noch Silber."

„Weil der Schatz gar nicht aus Gold und Silber besteht. Mit dem Schatz war wohl vielmehr das Wertvollste der Essener gemeint." Markus wich bei dem Gedanken die Farbe aus dem Gesicht. „Ihr ganz persönlicher Schatz. Die *ipsissima vox*. Die authentische Stimme. Eine Handschrift Jesu Christi."

Di Castillo rollte vielsagend mit seinen Augen.

„Um das zu beweisen, müsste man sie zunächst finden und anschließend untersuchen."

„Halten *Sie* es denn für möglich, Monsignore di Castillo?"

„Ich halte es zumindest nicht für ausgeschlossen, dass irgendeine wichtige Schrift aus dieser Zeit noch existiert. Es gibt immer wieder Entdeckungen und Schriften, die die Jahrhunderte überleben und erst jetzt gefunden werden. Denken Sie nur an das angebliche Judasevangelium."

Markus konnte sich an die Meldung erinnern, die erst vor kurzer Zeit durch die Medien gegeistert war und für Furore gesorgt hatte. Man hatte einen mysteriösen Fund in dem mittelägyptischen Dörfchen Muh Zafat al-Mynia gemacht. Demnach handelte es sich bei dem gefundenen Manuskript um das Evangelium des Apostels Judas. Dies war eine Sensation, denn bekanntermaßen wurden nur die Biografien von Matthäus, Markus, Lukas und Johannes bei der

Aufnahme in das Neue Testament berücksichtigt. Da es nur diese vier Evangelien zu kanonischen Ehren gebracht hatten, wartete man nun gespannt auf die Auswertung des gefundenen Dokuments. Doch der Eigentümer des angeblichen Evangeliums, die *Schweizer Maecenas – Stiftung für antike Kunst,* hatte seltsamerweise bis zum heutigen Tage noch keiner Veröffentlichung zugestimmt.

„Was wissen Sie über das Judasevangelium?"

„Leider nicht so viel, wie wir gerne wüssten", erwiderte di Castillo. „Aber es gilt zumindest als gesichert, dass es sich um eine authentische Schrift aus der besagten Zeit handelt. Sie sehen also, theoretisch ist es möglich, dass auch noch nach 2000 Jahren eine Handschrift irgendwo auf der Welt wie aus dem Nichts auftaucht."

„Aber was ist Ihre persönliche Meinung?"

„Die Menschen sehnen sich nach Dingen, an die sie glauben können. Und nicht unbedingt nach etwas, das sie sehen können. Glauben ist Gewissheit ohne Beweise. Er beruht auf Vertrauen, nicht auf wissen wollen. Der Glaube wird jedenfalls jede noch so lang und gut erhaltene Handschrift überleben."

„Dennoch könnten solche Schriften in den falschen Händen für gefährliche Strömungen sorgen", gab Markus zu bedenken.

Der Kardinal stimmte ihm kopfnickend zu. Mit gefasster Stimme fuhr di Castillo fort:

„Gefährliche Strömungen ist noch sehr untertrieben, Herr Schuhmann. Stellen Sie sich nur vor, wenn diese Schrift wahrhaftig existiert. Wer weiß, was darinstehen mag. Bestätigt der Fund die Bibel oder widerlegt er sie. Diese Schrift könnte als eine Waffe gegen die Kirche, den Glauben, ja gegen die ganze Menschheit eingesetzt werden."

Markus schauderte bei dem Gedanken.

„Mein Gott. Kaum auszumalen, was die Schrift in den falschen Händen bewirken könnte."

„Und damit kommen wir auch auf unsere Erzählung zurück. Es gab nämlich auch damals, außer der Kirche, noch einige andere Gruppen, die von der Doppeldeutigkeit des Schatzes wussten und versuchten, in den Besitz der gefundenen Kupferrolle zu gelangen. Sie hofften wohl, weitere Informationen über den möglichen Verbleib der Jesushandschrift zu erhalten."

„Der Thule-Orden."

„Davon ist auszugehen. Man weiß es aber nicht genau. Die Verhandlungen dieser Gruppe mit den jordanischen Behörden führte stets ein junger Mann mit wirklich erstaunlichem Insiderwissen. Alle Gespräche wurden nur telefonisch geführt. Und obwohl astronomische Summen geboten wurden, wiesen die Behörden Gott sei Dank alle Angebote ab. Der Mann verhandelte immer unter einem Pseudonym. Er nannte sich…"

„…der Falke!" Fast aus einem Halse fielen Markus und Georg dem Kirchenmann ins Wort.

„Woher wissen Sie das?"

„Auch wir haben unsere Quellen."

„Dann erzählen Sie uns doch mal von Ihren Quellen. Was haben Sie herausgefunden?"

Markus blickte in die Augen des Bischofs und in die von Monsignore di Castillo. Natürlich konnte er eigentlich niemandem trauen. Doch wollte nicht sogar Weithofen als allererstes den Papst und somit den Vatikan in seine Entdeckungen einweihen? Wenn er also nicht diesen zwei Männern der Kirche vertrauen konnte, wem dann? Markus begann seine Ausführung, ohne jedoch die Namen von Frau Fernandez de Pinho oder Herrn Leinweber zu nennen. Angefangen von al Hatab über den Überfall bis hin zu dem Besuch bei der ICPB in Jersey. Allerdings zog er es vor, neben einigen anderen Kleinigkeiten den nächtlichen Besuch in der Bonifatiusgruft vorerst auszusparen.

„Dann haben Sie also die Forschungsergebnisse von Professor Weithofen gefunden?"

„Nicht ganz, Signore. Spiritual Weithofen kam leider nicht mehr dazu, seine Untersuchungen abzuschließen."

Di Castillo und der Bischof tauschten einige Blicke aus. Sie konnten ihre Enttäuschung nicht verbergen. Das war der richtige Zeitpunkt, auf den Markus gewartete hatte, um seine Trumpfkarte auszuspielen.

„Es gibt allerdings noch eine Möglichkeit, die Codices zu entschlüsseln."

Sofort wurde der Blick di Castillos wieder scharf und klar.

„Ach ja? Wie soll das funktionieren? Nur Weithofen wusste, wie die einzelnen Parameter einzustellen sind, um die Auffälligkeiten überhaupt zu bemerken."

„Wir haben außer den Ergebnissen auch die exakten Anleitungen der Untersuchung Weithofens gefunden. Darüber hinaus besitzen wir das nötige Know-how und Fachwissen für die Experimente."

„Sie trauen sich tatsächlich zu, das Projekt zu Ende zu führen?"

„Ja", antwortete Markus ohne lange zu überlegen. „Allerdings müssten Sie uns bei einer nicht unwichtigen Sache helfen."

„Und die wäre?"

„Wir müssen den originalen Victor und Cadmug Codex noch einmal untersuchen."

„Unmöglich, das Risiko wäre viel zu groß, dass die beiden Schriften Schaden nehmen würden oder gar komplett zerstört würden", rief di Castillo erschrocken.

„Ich weiß um das Risiko der Experimente mit Strahlen. Aber ohne dies ist eine Lösung nicht möglich. Haben Sie Vertrauen in uns."

„Haben sie denn schon einmal mit dieser Maschine gearbeitet?"

„Schon einige Male."

„Und wie hoch war die Quote der zerstörten Werke?"

„50 Prozent", antwortete Markus wie aus der Pistole geschossen.

„Dieses Wagnis können wir nicht eingehen", winkte der Bischof entschieden ab.

„Aber wir haben die exakten Koordinaten für die beiden Schriften, das Risiko ist minimal."

Monsignore di Castillo ging um den Schreibtisch herum und flüsterte dem Bischof etwas ins Ohr. Dieser antwortete ihm auf die gleiche Art und Weise. Markus und Georg wechselten irritierte Blicke. So wechselte dies drei, vier Mal, bis di Castillo sich wieder erhob und sich neben dem Bischof aufstellte, der sich sichtlich schwer mit der Antwort tat."

„Herr Schuhmann, Herr Stangl, Sie bekommen die beiden Codices. Ich brauche Ihnen als Schüler von Spiritual Weithofen nicht zu sagen, welchen ideellen Wert diese beiden Schriften besitzen. Ich tue dies nur aus zwei Gründen: Erstens möchte ich, dass wir die Rollen zuerst finden, falls sie noch existieren. Dann können wir deren Inhalt endlich auf ihre Echtheit hin prüfen. Zweitens, dass die Hingabe und Arbeit unserer Vorfahren und Brüder nicht umsonst gewesen ist. Und drittens wünsche ich natürlich Aufklärung über die Umstände des Todes von Spiritual Weithofen. Finden Sie die Lösung und sorgen Sie ein für allemal für Klarheit, dass das Jahrhunderte andauernde Blutvergießen endlich ein Ende nimmt.

Markus konnte seine euphorische Aufregung kaum zügeln.

„Vielen Dank. Wir werden unser Möglichstes tun, um Ihrem Vertrauen gerecht zu werden."

„Gehen Sie nun, meine Herren, und bereiten Sie das Notwendige vor, wir dürfen keine Zeit verlieren. Und gehen Sie kein unnötiges Risiko ein."

„Wir werden die Codices mit aller gebührenden Vorsicht untersuchen."

„Ich meinte nicht die Codices. Ich meinte Sie beiden. Passen Sie auf sich auf. Die Gegner sind unberechenbar und brutal. Der Herr möge Ihnen zur Seite stehen."

Ohne weitere Worte standen Markus und Georg auf und verließen den Raum. Als sie wieder im Treppenhaus waren und alles verarbeitet hatten, begann Georg schelmisch zu lachen.

„50 Prozent? Du bist ein schlechter Lügner, Markus Schuhmann. Von dieser Quote hätten wir bei unseren Tests geträumt.“

Markus quittierte die Bemerkung nur mit einem Achselzucken, und beide legten einen Schritt zu. Sie hatten keine Zeit zu verlieren und mussten noch auf ein weiteres kleines Wunder hoffen, das den Namen Sonya trug.

# 18.

In Windeseile werkelten sie an dem Bandpassfilter. Wie auch immer sie es geschafft hatte, Sonya hatte tatsächlich die benötigte Lampe besorgt. Noch in der Originalverpackung eingeschweißt, hatte sie die Lampe den Männern unter die Nase gehalten. Nach nicht einmal einer halben Stunde hatten sie die Maschine soweit: sie war einsatzbereit!

Wie mit Kardinal di Castillo abgesprochen, hielt ein Kastenwagen vor dem Labor, und neben zwei kräftigen Männern stieg di Castillo aus. Die beiden Hintertüren wurden geöffnet und zwei bedeckte Kästen kamen zum Vorschein. Einer nach dem anderen wurde von den beiden Männern ausgeladen und in das Labor geschafft. Ebenso schnell wie die Männer gekommen waren, waren sie auch wieder verschwunden. Nur di Castillo war geblieben und trat herein. Als er die attraktive, junge Frau inmitten der Männer sah, trat er kritisch vor sie.

„Signorina, darf ich fragen, wer Sie sind und was Sie hier tun?“

„Mein Name ist Sonya Ramzy. Ich bin Ärztin am hiesigen Klinikum.“

„Sie hat uns dabei geholfen, den Bandpassfilter zu reparieren. Ohne sie wäre eine Untersuchung nicht möglich gewesen.“

Mit einem mürrischen Knurren akzeptierte di Castillo anscheinend Markus Erklärung, war aber noch immer nicht damit zufrieden.

„Dürfte ich Sie trotzdem bitten, den Raum zu verlassen?“

Sonya hatte sich schon sichtlich darauf gefreut, bei dem Versuch mit dabei sein zu können. Dennoch schluckte sie die bittere Pille ohne zu murren.

„Ja, natürlich. Ich wollte sowieso gerade gehen." Sonya nahm ihre Handtasche. Markus trat neben sie.

„Tut mir leid, Sonya."

Sonya quälte sich zu einem schwachen Lächeln.

„Wir telefonieren später."

Nach einer nüchternen Verabschiedung verließ sie, wie angewiesen, das Labor. Di Castillo blickte ihr noch hinterher, bis sie um die Ecke verschwunden war. Dann stellte er sich neben eine der Kisten, löste das Tuch, mit dem sie abgedeckt war, und öffnete das Schloss des Glasdeckels. Man hatte die komplette Kiste aus Sicherheitsglas hierhergeschafft.

„Also, meine Herren. Beginnen Sie mit dem Experiment."

Markus und Georg hatten die beiden Codices schon einige Mal in der Ausstellung des Dommuseums und der Landesbibliothek gesehen. Nun lagen sie direkt vor ihnen. Greifbar nah.

Markus zog sich sterile Gummihandschuhe über und griff in die Kiste. Es war der Ragyndrudiscodex. Jener Codex, den Bonifatius der Legende nach bei dem Überfall in Friesland schützend über sein Haupt gehalten haben soll, um die Schwerthiebe der Mörder abzuwehren. Sein Einband sowie der Buchblock wiesen an der oberen und unteren Seite Einkerbungen auf, die man dem Martyrium zuschrieb. Bei dem Werk handelte es sich allerdings nicht, wie oft angenommen, um ein Evangeliar, sondern um eine Handschrift mit antiarianischen Texten von Papst Leo I. Entstanden war der Codex wahrscheinlich in der ersten Hälfte des 8. Jahrhunderts.

Behutsam hob Markus die alte Schrift an und ging mit ihr in die dunkle Kammer, wo der Bandpassfilter aufgebaut stand. Vorsichtig legte er den Codex auf die kleine Platte unter dem Objektiv.

„Du kannst die Maschine anschalten", gab er Georg das Signal, und eine Sekunde später legte sich ein Schattenkreuz über den Codex. Dies geschah um die ideale Position der Aufnahme zu bestimmen. Markus klappte mit einer Spezialpinzette die erste Seite auf, legte eine Metallplatte unter diese und schob den Codex einige Zentimeter auf der Platte hin und her. Bis er eine Stelle fand, die ihm als passend erschien. Er verließ den Raum, schloss die Tür und setzte sich an den Computer.

„Okay, geben wir die Koordinaten ein."

Georg nahm sich den Ausdruck mit Professor Weithofens Daten zur Hand.

„67,98 Grad horizontal, 141,72 Grad vertikal."

„Okay, habe ich. Und nun die Mixtur."

„Was für eine Mixtur?", fragte di Castillo mit eindringlicher Stimme.

„Es ist eine Mischung aus verschiedenen Indikatoren, die es erst ermöglichen, die Zusammensetzung des Papiers und somit mögliche Abweichungen festzustellen. Die Mixtur wird zerstäubt über die jeweilige Seite gegeben und durch die Strahlung reflektiert."

„Ist das der Moment der kritischen 50 Prozent?"

„In Verbindung mit der Strahlung...ja!"

Der Kardinal atmete einmal tief durch.

„Fahren Sie fort."

„Also Georg, die Mixtur."

Georg stand an einer weiteren Maschine und gab die Zusammensetzung der Mixtur aus Weithofens Ergebnissen ein. In der Dunkelkammer schoss aus einer kleinen Düse feinster Dunst über den Codex.

„Gut, dann wollen wir mal."

Obwohl Markus betont souverän wirken wollte, um keine Zweifel an dem Experiment aufkommen zu lassen, färbte sich seine Gesichtsfarbe rot. Sein Mund war ausgetrocknet und der Angstschweiß stieg ihm aus den Poren. Nicht, dass er der Arbeit von Weithofen nicht vertraute. Vielmehr hoffte er, alles bedacht zu haben, was Weithofen aufgeschrieben hatte. Wenn auch nur das kleinste Detail fehlerhaft eingegeben wurde, konnte dies fatale Folgen nach sich ziehen. Doch nun gab es kein Zurück mehr. Er streckte den Zeigefinger aus und drückte auf der Tastatur des Computers die Eingabetaste. Ein dumpfes Klacken kam aus der Dunkelkammer. Ein normales Geräusch bei diesem Vorgang, doch aufgeregt sprangen Markus und Georg zum Fenster in der Tür, hinter ihnen di Castillo, der nicht wusste, was um ihn herum gerade geschah.

„Was...was ist passiert", fragte er aufgeregt und versuchte, einen Blick in die Dunkelkammer zu ergattern, ohne zu wissen, was er dort entdecken sollte. Dann blickte er nervös und Hilfe suchend auf den Bildschirm, ob er darauf etwas erkennen konnte. „Ich sehe keine Reaktion auf dem Bildschirm."

Während Georg mit einem Joystick die Kamera in Position brachte, versuchte er, di Castillo zu beruhigen.

„Solange der Computer das Infrarotlicht in seinem gesamten Spektrum auf dem Monitor darstellt, kann man auch nichts sehen."

„Der Versuch ist also fehlgeschlagen?"

„Nein. Man muss nur etwas Geduld haben." Nun trat auch Markus vor den Bildschirm. „Sehen Sie, wir müssen genau die Teilstücke rausfiltern, in denen das interessante Wechselspiel aus Absorbation und Reflexion stattfindet. Das ist ein bisschen wie die Nadel im Heuhaufen zu suchen. Aber laut Professor Weithofens Aufzeichnungen ist es möglich, so die Auffälligkeiten sichtbar zu machen."

„Dann tun Sie das."

„Bin schon dabei", antwortete Georg.

Markus und di Castillo schauten Georg über die Schulter. Mit der eingebauten Kamera scannte er die Seite. Mit dem Joystick konnte er die Kamera über die komplette Oberfläche der Seite fliegen lassen. Die Seite zeigte sich auf dem Computerbildschirm in bunten Farben. Grün und verschiedene Schattierungen von Lila.

„Sieht aus wie bei einer Wärmebildkamera."

„Sie haben recht, Kardinal. Das Prinzip ist auch sehr ähnlich. Wenn wir etwas Brauchbares finden sollten, wird es auch in einer anderen Farbe leuchten."

„Stopp", unterbrach Markus. „Dort unten. Fahr mal ein Stück zurück."

Markus glaubte etwas erkannt zu haben. Langsam zoomte Georg zurück, und tatsächlich. Ein Buchstabe leuchtete in gelber Farbe auf. Deutlich stach er aus der restlichen Passage hervor. Fast so, als wolle er sich aus dem Text herauspressen.

„Ein V. Es ist ein V. Mach eine Aufnahme mit der Kamera und druck es gleich aus."

„Ja, mach ich."

Kardinal di Castillo zeigte sich sichtlich beeindruckt.

„Es hat tatsächlich funktioniert. Die erste Aufnahme ist im Kasten."

Erleichtert klopften sich Markus und Georg auf die Schulter. Alles war richtig eingegeben und korrekt ausgeführt worden. Markus ließ den Gummihandschuh laut schnalzen und ging wieder in die Kammer. Mit der Pinzette blätterte er vorsichtig auf die nächste Seite. Es lag noch viel Arbeit vor ihnen. Es mussten noch alle anderen Seiten gescannt werden. Und nach dem Ragyndrudiscodex musste schließlich auch noch der Cadmug-Codex untersucht werden. Er war deutlich kleiner als die beiden anderen Codices, gerade 12 x 10 cm groß, und nach seinem irischen Schreiber benannt. Es war ein Taschenevangelium aus dem 9. Jahrhundert.

Anschließend mussten die Bilder noch vom Computer ausgewertet werden. Kardinal di Castillo entspannte sich etwas, nahm sich einen Stuhl und setzte sich neben Georg. Es würde ein langer Tag werden.

*

Spät in der Nacht druckte der Computer die letzten Ergebnisse aus. Sechs Augen schauten gespannt auf das Papier, das der Drucker freigab. Sie hatten sich dazu entschlossen, erst mal alle Auffälligkeiten, die auf dem Papier aufleuchteten, zu fotografieren und auszudrucken. Nach weiteren zwei Stunden und einem beachtlichen Stoß Papier hatten sie die Auswertungen abgeschlossen. Sie hatten sich nicht getäuscht. Bei allen Codices waren die gleichen Auffälligkeiten festzustellen. Einige Buchstaben, Zahlen oder Ziffern waren offensichtlich nach einem bestimmten System überarbeitet worden. Man hatte sie nochmals gesondert mit Tinte überschrieben. Dadurch traten sie aus dem allgemeinen Text stärker hervor als die anderen.

„Los, lass das Ergebnis durch den Rechner laufen und gib sämtliche Abweichungen auf den Bildschirm."

Georgs Finger flogen ungeduldig über die Tastatur, in Vorfreude auf die weiteren Ergebnisse. Der Computer fügte alle Auffälligkeiten aneinander. Beim Anblick der aufgereihten Buchstaben auf dem Bildschirm musste sich Markus setzen.

„Seht euch das an. Das sind lateinische Wörter. Wenn man die Buchstabenkette an den richtigen Stellen trennt, ergeben sich tatsächlich lateinische Wörter daraus."

„Darf ich mal bitte?" Nervös drängte sich di Castillo vor den Computer, nahm seine Brille zur Hand und überflog das Ergebnis des ersten Codex, der ausgewertet worden war.

„Gütiger Himmel, Sie haben recht. Das ist Lateinisch. Und zwar heißt es übersetzt wohl sinngemäß:

*„Dem König der Könige, ein königliches Spiel"*

Wir sollten wohl erst auch noch die Ergebnisse der anderen Codices auswerten. Vielleicht ergibt es dann einen Sinn."

Markus und Georg wussten aufgrund der Aufzeichnungen von Weithofen, dass es mindestens noch einen weiteren Satz geben musste. Aber was stand im dritten Codex versteckt? Wieder ließ Georg die Finger über die Tastatur tanzen. Das Ergebnis des Cadmug-Codex erschien nun auf dem Bildschirm. Doch zur allgemeinen Enttäuschung ergab es diesmal wenig Sinn. Markus glaubte zunächst an einen Fehler.

„Bist du dir sicher, dass der Computer alles richtig berechnet hat?"

„Die Berechnung stimmt", verteidigte sich Georg vehement. „Ich habe nichts anders gemacht, als bei den beiden anderen Codices zuvor. Ich versteh das auch nicht."

Auch di Castillo blickte nur ungläubig auf das Ergebnis.

„Aber das sind ja nur ein Haufen von Buchstaben und Zahlen: H 18, B 7, M 26 und so weiter und so weiter..."

Markus hatte gehofft, dass nun endlich Licht in die Angelegenheit kommen würde. Doch alles, was er vor sich sah, war ein Scherbenhaufen aus Zahlen und Buchstaben. Was konnte sich Rabanus damit nur gedacht haben?

„Hat Rabanus sich etwa nur einen Scherz erlaubt? Meint er das etwa mit dem Spiel? Dass er uns nur an der Nase herumgeführt hat?"

Georg hob resignierend die Arme.

„Ich habe keine Ahnung. Es ist jedenfalls kein Fehler von unserer Seite. Es ist so gewollt."

„Was ist mit dem Ragyndrudiscodex? Steht dort noch mehr drin, als Weithofen erkannt hatte?" Der Kardinal wollte noch nicht aufgeben. Vielleicht erklärt sie die beiden ersten?"

„Moment." Nach wenigen Sekunden baute sich ein weiteres Bild auf dem Computer auf. Wie beim ersten Codex entstand daraus ein lateinischer Satz. Es war jedoch nur der, den Weithofen bereits schon entdeckt hatte.

*„Ich verneige mich vor dem heiligen Kreuz!"*

„Na prima", vergrub Georg entkräftet sein Gesicht in beiden Händen. „Nun haben wir zwei lateinische Sätze, die beide keinen Sinn ergeben. Und als Sahnehäubchen noch eine komische Zahlenreihe, die noch weniger Sinn macht."

„Wie es scheint, deuten die drei Codices auf irgendetwas anderes", vermutete di Castillo.

„Lassen Sie uns alle Ergebnisse doch einmal nebeneinander ansehen."

„Gute Idee."

„Kein Problem. Moment." Nach wenigen Sekunden bauten sich auf dem PC die drei entschlüsselten Codices auf. „Wenn wir alles nun zusammennehmen, ergibt sich Folgendes:

Der Victorcodex beinhaltet die Botschaft:

‚Ich verneige mich vor dem heiligen Kreuz.'

Aus dem Cadmug Codex gehen die Ziffern und Zahlen hervor:

‚K12, F8 und so weiter.'

Und wenn wir den Ragyndrudiscodex entschlüsseln finden wir:

‚Dem König der Könige, ein königliches Spiel'".

„Es muss eine Art Beschreibung eines Ortes oder eines Verstecks sein." Markus dachte laut nach. „Wer oder was kniet denn alles zur Ehre des heiligen Kreuzes. Und warum?"

Mit einer kleinen Aufzählung begann Georg die vielschichtigen Möglichkeiten.

„Die Messdiener, der Priester, eigentlich jeder Gläubige."

„Und vergessen Sie nicht, dass man auch in der heiligen Messe nach der Opfergabe niederkniet. Oder aus Dankbarkeit beim Gebet. Aus Demut vor dem Allmächtigen Herrn. Es gibt Hunderte von Möglichkeiten."

„Richtig", stimmte Markus dem Kardinal zu. „Wobei Rabanus explizit darauf hinweist, dass *ER* sich zu Ehren des heiligen Kreuzes kniet. Er sagt schließlich ‚*ICH* verneige mich vor dem heiligen Kreuz'. Ist es vielleicht bekannt, dass er ein bestimmtes Kreuz geweiht oder erbaut hat?"

Georg schüttelte den Kopf.

„Nein, davon habe ich nichts gehört oder gelesen."

„Nicht erbaut, aber er hat tatsächlich ein Kreuz geschaffen." Kardinal di Castillo war aufgestanden und legte sich die Hände vor den Mund. Als könne er nicht glauben, was er gleich sagen würde. „Es muss die Darstellung seines berühmtesten Werks sein. *De laudibus sanctae crusis*, der *Lob des heiligen Kreuzes*. Darin muss die Lösung des ersten Rätsels stecken. „Ich verneige mich vor dem heiligen Kreuz."

„In den Figurengedichten?"

„Genau in denen. Vielleicht gab es bei den Figurengedichten ein Bild oder eine Beschreibung, die darauf passen könnte."

„Wir brauchen ein Exemplar des De laudibus sanctae crusis!"

„Fast alle Exemplare sind leider verschollen", erklärte der Kardinal. Es existieren nur noch zwei belegbare Schriften, die den Originalen zugerechnet werden können: eines liegt im Österreichischen Nationalmuseum in Wien. Ein weiteres Exemplar befindet sich in der Vatikanischen Bibliothek. Dieses ist zudem besonders interessant, da es Nachträge und Zusätze von Rabanus enthält, die bei den anderen Codices nicht vorhanden waren. Sie wurden mit den verschiedenen Phasen der Herstellung oder den zeitlichen auseinanderliegenden Dedikationen einzelner Exemplare begründet, ohne dass indessen eine völlig befriedigende Antwort gefunden wurde."

„Das ist sie. Das ist die Abschrift, die wir brauchen."

„Und wie sollen wir in die Vatikanbibliothek gelangen?", fragte Georg.

Markus blickte zu Signore di Castillo, der schon ahnte, was Markus ihn als Nächstes fragen würde und ihm mit einer Antwort zuvorkam.

„Aber ich kann Sie nicht begleiten, ich muss hier alle Vorkehrungen treffen. Der Papst ist momentan in Bosnien und wird übermorgen hier in Fulda eintreffen."

„Es geht uns nur um die Figurengedichte. Bringen Sie uns rein und wir sind direkt wieder zurück. Morgen Abend ist die Beerdigung von Spiritual Weithofen, bis dahin sollten wir wieder zurück sein."

„Gut, ich werde alles Nötige veranlassen, damit Sie Zugang bekommen. Packen Sie ihre Sachen, Sie werden morgen früh schon in Rom sein."

„Ich danke Ihnen." Markus strahlte überglücklich über die Entscheidung des Kardinals.

Monsignore di Castillo machte sich sogleich auf den Weg in sein provisorisches Büro im Generalvikariat, das er dort für die Zeit des Papstbesuches bezogen hatte. Markus und Georg gingen derweil auf ihre Zimmer. Sie würden das Zentrum der katholischen Kirche aufsuchen. Vielmehr noch, sie würden Einsicht in die geheimen Archive des Vatikans erlangen.

Allein Georgs Gesichtsausdruck verriet nicht nur ungetrübte Vorfreude. Er wusste, was ihn erwartete. Ein weiterer Flug stand bevor.

# XVI.

In Gedanken versunken saß Rabanus auf der kleinen Holzbank im *hortus medicus,* dem Arzneigarten. Es wehte ein kräftiger Wind, sodass es ihm immer wieder die Seiten seines Buches umeinanderwehte. Rings um ihn herum stießen all die Heilgewächse aus dem Erdreich, die vom Gärtnermeister mit fürsorglicher Hand gepflegt wurden. In den frisch geharkten Beeten sprossen Liebstöckel, Schöllkraut, Frauenminze und kreuzblättriger Wolfsmilch empor. Die ganze Luft war vom würzigen Duft dieser Kräuter geschwängert. Vögel zwitscherten um die Wette, und die farbenprächtigsten Schmetterlinge verweilten auf den Blüten des grünen Gartens. Es war kein Wunder, dass diese kleine Insel der Stille bei den Brüdern so beliebt war. Gerne verweilten gerade die Ruhesuchenden zum Studium der Schriften an diesem Fleckchen.

„Gott schenke dir Frieden, Vater Abt", riss eine vertraute Stimme Rabanus aus den Gedanken. Langsam hob er den Kopf. Dann richtete er sich ganz auf.

„Auch für dich Frieden, Samuel."

„Entschuldigt vielmals, dass ich euch bei dem Studium der heiligen Schrift störe. Aber Hatto schickt mich. Ihr möget in die Kleiderkammer kommen."

Wie geheißen, machte sich Rabanus auf den Weg vorbei am *Braratorium,* wo aus Gerste oder Weizen das dünne Bier bereitet wurde. Der Geruch des gegorenen Gebräus stieg aus den dampfenden Siedkesseln und verteilte sich über den gesamten Platz. Unweit dahinter war die Kammer für die Bekleidung der Mönche untergebracht. Nach kurzem Suchen fand Rabanus Hatto inmitten von Gewändern und Schuhwerk. Neben ihm stand Bruder Gerold und redete mit Händen und Füßen auf ihn ein. Rabanus konnte sich aufgrund des amüsanten Anblicks von Hatto einen Kommentar nicht verkneifen.

„Wie ich sehe, gäbest du auch einen vorzüglichen Schneidermeister ab."

„Das fehlte noch. Die Arbeit überlasse ich besser jenen, die sie beherrschen und zu unser aller Dank auch bestens ausführen."

Rabanus lächelte weitherzig, hob dann aber seine Augenbrauen.

„Du hast nach mir rufen lassen."

„Ja. Bruder Gerold, der für die Kleidung verantwortlich ist, teilte mir heute früh mit, dass es ein Problem gäbe."

„Ein Problem? Welcher Art?"

Gerold erhob leise seine Stimme und begann seine Ausführung.

„Seit Ihr das Amt des Magisters übernommen und die Ausbildung der frommen Männer übernommen habt, genießt das Kloster höchstes Ansehen, soweit die Stimmen die Kunde tragen."

„Habt Dank für das Lob. Doch gebührt dies nicht mir alleine, sondern all den Brüdern für ihre tägliche Arbeit. Aber das ist wohl nicht der Grund für euer Problem, nicht wahr?"

„Doch, in der Tat. Es mag zwar verwegen klingen, doch ist genau dies unser Problem. Aufgrund des exzellenten Rufs unseres Klosters wird die Zahl der Brüder weiter steigen, die zu uns stoßen. Kurzum, wir haben keine Kleider mehr für all die Neuankömmlinge."

Jetzt verstand Rabanus die Befürchtungen von Gerold. Und wahrlich, hatte das Kloster noch vor kurzer Zeit 150 Seelen behütet, so war die Anzahl der Gemeindemitglieder mittlerweile auf über 400 gestiegen.

„Gab es schon Beschwerden der Brüder?"

„Nein, Herr. Alle sind dankbar und glücklich darüber, hier dem Geist Christi folgen zu dürfen. Niemand ist unzufrieden, doch füllen sich unsere Lager Tag für Tag mehr mit Luft als mit Leinenstoff."

„Habt Dank für eure vorausschauende Sorge. Natürlich wollen wir die Vorschriften der Kleidung betreffend nicht vernachlässigen. Jeder Mönch soll auch weiterhin nicht schlecht und nicht kostbar, aber doch mittlerer Art gekleidet sein. Jeder Mönch soll zwei Hemden, zwei Tuniken und zwei Mäntel haben."

Ebenso genau wie der allgemeine Kleidervorrat war die Zahl der Beinkleider, Strümpfe, Schuhe und Handschuhe festgelegt. Dabei war auch Tag- und Nachtgebrauch, Sommer- und Winterzeit, Reisen und Arbeiten berücksichtigt.

„Ich werde den Schwestern des Klosters in Bischofsheim einen Brief schreiben und sie um ihre Hilfe beim Herstellen neuer Gewänder bitten."

Sichtlich beruhigt dankte Gerold dem Vater Abt für seine Unterstützung. Er wollte nicht dafür verantwortlich sein, dass die Brüder die Kleiderordnung nicht einhalten konnten. Sogleich machte er sich wieder an die Arbeit und ordnete den Haufen Gewänder, der sich vor ihm türmte. Nur Hatto schien noch nicht zufrieden. Seine Gesichtszüge verrieten Rabanus, dass noch ein weiteres Problem an seinem Gemüt zerrte.

„Hast du noch etwas auf dem Herzen, Hatto?"

„Ja. Du weißt, ich bin seit Jugendtagen an deiner Seite und stehe dir näher, als jeder andere hier."

„Was willst du mir damit sagen?"

„Es gibt schlimme Gerüchte böser Natur."

„Sprich frei heraus, was dich bedrückt", forderte Rabanus Hatto auf.

„Gerüchte machen die Runde, dass ein schwarzes Schaf unter der Herde weilt. Das Schaf sei mehr ein Wolf, das sich im Schutz der Herde versteckt und wartet."

„Wartet? Auf was?"

„Angeblich wartet es nur auf den goldenen Zeitpunkt, den Schäfer der Herde zu töten."

„Du solltest nicht zu viel darauf geben. Ich fühle mich sehr wohl und auch sicher", versuchte Rabanus zu beruhigen. „Aber hab Dank für deine Aufrichtigkeit."

Mit diesen Worten verließ Rabanus die Kleiderkammer. Hatto blieb zurück, um Gerold noch ein wenig zur Hand zu gehen. Als der Abt wieder ins Freie trat, blendete ihn das grelle Licht der Sonne. Daher konnte er nicht sehen, dass sich ein Bruder schnellen Fußes von der Kammer fortbewegte. Das Gespräch unter vier Augen war von sechs Ohren vernommen worden.

*

Es war früh am Morgen, beinahe noch Nacht. Die Stunde vor der Dämmerung. Es schien eine wichtige, schnelle Veränderung gegeben zu haben. Noch war niemand der Brüder auf den Beinen, der ihn hätte entdecken können. Nur ein, zwei träumende Mönche seufzten und rührten sich im Schlaf, als Gottschalk den Schlafsaal auf leisen Sohlen verließ. Die Botschaft hatte er, wie beim ersten Mal, unter einem Stein in der Nähe des Haupttors gefunden. Jeden Tag suchte er diesen auf, um nachzusehen, ob es einen Auftrag für ihn gab. Wie befohlen, ging er zum bekannten Treffpunkt hinunter. Er hatte sich ein zweites Mal umgedreht. Niemand hatte ihn gesehen. Das kleine Brett der Entsorgungsklappe ließ sich ohne Probleme lösen. Er blickte sich ein weiteres Mal um. Niemand. Gerade wollte er wieder seinen Rückweg einschlagen, als ihn eine kräftige Hand am Knöchel packte und ruckartig nach unten zog. Gottschalk stürzte vornüber und seine Hände glitten durch die stinkenden Exkremente und fauligen Überreste von Gemüse. Er wurde durch die halb geöffnte Klappe nach draußen gezogen. Alles ging unglaublich schnell. Der Hüne. Der Dolch an seiner Kehle. Höchstens zwei Minuten dauerte das Gespräch, und im nächsten Moment stand er wieder auf der Innenseite der Klostermauer. Sein Körper zitterte wie Espenlaub.

Die Worte des Fremden waren klar und eindeutig gewesen, und er erkannte, dass er keine Wahl hatte. Mit wackeligen Schritten ging er los. Erst in Richtung der *necessario*, dann schwenkte er hinüber zum *Kaiserbau*. Schließlich zum Wohnhaus des Abtes.

# 19.

Alles ging rasend schnell. Di Castillo hatte keine Zeit verloren. Mit dem ersten Flugzeug waren Markus und Georg in Rom gelandet. Georg schien sich langsam irgendwie an Flughäfen zu gewöhnen. Im Gegensatz zu der kleinen Cessna war der große Airbus geradezu eine Wohltat für ihn. Alles war perfekt geplant. Nach der Landung wartete bereits ein Fahrer des Vatikans auf sie und chauffierte die beiden in einer schwarzen Limousine durch die Ewige Stadt. Hinüber auf die rechte Uferseite des Tiber. Der Wagen beschleunigte und schlängelte sich hinauf zum *Mons vaticanus*. Dem Vatikanhügel, der dem Vatikan seinen Namen gegeben hatte und an dessen Hängen Konstantin I. einst über dem Grab des heiligen Petrus die erste Basilika bauen ließ. Leider hatten Markus und Georg keine Zeit, sich die Sehenswürdigkeiten der Stadt anzuschauen und ihren ganz besonderen Flair zu genießen. Allmählich breitete sich in ihren Körpern eine tiefgehende Müdigkeit aus, die eine Stadterkundung unmöglich werden ließ. Sie hatten in den letzten Stunden mehr Kilometer zurückgelegt als im ganzen vergangenen Jahr. Immer auf den Spuren von Rabanus und seinen Rätseln. Nun standen sie, so hofften sie zumindest, vor der letzten Hürde.

Der Wagen passierte ohne Problem den Schlagbaum, der den italienischen Staat von der Vatikanstadt trennte. In regelmäßigen Abständen reihten sich Schweizergardisten mit ihren Hellebarden in Sichtweite zueinander auf. Als Leibgarde schützten sie den Papst vor möglichen Aggressoren und anderen Gefahren mit ihrem Leben. Das *Governatorato* mit seinen mächtigen Mauern baute sich wie ein undurchdringliches Felsmassiv vor ihnen auf. In diesem Gebäudetrakt war die Verwaltung untergebracht. Markus hielt es für eine der Bibliotheken, die er von Bildern her kannte und schwieg ehrfürchtig vor dem Anblick. Welches Wissen sich wohl noch immer hinter diesen Mauern verbarg? Markus wusste, dass sich in der Vatikanstadt das *gregorianische Museum* für ägyptische und etruskische Kunst, das *Pio-Cementino Museum* mit einmaligen Antiquitäten, das *Chiaramonti Museum* sowie die *vatikanische Pinakothek* mit Arbeiten italienischer Meister befand. Ganz abgesehen von den unschätzbaren Sammlungen antiker Manuskripte und der über eine Million gebundener Bände. De Laudibis sanctae crucis war wahrscheinlich nicht die einzige Schrift, die verschlüsselte Botschaften aus vergangenen Zeiten in sich trug.

Nach einigen Kurven kam der Wagen schließlich hinter dem Papstpalast, der nördlich vom Petersplatz lag, zum Stehen, und der Chauffeur öffnete die hintere Tür. Sie wurden bereits erwartet. Ein in schwarzer Soutane und purpurner Schärpe gekleideter junger Mann von vielleicht fünfundvierzig Jahren kam ihnen entgegen. Seine schmalen Lippen hatten sich zu einem milden Lächeln geformt.

„Herr Schuhmann und Herr Stangl, richtig?" Die Stimme des Mannes klang freundlich und aufgeschlossen.

„Richtig, ja."

„Mein Name ist Bruno Hafner, ich hoffe, Sie hatten einen angenehmen Flug?"

„Alles bestens."

„Freut mich, wenn Sie mir dann bitte folgen würden, Monsignore di Castillo hat mich unterrichtet und erwähnt, dass Sie nur wenig Zeit hätten."

„So ist es, leider", antwortete Georg, der es kaum erwarten konnte, in den Vatikan zu gelangen.

„Dann wollen wir keine Zeit verlieren. Wenn Sie mir bitte folgen würden."

Der hagere Mann ging durch eine schwere Holztür ins Innere des Gebäudes. Außer ihm war niemand zu sehen. Keine weiteren Angestellten, Kardinäle, noch nicht einmal ein Schweizergardist war auszumachen. Markus wunderte sich über die für ihn nicht erkennbare Sicherung der vermeintlich bestbehütetsten Bibliothek der Welt. Über marmorne Treppen hinauf gingen sie durch die riesigen Flure des *Governatorato*. Hafner führte sie bis ans Ende eines langen Korridors, wo sie an einer Tür stoppten.

„Sie haben sicherlich gehofft, die *Biblioteca Vaticana* einsehen zu können. Dies ist leider nicht möglich. Es ist schon eine große Ausnahme, dass Sie die Erlaubnis bekommen haben, eine dieser Schriften ohne monatelange Vorgabe einsehen zu dürfen."

„Verstehe", versuchte Markus Verständnis aufzubringen. Doch seine Enttäuschung war nicht zu übersehen. Allerdings waren sie ja auch nicht hierhergekommen, um in der *Biblioteca Vaticana* stöbern zu können, sondern sie hatten eine Aufgabe zu erfüllen. Bruno Hafner war anscheinend Besucher gewöhnt. In bester Touristenführermanier kommentierte er jeden Meter Palast, den sie hinter sich ließen.

„Wir befinden uns hier im Papstpalast, in dem sich die Gemächer des Heiligen Vaters befinden. Bis in das Jahr 1377 hatte der Papst nicht im Vatikan, sondern im *Lateranpalast* residiert. Neben den Privatgemächern sind hier die Regierungsämter der römisch-katholischen Kirche, mehrere Kapellen sowie eine Bibliothek beheimatet. Aus dieser Bibliothek haben wir uns erlaubt, Ihnen die gewünschte Schrift hier heraufbringen zu lassen."

Hafner öffnete die Tür zu einem separaten Zimmer. Die Vorhänge waren zugezogen und der Raum nur spärlich beleuchtet. Eine Klimaanlage sorgte für eine angenehm kühle Frische. Auf dem Tisch befand sich eine Schatulle, die unter einem Glaskasten auf einem samtenen

Untergrund lag. Georg erinnerte es an eine Käseglocke, und ihn ärgerte es in diesem Moment, während des Fluges geschlafen und somit den Snack an Bord verpasst zu haben.

„Handschuhe und alle anderen Utensilien finden Sie in der nebenstehenden, kleinen Holzschatulle. Ich werde Sie nun alleine lassen und vor der Türe warten."

Markus und Georg stellten sich über das ersehnte Werk. Nachdem sie die Handschuhe angelegt und die Kuppel beiseitegelegt hatten, blätterte Markus vorsichtig die Seiten mit der Pinzette um. Markus hatte sich während des Fluges eindringlich mit dem bereits vorhandenen Wissen über das Werk beschäftigt. Das Werk selbst bestand aus 28 verschiedenen Figurengedichten, alle von Rabanus persönlich erstellt. Die Figurengedichte waren von einzigartiger Schönheit und Perfektion. Wie viele Stunden für ein einziges dieser Gedichte benötigt wurden, konnte man nur erahnen. Markus wusste zuvor nur wenig von den rasterartigen Figurengedichten und deren komplexem Aufbau. Welche Sinnebene hatte sich Rabanus ausgesucht, um ein Geheimnis darin zu verstecken. Er hatte in einem Buch gelesen, dass es bei diesen Figurengedichten nicht selten war, dass es mehrere Sinnebenen gab. Zum einen die Grundebene, die der normale, durchlaufende Text darstellte. Dieser wurde durch weitere, eingeschobene Texte ergänzt, die in bildlichen Darstellungen eingebettet waren und somit eine zweite Ebene ergaben. Oftmals wurden diese In-Texte in Symbolen oder Großbuchstaben dargestellt, die wiederum eine neue Ebene schafften. Zudem entsprachen Buchstaben in vielen alten Schriften oftmals einem Zahlenwert. Somit fungierten Texte zugleich als zahlensymbolische Ebene.

Die Schrift selbst war eine Mischung aus angelsächsischer Schrift und karolingischen Minuskeln. Markus hatte diese Mischung schon einmal gesehen. Es war in einer der Vorlesungen von Spiritual Weithofen, in der es um Handschriften des damaligen Klosters ging. Es ging dabei um den Frankfurter Psalter und andere Schriften aus dieser

Zeit. Als sie zum letzten Figurengedicht vorgedrungen waren, erkannten sie, dass sie auf dem richtigen Weg sein mussten. Es zeigte einen knienden Mönch vor einem Kreuz!

„Hier, sieh nur, das muss es sein. Das achtundzwanzigste Figurengedicht." Markus nahm eine Lupe zur Hand und versuchte die Schrift zu entziffern. „Die roten Buchstaben unter der Figur des Knienden ergeben die Worte ‚Rabanus memet clemens rogo Christie teure o pie iudicio' Während Georg den Satz zu übersetzen versuchte, erklärte Markus den Vers zugleich. „*Gütiger Christus, in deiner Milde nimm mich, Rabanus, beim jüngsten Gericht in deinen Schutz.*" Mit einem grübelnden Ausdruck auf seinem Gesicht legte Markus die Lupe zur Seite.

„Rabanus weist damit anscheinend ausdrücklich darauf hin, dass es sich bei dem abgebildeten Mönch um ihn selbst handelt."

„Der erste Vers aus dem Ragyndrudiscodex hat uns also tatsächlich zu dem Figurengedicht geführt." Georg prustete einmal tief durch seine aufgeblähten Backen.

„Ja", nickte Markus, „das will ich meinen. Er hat sich das letzte Gedicht ausgesucht. Das achtundzwanzigste. Die *numerus perfectus*, die vollkommene Zahl."

„Warum vollkommene Zahl?"

„In der Mathematik ist sie die einzige Zahl, bei der die eigenen Divisoren, also 1, 2, 4, 7 und die 14, zusammengenommen wiederum 28 ergeben.

„Aber Rabanus war doch ein Mönch und kein Mathematiker."

„Vergiss nicht, dass er Magister des Klosters war. Er war also auch sehr bewandert in der Mathematik, die in der damaligen Zeit noch weit mehr Faszination und Interesse auslöste als heute."

Georg nickte schweigend, und als sei diese Erklärung nicht Grund genug, untermauerte Markus seine These noch weiter.

„Das ist auch der Grund, warum man diese Zahl auch mit dem *homo perfectus* gleichsetzt. Für Christus selbst."

„Schon gut, du hast mich überzeugt. Übersetz doch lieber mal die Schrift, die in das Kreuz geschrieben ist."

Lächelnd hielt Markus die Lupe über das rot ausgemalte Kreuz, das über dem Mönch thronte. Die Buchstaben konnte man wegen des besseren Farbkontrastes besser entziffern als den Rest des Textes. Zunächst las er den waagerechten Text von links nach rechts.

„Oro te ramus aram ara sumar et oro."

Diesmal verstand Georg den Text schneller. War sich aber über den Sinn nicht sicher.

„O Baum, ich bitte dich, der du Hoffnung und Altar bist, ich bitte dich, zieh mich von hier hinauf auf den Altar?"

Auch Markus wunderte sich über den Text. Was wollte Rabanus damit andeuten?

„Lies doch noch mal den Rest, also von oben nach unten."

Erst als Markus den Text lesen wollte, fiel ihm eine Sonderbarkeit auf. Nicht nur, dass der senkrechte Text dem waagerechten exakt glich. Auch von rechts nach links und von unten nach oben ergab es den identischen Satz.

„Das ist ein Palindrom. Dass mir das nicht gleich aufgefallen ist."

„Ein Palindrom?" Georg nahm Markus die Lupe aus der Hand und versicherte sich mit eigenen Augen, wie der Vers angeordnet war. „Tatsächlich, ein Palindrom. Ein Text, der egal wie herum gelesen, immer den gleichen Sinn ergibt."

Georgs steigende Nervosität war kaum noch zu bremsen. Einige Schweißperlen traten mittlerweile auf seine Stirn, und er musste aufpassen, dass diese nicht auf das wertvolle Werk tropften. Jeder Buchstabe auf jedem der vier Kreuzbalken des Bildes wurde von ihm gemustert. Er war zwar nicht so bewandert in Latein und Griechisch wie Markus, doch es genügte, um den Text zu verstehen. Und mehr noch. Ihm fiel eine weitere Auffälligkeit ins Auge.

„Vielleicht ist es weniger der Text als die Anordnung und Platzierung gewisser Buchstaben."

„Wie meinst du das?"

„Hier", hielt Georg das Lupenglas über das Kreuz. Markus schaute hindurch, ohne es zunächst zu bemerken.

„Was für Buchstaben meinst du denn?"

„Sieh dir mal die jeweiligen Anfangs- und Endpunkte jedes Balkens genauer an."

An allen äußeren Punkten endete der Kreuzbalken mit einem O. Die inneren Punkte hingegen begannen mit einem A. Jetzt verstand Markus was, Georg meinte, und sogleich sprudelte es aus ihm heraus.

„Alpha und Omega. Anfang und Ende. Und das M bildet sinn- und wortgemäß die Mitte."

Zufrieden verschränkte Georg seine Arme vor der Brust. Er genoss diesen kurzen Moment des Triumphs, der auch Markus nicht verborgen blieb.

„Ja, ich gebe zu, dass mir dies nicht direkt aufgefallen ist. Allerdings haben wir nun aber immer noch ein Problem. Zwar wissen wir, dass wir auf der richtigen Spur sind, aber was bedeuten die Zahlen und Ziffern, die wir in den Fuldaer Codices gefunden haben?"

Sofort legte sich der freudige Gesichtsausdruck auf Georgs Gesicht wieder.

„Alpha und Omega. Anfang und Ende", murmelte Markus in sich hinein, während er ein paar Schritte durch den Raum ging. „Es muss eine Bedeutung haben. Es muss sich um eine Art Wegweiser, einen versteckten Code in dem Figurengedicht handeln."

„Mich erinnern diese Texte eher an die Rätselhefte von Schwester Benedikta."

Der Satz sackte nur langsam, und beinahe hätte Markus ihn ganz überhört. Doch plötzlich war es, als ob sich eine verschlossene Tür in seinem Kopf öffnete.

„Na klar. Rätselhefte, Buchstabenrätsel."

„Was?" Georg konnte Markus nicht folgen. Doch dieser war nun in seinem Element. Er schien eine zündende Idee zu haben.

*Rabanus Maurus, Figurengedicht Nr. 28*

„Erinnerst du dich noch an Weithofens Schilderung eines gewissen Michael Drosnin?“

„Michael Drosnin?“, wiederholte Georg. „Sagt mir irgendwas. Hilf mir.“

„Weithofen erzählte uns, dass das Buch *DER BIBELCODE* von Michael Drosnin weltweit für Aufsehen sorgte. Drosnin behauptete darin, die Bibel enthalte versteckte Botschaften, die enthüllt werden könnten, wenn man nach so genannten abstandsgetreuen Buchstabenfolgen suche. Diese ergäben sich, wenn man einen beliebigen Text nimmt, einen bestimmten Buchstaben als Startpunkt auswählt und dann jeweils eine bestimmte Zahl von Buchstaben überspringt.“

„Richtig, ich erinnere mich. Drosnin entdeckte eine erstaunliche Zahl von biblischen Buchstabenfolgen, die nicht nur sinnvolle Wörter ergeben, sondern es treten Zusammenhänge zwischen Newton und dem Begriff der Schwerkraft auf. Und an einer anderen Stelle wurde der Name Edison tatsächlich mit der Glühbirne in Verbindung gebracht.“

„Aber an irgendwas ist doch seine These dann gescheitert.“

„Der Professor einer australischen Universität demonstrierte die Schwäche von Drosnins Ansatz, indem er in Moby Dick nach Buchstabenfolgen suchte. Und er fand sie. Dreizehn Aussagen über Attentate auf berühmte Personen, darunter Trotzki, Ghandi und Robert Kennedy. Zudem sind hebräische Texte besonders reich an solchen Buchstabenfolgen, weil die Vokale weitgehend fehlen. Das heißt, die Deuter können nach Belieben Vokale einfügen, und umso einfacher ist es, Voraussagen in die Texte hineinzulegen.“

„Schön, aber was hat das jetzt mit unserem Problem zu tun?“

„Ich denke, dass es sich um einen ähnlichen Code handelt.“

„Wie kommst du darauf?“

„Das „M“ in der Mitte des Kreuzes stellt den Ausgangspunkt dar. Der Rest sind Koordinaten, die von diesem Punkt ausgehen. Und mit dem Satz König der Könige, kann er nur Jesus Christus gemeint haben, den König der Juden."

„Und weiter?"

„Versteh doch, es ist ganz offensichtlich. Er gibt sogar noch einen weiteren Hinweis. Das Königsspiel. Ein königliches Spiel. Das Spiel der Könige: Schach!"

„Ich verstehe noch nicht, wie uns das weiterbringen soll."

„Wenn man das Figurengedicht nach Rastern aufteilt wie ein Schachbrett und die Koordinaten, die wir aus dem Cadmugcodex haben, von dem Punkt „M" ausgehen, ergibt sich vielleicht die Lösung aus dem Gedicht."

Sofort versuchten sie es mit den ersten Koordinaten, die sie auf einem Zettel aufgeschrieben hatten. Es war etwas schwierig, die lateinischen Wörter an den richtigen Stellen voneinander zu trennen, sodass sie beschlossen, das Figurengedicht mit ihrer mitgebrachten Digitalkamera zu fotografieren und es in Fulda genauer unter die Lupe zu nehmen. Sie wollten keine Fehler begehen.

Kurz darauf hatten sie ihre Sachen zusammengepackt und standen wieder vor dem Raum. Bruno Hafner hatte anscheinend auf sie gewartet. Er stand am anderen Ende des breiten Gangs und blickte durch die riesigen Fenster nach draußen. Als er die beiden kommen sah, kam er einige Schritte auf sie zu.

„Ich hoffe, Sie haben gefunden, was Sie suchten?"

„Ja, danke, wir sind fündig geworden. Wenn Sie uns jetzt zum Flughafen zurückbringen könnten."

„Selbstverständlich, es ist alles schon vorbereitet. Ihr Fahrer wartet bereits vor der Tür."

Bruno Hafner begleitete die beiden zurück zur Limousine, mit der sie zum Flughafen gebracht wurden. Noch während sie in der Luft waren, war ihnen die Nachricht ihres erfolgreichen Besuchs schon nach Deutschland vorausgeeilt. Die Verbindungen der Thule-Gesellschaft waren auch heute noch sehr lebendig.

# 20.

Die kleine Kapelle des Friedhofs lehnte sich behutsam an die steinerne Mauer. Sie trennte den Friedhof von der Hauptstraße, die sich direkt daneben durch das Dorf bis hinauf zur Abtei schlängelte. In der Ferne konnte man über den Dächern des Dorfs sogar die Kuppeln der Abtei Johannesberg erkennen. Markus und Georg schoben sich durch die Menschentrauben von Professor Weithofens Beerdigung. Sie hatten Mühe, überhaupt durch das eiserne Tor am Eingang des Friedhofs zu gelangen. Der kleine Friedhof von Johannesberg war trotz des anhaltenden Regens zum Bersten gefüllt. Hätte man einen letzten Beweis der Beliebtheit von Spiritual Weithofen benötigt, dies wäre er gewesen. Es mussten Hunderte Menschen sein, die sich auf dem nur fußballplatzgroßen Friedhof eingefunden hatten. Einige drängten sich auf den schmalen, gepflasterten Wegen. Die meisten standen jedoch zentimetertief im aufgeweichten Schlamm und Matsch der Grünflächen. Angehörige der Familie, trauernde Gläubige neben Politikern und Offiziellen der Kirche. Selbst der Bischof war anwesend, und auch Monsignore de Castillo erwies Weithofen die letzte Ehre.

Keiner der Anwesenden empfand diesen Termin als lästige Pflichtaufgabe, für alle war es eine Selbstverständlichkeit und ein Akt der Ehre, bei diesem Begräbnis anwesend zu sein. Selbst der immer heftiger einsetzende Regen ließ keinen der Gäste an ihrer Entscheidung zweifeln. Der Himmel öffnete seine Schleusen immer mehr, und die schwarzen Wolken verdunkelten sich am Horizont zu einer undurchdringlichen Wand. Ein Donnern grummelte irgendwoher. Markus kümmerte das Wetter nicht, er bemerkte es kaum. Sein Gemütszustand war ähnlich. Dunkle Schatten und eine immer stärker werdende Wut über das Geschehene legten sich über seine Seele und bestimmten seine Gefühle. Mit kritischen Blicken quittierten die Anwesenden das näher kommende Grollen. Die aufgespannten Regenschirme spendeten nur wenig Schutz, da der Wind den Regen fast waagerecht durch die Luft peitschte. Einige Helfer stülpten eifrig Plastikfolien über die aufgebauten elektronischen Geräte. Um dem Andrang gerecht zu werden, hatte man sich vonseiten der Fakultät entschlossen, die Reden über Lautsprecher zu verstärken. Markus und Georg hatten inzwischen einen einigermaßen trockenen Platz unter einer Buche in der Nähe des Grabs gefunden. Als Vertreter der Alumnen waren sie von Regens Heese in eine der vordersten Reihen bestellt worden. Schließlich waren sie die einzig verbliebenen Studenten, die nicht in den Semesterferien abgereist waren. Ständig blickte Markus sich um. Verhielt sich irgendjemand auffällig? Es war ihm unangenehm und peinlich, sich nicht auf den eigentlichen Grund seiner Anwesenheit konzentrieren zu können. Dem Abschied von seinem geschätzten Mentor. Doch was, wenn wirklich Mitglieder des Thule-Ordens hier waren, vielleicht hatten sie sogar etwas geplant. Es wäre eine erstklassige Möglichkeit gewesen. Ohne Deckung standen hier einflussreiche Männer aus Kirche, Wirtschaft und Politik Schulter an Schulter nebeneinander. Doch niemand fiel ihm auf oder kam ihm seltsam vor. Alles verlief planmäßig. Subregens Romberg hielt eine ergreifende Rede über den Lebensweg des einst jungen Priesters bis hin zum Spiritual des Priesterseminars. Ein Mann, der sich und seinen Werten stets treu blieb und der in sich das Feuer verspürte, sein Wissen und seinen Glauben jenen näher zu bringen, die Orientierung benötigten. Ob Christen oder Muslime, Greise oder Jugendliche, erfahrene Kirchenmänner oder die Alumnen des Priesterseminars, für alle hatte er ein offenes Ohr und eine offene Tür, um sich die Sorgen und Fragen der Menschen anzuhören.

Nach über zwei Stunden verließen alle Anwesenden den Friedhof durch das Eisentor an der Kopfseite. Die geladenen Gäste wurden noch zu einem Umtrunk in der nahe gelegenen Abtei Johannesberg gebeten, und alle waren dankbar für die Möglichkeit sich in trockenerer Atmosphäre noch ein wenig zu unterhalten. Nur Markus war noch geblieben und wollte später nachkommen. Vor dem Grab lagen Kränze und Blumengebinde in Hülle und Fülle. Mit grünem Kunstrasen hatte man die Ränder des ausgehobenen Erdlochs abgedeckt. Zwei Meter tief war das Grab ausgehoben und einige feinädrige Wurzeln streckten sich wie kleine Krakenarme von den Seiten ins Leere. Der kastanienbraune Sarg war noch gut zu erkennen, nur einige Schaufeln Erde und Blumen bedeckten ihn hier und da.

Tief in die Hocke gebückt kauerte Markus in Gedanken versunken vor dem Erdloch. Es verdeutlichte einmal mehr und in grausamer Direktheit die Endlichkeit des Lebens. Erinnerungen an die Beerdigung seines Vaters kamen in ihm auf. Er war froh, dass sich von diesem Ereignis nicht allzu viele Details in seinem Kopf festgesetzt hatten. Wie in Trance hatte er damals die Tage erlebt. Nur die Salutschüsse der Soldaten am offenen Grab konnte er noch heute hören. Sie rissen ihn damals aus seiner heilen Welt. Jeder einzelne Schuss traf ihn tief in seinem Innersten und unterstrich in lautem Getöse die Unwiederbringlichkeit seines Vaters. Damals hatte er sich entschlossen, seiner Mutter nicht noch mehr Last durch seine Tränen aufzubürden. Nun schimmerten seine feuchten Augen, und eine Träne lief ihm über die Wange. Weitere Tränen folgten dem Weg der ersten, und es tat gut, sie alle ungebremst auf ihre kurze Reise zu schicken.

*

Als Markus wieder zur Trauergemeinschaft zurückkam, waren viele der Gäste bereits gegangen. Georg stand mit einem leeren Teller am Buffet und machte gerade Anstalten, diesen wieder aufzufüllen, als er Markus sah.

„Wo warst du nur so lange? Ich wusste die ganze Zeit gar nicht, was ich hier alleine machen soll."

„Du scheinst ja eine Lösung gefunden zu haben", deutete Markus auf den Teller in Georgs Hand.

„Blieb mir ja nichts anderes übrig. Komm, lass uns mal hinsetzen. Ich hole mir nur rasch etwas zu trinken. Was möchtest du?"

Georg organisierte zwei Gläser Wasser. Regens Heese blickte ab und an zu Markus herüber. Ob er wirklich in der Sache mit drinsteckte? Immerhin hatte er der Polizei die Zeichnung des Hakenkreuzes an der Tafel verschwiegen. Doch wenn sich der Verdacht bestätigen sollte, dass er noch mehr mit der Sache zu tun hatte, würde Markus keine Sekunde zögern, ihn der Polizei zu überstellen. Andererseits schien Heese di Castillo über das Thulesymbol an der Tafel informiert zu haben. In diesem Augenblick vibrierte das Handy in seiner Manteltasche. Er hatte es auf lautlos gestellt, um während der Beerdigung nicht unangenehm aufzufallen. Als er es aus der Tasche zog, waren auf dem Display bereits acht Anrufe in Abwesenheit zu erkennen.

„Schuhmann?"

„Markus?", erkannte er sofort Leinwebers Stimme. Allerdings klang sie seltsam zittrig und nervös. „Wo steckst du denn bloß, ich versuche dich schon seit über einer Stunde zu erreichen."

„Entschuldigen Sie, ich hatte es auf lautlos gestellt, da ich…"

„Wir müssen uns unbedingt sehen", unterbrach ihn Leinweber ruppig.

„Selbstverständlich, aber worum geht es denn? Ist alles in Ordnung?"

„Nein! Es ist nichts in Ordnung!" So erregt hatte er den alten Mann noch nie erlebt.

„Ich war heute Mittag auf der Beerdigung von Spiritual Weithofen. Ich wollte mich wenigstens von ihm verabschieden und habe einige Meter entfernt der Beerdigung beigewohnt."

„Und weiter?"

„Ich weiß, es klingt verrückt, aber…"

„Aber? Aber was?"

„Aber…ich weiß jetzt, wer der Falke ist."

„Sie wissen was?", rief Markus schrill in den Hörer.

„Der Falke. Er war da."

„Wie meinen Sie das? Er war da?"

„Er war auf der Beerdigung. Ich kann es dir nicht am Telefon erklären. Komm bitte hierher. So schnell wie möglich."

Das brauchte Leinweber nicht zweimal sagen. Markus drückte den roten Knopf und starrte noch einige Sekunden wie gebannt auf das Telefon. Hatte Leinweber wirklich gesagt, er wisse, wer der Falke sei?

Georg leckte genüsslich seinen Löffel ab, bemerkte aber Markus' Verstörtheit.

„Was ist los, noch eine schlechte Nachricht?"

„Nein, eigentlich eine gute, auch wenn ich mich noch nicht recht darüber freuen kann." Er stand auf und griff sich seine Jacke.

„Das war Leinweber. Er weiß, wer der Falke ist."

*

Im gleichen Moment stoppte nur wenige Kilometer entfernt in einer kleinen Kammer des Klosters am Frauenberg ein Tonband. Erik de Flandre hatte genug gehört. Er stand an seinem Fenster und blickte hinunter auf die Stadt. Die Kuppeln des Doms, die Fakultät, weiter entfernt am Horizont die Abtei Johannesberg. Alles breitete sich in einem beeindruckenden Panorama vor ihm aus. Wie friedlich alles schien und wie widerwillig er nun wieder seinen Job machen musste. Der alte Mann war aber anscheinend nicht anders ruhig zu stellen. Trotz seiner Behinderung war er wieder zu einem Dorn im Fleisch der Thule-Gesellschaft geworden. Jahrelang hatte man nichts mehr von ihm gehört, und man war davon ausgegangen, dass sich sein brennender Eifer gelegt hatte. Offensichtlich war diese Einschätzung ein großer Fehler gewesen. Erik hatte zwar keinen Schimmer, wie und ob der Alte tatsächlich etwas über die Identität des Falken herausgefunden hatte. Doch jedes weitere Risko war zu vermeiden. Es blieb keine Zeit, um auf eine Entscheidung des Falken zu warten. Er musste sofort handeln. Ohne zu zögern ergriff Erik seinen Mantel, verschloss die kleine Kammer und machte sich auf den Weg. Da Michele noch mit Schmerzen in seinem Zimmer lag, würde er auf sich alleine gestellt sein. Das machte Erik nichts aus, im Gegenteil. Er bevorzugte es, alleine seine Arbeit zu verrichten. Durch das Treppenhaus hastete er hinunter zum Ausgang. Sein weißes Haar wehte wild durcheinander. Ein Schmunzeln konnte er sich, wie jedes Mal, wenn er das Gästehaus verließ, nicht verkneifen. Gerade hier an diesem Gott geweihten Ort hatten er und Michele Unterschlupf gefunden. Es war ein großartiger Schachzug des Falken gewesen. Niemand würde sie hier vermuten.

Einer der braungewandeten Franziskanerbrüder saß am Portal und öffnete ihm bereitwillig die Tür nach außen. Es war wieder dieser alte, schwerhörige Mönch, der ihm und Michele auch die Zimmer zugewiesen hatte. Irgendwie mochte Erik diesen kauzigen Greis. Er strahlte eine undefinierbare Ruhe und Gelassenheit aus, als könne ihn nichts in der Welt erschüttern. Kurzzeitig hatte sich Erik sogar schon Gedanken darüber gemacht, ob es auch für ihn eine Option wäre, in ein Kloster einzutreten. Nicht dass er auf einmal gläubig geworden wäre, aber hier könnte er vor allem und jedem gut untertauchen. Vor fast jedem. Die Thule-Gesellschaft würde ihn finden. Dessen war er sich ganz sicher.

Mit einem leichten Kopfnicken zeigte sich Erik dankbar und verließ das ehrwürdige Gebäude. Sein Auto stand direkt vor dem Eingang. Bevor er startete, lehnte er sich hinüber auf den Beifahrersitz und öffnete das Handschuhfach. Seine Pistole lag wartend vor ihm. Eine Walther PP, seine ehemalige Dienstwaffe aus vergangenen Polizeizeiten. Er hatte die Kaliber 7.65 mm Schusswaffe schon lange nicht mehr benutzen müssen. Diese Zeit schien nun abgelaufen. Erik griff sich die Waffe und legte sie unter sein Jacket auf den Beifahrersitz. Schweiß schoss ihm aus den Poren und ein paar weiße Strähnen verklebten sofort an seiner Stirn. Doch Erik nahm davon keine Notiz. Es galt, keine Zeit zu verlieren. Er startete den Wagen und versuchte die Vorstellung aus seinem Kopf zu bekommen, wie der alte Mann ihn beim Sterben wohl anblicken würde.

# 21.

Sofort war Markus aufgebrochen. Von der Abtei Johannesberg fuhr er über die lange Allee bis zur Frankfurter Straße, um dort mitten im geschäftigen Nachmittagsverkehr stecken zu bleiben. Obwohl er ohne Verzögerung aufgebrochen war, dauerte die Fahrt durch die belebten Straßen der Innenstadt doch um einiges länger als erwartet. Immer wieder blickte er in den Rückspiegel, ob ihm irgendjemand folgte. Das Gefühl ließ ihn einfach nicht los. Er konnte aber niemanden erkennen. Wahrscheinlich bildete er es sich wieder nur ein. Seine Gedanken flogen wild durcheinander. Er konnte es nicht fassen. Hatte Leinweber wirklich behauptet, er wisse, wer der Falke sei? Woher kam ihm diese plötzliche Erklärung? War ihm doch noch etwas eingefallen? Aber was konnte es sein, wenn er es nicht schon in den letzten zwanzig Jahren bemerkt hatte. Der Falke. Dies war eines der wichtigsten Puzzleteile, die Leinweber in den letzten Jahrzehnten mühsam versucht hatte, zu einem Bild zusammenzusetzen.

Ungeduldig bog Markus endlich in die Einfahrt des Grundstücks ein. Die graue Fassade der Villa schob sich hinter den Kastanienbäumen langsam ins Blickfeld. Im Vergleich zu den anderen Villen der Gegend war Leinwebers Haus schlicht und wirkte nüchtern. Markus fragte sich, was eigentlich in den Räumlichkeiten des oberen Geschosses zu finden war. Noch nie hatte er diese besucht. Einen Aufzug gab es nicht, und alleine konnte Leinweber unmöglich die

Stufen mit seinem Rollstuhl erklimmen. Er ging zur Vordertür, blieb jedoch kurz stehen und schaute zum Fenster des Wohnzimmers. Ihm war für einen Moment, als hätte er eine Bewegung dahinter wahrgenommen. Wahrscheinlich nur die Haushälterin. Als er das namenlose Messingklingelschild drückte, konnte er die Glocke im Innern läuten hören. Nach einer kurzen Pause klingelte er ein weiteres Mal, ohne Erfolg. Ein drittes Mal, doch niemand öffnete.

Frau Neidel ist wohl doch nicht im Hause", schlussfolgerte er. „Vielleicht ist Leinweber am Telefonieren oder auf der Toilette.

Markus ging am Haus entlang zum Fenster des Wohnzimmers. Mit zusammengekniffenen Augen und mit beiden Händen an Schläfen und Stirn gelegt, blickte er durch das Glas. Schließlich klopfte er fest gegen das Fensterglas.

„Herr Leinweber?"

Langsam kroch in Markus ein unbehagliches Gefühl empor. Leinweber war sicherlich nicht noch mal kurz aus dem Haus gegangen oder hatte Markus' Kommen vergessen.

„Herr Leinweber. Sind Sie zu Hause? Ich bin es, Markus Schuhmann."

Markus erinnerte sich an Leinwebers Aussage, dass er Krebs im Endstadium habe. Mit schnellem Schritt ging Markus um die Ecke durch die Gartenpforte. Von dort aus konnte er über die Veranda in das Arbeitszimmer blicken. Als er jedoch um die Ecke kam, wurden seine schlimmsten Befürchtungen noch übertroffen. Etwa in Höhe der Türklinke prangerte ein faustgroßes Loch in der nur angelehnten Glastür. Scherben lagen auf der Veranda und auf dem Holzparkett des Arbeitszimmers. Schlagartig schoss Markus' Puls in die Höhe. Was sollte er tun? Hineingehen oder lieber auf Hilfe warten und die Polizei rufen? Was, wenn Leinweber Hilfe brauchte? Markus schob die Tür gerade so weit auf, dass er hineinschlüpfen konnte. Kleine Glassplitter knirschten unter seiner Schuhsohle, als er eintrat und sich im Arbeitszimmer umschaute. Alles schien an seinem Platz. Die Bücher in den

Regalen standen akkurat nebeneinander und, die kleine Sitzecke für Gäste schien ebenso unberührt. Hinter der großen Grünpflanze schimmerte das Licht der Schreibtischlampe hervor. Markus lauschte nach irgendwelchen Geräuschen, doch es war absolut still. Mit den Fingern schob er die Zweige der Pflanze beiseite und entdeckte den Grund für die Stille. Hinter dem Schreibtisch stand der leere Rollstuhl des ehemaligen Polizeipräsidenten. Daneben der leblose Körper des alten Mannes. Markus erkannte ihn sofort, obwohl ein Kissen mit einem kleinen schwarzen Loch mit verbrannten Umrissen über seinem Gesicht lag. Der Täter hatte das Kissen wohl als eine Art Schalldämpfer benutzt. Neben der Leiche lag die unverwechselbare dunkle Brille Leinwebers. Markus kniete sich nieder, nahm das Kissen von dem Gesicht und fühlte nach dem Puls, fand aber keinen. Die Augen blickten ihn weit aufgerissen und starr an. Leinweber musste sich noch gewehrt haben und seinem Mörder einen Kampf geliefert haben. In Markus krochen Gefühle empor, die er so bisher noch nicht von sich kannte. Eine neue Seite voller dunkler Emotionen, die immer stärker zu werden schien. Rache und Hass schlugen beängstigend hohe Wellen in seinem Körper. Hass auf die Thule-Gesellschaft, auf den Falken. Vielleicht sogar auf sich, dass er es nicht schaffte, die Blutspur zu beenden. Wieder stand er vor der Leiche eines engen Vertrauten. Er schwor sich, dass das Morden ein Ende nehmen musste. Markus schloss die verzerrten Augen sanft mit seiner Hand. Ihm blieb nichts anderes übrig, als die Polizei anzurufen und sich vielen unangenehmen Fragen zu stellen. Fragen, die er nicht beantworten konnte, und Fragen, die er nicht beantworten wollte. Und zu alledem hatte er selbst eine ganz entscheidende Frage: Wer versteckt sich hinter dem Falken?

*

Special-Agent Colani drehte sich eine weitere Zigarette. Mit der Zunge fuhr er über das dünne Papier und strich sie anschließend glatt. Nicht ein einziges Mal ließ er dabei Markus aus den Augen. Nachdem Markus bei der Polizei angerufen hatte, war eine Streife zu Leinwebers Haus gekommen. Auch Kommissar Kohler war hinzugestoßen und hatte ihn gebeten, mit auf die Wache zu kommen, um eine ausführliche Aussage zu den Vorkommnissen zu machen. Doch Markus wurde direkt zu Colanis provisorisch eingerichtetem Büro gebracht. Quer über dem Schreibtisch lagen die Überreste nächtelanger Polizeiarbeit verstreut. Colani schien sich im Büro des Kommissars niedergelassen zu haben. Markus hatte Kardinal di Castillo versprochen, absolute Diskretion zu bewahren. Selbst ohne dieses Versprechen hätte Markus wohl nichts erzählt und reagierte ausweichend auf Colanis Fragen. Es ging um so viel. Viel mehr, als sich alle vorstellen konnten. Alles, was Markus bisher herausgefunden hatte, deutete darauf hin, dass der Vierte Codex noch immer existieren könnte. Markus respektierte die Arbeit der Polizei. Doch war er davon überzeugt, dass sie ihm in diesem Fall nicht weiterhelfen konnte. Wenn die Thule-Gesellschaft den Vatikan schon seit ihrem Bestehen infiltrieren konnte, war es wohl ein Leichtes, die Arbeit der Polizei oder der CIA zu unterwandern. Auf keinen Fall durfte er etwas verraten. Doch so sehr Markus auch versuchte, einen möglichst ruhigen Eindruck zu machen, er schaffte es nicht. Er war eben ein miserabler Lügner. Einem so erfahrenen Agenten wie Colani fiel das natürlich auf.

„Sie haben also keine Ahnung, warum jemand den alten Mann überfallen hat?“

„Nein. Keine Ahnung. Vielleicht hat er einen Einbrecher überrascht. Das Glas der Terrassentür war zerstört.“

Colani zündete sich mit einem Feuerzeug die selbst gedrehte Zigarette an, nahm einen tiefen Zug und atmete wieder aus. Die Asche glühte leuchtend auf. Und schon nach dem ersten Zug wuchs wieder ein kleines Ascheästchen an der Spitze der Zigarette. Zu gerne hätte

Markus unter dem Schreibtisch des Agenten nachgeschaut, ob es dort vielleicht so etwas wie einen Aschefriedhof gab.

„Nein. Kein Einbruch. Im Haus von Leinweber wimmelte es von Antiquitäten und wertvollen Gegenständen. Alles steht noch an seinem Platz."

„Wie gesagt. Ich weiß es nicht."

„Eine Idee, wer ihm nach dem Leben trachtete?"

Markus schüttelte vehement den Kopf, doch Colani bohrte weiter.

„Und Sie wollten ihn nur einfach so besuchen?"

„Ja. Er ist ein guter Bekannter unserer Familie. Schon seit ewigen Zeiten."

„Verstehe. Und Sie wollten einfach einen Freundschaftsbesuch machen."

„Aber warum befragen Sie mich denn eigentlich zu dem Mord? Ich denke Sie unterstützen nur die örtliche Polizei wegen des Papstbesuchs."

„Genau. So ist es."

Ohne eine weitere Erklärung nahm Colani einen weiteren tiefen Zug, sodass die Glut erneut kräftig aufleuchtete. Dann vertieften sich die Falten um seine Augen.

„Sagen Sie, ist heute nicht die Beerdigung von Professor Weithofen gewesen?"

„Allerdings, ja. Dort war ich vorher."

„Am Tag, an dem Ihr Professor zu Grabe getragen wird, fällt Ihnen also ein, einen alten Freund der Familie zu besuchen. Finden Sie das nicht pietätlos?"

„Ich fuhr einfach so durch die Gegend. Und als ich am Frauenberg war, bin ich eben auf die Idee gekommen, ihn zu besuchen."

„Wie lange hatten Sie Leinweber nicht mehr gesehen?"

Markus zuckte mit seinen Schultern. In seinem Kopf sagte ihm sein Gewissen immer wieder: Vor ein paar Tagen, vor ein paar Tagen!

„Vor einigen Monaten."

„Vor einigen Monaten. Verstehe."

„Denken Sie nicht, dass es irgendeine Parallele zum Tod Ihres Professors gibt? Sie schienen mir bei unserem ersten Treffen nicht so recht von einem normalen Tod des Spirituals überzeugt."

„Ja, Sie haben Recht. Im ersten Moment konnte ich es nicht glauben. Aber ich stand noch unter Schock. Wusste nicht mehr, wo mir der Kopf steht. Das war einfach alles zu viel für mich."

„Wissen Sie, ich mag Sie, Markus. Deswegen möchte ich Ihnen etwas verraten. Es gibt zwar keine Indizien für einen gewaltsamen Tod von Professor Weithofen, aber..."

„Aber? Was aber?"

„Aber meiner Meinung nach stinkt die ganze Sache. Und zwar ganz gewaltig."

Markus biss sich auf seine Unterlippe. Er musste seinen Körper fast dazu zwingen nicht aufzuspringen, um Colani alles zu erzählen. Doch wem konnte er noch vertrauen?

„Gut, Herr Schuhmann. Sie können nun gehen. Wenn Ihnen noch etwas einfällt, melden Sie sich bitte bei uns. Kommissar Kohler gibt Ihnen seine Karte."

Kohler wühlte unter einem Stapel Akten einige verknickte Visitenkarten hervor. Dabei stieß er mit dem Ellenbogen gegen Colanis Arm, und diesem fiel die Asche auf die vor ihm ausgebreitete Akte.

„Scheiße", fluchte Colani und wischte alles schnell mit der Handkante von seinem Schreibtisch auf den Boden. Kohler machte eine entschuldigende Handbewegung und streckte Markus die Karte entgegen. Beruhigt, dass nun die Befragung vorbei war, nahm Markus die Visitenkarte entgegen, gab einen stillen Schnaufer von sich und nickte.

„Ja. Vielen Dank. Das werde ich."

Wie eine Erlösung kam es Markus vor, als er endlich seine Jacke nehmen konnte und das Büro des Kommissars verließ. Direkt hinter ihm verließ Kohler das Büro. Der CIA-Agent hingegen blieb in seinem Sessel sitzen und blickte Markus hinterher. Als dieser verschwunden war, kam Kohler mit einem Umschlag zurück und legte ihn auf den Schreibtisch.

„Und?", wollte Kohler wissen. „Was denken Sie? Hat er was mit der Sache zu tun?"

„Mit dem Mord an Leinweber? Wohl kaum. Das war die Arbeit eines Profis. Der Junge zittert ja schon am ganzen Leib, wenn man ihm einige unangenehme Fragen stellt."

„Also denken Sie, dass er unschuldig ist?"

„Was weiß ich", entgegnete Colani patzig und schroff. „Jedenfalls sagt er auch nicht die ganze Wahrheit. Irgendwas stimmt hier nicht."

Eingeschüchtert von dem genervten Ton Colanis verließ Kohler wieder das Büro und schloss die Tür hinter sich. Es schien, als ob er froh wäre, wenn der Papstbesuch endlich vorbei wäre und er wieder das Sagen hätte. Indes nahm Colani kopfschüttelnd einige Bilder aus dem Umschlag und sah sie sich noch mal an. Sie waren nur wenige Tage alt. Auf den Bildern war Leinweber zu sehen, wie er in seinem Rollstuhl saß. Am kleinen See des Schlossgartens. Direkt neben ihm sitzend war ein weiterer Mann auf dem Bild zu erkennen.

Markus Schuhmann.

*

Am späten Nachmittag des folgenden Tages trafen sich Markus und Georg im Labor. Georg wartete bereits schon einige Zeit. Nach dem Tod Leinwebers wollte er nun endgültig die Nachforschungen einstellen. Erst nach einem langen Gespräch ließ er sich von Markus überzeugen, dass man so kurz vor dem möglichen Ziel nicht aufgeben könne. Weder Weithofen noch Leinweber hätten dies gewollt. Ihre Arbeit durfte nicht umsonst gewesen sein. Beide hatten ihr Leben dafür gelassen. Alleine ihnen waren sie es schuldig, bis zur letzten Sekunde weiterzuforschen. Selbst wenn sich dann herausstellen sollte, dass der Vierte Codex nicht mehr existierte.

Di Castillo war kurz darauf im Labor erschienen und .wollte nun mit seinem kleinen Sicherheitsteam die Codices wieder abholen. Zur Sicherheit hatte er über Nacht zwei Wachleute vor dem Labor platzieren lassen. Die Codices mussten aufgrund der aufgesprühten Mixtur erst wieder austrocknen und konnten nun erst wieder transportiert werden. Dies war dem Kirchenmann zwar äußerst unangenehm gewesen, doch hatte er schließlich zugestimmt.

Sie beschlossen, sich nach einer kleinen Pause am späten Nachmittag wieder zusammenzusetzen. Dann wollten sie den Vers entschlüsseln. Georg verabschiedete sich zum Mittagessen, und auch Markus war für diese Pause dankbar. Er ging in Richtung Innenstadt. Die frische Luft tat ihm gut.

Nach wenigen Metern bemerkte Markus, dass die Sicherheitsmeile, die um den Dom entstehen sollte, nun handfeste Formen annahm. In schwarzer Uniform gekleidete Beamte hatten einen Sicherheitsring um die umliegenden Straßen gezogen. Weder über die Johannes-Dyba-Allee noch über die Pauluspromenade waren der Dom und die Fakultät noch zu erreichen, ohne dabei an gesicherten Schleusen kontrolliert zu werden. Markus erinnerten die Sicherheitsschleusen an die Flughafenkontrollen. Nur waren diese hier noch viel strenger. Alle metallischen Gegenstände sowie elektronischen Gegenstände musste man unter einen Scanner legen und sich im Anschluss selbst kontrollieren lassen. Wahrscheinlich war dies Colani zu verdanken, kam Markus in den Sinn, als er näher an die Schleuse trat und erkannte, dass es sich um amerikanische Fabrikate handelte.

„Ab wann sind die Schleusen für die Öffentlichkeit gesperrt?“, fragte Markus einen der Beamten, der gerade einen alten Mann mit einem elektronischen Apparat, einer Art Kelle, abtastete.

„Ab heute Abend wird der Bischofs- und Domdistrikt komplett

durchsucht und überprüft. Danach kommt keiner mehr in diesen inneren Kreis, hinein ohne von uns durchleuchtet zu werden. Jeder muss durch diese Schleuse."

In diesem Moment blinkte ein rotes Licht über dem Passanten auf und ein Signalton signalisierte, dass etwas nicht stimmte. Der Beamte stoppte in seiner Ausführung und trat vor den älteren Mann.

„Einen Moment bitte. Haben Sie noch etwas Elektronisches in Ihren Taschen?"

Der ältere Mann war entgegen Markus' Vermutung aber nicht irritiert, sondern lächelte sogar verschmitzt.

„Gutes Gerät", nickte er zufrieden. „Besser als die Dinger am Flughafen, die registrieren meinen Herzschrittmacher nicht jedes Mal."

Trotz dieser Aussage durchsuchte der Beamte das Jacket des Mannes per Hand. Erst dann deutete er dem alten Mann an, die Schleuse zu passieren.

„Ja, das Ding ist höchstsensibel eingestellt. Hier kommt kein Taschenrechner durch, ohne dass wir ihn erkennen. Sie können durchgehen."

„Also ab heute Abend?", fragte Markus noch einmal bezüglich der Bannmeile nach.

Sichtlich genervt, drehte sich der Beamte erneut zu Markus.

„Wollen Sie es schriftlich haben? Ja, ab heute Abend zwanzig Uhr."

Markus betrachtete die Schleuse. Ihn hätte es sehr interessiert, mehr über diese elektronische Schleuse zu erfahren, doch zog er es vor, dies zu verschieben. Dann ging er durch den schmalen Ausgang in Richtung Bonifatiusstatue in die Innenstadt.

Nach einigen Metern tippte er die Nummer von Sonya in sein Handy. Noch immer hatte er nicht mit ihr sprechen können. Stattdessen fühlte sie sich sicherlich durch di Castillo ausgenutzt, der sie bei der Untersuchung der Codices einfach vor die Tür gesetzt hatte. Sonyas Mailbox wurde aktiviert. Anscheinend war sie immer noch sauer und hatte ihr Telefon ausgeschaltet. Markus steckte sein Handy zurück in seine Jackentasche. Dabei fiel ihm ein Mann auf, der anscheinend unmittelbar hinter ihm die Schleuse passiert hatte. Ein Mann mit einer blauen Baseballkappe. Verfolgte er Markus? Wahrscheinlich bildete er sich das aber nur wieder ein. Wie sooft in den letzten Tagen. Markus sah sich kurz um und ging seinen Weg weiter.

Immer mehr Menschen bevölkerten mittlerweile die Straßen. Unzählige Reiseveranstalter aus ganz Europa chauffierten Touristen in die Bischofsstadt. Alle wollten den neuen Papst mit eigenen Augen sehen. Nach einigen Schritten blickte sich Markus instinktiv nochmals um. Der Typ mit der Kappe lief keine zwanzig Meter hinter ihm. Auch als Markus sich nach einigen weiteren Metern umdrehte, war er noch immer da. Er konnte sein Gesicht nicht erkennen. Eine große Sonnenbrille versperrte neben der Kappe den Blick auf das Gesicht. Bildete er sich das wirklich alles nur wieder ein? Markus überquerte die Straße. Neben dem Café Palais war die Touristeninformation untergebracht. Zwischen den beiden Einrichtungen hatte die Bank einen Geldautomaten aufgestellt. Dies war eine gute Möglichkeit, um sicher zu gehen. Markus verschwand in dem Gebäude und wartete vor dem Geldautomaten. Eine ältere Dame erleichterte den Automaten gerade um ein paar Scheine. Sie blickte sich irritiert um, als Markus seinen Hals streckte, um sich nach dem möglichen Verfolger umzusehen. Kopfschüttelnd trat sie zurück und gab den Weg zum Automaten frei. Markus führte seine Bankkarte ein und hob fünfzig Euro ab. Dabei blickte er sich immer wieder um. Niemand war zu sehen. Allerdings konnte er von dieser Position aus auch nicht den gesamten Platz um das Bonifatiusdenkmal einsehen.

Er beschloss in die Touristeninformation zu gehen. Von dort aus hatte er einen guten Einblick über den Platz. Markus griff sich irgendeinen Flyer, der im Regal lag und blätterte ihn oberflächlich durch. Auf dem Gehweg war der Kerl nicht zu sehen. Allerdings wuselten nun immer mehr Menschen durch die Straße. Es mussten mittlerweile Tausende von Touristen wegen des Papstbesuchs nach Fulda angereist sein. Sie stürmten geradezu die Innenstadt, und alles erinnerte an die Bonifatiuswallfahrten, die jedes Jahr stattfanden. Bei dieser Sternwallfahrt pilgerten die Menschen in großer Zahl aus den umliegenden Gemeinden bis auf den Domplatz nach Fulda. Ein Meer aus tausend Stimmen erhob sich dabei in den altehrwürdigen Straßen Fuldas.

Ähnlich war es nun. Fast unmöglich, hier jemanden auszumachen. Aber dann. Ganz plötzlich war er da. Markus konnte die Kappe deutlich erkennen. Er stand vor dem Bonifatiusdenkmal und blickte nervös in Richtung des Eingangs, in dem Markus verschwunden war. Der Kerl verfolgte ihn. Markus war sich ganz sicher, dass es kein Zufall war. Wer hatte ihn geschickt? Natürlich. Die Thuleleute. Wer sonst?! Sie hatten ihm ja schon einmal aufgelauert. Die Schmerzen an seiner Rippe spürte er noch bei jedem Schritt. Abermals wollte Markus diese Erfahrung nicht machen.

„Kann ich Ihnen irgendwie helfen?“, riss ihn eine Frauenstimme aus seinen Gedanken. „Oder benötigen Sie noch weitere Informationen über die Initiative ‚Ungewollt schwanger – was nun‘?“

„Was? Wie bitte?“

Markus war vor Schreck kurz zusammengezuckt, als ihn die junge Frau angesprochen hatte. Sie trug ein Namensschild und arbeitete offensichtlich in der Touristeninformation. Zunächst verstand Markus nicht. Die Frau deutete entschuldigend auf den Flyer, den er noch immer in den Händen hielt. Es war ein Informationsblatt, auf dem für Schwangerschaftsgymnastik und Babyschwimmen geworben wurde.

„Es ist selten, dass ein Mann so viel Interesse daran zeigt. Wann ist es denn soweit?“

„Womit ist was soweit?“

„Na, mit Ihrem Nachwuchs.“

„Nachwuchs?“, wiederholte Markus zögernd und hob abwehrend seine Hände. „Nein. Nein, das ist ein Missverständnis.“

Sein Blick wanderte zwischen der irritiert blickenden Frau vor ihm und dem Kerl mit der Baseballkappe am Denkmal. Markus legte das Blatt wieder zurück.

„Entschuldigen Sie."

„Sie brauchen sich dafür nicht zu schämen, in der heutigen Zeit..."

Weiter kam die Dame nicht. Markus hatte sich an ihr vorbei wieder nach draußen begeben. Sofort drehte sich der Mann mit der Kappe zur Seite, als sich ihre Blicke trafen, doch Markus hatte ihn entdeckt. Markus mischte sich unter die Menschenmenge und ging die Friedrichstraße in Richtung Stadtpfarrkirche entlang. Die Geschäfte hatten geöffnet und viele Händler boten ihre Waren auf Verkaufsständen direkt an der Straße an. Bücher, Karten, Figuren, DVDs. Der Besuch des Pontifex hatte auch die lokalen Geschäftsleute sensibilisiert. Markus drängte sich weiter. Einige Passanten fluchten und pöbelten ihn an, als er sich an ihnen vorbeidrückte. Auf Höhe der Stadtpfarrkirche brach Markus nach links weg und sprang die Stufen des Kirchenaufgangs hinauf. Dabei ließ er seinen Blick über die Köpfe der Menschen wandern. Tatsächlich. Er konnte den Kerl sehen. Was auch nicht so schwer war. Auch er drängte sich durch die Massen und zog den Ärger der Passanten auf sich. Markus öffnete die Tür der Kirche und schlüpfte hinein. Obwohl gerade keine Messe gehalten wurde, war sie Gott sei Dank nicht verschlossen. Man wollte den Besuchern die Möglichkeit geben, sich in der Stadt alle Sehenswürdigkeiten anzusehen. Markus überblickte kurz die Situation. Nur ein paar ältere Damen saßen murmelnd in den vorderen Reihen und beteten den Rosenkranz. Sonst war niemand zu erkennen. Markus lief weiter nach vorne. Dabei suchten seine Augen hektisch nach einem Versteck. Sein Blick blieb schließlich an den Beichtstühlen hängen, die rechts und links an den Außengängen der Kirche aufgereiht standen. Er entschied sich für den letzten auf der linken Seite. Hastig zog er den als Sichtschutz angebrachten goldenen Samt zur Seite und schlüpfte geschmeidig hinein. Dann zog er den Samt wieder hinter sich zu und wartete.

Vielleicht hatte er ihn doch abgehängt.

In den Straßen waren schließlich Tausende von Menschen unterwegs.

Er hatte ihn ganz bestimmt abgehängt.

Vorsichtig schob Markus den Samt einen Spalt zur Seite und riskierte einen Blick. Fast zeitgleich öffnete sich die Haupttür der Kirche und Licht fiel in den Mittelgang. Markus blinzelte gegen das einfallende Licht. Er konnte die Gestalt nicht gut ausmachen, doch es genügte um zu erkennen, dass es sein Verfolger war. Vorsichtig ließ er den Samt wieder zurückgleiten und wartete lauschend in seinem Versteck. Nichts war zu hören. Dann ein Hüsteln, was wohl von einer der Frauen aus den vorderen Bänken kam. Plötzlich erkannte er Schritte, die sich näherten. Die Absätze klackten bei jedem Schritt. Markus konnte seinen eigenen Atem hören. Dann blieb der Fremde stehen. Anscheinend überlegte er, wo man sich in der Kirche verstecken könnte. Markus hoffte, dass der Fremde einen anderen Gedanken haben würde und sich für einen anderen Weg entscheiden würde. Vielleicht vermutete er, dass Markus durch den Seitenausgang wieder ins Freie gelangt war. Zu Markus' Entsetzen hatte der Fremde jedoch anscheinend die gleiche Vorliebe für Beichtstühle. Die Schritte kamen bedenklich nah. Was sollte er jetzt machen? Der Fremde stand nun genau vor einem der Beichtstühle. Markus konnte hören, wie der goldene Vorhang des ersten Beichtstuhls zurückgeschlagen wurde. Dann wieder Schritte. Nur zwei. Der mittlere Beichtstuhl wurde inspiziert. Wieder zwei Schritte. Markus konnte am unteren Ende des Samts die Schuhspitzen des Fremden erkennen. Der Fremde stand genau vor Markus. Der goldene Samt wackelte leicht von der Berührung der Hand des Fremden. Dies war der Moment, als Markus aufsprang und sich mit dem gesamten Gewicht seines Körpers und mit voller Wucht gegen den Stoff warf. Mit einem Ruck riss der komplette Vorhang aus seiner Verankerung und begrub den aufschreienden Fremden unter sich. Markus landete taumelnd mitsamt dem Fremden unsanft auf dem harten Steinboden. Die älteren Damen waren verstört aufgesprungen und hielten sich an ihren Rosenkränzen fest. Mehr konnte Markus nicht mehr erkennen. Ohne zurückzublicken war er sofort aufgesprungen und lief so schnell er konnte zum Ausgang. Die Tür schwang auf, und Markus kniff seine Augen reflexartig gegen das grelle Tageslicht zusammen. Einige Passanten musterten ihn und tuschelten. Markus strich sich seine Jacke glatt und mischte sich wieder unter die Menschen. Er schlug den direkten Weg in Richtung des Labors ein. Es gab keine Zeit mehr zu verlieren. Die Schlinge zog sich ganz offensichtlich immer enger zu. Und anscheinend lag sie direkt um seinen Hals.

# 22.

Markus blickte sich ständig um. Doch er konnte niemand Auffälligen entdecken. Er stand wieder vor der Schleuse. Eine kleine Schlange hatte sich vor ihr gebildet. Auch der Beamte war noch immer im Dienst und kontrollierte jeden Einzelnen. Markus fingerte seinen Geldbeutel und sein Mobiltelefon aus seiner Jacke und legte alles in eine kleine Plastikschale. Dann ging er durch die Schleuse und ein grünes Licht deutete ihm an weiterzugehen. Gerade als er seine Sachen wieder an sich nehmen wollte, trat der Mann, der hinter dem Bildschirm saß, vor und ging zu seinem Vorgesetzten. Dem haarlosen Beamten.

„Chef, hier stimmt was nicht mit dem Telefon."

Dieser blickte kurz zu Markus hinüber und redete dann so mit dem jüngeren Kollegen, dass Markus nichts verstehen konnte. Markus stand indes neben der Maschine und hob ahnungslos die Schultern, als der Beamte vor ihn trat.

„Mein Name ist Lefevre. Joel Lefevre. Ist das Ihr Telefon?"

„Ja, das ist meins."

„Verstehe."

„Was verstehen Sie? Was ist denn damit?"

„Wo wollen Sie damit hin?"

„Ich bin Student am bischöflichen Priesterseminar", erklärte Markus. „Warten Sie, das kann ich Ihnen beweisen."

Hastig nahm er seinen Geldbeutel aus der Plastikschale und präsentierte Lefevre den Studentenausweis der Fakultät. Wenig beeindruckt überflog Lefevre den Ausweis und gab ihn Markus zurück.

„Herr Schuhmann, haben Sie etwas dagegen, wenn mein Kollege Ihr Telefon öffnen würde?"

„Wie meinen Sie das? Was ist denn damit?

„Können wir Ihnen in einer Minute sagen, wenn Sie uns gestatten, es zu öffnen."

„Meinetwegen. Ich habe nichts zu verbergen."

Lefevre gab das Telefon seinem Kollegen. Ohne Probleme entfernte dieser das Gehäuse und fingerte irgendetwas an der Elektronik. Dann gab er das Telefon an Lefevre zurück. Doch nicht nur das Telefon.

„Haben wir doch richtig vermutet", hielt der Beamte einen winzigen Chip zwischen seinen Fingern. „Sie haben eine Wanze in Ihrem Telefon, Herr Schuhmann."

„Eine Wanze?", platzte es aus Markus heraus und er musterte den Chip kopfschüttelnd. „Aber wie kommt die da rein? Und vor allen Dingen, wer…"

Markus brach seine Äußerungen abrupt ab und blickte zu Lefevre.

„Damit können Sie jederzeit lokalisiert und abgehört werden, wenn Sie telefonieren. Ich werde das melden müssen, Herr Schuhmann."

„Das können Sie gerne tun. Bitte informieren Sie Monsignore di Castillo oder Colani. Die werden Ihnen sagen, dass ich nichts davon wusste. Ich bin unschuldig."

„Der Sicherheitschef des Vatikan? Sie kennen ihn?"

„Ja, rufen Sie ihn an."

„Jetzt haben Sie einen Fehler gemacht. Ich werde ihn tatsächlich anrufen."

Lefevre ließ sich ein Telefon bringen und tippte eine Nummer, ohne den Blick von Markus zu lösen. Anscheinend hatte er den Monsignore höchstpersönlich am Telefon. Nach nur zwei Sätzen gab er das

Telefon seinem Kollegen zurück.

„Gut, Herr Schuhmann. Der Monsignore verbürgt sich für Sie. Sie können gehen."

Erleichtert nahm Markus sein Handy entgegen. Ohne ein weiteres Wort zu verlieren drehte er sich um und ließ die Schleuse hinter sich. Ein furchtbarer Gedanke hatte von ihm Besitz ergriffen.

Er hatte in den vergangenen Tagen sein Telefon ständig bei sich getragen. Nur einer hatte die Möglichkeit gehabt, es zu manipulieren. Nachts. Während er schlief. Georg.

Markus hasste diesen Gedanken, doch war dies die einzig logische Möglichkeit. Er forcierte seinen Schritt in Richtung des Labors. Wenn er mit seiner Vermutung recht hatte, galt es nun schnell zu handeln. Wenige Meter vor dem Ziel verlangsamte er seinen Schritt und riskierte sicherheitshalber einen Blick durch das Fenster. Das Bild, was sich ihm dort bot, und die damit verbundene Erkenntnis traf Markus wie ein Blitzschlag und bestätigte seine schlimmsten Befürchtungen. Obwohl Georg zum Mittag hatte gehen wollen, saß er am Schreibtisch und schaute gebannt auf den Bildschirm eines Laptops. Markus erkannte das Gerät sofort. Es war der verschollen geglaubte Laptop von Professor Weithofen. Georg musste ihn die ganze Zeit versteckt haben. Mit einem Mal schienen sich alle Schleier zu legen. Nur Georg hatte ebenfalls Zugang zum Labor gehabt und musste den Laptop nach Weithofens Tod entwendet haben. Nur Georg wusste von dem Telefonat mit Leinweber, als dieser die Identität des Falken preisgeben wollte. Georg musste mit der Thule-Gesellschaft unter einer Decke stecken. Aus diesem Grund war der Thule-Orden auch immer einen Schritt voraus.

Ohne zu zögern trat Markus ein und baute sich in der Tür auf. Georg zuckte erschrocken zusammen.

„Warum, Georg?"

Georg stand auf. Blickte auf den Laptop und darauf wieder zu Markus herüber.

„Das kann ich erklären, Markus."

„Das brauchst du nicht mehr. Ich rufe die Polizei."

„Nein." Georg wurde blass und hob besänftigend die Hände. „Ich kann das erklären."

„Du kannst alles erklären, wenn die Polizei gleich hier ist." Markus kramte sein Handy aus der Tasche und begann die Nummer der Polizei zu wählen. Nur einen kurzen Moment war er dadurch abgelenkt. Doch es genügte, dass Georg sich den Laptop schnappte und auf Markus zusteuerte. So schnell konnte Markus nicht reagieren. Georg rempelte ihn mit seinem massigen Körper zur Seite. Mit einem kräftigen Stoß warf er Markus zu Boden und flüchtete aus dem Labor ins Freie. Obwohl Markus sich sofort wieder aufgerappelt hatte und hinausgeeilt war, konnte er Georg nicht mehr sehen. Er war verschwunden.

Eilig ging Markus zurück in das Labor. Er wusste nicht, was Georg mittlerweile herausgefunden hatte. Auch wenn es Markus schwerfiel zu glauben, dass Georg tatsächlich gemeinsame Sache mit dem Thule-Orden gemacht hatte, schien es einleuchtend. Immer wenn es einen wichtigen Hinweis gegeben hatte, waren plötzlich die Thuleleute aufgetaucht. Und Leinweber musste sterben. Nun galt es klaren Kopf zu bewahren. Trotz der Hatz durch die Innenstadt und dem Vorfall mit Georg waren seine Gedanken nun sehr konzentriert. Markus hatte schon eine Theorie, was es mit dem Vers auf sich haben könnte. Die Erklärung schien einleuchtend. Ohne zu zögern machte er sich an die Arbeit.

*

Markus fühlte sich einsam, als er den Computer spät am Abend abschaltete. In seinen Gedanken brannte immer noch das Bild von

Georg, wie er ihn anstarrte, als er ihn überrascht hatte. Es war ein Horrortag gewesen. Das Aufeinandertreffen mit seinem Verfolger in der Stadtpfarrkirche, und dann noch Georgs bitterer Verrat. Nichts hatte funktioniert wie erhofft. Fast nichts. Denn eines hatte er geschafft. Er hatte tatsächlich den Code geknackt. Der entschlüsselte Text lag ausgebreitet vor ihm auf dem Schreibtisch. Doch war es das alles wert gewesen? Weithofen war tot, ebenso wie Konrad Leinweber. Er war von Nazis überfallen und zusammengeschlagen worden. Seine Freundschaft mit Georg lag in Trümmern, und zu allem Übel hatte er sich in eine Liaison zu einer Frau hinreißen lassen. Die Lage spitzte sich immer dramatischer zu. Er war froh, morgen Kardinal di Castillo von seiner Theorie unterrichten zu können und ihm alles Weitere zu überlassen. Heute war es schon zu spät.

Er nahm seinen Schlüssel und sein Telefon vom Schreibtisch, nahm seine Jacke vom Stuhl, als sein Telefon plötlich zu klingeln begann. Im Display leuchtete Sonyas Name auf. Endlich.

„Hallo, Sonya."

„Herr Schuhmann?", meldete sich eine Stimme am anderen Ende. Es war nicht Sonyas Stimme, sondern die raue Stimme eines Man-nes. Sofort erkannte Markus die Stimme. Ihm schauderte. Mit einem Schlag war er wieder hellwach.

„Wer spricht dort?"

„Ich denke, Sie wissen sehr gut, wer hier spricht", antwortete die bekannte Stimme ruhig und leicht überheblich. Es war einer der Männer, die ihm nachts aufgelauert hatten. „Wir haben Ihre kleine Freundin besucht und sie zu uns eingeladen."

„Geht es ihr gut?" Markus schluckte mühsam und wartete auf die Antwort am anderen Ende.

„Natürlich geht es ihr gut, solange Sie das tun, was wir Ihnen sagen."

„Ich will sie zunächst sprechen, geben Sie sie mir. Sofort!"

Der Hörer wurde weitergereicht und die zittrige, fast stockende

Stimme Sonyas war zwischen vielen Tränen zu erkennen.

„Markus, es ist etwas Schreckliches passiert."

„Was ist los? Geht es dir gut?"

„Ja, mir geht es gut. Aber diese Männer. Sie haben mich in meiner Wohnung überrascht und hierhergeschleppt."

„Wohin geschleppt. Wo bist du?"

„Ich weiß es nicht. Sie hatten mir die Augen verbunden. Ich glaube, ich bin in irgendeiner Kirche."

„Okay. Mach dir keine Sorgen. Es wird alles gut. Ich verspreche es dir."

„Sie sagen, sie würden mich umbringen, wenn du ihnen nicht die Informationen gibst, die sie verlangen."

„Hab keine Angst, Sonya. Ich werde alles tun, was sie verlangen. Hörst du?"

„Ich habe solche Angst, Markus, sie haben gedroht, mich zu ..."

Sonya wurde jäh unterbrochen und anscheinend unsanft weggezogen. Markus konnte ihre von Angst erfüllten Schreie hören. Er fühlte sich grauenhaft. Machtlos. Schuldig. Verantwortlich. Nur durch ihn war sie in diese Situation geraten.

„Hören Sie genau zu, Herr Schuhmann. Sie haben genau vierzig Minuten Zeit, die Lösung des Rätsels zu besorgen und sich auf den Weg zu machen. Um Punkt zwei Uhr treffen wir uns in der kleinen Mariengrotte unterhalb der alten Liobakirche, Sie wissen, wo das ist?!"

„Ich werde da sein."

„Ich brauche Ihnen nicht zu sagen, dass das Leben Ihrer kleinen Freundin ein rasches Ende nehmen wird, wenn wir etwas sehen, was auch nur im Entferntesten an die Polizei erinnern könnte."

„Ich werde da sein, alleine."

„Gut, sehr gut. Verspäten Sie sich nicht, wir könnten uns sonst langweilen und uns anderweitig die Zeit vertreiben."

Das Gespräch wurde beendet, und Markus legte auf. Eine seltsame Mischung aus Nervosität und lähmender Leere erfüllte ihn. Für einen

Moment überlegte er, die Polizei zu verständigen. Dann erkannte er jedoch, dass er überhaupt keine andere Wahl hatte, als sich an die Forderungen zu halten.

# XVII.

Als Gottschalk am Eingang zum Wohnhaus des Abts angekommen war, konnte er kaum den Eisengriff der Tür fassen. Seine Hände zitterten, als gehörten sie nicht mehr länger zu ihm. Beim Aufschieben der Tür blitzte ein goldener Dolch unter seiner Kutte hervor. Er trat ein. Er vergaß seine Vorsicht und blickte sich nicht einmal mehr um. In der Zelle des Abtes angekommen, lehnte sich Gottschalk für eine Sekunde mit dem Rücken an den Rahmen der Tür. Tief sog er den Sauerstoff in seine Lungen, als wolle er jedem Muskel seines Körpers eine letzte Sekunde der Ruhe gönnen. Schlafend lag der Abt vor ihm. Höchstens zwei Meter entfernt. Er trat näher. Einen Meter. Den Dolch von sich gestreckt, bewegte er sich wie auf Samtpfoten weiter zum schlafenden Abt. Ein halber Meter. Plötzlich schleuderte die Tür zurück. Mit einem lauten Knall schlug sie gegen die Innenwand der kleinen Zelle. Rabanus schreckte aus dem Schlaf. Auch Gottschalk wusste nicht, wie ihm geschah. Abwechselnd blickte Gottschalk völlig überrumpelt zu Rabanus und Eddo, der in der Tür stand und ihm den Weg versperrte. Er kam langsam auf ihn zu.

„Gottschalk, lass den Dolch fallen. Sofort!"

Allmählich kam auch Rabanus' klarer Verstand wieder zurück. Er wischte sich über die Augen und sah an Gottschalk herab. Erst jetzt erkannte Rabanus den goldenen Dolch in dessen Hand.

„Ich…ich", stotterte Gottschalk hilflos und unbeholfen.

Eddo trat näher zu ihm.

„Gib mir den Dolch. Es ist vorbei."

Ohne Gegenwehr händigte Gottschalk die kunstvoll geschmiedete Klinge aus. Hastig erhob sich Rabanus indes aus seinem Bett und stieg in sein Gewand.

„Was geht hier vor?"

„Abt Rabanus, ich war noch an der Luft, da ich keinen Schlaf finden konnte. Als ich wieder zu meiner Zelle zurückgehen wollte, sah ich, wie jemand an eurem Haus entlangschlich. Irgendwas sagte mir, dass etwas nicht stimme. Ich folgte ihm bis vor eure Tür. Dann erkannte ich Gottschalk, wie er einen Dolch unter seiner Kutte hervorzog und in eure Zelle ging. Den Rest habt Ihr selbst erlebt."

„Es ist nicht, wie Ihr denkt."

„Wie ist es dann? Wie lautet eure Version?"

„Ich sollte den Dolch nur neben euer Bettlager legen. Als eine Warnung."

„Eine Warnung? Wovor?"

„Das weiß ich auch nicht", stammelte Gottschalk.

„Du schleichst mitten in der Nacht durch die Schlafräume unseres Klosters, dringst bei unserem Vater Abt ein und weißt nicht warum? Das sollen wir dir glauben?", herrschte Eddo den jungen Mönch an.

„Ich verstehe es ja selbst nicht."

„Wo hast du den Dolch überhaupt her?, fragte Rabanus.

„Den hat mir ein Fremder gegeben."

„Wann? Wo? Und welcher Fremde?"

„Gerade eben an der kleinen Pforte neben dem Westtor. Wer es ist, weiß ich nicht. Ich kenne seinen Namen nicht."

„Unsinn", wehrte Eddo ab. „Ich habe niemanden außer dir gesehen. Schon gar keinen Fremden, der Waffen in das Kloster schleust."

„Aber es ist wahr."

„Schweigt, Gottschalk. Ihr habt euer Recht verwirkt, gehört zu werden."

Eddo warf sich in den Staub, vor die Füße seines Abtes.

„Herr, verzeiht mir. Es tut mir schrecklich leid, Abt Rabanus. Ihr hattet die ganze Zeit recht."

„Womit hatte ich recht?"

„Meine Blindheit gegenüber Gottschalk hätte euch beinahe das Leben gekostet. Ihr wusstet die ganze Zeit schon von der Gefahr, die von ihm ausging."

Rabanus nahm Eddo bei den Schultern und richtete ihn auf.

„Macht euch keine Gedanken darüber, mein lieber Eddo. Ihr habt mir schließlich das Leben gerettet."

„Aber nur eine Sekunde später, und..."

„Ja, aber es konnte niemand ahnen, dass es so schlimm um Gottschalk steht. Ich selbst habe in ihm einen starken Willen gesehen, der in vielerlei Dingen gegen unsere Überzeugungen steht, doch durch die richtige Führung zu einem weiteren Stein unseres Ordens würde. Niemals hätte ich solch einen Verrat oder gar den Trieb des Mordens in ihm gesehen."

Unweigerlich musste Rabanus an den Tod Eigils denken. Gottschalk war also tatsächlich der Verräter in den eigenen Reihen gewesen. Hatte er Eigil gewaltsam den Tod gebracht?

„Was machen wir nun mit ihm?", wollte Eddo das weitere Vorgehen wissen.

„Es bleibt uns nichts anderes übrig, als hart und konsequent gegen ihn vorzugehen."

„Aber unsere Mittel diesbezüglich sind begrenzt."

„Und dennoch haben wir wirksame und endgültige Strafen."

„Ihr sprecht von dem Exil?"

„Ja, Eddo. Wir werden Gottschalk ins Exil nach Reims schicken, wo er den Rest seines Lebens unter Arrest stehen soll."

„Ich werde alles vorbereiten. Sogleich werde ich Gottschalk unter Arrest nehmen lassen."

„Sorgt dafür, dass die anderen Brüder nichts davon mitbekommen.

Es würde nur Unruhe ins Kloster bringen. Am besten, ihr sucht zwei *decani iuniores* aus und veranlasst die sofortige Überstellung nach Reims."

„Ihr habt recht, ehrwürdiger Abt. Niemand soll von dieser schändlichen Tat erfahren. Gebt mir nur einen weiteren Tag, dann sollen die beiden *decani iuniores* ihn über die Grenzen fortgebracht haben."

„Habt Dank für euer Verständnis, Eddo. Nun geht und tut wie geheißen."

Gottschalk nahm alles mit apathischer Gleichgültigkeit hin. Er schien geistig entrückt zu sein. Ohne Gegenwehr ließ er alles mit sich geschehen. Eddo griff ihn sich am Nacken und führte ihn hinaus. Das war das letzte Mal, dass Rabanus Gottschalk sah.

Als er wieder allein in seiner Zelle war, legte Rabanus sich wieder zum Schlaf. Doch wollte er ihn nicht mehr finden. Stumm starrte er zur Decke. Er fühlte sich schrecklich einsam und leer. All die Verantwortung lastete schwer auf seinen Schultern. Rabanus wusste auch um die Brisanz der Botschaft des goldenen Dolchs. Wer auch immer dafür verantwortlich war, die Eindeutigkeit der Aussage war unverkennbar. Gottschalk konnte nicht das Wissen über den Schatz besitzen. Mit keinem Wort hatte er es überhaupt erwähnt. Irgendwie glaubte er Gottschalk, dass ihn jemand beauftragt hatte. Hätte Gottschalk ihn ermordet, wäre das Geheimnis verloren gewesen. Es sollte eine Drohung sein. Eine letzte Drohung. Wie bei Eigil.

Irgendjemand wollte die Information über den Ort des Heiligen Relikts. Das machte die Situation noch brisanter. Es gab außerhalb der Mauern noch jemanden. Den großen Unbekannten. Dieser jemand hatte nicht nur Kenntnis von der Existenz des Ganzen, er hatte anscheinend sogar schon so viel herausgefunden, dass der Schlüssel des Geheimnisses immer beim Abt des Klosters zu finden war. Hattos Vermutung hatte sich bewahrheitet. Und auch Eigil hatte mit seiner Vermutung recht behalten. Er hatte Rabanus anvertraut, dass er davon ausgehe, dass ein Verräter innerhalb der Klostermauern sein Unwesen trieb und dieser sein Judaswerk bis zum bitteren Ende verrichten wolle. Damals hatte Rabanus es noch für pure Fantasie gehalten. Doch nach dem Tod des Vater Abts waren ihm seine Worte lebendiger im Sinn als jemals zuvor.

Gottschalk war also der Verräter in den eigenen Reihen. Doch wer war sein Verbündeter? Wer war der Fremde, der ihm den Auftrag erteilt hatte? Was sollte er nun mit dieser Bürde der Verantwortung tun? Er musste sich sowohl um die Geheimhaltung bemühen als auch vielmehr einen Vertrauten finden, dem er das Geheimnis weitergeben konnte. Er musste möglichst schnell Antworten finden. Die Gegner waren ihm bereits auf den Fersen. Doch wem konnte er noch vertrauen? Und eine weitere Frage quälte ihn. Wem sollte er die Bürde auferlegen, die wahrscheinlich mit dem Tod zu bezahlen war. Sollte er nicht vielmehr den Papst um Rat und Hilfe bitten? Doch auch davor hatte Eigil ihn gewarnt. In Rom würden die Wände aus mehr Ohren als Steinen bestehen. Dies war einer der Gründe, warum man das Geheimnis dort nicht aufbewahrte.

Die ganze Nacht lag Rabanus wach in seiner Zelle. Seine Lippen zitterten bei den lateinischen Versen, mit denen er den Herrn und die heilige Mutter Gottes anrief. Wie ein dicker Kloß steckte ihm die Bürde im Hals. Doch nicht nur dies bereitete ihm Kopfzerbrechen. War er überhaupt der Richtige für dieses Amt? All die Gedanken der letzten Zeit hämmerten in seinem Kopf. Der Tod von Abt Eigil. Die beiden kleinen Mädchen, die der Herr so grausam zu sich genommen hatte. Der Laienmeister. Gottschalk. Der Dolch. Der Codex. Er zweifelte an sich. Und noch viel mehr: an seinem Glauben.

Gedankenverloren stand er auf und strich durch seine Zelle wie ein eingesperrtes Tier. Suchend nach Antworten. Er konnte keine Ruhe finden. Keinen Schlaf. Stunde um Stunde verstrich, ohne Licht in all die Fragen zu bringen. Entkräftet ließ er sich auf den steinernen Boden seiner Zelle sinken und küsste diesen. Tränen liefen ihm in Strömen über das Gesicht, dass sich ein kleines Tränenmeer auf dem

Boden ausbreitete. Voller Verzweiflung betete er den Allmächtigen um Hilfe an. Weitere Zeit verstrich. Die Sonne ging bereits auf und wanderte über den Horizont. Dann geschah etwas Seltsames. Zunächst bemerkte Rabanus es gar nicht. Doch mit einem Male wurde es am helllichten Tage erneut dunkel. Rabanus blickte auf zur Sonne. Doch sie war nicht mehr da. Sie verschwand gerade hinter einem dunklen Schatten, der sich vor sie schob. Der Gesang der Vögel verstummte. Stille legte sich über alles. Es schien gerade so, als würde die Welt die Luft anhalten.

„Heiliger Vater. Was geschieht hier? Ist dies dein Zorn, mit dem du mich, deinen unwürdigsten Diener, strafen willst? Will mich der Gehörnte in sein dunkles Reich holen? O Herr, auch wenn ich nur ein schwächlicher Knecht deiner großen Aufgabe war, so wollte ich doch immer nur dein Wort verkünden. Steh mir bei."

Voller Ehrfurcht bat er, auf dem Boden liegend, um Schutz und Hilfe vor der Bedrohung. Er schloss die Augen und betete. Rabanus wusste nicht mehr genau, wann die seltsame Leichtigkeit in ihm aufstieg, doch seine Seele fühlte sich mit einem Mal leicht und schwerelos. Zunächst dachte er, er würde dem Wahnsinn verfallen. Befürchtete, sein Geist verdunkelte sich für immer hinter einem Schleier wie die Sonne hinter diesem Schatten. Er konnte sich selbst in seiner Zelle am Boden liegend sehen. Klein und hilflos, wie er die Hände zum Himmel gestreckt ausgebreitet hatte. Und dann geschah es. Die Sonne schob sich wieder langsam hervor und ging ein zweites Mal an diesem Tage auf. Sie erfüllte die Zelle mit dem warmen Licht ihrer Strahlen. Es überkam ihn eine wohlige innere Wärme. Er folgte dem Lichtkegel, der durch seine Zelle wanderte. Der Herr hatte seine Gebete erhört. Er schickte ihm ein Zeichen. Doch was bedeutete es?

„Herr, ich versteh nicht, was willst du mir damit sagen?"

Die Sonne stieg immer höher und tauchte die Zelle in helles, gleißendes Licht.

„Ich verstehe nicht..."

Er konnte sehen, wie der Strahl sein Haupt traf und langsam über ihn hinweg die Türe hinaufkroch. Bis er das schlichte Kreuz erhellte, das über der Tür hing. In diesem Moment wurde es Rabanus bewusst. Mit einem Mal verstand er. Er kniete sich unter das Kreuz, lobte, pries es und dankte dem Herrn.

# 23.

Um zur Liobakirche zu gelangen, musste man einen steilen Weg auf sich nehmen. Eine schmale Straße führte geschwungen hinauf zu der alten Kirche auf dem Petersberg. Ein fantastischer Blick entschädigte jedoch tagsüber für den etwas beschwerlichen Anfahrtsweg. Auf der einen Seite konnte man weit in die nahe gelegene Rhön blicken. Bei klarer Sicht bis hinauf zur Spitze der höchsten Erhebung des Landes, der Wasserkuppe mit ihrem unverkennbarem Radom. Ein weiteres Überbleibsel des Kalten Kriegs. Bis zur Wiedervereinigung verbargen sich riesige Radarschüsseln unter diesen Kuppeln und hörten weit in den ehemaligen Ostblock hinein.

Auf der stadtzugewandten Seite der Liobakirche eröffnete sich ein nicht minder imposanter Blick über die komplette Stadt. Von hier konnte man sowohl den Dom wie auch die anderen ehemaligen Klöster und Kirchen von Johannesberg, Frauenberg und Neuenberg erkennen. Aufgrund seines Ausblicks war dieser Ort auch sehr beliebt bei frisch verliebten Pärchen, die man immer wieder turtelnd auf einer der vielen Bänke antreffen konnte. Wegen ihrer klassischen Schlichtheit und des atemberaubenden Ausblicks wurde die Kirche gerne für Hochzeiten oder Taufen genutzt. Die Gemeinde besaß schon seit Jahrzehnten eine neue Kirche, die sich zentraler im unteren Teil des Ortes befand.

Doch für all dies hatte Markus nun keinen Sinn. Ohne Probleme fand er die schmale Straße und lenkte seinen Wagen hinauf bis zum Ende der Sackgasse. Es war neun Minuten vor 2:00 Uhr. Wie ein Fossil längst vergangener Zeiten baute sich die durch einige Scheinwerfer angestrahlte Kirche vor ihm auf. Markus stellte sein Auto neben dem ehemaligen Pfarrgebäude ab, das das einzige Gebäude in unmittelbarer Nähe darstellte. Unsicher, was ihn erwartete, stieg Markus aus und blickte sich um. Niemand war zu sehen.

Markus musste zugeben, dass es keine schlechte Idee vom Thule-Orden war, sich gerade diesen verlassenen Ort als Treffpunkt auszusuchen. Es gab nur eine Zufahrt. So konnte man schon von weither jeden Ankömmling erkennen und zur Not verschwinden. Nur ein hüfthohes Holzgatter schirmte die kleine steinerne Mariengrotte vom Asphalt des Wendehammers ab. Sie lag unterhalb der eigentlichen Kirche. Die kleinen Totenlichter, die rings um den kleinen Altar aufgestellt waren, erhellten die Grotte nur minimal. Die Tür des Holztors war angelehnt, und Markus hatte keine Probleme, sie ganz aufzuschieben und einzutreten. Unzählige Danktafeln pflasterten die Wände: *Maria hilf. Dank sei der Gottesmutter. Heilige Maria im Himmel, steh uns bei.* Markus konnte sich diesen frommen Wünschen nur anschließen. Langsam gewöhnten sich seine Augen an die vielen Schatten und dunklen Flecken in der Grotte. Zunächst bemerkte Markus auch nicht die Silhouette des Mannes, der sich in der Ecke der vordersten Reihe niedergelassen hatte. Erst als die schemenhafte Gestalt sich bewegte und Anstalten machte aufzustehen, machte er den Mann aus, der einen Hut und einen bis zum Boden reichenden dunklen Mantel trug.

„Guten Abend, Herr Schuhmann, wie schön, dass Sie pünktlich sind", ertönte die Stimme des Mannes, der Markus noch immer den Rücken zugekehrt hielt. Ohne seinen Blick zu heben, griff der Schatten eine der Kerzen und entzündete den Docht an einer der vielen brennenden Kerzen, die am Altar standen. Doch auch ohne, dass er das Gesicht erkennen konnte, wusste Markus die Stimme sofort zuzuordnen. Es war die Stimme des Mannes, dem er seinen Krankenhausaufenthalt zu verdanken hatte. Markus blieb in der Mitte der Grotte stehen und ließ seinen Blick durch die dunklen Winkel des Raumes wandern. Es schien sonst niemand hier zu sein. Sein Komplize war nicht zu entdecken, allerdings auch nicht Sonya.

„Lassen Sie uns nicht lange mit Förmlichkeiten aufhalten. Wo ist Frau Doktor Ramzy?"

Erik de Flandre drehte sich herum, kam zwei Schritte näher. Beschwichtigend hob er die Hände.

„Nur die Ruhe, es geht ihr gut. Und so wird es auch bleiben, solange Sie keine Dummheiten machen und mir die Lösung des Rätsels übergeben."

„Wollen Sie mich nicht auf Mikrofone oder andere Sachen überprüfen? Vielleicht bin ich noch immer eine große Gefahr für die Thule-Gesellschaft."

„Aber, aber, wo kämen wir denn hin, wenn wir nicht einmal mehr unseren Kirchenmännern trauen können. Also, wie lautet die Lösung?"

„Ich will erst Sonya Ramzy sehen."

„Eine schöne Frau, nicht wahr? Aber gut, folgen Sie mir."

Erik ging an Markus vorbei ins Freie. Eine Sandsteintreppe führte hinauf zur Liobakirche. Über die vier Stufen des Hauptportals betrat Erik die kleine Kirche, hinter ihm Markus, der sich fragte, wie diese Leute an die Schlüssel für die Liobakirche gekommen waren. Im Innern war es kühl und dunkel. Nur wenige Kerzen spendeten spärliches Licht und ließen an der Kassettenholzdecke mit ihren Ölgemälden einige bizarre Schatten tanzen. Markus fröstelte. Die Kirche wirkte auf ihn irgendwie erdrückend und beängstigend. Als sie ein paar Meter des Hauptganges zurückgelegt hatten, blieb Erik unvermittelt stehen, drehte sich und hob seine rechte Hand. Markus zuckte für einen Moment zusammen. Er glaubte, der Fremde würde eine Waffe ziehen und auf ihn richten, doch Erik deutete nach oben zur Sakristei. Zwei Personen traten an die Brüstung. Markus stockte. Er konnte

Sonya erkennen. Sie war an den Händen gefesselt und stand vor einem jungen Mann, der sie fest in seinem Griff hielt. Den Mann kannte er nicht. Doch ein Verband an dessen Daumen erklärte vieles.

Markus hielt seine Augen weit aufgerissen auf Sonya gerichtet.

„Tun Sie ihr bitte nichts an. Ich werde alles tun, was Sie von mir verlangen."

„Gib ihnen die Informationen, die sie wollen", bettelte Sonya mit weinerlicher Stimme. „Sie bringen uns sonst beide um."

„Sie sehen, wir halten unseren Teil der Vereinbarung ein, nun sind Sie dran", witzelte Erik mit dem entschlossenen Unterton eines Wahnsinnigen.

Markus blieb nichts anderes übrig. Keine Information wäre einen weiteren Mord wert gewesen. In den letzten Jahrhunderten hatten viele ihr Leben für diesen Mythos gelassen. Wer weiß, ob überhaupt etwas dahintersteckte. Markus griff in seine Hosentasche und händigte Erik mit widerwilliger Miene einen Zettel mit der Botschaft aus.

„Hier haben Sie die Entschlüsselung des Rabanus-Rätsels."

Fast ein ganzes Jahrhundert hatte die Gesellschaft auf diesen Moment gewartet. Und Erik de Flandre selbst hatte die letzten dreißig Jahre für diesen Moment gelebt, gearbeitet und gemordet. Nun hielt er die Lösung in seinen Händen. Doch eigentümlicherweise empfand er keine Freude. Vielleicht war es Erleichterung, endlich diesen Auftrag erledigt zu haben. Von nun an würde sein Leben ruhiger verlaufen. Der Falke hatte ihm eine gehobene Position innerhalb der Gesellschaft und eine beträchtliche Summe in Aussicht gestellt, würde er diesen Auftrag erfolgreich erledigen. „Was soll das bedeuten?", funkelte Erik Markus in einem herrischen Tonfall an, nachdem er den Text gelesen hatte.

„Das weiß ich auch nicht. Ich nehme an, dass es Detailangaben vor Ort sind."

„Ja, ja. Aber wo ist dieser Ort?"

Wieder glitten Markus' Blicke voller Angst nach oben, und ein

Schauer durchlief seinen ganzen Körper bei dem Bild, was er dort sah. Michele hatte Sonya einen kleinen Stoß versetzt, der sie aus dem Gleichgewicht brachte. Sie stolperte vornüber gegen die Brüstung und drohte gänzlich hinabzustürzen. Kopfüber hing sie bis zu ihrer Hüfte im leeren Raum, nur gehalten von Micheles Händen. Den Tod vor Augen, schrie sie mit zitternder Stimme entsetzt auf.

„Sag es ihnen, Markus! Ich flehe dich an! Wenn du es weißt, sag es."

Markus fühlte sich unendlich hilflos in seiner Haut. Geschockt starrte er, ohne ein Wort herauszubringen, zu Sonya.

Erik legte ihm eine Hand auf die Schulter und blickte ihn gekünstelt bestürzt an. „Es könnte wirklich furchtbare Konsequenzen haben. Und Sie wissen besser als jeder andere, dass unser junger Freund unglücklicherweise Probleme mit seiner Hand hat. Er wird sie nicht lange halten können."

Wieder zu Sinnen gekommen, schoss Markus herum und fauchte Erik an.

„Hören Sie auf damit", stieß Markus hervor. „Ich sage Ihnen ja, was ich weiß."

„Zieh sie wieder rauf, Michele", klang Eriks Stimme nüchtern und emotionslos. „Herr Schuhmann ist doch zur Vernunft gekommen."

Obwohl das schwächelnde Wimmern von Sonya nicht viel mehr war als ein leises Knistern, drang es doch tief in Markus' Herz. Der Puls hämmerte in seinem Schädel wie ein Presslufthammer. Erleichtert stellte er fest, dass Sonya wieder festen Boden unter den Füßen hatte. Es blieb ihm nichts anderes übrig, als nachzugeben.

„Ich nehme an, dass es sich um direkte Angaben in der Bonifatiusgruft handelt."

„In der Bonifatiusgruft des Fuldaer Doms?", staunte Erik.

„Genau dort."

„Sie wollen mir doch nun kein Märchen erzählen, oder?"

„Nein". Markus schüttelte vehement den Kopf. Die Fältchen um die Augenpartie des fremden Mannes vertieften sich noch mehr, und das Misstrauen, das er dieser Aussage entgegenbrachte, war deutlich spürbar. Markus hatte die Wahrheit gesagt, doch sein Gegenüber schien ungewöhnlich zögerlich. Er musste doch schon Dutzende Menschen im Verhör erlebt haben, und Markus wusste um sein klägliches Talent, andere hinters Licht zu führen.

*Natürlich*, schoss es Markus mit einem Mal durch den Kopf. Jetzt erst wurde ihm seine zwar wahrheitsgemäße, aber auch strategisch günstige Antwort bewusst. Niemand käme die nächsten zwei Tage auch nur in die Nähe des Fuldaer Doms, geschweige denn in die Bonifatiusgruft. Der gesamte Bistumsdistrikt war von der Polizei aufgrund des Papstbesuchs hermetisch abgeriegelt worden. Die Bannmeile. Die Sicherheitsschleusen. Er selbst hatte damit ja eine leidige Erfahrung machen müssen.

Markus erinnerte sich an die Ausführung Lefevres, dass ab zwanzig Uhr niemand mehr die Schleusen passieren dürfte. Und selbst am nächsten Tag, wenn die Menschen auf den Domplatz zur Papstmesse strömen würden, bliebe der Dom unzugänglich.

„Ich möchte Ihnen ja gerne glauben, Herr Schuhmann, aber..." Erik de Flandre machte eine Pause und sah Markus prüfend an. „...warten Sie hier auf mich." Erik drehte sich von Markus ab, kramte ein Mobiltelefon hervor und ging ein paar Schritte in Richtung der reich verzierten Kanzel der Liobakirche. Unter einem romanischen Relief, auf dem Christus auf einem Regenbogen thronte, hielt er inne. Nach einem kurzen Moment des Wartens schien sich jemand am anderen Ende gemeldet zu haben. Obwohl Erik nicht mehr zu erkennen war, konnte Markus aufgrund der typischen Kirchenakustik einige Wortfetzen wahrnehmen.

„Ja, ich weiß... aber es ist ein Notfall... Dom... Bonifatiusgruft... ich verstehe."

Erik beendete das kurze Gespräch und steckte sein Handy zurück in seine Manteltasche. Dann trat er wieder entschlossen vor Markus. Die Gesichtszüge des Thulemanns strahlten Zuversicht aus. Das Telefonat schien zu seiner vollsten Zufriedenheit verlaufen zu sein.

„Gut, Herr Schuhmann. Dann wollen wir nun mal überprüfen, ob Ihre Informationen korrekt sind." Dann packte er Markus schroff am Arm und bugsierte ihn vor sich her. „Auf zu Bonifatius."

Markus drehte sich ungläubig zu Erik. Dann schüttelte er verwirrt den Kopf.

„Aber wie wollen wir in den Dom kommen?"

Doch alles, was Markus als Antwort bekam, war ein weiterer Schubs und ein hämisches Lachen.

„Ich glaube, Sie verstehen nicht. Alle Zufahrtswege sind gesperrt. Abgesehen davon wimmelt es dort von Polizisten. Selbst als angehender Priester werde ich nicht durch diese Bannmeile gelassen."

„Lassen Sie das mal unsere Sorge sein", erwiderte de Flandre bissig. „Wir machen einfach einen kleinen Spaziergang."

Erik konnte es kaum abwarten, das verdutzte Gesicht von Markus zu sehen, wenn er erkennen würde, auf welch bizarre Art und Weise sie in den Dom gelangen würden.

*

Nur wenige Kilometer entfernt legte der Falke sein Handy wieder zurück. Hatte er nicht ausdrücklich befohlen, nur im absoluten Notfall angerufen zu werden? Das war eine der Regeln, die ihm seit mehr als vierzig Jahren das Überleben gesichert hatten. Wenn jedoch Erik de Flandre zum Telefon griff, musste wirklich ein Notfall eingetreten sein. Andererseits, was machte es schon. Er würde sich ihm heute Nacht sogar zu erkennen geben. Schließlich konnte er es sich nicht entgehen lassen, den Codex persönlich in Empfang zu nehmen. Niemandem hätte er diesen triumphalen Augenblick überlassen. So nah vor dem Ziel, wollte er sich von nichts und niemandem mehr aufhalten lassen.

Schon gar nicht von ein paar plumpen Polizisten, die dem Vorhaben im wahrsten Sinne des Wortes nur im Weg standen. Wie makaber, dass ausgerechnet Rabanus selbst für die Lösung dieses Problems gesorgt hatte. Der Falke musste bei dem Gedanken schmunzeln. Auf dem Bett vor ihm lag ausgebreitet seine Kleidung. Das Festtagsgewand katholischer Kirchenmänner. Es war Zeit, sich fertig zu machen.

# XVIII.

Eilig zog es ihn durch das Gestrüpp. Er hatte den kürzeren Weg mitten durch den Wald gewählt. Die Sträucher und Zweige schnitten ihm kleine Risse in die Haut um die Fersen. Nichts spürte er von alledem. Wie im Rausch war er trunken von dem Ziel, das so nahe vor ihm lag. Zeitweilen keimte ab und an zwar etwas Unbehagen in ihm auf. Aber es gab nun kein Zurück mehr. Zu tief war er in diesen Sumpf geraten. Auch wenn nicht alles wie geplant verlaufen war. Das Ziel lag dennoch in greifbarer Nähe. Nicht ohne Stolz stellte er fest, wie gut und präzise er auf die Veränderung reagiert hatte. Eigentlich war es so noch viel besser. Gab es nun doch jemanden, der für alles an den Pranger gestellt werden konnte. Und derjenige hatte selbst noch nicht einmal bemerkt, dass er wie eine Figur auf dem Schachbrett hin und her geschoben worden war. Doch nun musste schnell gehandelt werden. Noch in dieser Nacht musste Rabanus sterben.

Er hatte sich die Geschichte brillant zurechtgelegt. Der von Sinnen geratene Gottschalk hätte sich demnach aus dem Arrest befreit und aus Rachsucht den Abt im Schlafe gemeuchelt, um sich im Anschluss selbst das Leben zu nehmen. Welch tragischer Vorfall. Den geschockten Brüdern müsse alsbald wieder mit strahlendem Vorbild der richtige Weg gezeigt werden. Diesen wollte er ihnen mit herzensweitem Großmut vorzeigen. In dieser Nacht würde er selbst die Wache übernehmen und dem Fremden Einlass gewähren. Doch vorher galt es noch, die wahre, kalte Hand in den Plan einzuweihen.

Endlich fand der Wald sein Ende, und unweit vor ihm zeichneten sich die ersehnten Umrisse der alten Scheune ab. Als der Mönch eintrat, überraschte ihn der Anblick, der ihn dort erwartete. Der Fremde war dabei, seine spärliche Habe zusammenzusuchen und machte den Anschein, umgehend aufbrechen zu wollen.

„Was soll das werden?“, zischte der Mönch den Fremden harsch an. „Ist euch euer Versteck nicht mehr gut genug, dass Ihr eine bessere Behausung sucht?“

Der Fremde schüttelte verneinend den Kopf, ohne aufzublicken.

„Ich habe euch etwas gefragt“, tippte der Mönch mit seinem knochigen Finger in die muskulöse Seite des mächtigen Mannes. Dieser drehte sich daraufhin mit grimmigem Blick um und baute sich vor ihm auf.

„Ich gehe“, kam es trocken und kurz zurück.

„Das sehe ich. Aber wohin?“

„Fort von hier. Mein Auftrag hat sich verändert. Es gibt für mich hier nichts mehr zu tun.“

Der Mönch verstand nun, dass der Fremde keineswegs nur diesen feuchten und unliebsamen Stall verlassen wollte. Er wollte gehen. Ganz. Voller Entsetzen leckte sich der Mönch mit der Zunge über seine trockenen Lippen. Das tat er stets, wenn er nervös war. Die Gedanken peitschten wild durch sein Hirn.

*Lag es an der Bezahlung? Sicher, das musste es sein. Das war es doch schließlich immer.*

„Ihr wollt mehr Geld? Gut, was verlangt Ihr?“

Doch nicht mehr als ein verachtendes Lächeln gepaart mit einem Kopfschütteln bekam er als prompte Antwort zurück.

„Was ist es dann? Soll ich euch eine Frau besorgen?“ Der Mönch schlängelte sich hinter dem Rücken des Fremden vor und legte ihm vorsichtig eine Hand auf dessen Schulter. „Hier draußen in der Einöde können die Tage und Nächte sehr einsam werden. Ich beschaffe euch eine, sagt mir nur, wie sie aussehen soll. Üppig? Jung?“

Ohne sich umzudrehen griff sich der Fremde die Hand des Mönchs und wischte sie von seiner Schulter. „Mir geht es nicht um euer dreckiges Geld. Oder um sonst etwas. Meine Herren haben mich nach Hause beordert. Demnach ist unser gemeinsames Interesse hiermit erloschen.“

„Aber wir haben einen Pakt. Erinnert ihr euch nicht mehr? Ihr seid einst zu mir gekommen und habt mir eine rosige Zukunft versprochen.“

Erst jetzt drehte der riesige Mann sich um und blickte von oben herab auf den vor ihm stehenden Mönch.

„Was schert mich ein Pakt mit euch?“

„Ihr versteht nicht. Ihr könnt nicht gehen! Es gibt noch Arbeit zu tun.“

„Wer will mich aufhalten? Ihr etwa?“

„Ich habe meinen Ruf aufs Spiel gesetzt. Nein, viel mehr noch. Ich habe meinen Eid gebrochen.“

„Es war eure Wahl.“ Unverdrossen packte der Fremde weiter seine Sachen zusammen. „Nicht ich habe meinesgleichen verraten. Ihr wart es.“

„Aber versteht doch. Es läuft doch alles nach Plan. Die kritischen Ordensvorsitzenden haben ihr Opfer mit Bruder Gottschalk erhalten. Keiner ahnt etwas von uns. Ihr müsst euer Werk zu Ende führen.“

„Ihr meint, ich soll für euch weitermorden?“

„Es ist nur noch Rabanus, der uns im Wege steht. Nur noch ein letzter, unvorhergesehener Ruf des Herrn, und es ist geschehen. Schon heute Nacht können wir Geschichte schreiben.“

Der Fremde schob den Mönch beiseite, um noch ein kleines Büchlein mit einzupacken, das auf dem Tisch lag.

„Nein. Kein Interesse mehr.“

Die Endgültigkeit in den Worten des Fremden machte dem Mönch Angst. Sollte der Plan hier in diesem Stall sein jähes Ende finden? Doch so leicht wollte er nicht ablassen und schnürte wie ein listiger Fuchs durch den Raum. Nun galt es, besonnen zu bleiben und die eigenen Stärken aufzuzeigen.

„Vergesst nicht, dass ich euch Schutz geboten habe. Ich kann euch auch dem König ausliefern. Ein Ungläubiger, der eines edlen Kirchenmannes Blut an seinen Fingern hat, wäre für ihn ein stolzer Fang."

„Ihr wollt mir drohen?"

„Seht doch. Ich bin euer Schutz oder euer Totengräber. Ihr könnt wählen."

Der Hüne legte sein spärliches Gepäck ab und überlegte einen kurzen Moment. Seine Entscheidung traf er instinktiv und schnell. Mit klarem Blick trat er näher.

„Etwas Wahres liegt in euren Worten, da komme ich nicht umhin. Es sei, wie Ihr gesprochen. Ein letztes Mal werde ich meine Hände um den Hals eines Christenmannes legen. Auf dass er für immer schweigen möge."

Triumphierend ballte der Mönch die Faust in den weiten Ärmeln des Gewands zum Siege. Um die Freude nicht allzu deutlich strahlen zu lassen, wandte er dem Fremden den Rücken zu. Seine Gesichtszüge entspannten sich. Gut so, er hatte wieder alles im Griff.

„Endlich nehmt Ihr Vernunft an. Eine gute und weise Entscheidung. Ich schlage vor, dass wir schon in der heutigen Nacht..."

Weiter drang der Satz nicht aus seinem Hals. Die sehnigen Hände des Hünen schnürten plötzlich seine Kehle. Der Druck war so stark, dass die krampfenden Augen weit aus ihrem Halt traten. Ohne Nachlass schnitten die Pranken die Luft. Keine Regung zeichnete sich indes auf dem Gesicht des Fremden. Nicht einmal großer Anstrengung bedurfte es. Die Arme des Mönchs ruderten so wild durch die Luft, dass sich seine Tunika über den Schultern löste und die narbig geschlagene Haut seines Rückens preisgab. Seine Füße strampelten eine faustbreit über dem lehmigen Boden der Stallung. Erst wild, dann nachlassend. Bis schließlich die Sandalen sanft von den Füßen glitten und die Zehen schnurgerade zum Boden zeigten.

Den leblosen Körper packte der Fremde in die reisigbedeckte Schlafecke. Ohne einen letzten Blick über seine Schulter zu vergeuden, verließ er den Verschlag. Er hatte einen weiten Weg vor sich.

# 24.

Als Sonya mit Michele über die Treppe aus der Empore der Liobakirche nach unten trat, schloss Markus sie fest in die Arme und drückte sie an sich. Sonya lächelte schwach und wirkte seltsam entfremdet. Wie unter Schock ließ sie die Umarmung fast emotionslos geschehen. Willenlos trottete sie vor ihrem Peiniger her, der sie anwies, weiterzugehen. Vorbei an dem Altar führten zwei Treppen hinunter in die Krypta. Über die rechte der beiden verschlungenen Steintreppen ging die kleine Gruppe nach unten in die Katakomben der Liobakirche. Drei tonnengewölbte Nischen bildeten die Krypta. In der mittleren Nische konnte Markus einen massiven Sarkophag erkennen. Eine bronzene Aufschrift zierte ihn und deutete auf die Reliquien der heiligen Lioba hin. Die zweite Kryptanische bestach durch einige Wandbilder, die von dem Mönch Bruun stammten. Dieser hatte auch in der alten Ratgarbasilika die eindrucksvollen Bilder über dem Bonifatiusgrab erstellt. In einer weiteren verglasten Nische konnte man noch die Überreste des Holzsargs bewundern, in dem die Heilige Lioba einst vom Kloster Fulda aus in ihre neue Ruhestätte überführt wurde.

In der letzten Krypta gab es nur eine einzige Auffälligkeit: eine alte Altarplatte. Vier kleine Löcher waren an allen vier Ecken eines Quadrats erkennbar. In der Mitte des Quadrats war ein weiteres, größeres Loch zu sehen. Erik blieb vor der Platte stehen. IN HAC ARA CONTINENTUR RELIQ SE SALVATORIS DE LOCO ASCEN-

SIONIS EIUS ET RELIQ XII APOSTOLORU, las Markus und übersetzte es auf Deutsch: *In diesem Altar befinden sich Reliquien des heiligen Erlösers vom Ort seiner Himmelfahrt und Reliquien der zwölf Apostel.*

Erik kniete sich vor die Platte, sodass Markus nicht erkennen konnte, was er dort genau tat. Noch immer verstand Markus nicht, was sie hier unten überhaupt wollten. Ein kurzes Klacken. Erik stand wieder auf, und Michele half ihm, gegen den Stein zu drücken. Gegen alle Regeln der Physik bewegte sich die Platte zur Seite. Ein dunkles Loch tauchte dahinter auf und ein moderiger Gestank erfüllte den kleinen Raum in der nächsten Sekunde.

„Kommen Sie, Herr Schuhmann. Das wird Ihnen sicherlich gefallen."

Michele nahm eine Taschenlampe aus seiner Jacke und leuchtete in das schwarze Loch. Mit dem einfallenden Licht wurde auch die Frage nach dem Sinn der Aktion beantwortet. Eine schmale Treppe führte hinab in einen noch schmaleren Gang, der gerade für eine einzelne Person breit genug war. Mit einem Schlag wurde Markus auf einmal alles bewusst.

Wie einfach und doch genial die Idee war. Markus hatte immer wieder von den geheimen Tunneln gehört, die sich angeblich unter der gesamten Stadt erstrecken sollten. Man vermutete, dass sie im Mittelalter angelegt worden waren, um die Nebenklöster und deren Mönche vor Angriffen und Belagerung feindlicher Gruppen rechtzeitig in Sicherheit bringen zu können. Von Petersberg, Johannesberg und dem Frauenberg aus führten die geheimen Gänge demnach unter der Erde entlang bis zum Hauptkloster nach Fulda. Das Bistum hatte nie eine offizielle Stellungnahme dazu abgegeben, und die Frage nach den Tunneln war in Vergessenheit geraten. Es stimmte also.

Michele übernahm die Führung der kleinen Gruppe. Ehrfürchtig schritt Markus hinter ihm und Sonya durch den Gang. Hinter ihm Erik, der immer noch eine Pistole in seinen Händen hielt. Er fragte sich, woher die Thule-Gesellschaft von den Tunneln erfahren hatte und ob er selbst überhaupt noch die Möglichkeit haben würde, jemandem davon zu erzählen.

# XIX.

Nach seiner Vision hatte sich Rabanus mehr und mehr zurückgezogen. Sein Lebensdurst war nur mehr ein vertrocknetes Rinnsal, das allmählich zu versickern drohte. So viele Dinge, nach denen die Menschen strebten und vor nichts zurückzuschrecken schienen. Er hatte versucht, zumindest den Brüdern des Klosters ein gutes Vorbild zu sein und sie auf dem rechten Weg zu halten. Als dann aber auch noch der tote Leib von Bruder Eddo in einem alten Stall gefunden worden war, legte sich ein schwerer Schleier über die Seele des Abts. Er hatte eine fürchterliche Ahnung. Wenn schon der Probst eine Schlange gewesen war, wem konnte er dann noch vertrauen?

Dennoch galt es, der Pflicht Folge zu leisten. Und der Herr selbst hatte ihm in seiner Kammer ein Zeichen gesandt. Rabanus hatte keine Angst mehr vor dem Gestern, nur noch Hoffnung auf das Morgen. Gerne hätte er den Brüdern zugerufen, warum er sich so sehr zurückgezogen hatte. Hatto, Samuel und all den anderen geliebten Brüdern. Doch wusste er, dass dies sein eigenes Kreuz war, das es zu tragen galt.

Seine ganze Hingabe galt nur mehr dem neuen Werk. Keiner der Mitbrüder hatte es bisher zu Gesicht bekommen. Zum einen redete der Abt nicht über seine Arbeit. Zum anderen suchte er vermehrt die Ruhe und Abgeschiedenheit der kleinen Kirche des heiligen Petri auf dem nahe gelegenen Eulenberg. Schon zu Zeiten seines Vorgängers Sturmius wurde die kleine Kapelle auf dem Basaltkegel erbaut. Doch erst seit kurzer Zeit war der Bau beendet worden. Er selbst hatte dem Gotteshaus einen besonderen Schatz vermacht: die Gebeine der heiligen Lioba. Sie hatten zuvor fast sechzig Jahre in der Klosterkirche geruht.

Nachdenklich stand Rabanus einige Meter entfernt von der Kirche am Rand des Berges. Eine steinerne Mauerwehr schützte vor dem steilen Abhang. Die frische Luft blies ihm um die Nase und durch sein Haar. Besorgt blickte er über das Bergland mit seinen welligen Kuppen. Unendlich erstreckte sich der grüne Wald in alle Himmelsrichtungen. Neben dem König dieses Gebirges, dem Asenberg, konnte Rabanus auch zwei weitere Hügel im Fuldatal erkennen, die wie der Eulenberg mit Kirchen gekrönt über dem Land thronten. Diese drei Kirchen wiesen jedem Neuankömmling wie Vorboten den Weg zur gewaltigen Glaubensfeste in deren Mitte.

Dem Kloster Fulda mit seiner Basilika.

Was würde mit diesem Land geschehen, wenn er versagen würde und das Geheimnis nicht schützen könnte?

Rabanus hatte nach seinem liebsten Bruder Hatto schicken lassen. Es gab verschiedenste Dinge zu verfügen. Schon von weit oben, sah er Hatto den schmalen Weg auf den Eulenberg steigen.

Als Hatto in die Stube zu Rabanus trat, weichten sich zusehends die trüb wirkenden Gesichtszüge des Abts auf. Man sah deutlich den Mangel an Schlaf in seinen Augen. Mit dem Bruderkuss begrüßte er seinen Gast.

„Wie schön, dich zu sehen, Hatto."

„Ebenso geht es mir."

Rabanus ging voran. Zunächst gingen sie die Stufen in die felsgehauene Kapelle. Jeder Gast und Pilger suchte zuallererst die Krypta auf. Hinter dem geweihten Altar stand der Sarkophag, in dem die Gebeine der heiligen Lioba verwahrt wurden. Das Ganze wurde von einem kunstvoll gearbeiteten hölzernen Aufbau überdacht. Ein ewiges Licht hing von der Decke herab und erhellte die Gruft nur spärlich.

Selbst die goldenen Inschriften konnte man kaum entziffern. Nach einem stillen Gebet traten die beiden wieder zurück an das nun umso heller wirkende Sonnenlicht.

„Sag, wie geht es meinen Brüdern im Kloster unten im Tal?“, fragte Rabanus interessiert auf dem Weg zu seiner Zelle.

„Den Brüdern mangelt es an nichts. Doch machen sie sich Sorgen?“

Sogleich warf sich des Abts Stirn in Falten. Nur wenn im Kloster alles seinen Gang gehen würde, konnte er sich getrost und beruhigt seiner Aufgabe widmen. Niemals würde er seine Brüder vernachlässigen wollen. „Sorgen? Worum sorgen sich die Brüder?“

An der Zelle angekommen, öffnete Rabanus die Tür, und sie traten in den angenehm kühleren Raum.

„Sie sind voller Sorge um dich. Warum hast du dich hierher in das Haus des heiligen Petrus zurückgezogen?“

Die Sorgenfalten auf des Abtes Stirn glätteten sich. Eine kurze Pause des Schweigens trat zwischen die beiden langjährigen Freunde. Der Abt ließ sich auf einem einfachen Holzhocker nieder. Mit einer Handbewegung deutete der Abt seinem Gast an, ebenfalls Platz zu nehmen.

„Du bist mir von Kindesbeinen an ein treuer Freund und Gefährte gewesen. Drum will ich dir sagen, warum ich die Ruhe gesucht habe.“

Gespannt auf die Erklärung des Abts, nahm Hatto Platz und lauschte der Ausführung Rabanus'.

„Wie du weißt, liegt mir die Arbeit an einem neuen Werk sehr am Herzen. Um dem Herrn die nötige Huld und Preisung zu schenken, bedarf es oftmals außergewöhnlicher Wege. Und hier oben in der Ruhe und Stille des Herrn dringt nicht der Menschen Hass und Hader. Weder irdische Sorgen noch politische Wirren stören hier meine Forschung nach Wahrheit und Klarheit, um das Werk des heiligen Kreuzes zu bewältigen.“

„Werk des heiligen Kreuzes?“, fragte Hatto unwissend.

„De laudibus sanctae crucis, ein Loblied des heiligen Kreuzes“, führte Rabanus weiter aus. „Hier. Sieh selbst. Auf dem Tisch neben Rabanus lagen Griffel und Pergament. Zuoberst lag eine außergewöhnliche Zeichnung. Rabanus reichte Hatto das Pergament. Zwei Mönche brachten darauf einem Dritten ein Geschenk dar. Hatto konnte seine Neugier nicht leugnen. Seine Augen hatten etwas Vergleichbares noch nie gesehen. Er trat näher an Rabanus' Seite und saugte die bunten Farben geradezu in sich auf.

„Was du vor dir siehst, soll einst das Widmungsbild werden.“

„Wem gedenkst du es zu widmen?“

„Das Werk selbst soll dem Kreuz und all seiner Deutungskraft gewidmet sein. Bedenke nur, die Elemente, die Himmelsgegenden, die Jahreszeiten, selbst des Himmels Vögel zeigen die Zeichen des Kreuzes. Es ist überall. Alles wird beherrscht vom Zeichen der Erlösung.“

*Rabanus Maurus, Figurengedicht Nr. 1*

„Wohl dem, der des Kreuzes wahre Bedeutung erkennt", sagte Hatto.

„Doch noch mehr soll das Werk aussagen. Das Widmungsbild selbst soll unserem ehrwürdigen Lehrer der Academia Turonensis, Alkuin, zur Ehre gereichen."

Hattos Augen leuchteten vor Freude bei den Erinnerungen an die Zeit in Tours. Es waren schöne Gedanken einer unbeschwerlichen Zeit.

„Wie oft hat er mich späthin noch väterlich ermahnt, meines Amtes Pflichten eifrig zu sein und die apostolischen Tugenden zu üben."

„Ja, der strahlendste Stern am Himmel der Gelehrten war Alkuin", bestätigte Hatto.

„Hier", deutete Rabanus erklärend auf die Zeichnung, „auf dem Stuhl sitzt der heilige Martinus, dem zwei Männer im Benediktinerkleid entgegenschreiten."

„Wer sind die beiden?", fragte Hatto.

„Der eine Mönch soll den Verfasser höchstselbst darstellen."

„Der Verfasser selbst?", wiederholte Hatto. „Verstehe. Das bist du."

„Ja, ich dachte, dieser bartlose Jüngling, der dem Heiligen das Buch überreicht, würde mir gut zu Gesichte stehen."

Beide lachten, und für einen Moment vergaß Rabanus die Sorgen, die ihn wie ein undurchdringlicher Schleier umgaben.

„Der Zweite, der größere der beiden, ist unser alter Lehrmeister Alkuin."

„Erzählt weiter."

„Ehrfürchtig gebeugt ruft der Meister der Schule zu Tours im Lateinischen:

*‚Heiliger Gottes, als Hüter deiner Kirche unterwies ich diesen Knaben in den göttlichen Geboten der Sittenlehre und Weisheit. Er ist seiner Herkunft nach ein Franke und Bewohner des Buchonischen Waldes und wurde hierhergesandt, um Gottes Wort zu lernen. Denn sein Abt, der Leiter*

*der fuldischen Herde, schickte ihn hierher unter mein Dach, o Vater, damit er als Schüler mit mir die Kunst des Versmaßes treibe und die Heilige Schrift sich gründlich aneigne'.*"

„Das ist das schönste Werk, das mein Auge je gesehen hat. Sag, wird es noch mehr dieser Bilder geben?"

Rabanus legte das Pergament zurück und blickte Hatto tief in die Augen.

„Aus diesem Grund habe ich dich zu mir bestellt. Ich möchte, dass du das Werk mit aller Sorgsamkeit im *scriptorium* abschreiben lässt. Es ist von größter Bedeutsamkeit, dass kein noch so kleines Detail anders dargestellt werden darf. Weder an dem Bildwerk, noch an den Versen selbst. Versprecht mir das."

All seine Arbeit war darauf ausgelegt, dass jedes Detail exakt aufeinander abgestimmt war. Denn um eine weitere Bedeutung wusste nur Rabanus. Doch diese wollte und durfte er nicht preisgeben.

„Natürlich verspreche ich dies. Aber warum willst du dies nicht selbst zum Auftrag geben?"

„Dies ist der zweite Grund deines Besuchs." Rabanus atmete tief ein, bevor er weitersprach. „Ich werde den Abtsstab niederlegen."

# 24.

Markus hatte längst aufgegeben zu rätseln, wo sie sich befinden könnten. Der Tunnel hatte sich ab und an mit weiteren Wegen gekreuzt, wahrscheinlich Gänge, die zu anderen Ausgängen führten. Einige Male hatte man auch das Rumpeln von Straßenverkehr hören können. Oder waren es Gleise, über die ein Zug fuhr? Die Augen hatten sich zwar an die Dunkelheit gewöhnt, doch immer noch konnte man nichts erkennen. Die feuchten, aber scharfkantigen Wände lagen eng zusammen. Schmerzhaft musste man jede Unebenheit des Bodens mit Abschürfungen an Händen und Armen bezahlen. Den Marsch schätzte Markus mittlerweile auf mindestens eine halbe Stunde. Es konnte aber auch eine Stunde vergangen sein.

„Wir sind da", stoppte Michele an einem eisernen Tor. Mit einem einzigen Ruck schwang das Gitter quietschend auf und eine weitere, eng verschlungene Steintreppe kam zum Vorschein. Diesmal führte sie jedoch nach oben. Als die Gruppe Stufe für Stufe erklomm, wurde auch das natürliche Licht wieder etwas stärker. Nicht hell, aber man konnte wieder die Hand vor Augen erkennen. Michele blieb kurz stehen und schien nach auffälligen Geräuschen zu lauschen. Nichts war zu hören, und er deutete den anderen an, weiterzugehen. Die Luft war rein. Als Markus schließlich an der Reihe war und durch die Tür kam, konnte er nicht glauben, wo er sich befand.

Selbstzufrieden breitete Erik die Arme weit aus und drehte sich sichtlich vergnügt einmal um seine eigene Achse.

„Nun, Herr Schuhmann, so einfach ist es, in das Innerste Ihres Bistums zu gelangen."

Sprachlos blies Markus seine Backen auf und blickte fassungslos um sich. Sofort wusste er, wo er angekommen war. Es war noch nicht lange her, dass er diesem Ort unter ähnlichen Lichtumständen einen Besuch abgestattet hatte. Es war unglaublich. Er stand inmitten des Fuldaer Doms.

Die Treppe, die sie heraufgekommen waren, führte in die Ostkrypta, die für die Öffentlichkeit nicht zugänglich war. Nie hatte Markus sich die Frage gestellt, was sich hinter dieser verschlossenen Tür befinden könnte. Nun wusste er es.

„Kommen Sie, weiter", forderte Michele die Gruppe zum Weitergehen auf.

Der dunkle Weg war Markus bereits bekannt. Im Unterschied zu seinem letzten Besuch hätte er diesmal jedoch gegen eine Störung nichts einzuwenden gehabt. Die Schritte der Gruppe hallten durch den altehrwürdigen Bau und Markus fragte sich, ob dies vielleicht sogar draußen zu hören war, erkannte aber die Unsinnigkeit seines Gedankens. Keiner konnte sie hören und niemand rechnete damit, dass sich überhaupt jemand im Inneren des Doms aufhielt. Von irgendwoher näherte sich eine Polizeisirene, wurde leiser und war kurz darauf ganz verstummt. Nein, keiner suchte nach ihnen.

Als sie in die Krypta hinabstiegen, stellte Markus mit Erstaunen fest, dass seine provisorische Gipsarbeit im Halbdunkel erstaunlich gut aussah. Von dieser Entfernung konnte man keinen Unterschied zu den anderen Steinplatten erkennen, hinter denen die restlichen Herzen der verstorbenen Fürstäbte und Fürstbischöfe ruhten. Damals war er noch mit Georg hier unten gewesen. Markus schüttelte den schmerzvollen Gedanken an seinen vermeintlichen Freund schnell ab.

Erik wies mit seiner Pistole auf die Bänke, die in mehreren Reihen der Gruft gegenüberstanden.

„Wir werden noch einen Moment warten. Setzen Sie sich dort hinten in die letzte Reihe."

„Auf wen warten wir denn, etwa auf den Falken?"

„Bravo, Herr Schuhmann", klatschte Erik ihm höhnisch Beifall und kniete sich hinter die kleine Gruppe in die letzte Bank, schloss die Augen und faltete die Hände wie zu einem Gebet. Jedoch ohne seine Waffe aus der Hand zu legen.

Aus den Wandnischen blickten die 16 Sandsteinfiguren vergangener Bischöfe und Päpste strafend auf die kleine Gruppe herab. Alle Dargestellten standen in irgendeiner Beziehung zu Bonifatius. Oder zur Geschichte des Klosters Fulda. Markus hatte sich, wie befohlen, in die letzte Sitzreihe gesetzt und konnte neben sich ausgerechnet die Statue des Rabanus erkennen, die mit dessem typischem Attribut, einem Buch, dargestellt war.

„Sie waren seit langer Zeit wieder mal ein fast ebenbürtiger Gegner, Herr Schuhmann. Clever und zäh." Gerade wollte Markus antworten, als ein Nachsatz Eriks sein Blut in den Adern gefrieren ließ.

„...fast so clever und zäh wie Ihr Vater."

Wie ein Blitzschlag traf ihn die Aussage von Erik. Wie ein Hieb in seine Magengrube. Erik schien sich indes in seiner überlegenen Position sichtlich wohl zu fühlen. Übermütig suhlte er sich in seinem persönlichen Triumph.

„Ja, ja. Sie haben richtig gehört, Ihr Vater. Er war wirklich ein ganz erstaunlicher Mann."

„Was wissen Sie schon von meinem Vater..."

„Eine ganze Menge. Schließlich standen wir uns jahrelang an einer Kriegsfront gegenüber. Nichtsdestotrotz hatte ich großen Respekt vor ihm, und mit seinem Ableben verlor ich meine persönliche Motivation. Aber was sollte ich tun. Es war mein Auftrag."

„Was meinen Sie mit *mein Auftrag*?", wollte Markus genauer wissen.

„Seine Liquidierung durch die Gesellschaft."

„Liquidierung? Ich glaube, Sie verwechseln da was, mein Vater ist bei einem Autounfall ums Leben gekommen."

Erik schloss die Augen und saugte die trockene Luft der Bonifatiusgruft mit einer Wohltat so tief in seine Lungen, als säßen sie inmitten eines unendlichen Blumenmeeres.

„Großartige Arbeit, nicht wahr? Es war so perfekt von mir inszeniert, dass ich fast selber glaubte, dass er verunglückt sei."

„Sie haben ihn umgebracht?!"

„Nein!", riss Erik seine Augen wieder auf, „umgebracht wäre nicht treffend. Ich habe ihm einen gebührenden Abschied geschenkt. Stellen Sie sich nur vor, er wäre einfach von irgendeinem dahergelaufenen Anfänger hinterrücks erschossen worden. Das wäre billiger Mord gewesen. Bei mir war es Kunst."

Am ganzen Körper zitternd sprang Markus auf. Sein Kopf war feuerrot und drohte jeden Augenblick zu zerspringen. Mit dem Zeigefinger schien er Erik mit jedem Wort geradezu aufspießen zu wollen.

„Kunst? *Sie* haben meiner Mutter den Ehemann aus dem Herzen gerissen. *Sie* haben mir und meiner Schwester den Vater gestohlen, *Sie* haben unsere Familie zerstört. Und das nennen *Sie* Kunst, *Sie* sind ein kranker, perverser Mensch!"

Seine Emotionen brachen aus ihm heraus, und für einen Moment vergaß er die Gefahr der Pistole in Eriks Hand. Ungerührt stellte dieser sofort wieder die Hierarchie klar, indem er Markus die Waffe an dessen Schläfe drückte.

„Na, na, Herr Schuhmann junior, nicht so voreilig. Setzen Sie sich wieder hin."

Michele, der mit Sonya neben den beiden Platz genommen hatte, tippte Erik auf die Schulter und deutete ihm an, dass sich Schritte näherten.

„Ruhe jetzt, wir wollen doch dem Falken einen gebührenden Empfang bereiten. Sie können sich wirklich glücklich schätzen. Weder Ihr Vater noch ich haben den Falken jemals zu Gesicht bekommen, und Sie kommen so jung schon in diesen Genuss."

Die Blicke aller wanderten in Richtung der nahenden Schritte. 22 Stufen konnte Markus zählen. Dann wurden die Schritte lauter und Markus konnte mehr erkennen. Erst ein paar schwarze Schuhe, dann ein langes Gewand, schließlich konnte man eine männliche Person erkennen, die fast schwebend die Stufen zur Gruft hinabglitt.

Auch Erik war vom Eintreffen des Falken spürbar erregt. Nervös richtete er sich auf und trat aus der Bank.

„Es ist mir eine große Ehre, Ihre Bekanntschaft zu machen, Falke."

Der Mann im Priestergewand blickte in die dunkle Ecke des Raumes und kam näher. Als die Gestalt ins Kerzenlicht trat, stellte Markus mit Erschrecken fest, dass er den Falken bereits gut kannte.

# XX.

Der Schock fuhr Hatto durch Mark und Bein. Er musste sich verhört haben. Bestürzt dauerte es einige Sekunden, bis er wieder zu Worten fand.

„Mit allem Respekt vor deinem hohen Leben, das darfst du nicht tun. Wie soll unsere Herde ohne Führung den Weg finden?"

„Sie wird nicht ohne Hirten bleiben", antwortete Rabanus. „Ich werde bei der *congregatio* dich als meinen Nachfolger empfehlen."

Nun verschlug es Hatto endgültig die Sprache. Verwirrt sprang er von seinem Hocker wieder auf und trat an das Fenster, durch das die Kammer fahl erleuchtet wurde. Seine Kehle wirkte trocken. Seine Hände dagegen schimmerten feucht in dem einfallenden Licht.

„Ich bin dieses hohen Amtes unwürdig. Wie könnte ich die Herde auch nur annähernd führen, wie du es zu verstehen weißt?"

„Es ehrt dich, dass du dich für gar so klein vor dem Herrn siehst. Doch stell dein Licht nicht allzu sehr unter den Scheffel. Sehr wohl weiß die Bruderschaft deine Talente zu schätzen. Sie werden dir mit ebenso offenem Herzen begegnen wie mir."

Hatto entgingen nicht die wohlbedachten Argumente des Abts. Er hatte sich anscheinend auf das Gespräch vorbereitet. Ein *Nein* würde er nicht akzeptieren.

„Wann gedenkst du dein Amt niederzulegen? Und was hast du dann vor?"

„Sobald ich das Werk beendet habe, sollst du das Amt übernehmen. Danach erbitte ich von dir die Erlaubnis, weiterhin hier oben auf dem Berg des Heiligen meinen Studien nachgehen zu dürfen."

„Wenn dies dein frommer Wunsch ist, so werde ich diesen natürlich erfüllen."

„Hab Dank. Noch einen letzten Auftrag habe ich an dich. Eine Kopie des laudibus sanctae crucis soll an den Heiligen Vater nach Rom gesandt werden."

Mit einem verständnisvollen Nicken zeigte sich Hatto auch mit diesem Wunsch einverstanden. Mit Rührung und tiefer Bruderliebe in seinem Blick ging Hatto zur Tür, blieb dort noch einmal stehen und drehte sich um.

„Gott schütze dich, Rabanus Maurus."

Da war es Rabanus so, als müsse er seinem Weggefährten seiner Treue danken. Er stand auf, ging zu ihm und legte ihm die Hand auf seine Schulter.

„Dich auch Hatto. Dich auch."

Beim Verlassen der Zelle wäre Hatto beinahe in einen anderen Mönch gelaufen, den Rabanus ebenfalls zu sich zitiert hatte. Candidus. Der Baumeister und talentierteste Handwerker im weiten Lande. Höflich entbot er Abt Rabanus den gebührenden Gruß.

„Vater Abt, Ihr habt nach mir verlangt. Ich bin so schnell es ging von der Abtei Johannesberg zu euch geeilt."

„Ist etwas mit dem Ciborium nicht in Ordnung?", stockte ihm die Luft im Halse.

„Nein. Das Ciborium behütet unseres Heiligen Gebeine wie gewünscht."

Beruhigt atmete Candidus den Sorgenatem aus. Er hatte befürchtet, dass es unvorhergesehene Schwierigkeiten mit seinem Meisterwerk gegeben hätte. Dass dem nicht so war, beruhigte ihn. Alles andere konnte nicht so schlimm sein.

„Wie kann ich euch dann dienen?"

„Bruder Candidus. Ich habe eine neue Aufgabe für euch. Eine neue Herausforderung. Noch einzigartiger als das Ciborium."

Candidus' Augen begannen zu glänzen. Ein noch einzigartigeres Werk als das Ciborium konnte er sich nicht vorstellen. Wem konnte man ein größeres Werk widmen als Bonifatius?

# 25.

„Nein, das darf nicht sein." Unentwegt schüttelte Markus ungläubig den Kopf. „Sie sind der Falke?"

Der Falke kam noch näher zu der Gruppe heran. Dann baute er sich direkt vor Markus auf.

„Ja, das bin ich. Das hätten Sie nicht für möglich gehalten, nicht wahr?"

„Niemals. Warum Sie, Monsignore di Castillo?"

Di Castillo trat noch einen Schritt an Markus heran, als wolle er ihn seinen Atem spüren lassen.

„Das Leben hält für uns alle ständig Überraschungen bereit."

Während er das sagte, blinzelte er Markus zu, was dieser nur kopfschüttelnd quittieren konnte. Erik trat neben den Falken. In all den Jahren hatte er den Falken nie kennengelernt. Überhaupt kannte kaum jemand aus der Thule-Gesellschaft sein wahres Gesicht. Von nun an gehörte Erik zu diesem erlauchten Kreis.

„Es ist mir eine große Ehre, Sie kennenlernen zu dürfen."

„Sie haben gute Arbeit geleistet. Wir sind damit sehr zufrieden. Wenn Sie mir die entschlüsselte Botschaft dann aushändigen würden."

Erik musterte di Castillo ganz genau. Er schwitzte. Und trotz seiner erhabenen Erscheinung schien die Situation nicht spurlos an ihm vorüberzuziehen. Seine Stimme klang zittrig und irgendwie anders als sonst. War der Falke doch in die Jahre gekommen?

„Aber ja doch. Nur noch eine kleine Frage. Wann bekommen wir das versprochene Geld?“

Michele staunte mit offenem Mund, als er Erik fragen hörte. „Entschuldigung. Nur einen Moment.“ Er zog Erik zur Seite, um Schlimmeres zu vermeiden. „Falls du es vergessen hast. Wir haben unser Geld schon lange erhalten. Ich will nicht, dass ich mich bei meinem ersten Auftrag wie ein Idiot verhalte.“

„Ich weiß“, beruhigte Erik Michele. „Lass mich das machen. Es hat alles seinen Sinn.“

Erik drehte sich wieder zum Falken um.

„Also, was ist mit unserem Geld?“

Der Falke nickte zustimmend.

„Ihr Geld. Aber ja doch. Sie werden es bald bekommen. Das verspreche ich Ihnen beiden.“

„Dann ist es ja gut.“ Erik hielt dem Falken den Zettel entgegen. Der Falke streckte seinen Arm danach aus. Gerade, als sich der Zettel mit der Fingerspitze berührte, packte sich Erik den Unterarm des Falken und zog ihn mit einer schnellen Bewegung zu sich. Im gleichen Moment schlug er mit voller Wucht seine Pistole gegen die Stirn des Kardinals. Mit einem lauten Stöhnen sank er in die Knie und blieb stöhnend auf dem Steinboden liegen. Michele wollte Erik noch hindern. Doch es ging alles viel zu schnell.

„Was machst du da? Bist du verrückt geworden? Das ist der Falke. Er wird uns dafür umbringen.“

Erik beugte sich über di Castillo. Dann schaute er zu Michele.

„Nein, das wird er sicher nicht. Das ist nicht der Falke. Niemals.“

„Er hat recht“, hallte plötzlich eine weitere Stimme durch die Gruft. Sie kam von oberhalb. Aus Richtung der Treppe. Ein weiterer Mann. Sofort erkannte Erik dieses Mal die Stimme. Das war die Stimme des Falken. Des echten Falken. Mit einem süffisanten Lächeln nahm der Falke jede einzelne Stufe der Steintreppe. Seine edlen, schwarzen Schuhe klackten bei jedem Schritt wie ein Gewittergrollen, das immer näher rollte. Als er die letzte Stufe genommen hatte, hob er langsam den Kopf und blickte in die Runde. Nun konnte jeder sehen, wer sich tatsächlich hinter dem Falken versteckte. Nicht minder groß war die Überraschung und die Erkenntnis, dass man wohl niemandem mehr trauen konnte.

„Einen schönen guten Abend, die Herrschaften. Wie schön, sie alle bei bester Gesundheit begrüßen zu dürfen."

Dann wandte er sich an Markus.

„Nun schauen Sie nicht so erstaunt, Herr Schuhmann. Seien Sie lieber stolz auf sich und Ihre Arbeit. Ihnen ist gelungen, was Spiritual Weithofen und Leinweber ein Leben lang nicht gelungen ist. Sie wissen nun, wer der Falke ist."

Unentwegt schüttelte Markus den Kopf. Er sah hinüber zu di Castillo, der sich wieder etwas erholt hatte und ebenfalls geschockt schien.

„Subregens Romberg? Sie?"

„Eine tolle Tarnung, nicht wahr? Mit genügend Verbindungen zu den richtigen Stellen ist dies alles nur ein Kinderspiel. Eine Farce. Nichts weiter", lachte der Falke dabei breit sein Zahnfleisch frei. „Nun wollen wir aber keine Zeit verlieren. Schließlich müssen wir uns alle noch auf den morgigen Besuch vorbereiten, nicht wahr? Erik. Geben Sie mir den Zettel."

„Gerne", trat dieser einen Schritt nach vorn.

„Sie haben hervorragende Arbeit geleistet, Erik. Die Gesellschaft wird sich dafür erkenntlich zeigen. Seien Sie sich dessen gewiss. Auf Sie warten in Zukunft höhere Aufgaben."

Das war es, was Erik hören wollte. Endlich. Ein Aufstieg in der Gesellschaft. Erik de Flandre reichte Subregens Romberg die Lösung auf dem Zettel entgegen. Mit einem Achselzucken quittierte er diese, nachdem er sie laut vorgelesen hatte.

*„Das Abbild seiner letzten Rast,*
*stützt und schützt die ganze Last.*
*Die Säule trägt das fromme Dach,*
*darunter unser Hüter wacht.*
*Doch wer es wagt sie zu entbinden*
*Das heilge Wort wird niemals finden*
*kommt das heilge Wort ans Licht,*
*die Kirch in sich zusammenbricht."*

„Also, was bedeutet das Rätsel? Und bitte versuchen Sie keine Tricks, Herr Schuhmann. Sie wissen, dass wir nicht zögern werden, Ihnen und Frau Ramzy weh zu tun."

„Keine Sorge. Ich habe nicht vor, Ihnen etwas vorzuspielen. Wir gehen davon aus, dass mit dem Abbild der letzten Rast das Marmorabbild gemeint ist, das man hier sehen kann. Es sieht so aus, als könnte man in den Sarg hineinblicken. Demnach führt uns das Rätsel hierher in die Gruft."

„Aber was ist mit dem zweiten Teil gemeint?"

Markus trat vor den Sarkophag.

„Der Hüter ist klar, Bonifatius. Und die Säulen samt Dach beschützten ihn symbolisch vor den dunklen Mächten, die immer wieder wie Schlechtwetterfronten über die Schrift herzogen."

„Ich sehe hier keine Säulen oder etwas Ähnliches."

„Das ist das Problem. Die Säule und das darüberbefindliche Dach existieren nicht mehr. Das so genannte Ciborium wurde, unseres Wissens nach, im Auftrag von Rabanus im Nebenkloster Johannesberg angefertigt. Es stellte ein Dach dar, das von vier Säulen getragen wurde, darunter verlief wiederum ein auffällig verzierter Steinbogen."

„Und?"

„Ich vermute, dass der Steinbogen eine Spezialanfertigung der Steinmetze im Kloster Johannesberg war. Rabanus förderte nämlich neben der Schreibkunst insbesondere die Handwerkskunst."

„Ja, doch. Das ist mir alles bekannt. Nun kommen Sie schon auf den Punkt."

„Der Bogen besaß wahrscheinlich mehrere Hohlräume, die genug Platz für einen Gegenstand besaßen. Sagen wir für eine stabile Schriftrolle aus Kupfer."

„Sie meinen, die Handschrift thronte jahrhundertelang über dem toten Bonifatius, für jedermann zum Greifen nah?"

Markus spitzte seine Lippen und nickte zustimmend.

„Im Prinzip für jedermann greifbar nah und doch so weit entfernt. Genial, nicht wahr? In seinen letzten Jahren war Rabanus sehr verzweifelt und vertraute kaum jemandem mehr. Er beschloss, niemanden in das Geheimnis einzuweihen. Er wollte die Heilige Schrift und die Verantwortung wohl lieber wieder in die Hände eines bereits verdienten Wächters zurücklegen."

„Bonifatius, der erste Wächter der Rolle", antwortete Romberg.

„Rabanus war anscheinend davon überzeugt, dass der Ort sicher war. Aber irgendjemand widerlegte diese Theorie leider."

„Wo ist dieses verdammte Ciborium?"

„Die Spur verliert sich. Es heißt nur, es sei verloren gegangen. Wobei ich persönlich daran zweifle, wie ein so massives Kunstwerk über dem Grab des heiligen Bonifatius einfach verloren gehen kann. Wie dem auch sei, falls es einen Vierten Codex jemals gegeben hat, so bleibt sein Geheimnis auch weiterhin eines."

Romberg ließ die Antwort einen Moment sacken, bevor er sich direkt vor Markus aufbaute.

„Sie sagen die Wahrheit, Herr Schuhmann, nicht wahr?"

„Ich kann nicht leugnen, dass es mich freut, Ihnen und Ihrer kranken Gruppierung keinen Vierten Codex übergeben zu können. Aber ja, es ist wahr: Hier finden Sie ihn nicht mehr!"

Markus erkannte, wie die Augen von Subregens Romberg fest wurden und sich die Einkerbungen der Bitterkeit in seinem Gesicht eingruben. Markus wandte sich an di Castillo, der sich immer noch den

Kopf vor Schmerzen hielt.

„Geht es Ihnen gut? Was war das für ein verrückter Auftritt vorhin?"

„Ich habe einen letzten Sicherheitscheck machen wollen. Dann hörte ich Stimmen und versteckte mich zwischen den Bänken. Als ich verstand, was hier vor sich ging, dachte ich, dass ein Bluff klappen könnte. Das hat wohl leider nicht ganz geklappt."

Di Castillo strafte Romberg mit einem Blick der abgrundtiefen Verachtung.

„Romberg. Wie konnten Sie nur?", schäumte die Verachtung mit jedem einzelnen Wort aus seinem Mund. „Wie tief muss man sinken, um Ihre Kaltblütigkeit und Verzweiflung zu besitzen?"

„Aber Eure Eminenz. Ich folge nur den bekannten Kardinalstugenden: Das Richtige tun, das Falsche lassen. Seinem Gewissen folgen. Ganz einfach."

„Gewissen. Als hätten Sie ein Gewissen."

„Übrigens eine nette kleine Vorstellung vorhin. Sie hätten lieber ins Theater als in den Vatikan gehen sollen."

„Warum mussten sie Spiritual Weithofen ermorden? Und den alten Mann im Rollstuhl?"

„Eure Eminenz. Das ist bei Leinweber schnell erklärt. Wie ein Kaugummi, in den man getreten ist, klebte er genauso wie sein Vater und Weithofen seit langer Zeit an meinen Fersen."

Romberg deutete auf Markus. Dieser stand wie angewurzelt.

„Egal, wie sehr man auch kratzte, man bekam ihn nicht weg. Egal wohin ich mich bewegte, sie erschwerten mir das Vorankommen. Doch nie hatten sie vermutet, dass der Falke sich im Kirchturm eingenistet hat. Ich dachte, der alte Narr hätte es nun endlich aufgegeben. Bis zur Beerdigung von Weithofen. Dort hat mich Leinweber anscheinend irgendwie erkannt. Ich weiß nicht wie, schließlich kannte er mein Gesicht höchstens als Subregens. Vielleicht habe ich in meiner Rede irgendetwas gesagt, was ihn aufhorchen ließ."

Markus schoss sofort der richtige Gedanke durch den Kopf. Die Rede, natürlich. Hatte Leinweber nicht erwähnt, dass er auf dem Friedhof neben einer der zahlreichen Lautsprecherboxen stand, um die Reden besser zu hören? Er hatte den Falken nicht an seinem Gesicht, sondern an seiner Stimme wiedererkannt. Die Stimme hatte er ja schon einmal gehört. Auf Band, bei den Kollegen im Nahen Osten, wo der Falke vergeblich versucht hatte, die Schriftrolle zu ersteigern. Das war es also, was Leinweber ihm sagen wollte. Es musste ein wahrer Schock für ihn gewesen sein, den Falken inmitten des Fuldaer Bistums zu wissen. Damit war auch die Verbindung zu Weithofen geklärt und die vielen Kircheninterna, die dem Falken und der Thule-Gesellschaft stets attestiert worden waren. Aber woher wusste Romberg überhaupt von Leinwebers Entdeckung? Noch bevor er den Gedanken weiter ausführen konnte, fuhr Romberg in seiner Ausführung fort.

„Erik hat intuitiv richtig und schnell gehandelt."

„Sie waren also auch für dieses Meisterwerk verantwortlich?", fragte Markus zynisch.

„Ja", warf sich Erik nicht ohne Stolz in die Brust. „Ich muss allerdings gestehen, dass dies unter enormem Zeitdruck geschah. Er hätte ein ehrenwerteres Ende verdient gehabt als einen aufgesetzten Kopfschuss."

„Und Weithofen? Was genau war mit Weithofen?"

Selbstgefällig übernahm Romberg wieder das Wort.

„Dieser alte Knochen hatte irgendetwas herausgefunden. Das wussten wir, aber er verriet uns nicht, was er herausgefunden hatte. Ich konnte den Regens schließlich dazu überreden, dass er uns einweihen müsse. Wir luden ihn zu einer Besprechung, doch alles, was er forderte, waren mehr finanzielle Mittel für sein Projekt der Biblioteca Fuldensis. Natürlich wusste ich, um was es ging, und verdeutlichte ihm, dass er uns schon ein paar Ergebnisse vorlegen müsse, wenn er noch mehr Geld fordere. Ansonsten müssten wir Einsparungen vornehmen. Doch alles, was er uns preisgab, war, dass er endlich einen entscheidenden Schritt in seiner Forschung vorangekommen war und seine Ergebnisse zuallererst dem Papst bei dessen Besuch vortragen würde."

„Und das wollten Sie natürlich verhindern."

„Ich musste es verhindern. Stellen Sie sich das nur vor: Der Papst. Die Informationen und vielleicht sogar der Vierte Codex wären für immer verloren gewesen. Wir mussten also handeln und die Informationen mit Gewalt einfordern."

„Aber Sie bekamen von ihm nicht die Informationen, die Sie sich erhofft hatten."

Jetzt stieg auch Michele mit in die Unterhaltung ein.

„Wir durchsuchten das ganze Labor und werteten die Daten auf seinem Laptop aus. Nichts."

„Den Laptop", erinnerte sich Markus. „Wie haben Sie Georg für Ihre Sache gewinnen können?"

„Georg? Ihr Kommilitone?" Michele konnte sich ein lautes Lachen nicht verkneifen. „Haben wir überhaupt nicht. Er ist ein naives Opfer. Als Sie kurz vor der Lösung zu stehen schienen, mussten wir Sie isolieren. Sie durften niemandem mehr trauen. Außer Ihnen sollte keiner die Lösung kennen. Das wäre zu gefährlich für uns geworden."

„Dann hat er gar nichts mit der Sache zu tun?"

„Nein, wir haben ihn ins Labor gelockt und den Laptop dort platziert. Ganz einfach. Wir haben sonst keinerlei Interesse an Herrn Stangl. Er ist ein Angsthase. Wahrscheinlich ist er irgendwo in die Einsamkeit geflüchtet."

„Und die Daten auf dem Laptop. Was haben Sie gefunden?"

„Auf dem Laptop waren keine interessanten Daten. Wir hatten ihn schon einige Tage vorher aus dem Labor gestohlen. Nur Sachen über diese alte Bibliothek und andere Bücher waren drauf. Weithofen hatte zuvor alles irgendwo versteckt."

„Und da haben Sie Weithofen umgebracht!"

„Nicht wirklich, Herr Schuhmann“, antwortete Erik. „Selbst mit dem Tod kam er uns zuvor. Durch den Diebstahl des Laptops muss er wohl schon etwas geahnt haben. Er wollte Sie einweihen, Markus. Aus diesem Grund schrieb er Ihnen eine Nachricht auf, wie und wo sie die Informationen finden könnten. In diesem Moment kamen wir in das Labor, um ihn zum Sprechen zu bringen. Aber der Alte schwieg wie ein Grab. Wir fanden nur den unteren Teil der Nachricht, auf dem Ihr Name stand. Das führte uns schließlich auch zu Ihnen. Was wir nicht ahnten war, dass er den anderen Teil zerknüllt hatte und diesen Teil heruntergeschluckt hatte, bevor wir ihn durchsuchen konnten. Während wir das Labor nach Hinweisen durchsuchten, röchelte er plötzlich, lief blau an und sackte zusammen. Wir verschwanden.“

Nun fügte sich in Markus' Gedanken alles zu einem kompletten Bild zusammen.

„Und in seinem Todeskampf hinterließ er noch den Hinweis auf der Tafel.“

„Ja. Wahrscheinlich wollte er jemandem eine Nachricht hinterlassen, der damit etwas anfangen konnte.“

„Leinweber.“

„Wer sonst. Obwohl sich der alte Knauser längst in Pension befand, wusste Weithofen, dass Leinweber die Polizeiunterlagen einsehen und darauf aufmerksam werden würde.“

„Doch Regens Heese ließ das Thulesymbol vor dem Eintreffen der Polizei entfernen. Wieso eigentlich? Steckt er auch mit drin?“

„Heese? Himmel, nein“, lachte Romeberg. „Er hatte nur Angst vor dem Presserummel, der darum entstanden wäre. Dies konnte er sich vor dem Papstbesuch schlicht und einfach nicht leisten.“

„Und warum haben Sie mich dann überfallen?“

„Ihr Name stand auf Weithofens abgerissener Nachricht. Dazu hatten Sie mit Weithofen an seinem Projekt gearbeitet und er hielt große Stücke auf Sie. Als mich Regens Heese davon unterrichtete, dass sie in einer ungewohnt forschen Art und Weise darauf pochten, die

Forschung bis zum Ferienende weiterzuführen, dachte ich mir schon, dass sie vielleicht mehr wissen. Sie sollten ruhig weiterforschen. Um Sie aber ständig unter Kontrolle zu behalten, mussten wir jemanden in Ihrem unmittelbaren Umfeld platzieren."

Romberg drehte sich zu Erik und Michele um, der Sonya immer noch in der Umklammerung hielt. „Dass dies *so* eng werden würde, wussten wir allerdings auch nicht."

„Was meinen Sie damit?"

Sonya löste sich von Michele. Sie hatte seit ihrem Beinahesturz in der Liobakirche kein Wort mehr gesagt. Markus hatte vermutet, dass sie wohl unter Schock stehe.

„Es tut mir leid, Markus. Ich wollte wirklich nicht, dass dir etwas geschieht", kam Sonya nun auf ihn zu. „Warum konntest du mir die Lösung nicht einfach sagen!?"

„Wie meinst du das? Was geht hier vor?"

Romberg legte Sonya seinen Arm um die Schulter und drückte sie an sich heran.

„Jetzt enttäuschen Sie mich aber, Markus. Bisher war ich wirklich angetan von Ihrer Intelligenz und Ihrer schnellen Auffassungsgabe. Sonya ist nicht nur eine hervorragende Ärztin. Sie ist auch eine ebenso einzigartige Mitarbeiterin."

„Sie kennen sich?"

„Oh ja, und ob", lachte der Falke freudlos. „Wir kennen uns schon sehr lange. Als Ihr Großvater damals starb, nahm ich Sie unter meine Fittiche."

„Sag mir nicht, dass du mit diesen Leuten unter einer Decke steckst", wehrte sich Markus entsetzt gegen diese Vorstellung.

„Du verstehst das nicht, Markus. Es geht um mehr, um viel mehr. Um etwas ganz Großes."

„Es war also alles nur gelogen."

„Nein, eben nicht! Mein Großvater, von dem ich dir erzählt habe, lernte meine Großmutter wirklich auf einer seiner vielen Reisen in

Ägypten kennen. Sie bekamen ein Kind, meine Mutter, die in Ägypten blieb. Als meine Eltern ums Leben kamen, holte er mich nach Deutschland und kümmerte sich um mich."

„Was hat das alles mit diesen Verrückten zu tun?", deutete Markus auf die drei Thulemitglieder.

„Mein Großvater war nicht irgendein netter Opa aus dem fernen Deutschland. Er war einer der Gründer des Thule-Ordens. Ich bin eine geborene Sebottendorf. Enkelin von Rudolph von Sebottendorf."

Entsetzt trat Markus einen Schritt zurück. Er konnte nicht fassen, was er nun zu hören bekam.

„Nein, das ist nicht wahr."

„Hab ich Ihnen zu viel versprochen, Markus?", küsste Romberg Sonya auf die Stirn. „Ist Sie nicht wirklich eine ganz talentierte junge Dame?"

„Allerdings."

„Und Sie haben nichts bemerkt. Weder den fiktiven nächtlichen Überfall, noch den Sender in Ihrem Handy, über den wir all Ihre Gespräche mithören konnten."

Markus verstand nun. Nicht Georg hatte ihm die Telefonwanze untergeschoben. Immer wenn er mit seinem Handy telefoniert hatte, wusste die Thule-Gesellschaft sofort, wo er war und was er vorhatte. Dies erklärte auch, wie Romberg von den Figurenrätseln und dessen Lösung erfahren hatte. Die Thule-Gesellschaft hatte seine Schwäche schamlos ausgenutzt. Die Schwäche seines Wankens, die Schwäche seiner Männlichkeit, die Schwäche eines unschlüssigen, naiven Novizen.

„Sonya hat Ihnen in Ihrer gemeinsamen Nacht still und heimlich den Sender in Ihrem Handy angebracht. Aber werfen Sie sich nichts vor. Wir hatten Ihnen zur Sicherheit eine leichte Droge in den Wein gegeben. Sie waren zu nichts mehr fähig."

Markus wusste nicht, wen er in diesem Moment mehr verachtete, Sonya oder sich selbst.

„Sie hatten alles geplant. Sie wussten, wann und wo ich arbeiten würde. Und natürlich sorgten Sie auch dafür, dass ich zu Frau Dr. Ramzy in Behandlung kam."

„Nun, ich kannte ihre Vorzüge, welcher Mann kann ihr schon widerstehen. Und dann noch diese schauspielerische Meisterleistung der Entführung. Wenn ich es nicht besser gewusst hätte, ich wäre ebenfalls darauf hereingefallen. Aber sie hatte halt einen guten Lehrmeister."

„Glaubst du denn wirklich an diesen Schwachsinn, den dein Großvater dir erzählt hat?", drehte sich Markus wieder zu Sonya.

„Das ist kein Schwachsinn. Mit diesem Schriftstück können wir nicht nur beweisen, dass wir das auserwählte Volk sind. Nein, wir können damit die ganze Welt wachrütteln und ihr die Augen öffnen."

„Das ist verrückt. Du bist verrückt."

„Es ist noch nicht vorbei, Markus. Es beginnt gerade erst. Der Vierte Codex wird die Basis für ein neues, ein Viertes Reich sein. Und ganz so verrückt kann ich wohl nicht sein, schließlich wolltest du mich haben", kokettierte Sonya und biss sich fordernd-lasziv auf ihre Unterlippe.

Eine schallende Ohrfeige klatschte auf Sonyas linke Wange. Markus' Hand kam pfeilschnell, wie bei einem Reflex, und niemand hatte sie kommen sehen.

Markus hätte sich verteidigen und erklären können, dass in der Nacht keine sexuellen Handlungen vollzogen worden waren. Allerdings wusste er das gar nicht mehr so genau.

Sonya hielt sich verblüfft ihre Wange, die in Sekundenschnelle feuerrot wurde und leicht anschwoll. Michele stürmte sofort auf Markus zu und zog den Hahn des Revolvers.

„Unterstehen Sie sich. Das ist ein Gotteshaus", schritt di Castillo mit scharfem Ton beherzt ein und stellte sich Michele in den Weg. Romberg deutete an, die Waffe zu senken.

„Sparen Sie sich Ihre Kugel für später auf, Michele. Schaffen Sie die Leute jetzt wieder zurück durch den Tunnel und beseitigen Sie sie an einem ruhigeren Ort."

Di Castillo hatte durch seinen kleinen Erfolg nun Mut geschöpft und versuchte Romberg in ein Gespräch zu verwickeln. Er hatte einen Plan, doch dazu war jede Sekunde kostbar.

„Was haben Sie jetzt mit uns vor?"

„Scusi, Monsignore di Castillo, aber Sie haben das Gesicht des Falken gesehen, das kann ich nicht zulassen. Erik und Michele werden sich um Sie kümmern. Die beiden sind Experten für tragische Unfälle."

„Aber es wird Fragen geben." Di Castillo schritt durch die Gruft und drehte dabei den anderen den Rücken zu. Er schien irgendetwas in seiner Innentasche zu suchen. Michele trat neben ihn, packte ihn an seiner Schulter und drehte ihn wieder herum. Di Castillo hielt jedoch nur einen Rosenkranz in seiner Hand. „Ich bin ein Mann Gottes. Wie wollen Sie meinen gewaltsamen Tod, den Tod des vatikanischen Sicherheitsbeauftragten, erklären? Egal, ob hier in der Bonifatiusgruft oder irgendwo im Umkreis."

„Ich? Ich werde gar nichts erklären. Soll doch der Bischof oder Regens Heese ihre Meinung kundtun. Aufgrund der tragischen Tode der letzten Wochen werde ich jedenfalls einen Antrag an den Bischof schicken und um eine Versetzung bitten."

„Wohin wollen Sie sich versetzen lassen?"

„Um den Verbleib des Ciborium zu klären, muss ich ins Zentrum allen Wissens. Nach Rom. In den vatikanischen Bibliotheken existieren sicherlich noch Auflistungen, wo das Ciborium verblieben sein könnte."

Mit einem verächtlichen Lachen widmete sich der Falke wieder Erik und Michele zu.

„Schafft sie hier raus, und dann kümmert euch um sie. Sie haben das Gesicht des Falken gesehen. Sorgt dafür, dass sie niemandem davon berichten können. Sie beide haben hervorragende Arbeit geleistet. Die Gesellschaft wird Ihnen das nicht vergessen. Erledigen Sie nun noch den Rest und Ihre Entlohnung wird Sie für die Unannehmlichkeiten entschädigen."

Auf leisen Sohlen schritt Romberg hurtig die Stufen hinauf. Noch in Gedanken, was er mit Erik de Flandre und Michele Moutroux anfangen solle, da die beiden nun ebenfalls sein Gesicht kannten. Seine Anonymität hatte ihn in all den Jahren geschützt und überleben lassen. Er beschloss, dass dies so bleiben sollte und beide nach getaner Arbeit von der Thule-Gesellschaft beseitigen zu lassen. Ein kaum hörbares Rauschen, wie von einem Funkgerät, erweckte in diesem Moment seine Aufmerksamkeit. Für einen Moment verharrte er. Er lauschte, doch es war nichts mehr zu hören. Dennoch entschloss er sich, einen anderen Weg zu nehmen und verschwand hinter dem Altar durch eine kleine Tür. Die kleine Gruppe hatte ebenfalls den Weg aus der Gruft eingeschlagen. Allerdings benutzten sie den anderen Treppenaufgang in Richtung des Dommuseums. In Höhe des nördlichen Seitenschiffs überlegte Markus für einen Moment, ob er vielleicht durch die Sakramentskapelle flüchten könne, verwarf diesen Gedanken aber wieder. Wie hätte er sich die Sekunden verschaffen sollen, um durch die schwere Holztür zu schlüpfen, und was wäre aus di Castillo geworden? Aber irgendetwas musste man doch tun können. Sein Vater hatte ihm stets eingetrichtert, nie aufzugeben, auch wenn es noch so ausweglos schien. Allerdings hatte er dies meist in Bezug auf Markus' Fußballmannschaft gesagt, in der er als Jugendlicher gespielt hatte, und nicht im Angesicht eines Pistolenlaufs. Diesmal war die Situation weitaus ernster und auswegloser. Markus sah keinen Ausweg. Die Gruppe bog vor dem Hochaltar in den Mittelgang.

„Halt, stehen bleiben! Polizei!" Mit einem Male fanden sich Markus, di Castillo und die anderen umstellt von etwa zehn Polizisten inmitten eines Taschenlampenmeers. Hinter den anderen Bänken tauchten plötzlich weitere uniformierte Männer auf und umstellten die kleine Gruppe. Markus erkannte Kommissar Kohler unter ihnen. Er zielte mit seiner Pistole in die Richtung von Erik.

„Wir haben das Gebäude abgeriegelt, Sie kommen hier nicht raus. Geben Sie auf."

Verdutzt blickte sich Erik suchend nach einer Fluchtmöglichkeit um. Selbst der Weg zum Geheimgang war versperrt, ein Feuergefecht aussichtslos. Hätte es auch nur eine einzige Chance gegeben, hätte er versucht, sie zu ergreifen. Er war mutig, aber nicht verrückt. Sie saßen in der Falle. Mit einem letzten Befehl deutete er Michele an, seine Waffe herunterzunehmen.

„Legen Sie die Waffen auf den Boden, treten Sie fünf Schritte nach vorn und legen sich mit ausgebreiteten Armen auf den Boden." Kommissar Kohler hielt die Verdächtigen noch immer in seinem Fadenkreuz. „Die Dame ebenfalls."

Noch immer von der plötzlich erschienenen Polizei völlig überrascht, taten alle, wie ihnen befohlen. Di Castillo und Markus schauten sich kurz an, gab der vor ihnen Liegende doch ein allzu makabres Bild ab. Erik lag exakt unter der 55 Meter hohen Kuppel des Hauptschiffes auf einer runden Sandsteinplatte mit vier Schwurhänden aus Messing, die nach allen Himmelsrichtungen zeigten. Die Sandsteinplatte war noch ein Überbleibsel aus der alten Vorgängerkirche und diente den angehenden Priestern als so genannte Schwurplatte, auf der sie genau wie Erik auf dem Bauch liegend der Kirche ewige Treue schwören mussten.

„He", rief Markus Erik zu und deutete auf dessen Position, „das ist Kunst."

Sofort stürmten vier Polizisten auf Erik, Michele und Sonya zu und nahmen sie in Gewahrsam. Unsanft richteten sie die drei auf und führten sie ab. Im Vorbeigehen trafen sich Sonyas und Markus' Blicke ein letztes Mal. Danach senkte sie ihren Kopf und wurde hinausbegleitet. Markus sah ihr noch nach, bis sich die Tür hinter ihr schloss. Doch ein weiterer Gedanke ließ ihn nicht zur Ruhe kommen, und er eilte zum Kardinal zurück.

„Monsignore di Castillo, der Falke!"

„Der dürfte leider schon wieder ausgeflogen sein.“

In einem dunklen Mantel tauchte Colani hinter einer Säule auf und kam auf di Castillo zu.

„Signore, geht es Ihnen gut?“

„Grazie, mir geht es gut, und den anderen denke ich auch.“

Auch Kommissar Kohler kam nun herüber und schien erleichtert.

„Wie gut, dass ich Ihre Nachricht verstanden habe.“

„Nachricht, welche Nachricht?“, fragte Markus verdutzt.

„Nun, Kommissar Kohler und ich waren gerade damit beschäftigt, die letzten Sicherheitschecks durchzuführen. Dazu zählt auch der Funkkontakt zwischen ihm und mir. Da die Polizei morgen nicht offiziell in der Kirche auftreten darf, wollten wir die Verbindung von draußen in den Dom testen. Deswegen bin ich überhaupt erst hier hereingekommen, ich ging durch das südliche Seitenschiff und hörte Stimmen aus der Krypta. Ich ging die Stufen hinunter, und den Rest kennen Sie ja.“

„Aber wie haben Sie Kohler warnen können.“

„Oh, das war nicht so schwer. Ich erinnerte mich wieder an den Funk. Als ich den Rosenkranz aus meiner Soutane nahm, drückte ich heimlich den Knopf des Senders unter meinem Rock. Dann musste ich nur noch sagen, was hier unten vor sich geht, und hoffte darauf, dass der Kommissar das richtig deuten würde.“

„Deswegen haben Sie das alles noch mal so laut wiederholt. Ich verstehe. Aber der Falke ist uns wieder entkommen.“

„Wo ist dieser Falke?“, fragte Colani in die Runde.

„Ihnen ist niemand entgegengekommen?“, entgegnete di Castillo.

„Nein. Allerdings sahen wir einen Schatten aus der Krypta kommen. Das war kurz bevor ihre kleine Gruppe auf der anderen Seite nach oben kam. Wir konnten nicht erkennen, wer es war. Es sah aber nach einem Mann aus, der ein ähnliches Gewand wie Sie trug. Leider ging das Funkgerät eines Polizisten an und der Mann änderte seinen Weg.“

Enttäuscht senkte Markus seinen Kopf.

„Der Falke ist also entwischt. Aber wie konnte er das nur schaffen? Alle Ausgänge wurden doch von der Polizei überwacht."

Di Castillo nahm Markus zur Seite. Offensichtlich sollten die anderen nicht mitbekommen, was er Markus zu sagen hatte.

„Von dem Altar aus führt eine Treppe nach oben zu den Balustraden, über die man bis ganz nach vorne gehen kann. Von dort aus führt wieder eine Treppe nach unten. Den Zugang zum Tunnelsystem haben Sie wahrscheinlich ja kennengelernt."

Erstaunt über di Castillos Wissen über das Tunnelsystem und die baulichen Geheimnisse des Doms legte Markus den Kopf zur Seite.

„Woher wissen Sie das alles?"

„Das ist mein Beruf, Herr Schuhmann. Der Papst wird morgen hier zu Gast sein. Ich kenne jeden Winkel dieses Doms. Auch diejenigen, die es eigentlich gar nicht geben sollte."

„Sollen wir eine Ringfahndung auslösen?", kam ein Polizeibeamter zu der Gruppe gelaufen und unterbrach die intime Unterredung. Kohler tauschte einen flüchtigen Blick mit Colani aus, der zustimmend nickte.

„Tun Sie das. Auch wenn ich bezweifle, dass es etwas bringen wird."

Markus verstand die Zweifel Colanis. Der Falke war sicherlich durch den Tunnel verschwunden. Und dieser verzweigte sich in alle Himmelsrichtungen.

Kommissar Kohler verstand hingegen immer weniger.

„Von was für einem Falken sprechen Sie hier, meine Herren?"

„Später, Herr Kohler, später", nahm di Castillo den Kommissar zur Seite. „Kommen Sie jetzt, wir haben noch einiges für morgen zu besprechen."

„Und wer sind diese beiden Männer und warum haben die Sie mit einer Waffe bedroht?"

„Ach die. Das sind zwei ewig gestrige Nazis, die anscheinend einige Reliquien rauben wollten, und wir sind ihnen einfach zuvorgekommen. Sie sind aber vor allen Dingen für den Tod des ehemaligen Polizeipräsidenten Leinweber verantwortlich."

„Und wie sind die alle hier hereingekommen?" Kohler konnte sich kaum beruhigen.

„Ein andermal. Nun kommen Sie, oder wollen Sie dem Heiligen Vater morgen erklären, warum hier nichts abgesichert ist?"

„Nein, natürlich nicht. Ich wollte doch nur wissen, wie..."

Di Castillo wusste, dass diese Frage keine andere Antwort zuließ und beendete das Gespräch.

„Na also, dann kommen Sie", schob er Kohler in Richtung Ausgang.

„Wir sprechen uns später, Markus."

Markus nickte und rieb sich für einen Moment über die müden Augen. Als er aufsah, stand immer noch Colani vor ihm. Erst jetzt bemerkte Markus, dass er ein dickes Pflaster quer über seiner Nase trug und seine Augen mit einem gewaltigen Bluterguss unterlaufen waren. Trotz seiner sicherlich schmerzenden Nase lächelte er Markus zu.

„Die Nase. Sie ist gebrochen."

Dabei deutete er zum Seitenschiff hinüber. Jetzt verstand Markus. Im Seitenschiff war ein Beichtstuhl aufgestellt. Colani war also der Mann mit Baseballkappe und Sonnenbrille gewesen. Er hatte ihn beschattet.

„Sie waren das also. Sie haben mir nachgestellt."

Colani nickte zustimmend.

„Ja. Das waren wir. Leider war unsere Tarnung nicht immer perfekt. Das musste ich schmerzhaft am eigenen Leib feststellen."

„Das tut mir leid. Ich wollte Sie sicherlich nicht verletzen. Aber ich dachte, es wäre jemand anderes gewesen."

„Schon in Ordnung. Das wird wieder. Sie sind ein mutiger junger Mann, Herr Schuhmann. Etwas leichtsinnig, aber mutig."

Markus konnte sich ein Lächeln nicht verkneifen. Auch Colanis

Mundwinkel zuckten leicht. Dann macht der CIA-Agent Anstalten zu gehen, blieb aber nach wenigen Schritten stehen und drehte sich noch einmal zu Markus.

„Ich dürfte Ihnen das normalerweise nicht sagen, da diese Vorfälle offiziell eigentlich gar nicht existieren, aber…"

„Aber?", zog Markus seine Augenbrauen zusammen.

„…aber Ihr Vater war ein außergewöhnlicher Mann, der für uns alle auch heute noch ein großes Vorbild ist. Er wäre sicherlich stolz auf Sie."

Markus blickte kurz zu Boden. Dann atmete er einmal tief durch. „Danke, Herr Colani, vielen Dank."

„Gehen Sie nun nach Hause, Herr Schuhmann. Ich glaube, Sie können eine Auszeit gebrauchen. Sie sehen echt nicht gut aus!"

„Tja, und Sie sehen so aus, wie ich mich fühle", konterte Markus. „Echt beschissen."

Colani nahm Markus' Spruch nicht für übel und nickte nur lächelnd, stellte seinen Kragen am Mantel auf, drehte sich um und ging in Richtung des großen Hauptportals. Sekunden später stand Markus alleine im mächtigen Dom. Langsam ließ er sich auf eine der Sitzbänke nieder und lehnte sich zurück. Erst jetzt wurde Markus bewusst, was sich in den letzten Stunden ereignet hatte. Er hatte das Rätsel des Vierten Codex gelöst, die Wahrheit über seinen Vater erfahren, dessen Mörder überführt und den Tod von Professor Weithofen geklärt. Allerdings hatte er den Vierten Codex nicht finden können. Er war wohl für allezeit verloren. Professor Weithofen und alle anderen hatten sich getäuscht. Und Markus hatte sich mehr als nur einmal täuschen lassen. Er hatte sich wie ein naiver Schuljunge fast von einer Frau verführen lassen und im Gegenzug fast seinem besten Freund nicht mehr vertraut. Er machte sich Sorgen um Georg.

# XXI.

Nachdem Rabanus das *laudibus sanctae crucis* schließlich vollendet hatte, war er mit dem kompletten Werk zurück ins Kloster geeilt, um es Hatto, wie besprochen, zu übergeben. Erleichterung machte sich in seinem ganzen Wesen breit. Zusammen mit den anderen Brüdern feierte er die Abendmesse. Alle waren froh, Rabanus wieder in ihren Reihen zu sehen.

Doch spät am Abend suchte er ein weiteres Mal Ruhe und Abgeschiedenheit. Eine letzte Aufgabe galt es zu erledigen. Es war Zeit, das Kostbarste zu bergen und es seiner neuen Ruhestätte zuzuführen. Mit einer Pechfackel in der einen und einem Beutel mit Werkzeugen in der anderen Hand ausgerüstet, ging Rabanus hinüber zum mächtigen Gotteshaus. Der Basilika. Sorgsam verschloss er die schwere Eichentür hinter sich. Dann drehte er sich um. Vor ihm erstreckte sich der fantastische Bau. Im Dunklen wirkte das Gebäude sogar noch größer und furchteinflößender als bei Tageslicht. Vom Eingang konnte er nicht einmal das andere Ende der Basilika erkennen. Ihn fröstelte. Durch die Rundbogenfenster pfiff eisiger Wind, sodass Rabanus bedenken hatte, die Flamme seiner Fackel könne erlöschen. Wie ein endloser Fluss reihten sich die zahllosen, kindsgroßen Kerzen aneinander, die den mächtigen Bau dennoch nur mühsam zu erhellen vermochten. Wie klein er sich alleine unter diesem stattlichen Dach vorkam.

Vorbei an den baumdicken Säulen schritt er demütig den Hunderte Schritte langen Weg in Richtung des Grabes des heiligen Märtyrers. Der reinigende Duft von Weihrauch stieg in seine Nase. Die Hände gefaltet, betete er um die nötige Kraft zur Bewältigung dieser Aufgabe. Das Zeichen in seiner Zelle war eindeutig gewesen und von solcher Klarheit, dass er nicht an dem Auftrag zweifelte. Der Schatten seiner Fackel huschte als bizarrer Tanz links und rechts über die Wände. Das Heulen des Windes ließ Rabanus erschaudern.

Die Säule dort vorn. Blickte sie ihn nicht an?

Unsicher hielt er seine Fackel etwas höher, um besser sehen zu können. Verwirrt schüttelte er den Kopf. Er musste keine Angst haben. Der Herr stand ihm zur Seite. Sein Glaube sollte seine Waffe gegen die Mutlosigkeit sein. Langsam schlurfte er weiter. Die letzten Stufen zur Krypta hinunter konnte Rabanus seinen eigenen Herzschlag hören. Dann endlich stand er vor dem Ciborium. Darunter das Grab des Bonifatius. Mit fester Hand griff er in den Beutel und nahm einen Hammer und Holzkeile heraus. Die Platte des Heiligengrabs gab schon nach wenigen Schlägen nach und der erste Keil hob den schweren Deckel an einer Seite bereits an. Ein halbes Dutzend Keile folgten. Nach kurzer Zeit konnte Rabanus die Platte so weit anheben, dass er mit seiner Fackel hineinreichen konnte. Mit gesenktem Haupt blickte er ergeben in das Innere des Grabes. Modriger Ruch breitete sich aus. Es war das Erste, was er wahrnahm. Voller Unbehagen wich er zurück. Nahm dann aber zwei tiefe Atemzüge und steckte erneut den Kopf hinein. Dieses Mal sogar noch etwas tiefer. Es war der obere Teil des skelettierten Körpers, den er ausmachen konnte. Zunächst nur schemenhaft, doch dann entdeckte er im flackernden Licht der Fackel das Gesuchte. Unter dem Schädel des Märtyrers, eingehüllt in Leinen. Rabanus hob mit aller Vorsicht den Totenschädel leicht an und zog das in Leinen gehüllte hervor. Es war alles so, wie Eigil es erzählt hatte. Die zittrigen Hände befreiten das Kostbare von dem Leinengewand.

Ein kurzer Blick. Nur ein einziger.

Dann kam es zum Vorschein. Beim Anblick füllten sich seine Augen mit Flüssigkeit, und Rabanus lief ein Rinnsal aus Tränen der Freude und Rührung über die Wangen. Jahrzehnte und Jahrhunderte hatte es überdauert. Menschen zusammengeführt und gespalten. Liebe und unsägliches Leid gebracht. Nun lag es direkt vor ihm. In seinen Händen. Er trat einen Schritt zurück, um besser das Ciborium überblicken zu können. Suchend wanderte sein Blick über die vielen Figuren. Dann entdeckte er sie. Eine Figur des Erzengels Michael. Unverkennbar hatte Candidus ihn mit seinem Flammenschwert und Schild dargestellt, auf dem der lateinische Hinweis seines Namens stand: *Ouis ut deus? – Wer ist wie Gott?*

Es war perfekt. Nach der Offenbarung des Johannes wurde Michael als Sieger über den Teufel dargestellt. Er war es, der den Teufel aus dem Himmel verbannte und seitdem mit seinem flammenden Schwert der Gerechtigkeit das Paradies bewachte. Eine treffendere Beschreibung und einen passenderen Wächter hätte man sich nicht aussuchen können. Rabanus versuchte sich an die Erklärung Candidus' zu erinnern.

Vorsichtig griff er das Flammenschwert und drückte es sanft nach unten. Fast lautlos öffnete sich zeitgleich das Geheimversteck hinter einer kleinen Marmorplatte. Es hatte exakt die Maße, die Eigil in Auftrag gegeben hatte. Mit aller Sorgfalt hüllte Rabanus das Heiligtum zurück in das Leinen und legte es in die Kammer. Erleichtert drückte er das Schwert der Erzengelfigur wieder nach oben. Ebenso lautlos schloss sich das Geheimfach wieder.

Mehr denn je war sich Rabanus sicher, dass seine Entscheidung die einzig richtige war. Bis zur Fertigstellung der endgültigen Ruhestätte war dies der richtige Ort. Keiner sollte mehr mit der Verantwortung dieses übermächtigen Auftrags die Geschicke des Klosters führen. Eines so gewaltigen Auftrags war keine Menschenseele auf Erden gewachsen. Die Welt war noch nicht reif für eine Botschaft dieses

Ausmaßes.

Vielleicht, so hoffte Rabanus, würden die Menschen in Zukunft weiser und friedlicher mit solchen Schätzen umgehen. Der Gedanke erfüllte ihn mit ein wenig Hoffnung.

# 26.

Am nächsten Morgen war Markus schon früh aufgestanden. Keinesfalls wollte er den großen Auftritt des Heiligen Vaters verpassen. Eigentlich wollte er gemeinsam mit Georg diesen Tag begehen. Doch wo Georg steckte, wusste niemand. Keiner hatte ihn gesehen oder hatte von ihm gehört. Und das, obwohl er doch unschuldig war.

Die Luft war nach dem abgeklungenen Regen frisch und klar. Nur die vereinzelten Pfützen und Wasserlachen auf den Straßen und Gehwegen erinnerten noch an die Regenfront der vergangenen Tage. In ihren Oberflächen glitzerten die morgendlichen Sonnenstrahlen. Er ging einige Meter die Dechanei hinauf, als plötzlich ein Mann vor ihm auftauchte.

„Herr Schuhmann. Ich wollte gerade zu Ihnen kommen."

„Regens Heese."

„Ich hoffe, ich störe Sie nicht. Ich wollte es jedoch nicht versäumen, mich vor der Ankunft des Heiligen Vaters nochmals bei Ihnen zu bedanken und auch zu entschuldigen."

„Bedanken? Entschuldigen? Wofür?"

„Monsignore di Castillo hat mich und den Bischof gestern Abend noch zu einem Gespräch gebeten und uns alles erzählt."

„Alles?" Markus war sich nicht sicher, wie weit *Alles* zu deuten war. „Was hat er Ihnen denn erzählt?"

„Sie haben das Rätsel des Vierten Codex gelöst und den Falken enttarnt. Wer hätte das gedacht. Und Sie haben der Polizei nichts verraten, dass ich dieses Nazisymbol entfernen ließ. Jedenfalls bin ich Ihnen sehr dankbar für Ihren Einsatz."

„Schon in Ordnung, Regens Heese. Eigentlich müsste ich mich bei Ihnen entschuldigen. Ich muss zugeben, dass ich zunächst vermutete, dass Sie irgendwie in diese Sache verstrickt sind."

„Dazu hatten Sie auch allen Grund", lächelte Heese entschuldigend.

„Warum haben Sie das Thulesymbol auf der Tafel von Frau Fernandez de Pinho eigentlich entfernen lassen?"

„Ich musste schnell und konsequent handeln, bevor noch mehr Leute von dem Symbol erfahren hätten. Ich konnte einfach nicht zulassen, dass wenige Tage vor dem Papstbesuch die Presse oder die Polizei bei uns auftauchen würde."

„Aber es ging um den Tod von Spiritual Weithofen."

„Eben drum. Das Ansehen von Spiritual Weithofen musste bewahrt werden. Sein Tod sollte nicht mit Nazis und Mördern in Verbindung gebracht werden. Und schließlich mussten wir auch das Bistum Fulda schützen."

„Sie haben aber dem Bischof von dem Vorfall berichtet."

„Natürlich. Dies war auch ein Grund, warum Monsignore di Castillo früher als geplant hier in Fulda eintraf."

„Ich verstehe."

„Gut. Es ist mir wirklich sehr wichtig, dass Sie mein Handeln verstehen, Markus. Ich danke Ihnen nochmals für Ihren Mut und Ihren Einsatz. Ich muss gehen. Mir wurde heute Morgen mitgeteilt, dass ich noch eine Unterkunft für eine ganze Schar von Bodyguards des Heiligen Vaters finden müsse. Für was benötigt man so viele Beschützer?"

„Natürlich. Vielen Dank für Ihre Worte, Regens Heese."

Sichtlich erleichtert verabschiedete sich der Regens mit einem festen Händedruck von Markus.

Markus musste über die letzten Worte des Regens nachdenken.

*„..viele Beschützer“*

Plötzlich stockte er in seinen Gedanken, als habe er einen Geist gesehen. Konnte es tatsächlich sein? Wie von einem Blitz getroffen durchzuckte es Markus' ganzen Körper.

„Das kann doch nicht möglich sein“, sprach Markus laut zu sich selbst.

An der kleinen Buchhandlung an der Domdechanei vorbei, stürmte er in Richtung des Doms. Auf den Straßen strömten immer mehr Menschen zusammen. Viele trugen Fahnen ihrer Pfarrgemeinden. Markus fühlte sich unweigerlich an die jährlich stattfindende Bonifatiuswallfahrt erinnert, bei der die Menschen der umliegenden Gemeinden zu Tausenden zur letzten Ruhestätte des Heiligen pilgern. Mühsam wühlte er sich durch die Massen, kam allerdings nicht weit. Die Polizei hatte überall Sperrzäune aufgestellt und ließ niemanden hindurch. Nur die geladenen Gäste aus den Reihen der Kirche nahmen langsam ihre zugewiesenen Plätze vor dem aufgebauten Altar ein. Er musste sich etwas einfallen lassen. Und zwar schnell. Markus ging zu einem der zahlreichen Polizisten, die überall verteilt standen.

„Entschuldigen Sie bitte, haben Sie ein Funkgerät mit dem man Kommissar Kohler erreichen kann, es ist ein Notfall.“

„Notfall? Ach wirklich? Was haben Sie denn für einen Notfall?“

„Mein Name ist Markus Schuhmann“, fuchtelte Markus mit seinem Studentenausweis, auf dem das bischöfliche Wappen erkennbar war.

„Ich bin Sicherheitsbeauftragter des Generalvikariats Fulda, und wenn Sie mir nicht Ihr Funkgerät geben möchten, können Sie Kommissar Kohler gerne selber fragen, warum der Papst und seine Fahrzeugkolonne seit geschlagenen fünfzehn Minuten von einer Streife festgehalten werden.“

Sofort änderte sich der Tonfall des jungen Polizisten. Sein eben noch so selbstsicheres Auftreten war plötzlich aus seinem Körper gewichen.

„Der Papst wurde angehalten? Warum denn?"

„Wenn Sie mir das nicht beantworten können, würde ich Ihnen raten, mir umgehend eine Verbindung zu Kommissar Kohler aufzubauen. Es sei denn, Sie wollen sich mit der kompletten Schweizergarde auseinandersetzen."

„Nein, natürlich nicht. Einen Moment."

Der junge Polizist fummelte hastig an seinem Funkgerät herum. Irgendwie tat er Markus fast leid. Er hatte ja nur seinen Job gemacht. Nach wenigen Augenblicken streckte der Polizist Markus sein Funkgerät entgegen.

„Hier, der Kommissar ist dran."

„Kommissar Kohler? Markus Schuhmann hier. Es geht um einen Notfall."

„Was?", fragte Markus etwas verblüfft, verstand dann aber. Der Polizist schien die kleine Notlüge sehr realistisch an Kommissar Kohler weitergegeben zu haben. „Nein, dem Papst geht es gut. Denke ich zumindest. Hören Sie, Sie haben doch ständigen Funkkontakt zu Monsignore di Castillo, nicht wahr?"

Markus hielt sich das andere Ohr zu, um den Kommissar zwischen all dem Krach besser verstehen zu können.

„Sie können ihn sogar auf meine Frequenz legen. Umso besser, dann tun Sie das bitte. Ja, jetzt sofort."

Das Funkgerät ließ einige knackende und knirschende Geräusche von sich, sodass der Streifenpolizist schon irritiert zu Markus blickte. Markus drückte den Lautsprecherknopf, um besser hören zu können.

„Herr Schuhmann, ich habe nicht viel Zeit. Wie kann ich Ihnen helfen?"

„Monsignore, haben Sie die Schlüssel zum Eingang der Michaelskirche?"

„Ja, ich habe alle Schlüssel. Sowohl vom Dom als auch von der Michaelskirche."

„Wir müssen unbedingt in die Michaelskirche. Es ist noch nicht vorbei, ich glaube ich weiß, wo sich der Vierte Codex befindet."

„Jetzt? Tut mir leid, Herr Schuhmann. Das geht nicht, der Papst ist schon auf dem Weg hierher."

„Ich bitte Sie. Es wird nicht lange dauern."

„Und Sie sind sich sicher?"

„Es ergibt alles einen Sinn."

„Wo genau sind Sie?"

„Vor dem Buchladen der Domdechanei."

„Bleiben Sie am Durchgangstor stehen. Ich hole Sie dort ab."

Markus drehte sich zurück in Richtung des Polizisten und gab ihm das Funkgerät zurück.

„Fehlalarm, noch mal Glück gehabt."

Markus ging zu dem kleinen Durchgangstor, an dem Monsignore di Castillo ihn schon erwartete. Als er ihn kommen sah, ging er zu den beiden Sicherheitsbeamten, die dort postiert waren.

„Lassen Sie den Mann passieren, er gehört zu mir."

„Was soll das, Herr Schuhmann? Sie selbst haben doch das Rätsel bereits gelöst. Das Ciborium ist verschollen und somit auch jegliche Chance auf den Codex."

„Eben nicht, Monsignore. Wir haben etwas übersehen, und ich bin sicher, dass die Lösung mit der Michaelskirche in Verbindung steht."

„Wie kommen Sie darauf?"

„Es gibt mehr als nur einen Wächter. Eine ganze Schar: Bonifatius, Sturmius und den Mann, den Rabanus selbst als Wächter erlebte. Eigil."

„Und? Was hat das zu bedeuten?"

„Eigil hatte ein eigenes Grab. Und es muss mit der Michaelskirche zu tun haben."

„Soweit ich weiß, wurde aber nie jemand in der Michaelskirche begraben. Sondern nur um sie herum. Aber gut, kommen Sie."

Mit schnellem Schritt gingen sie am Domportal vorbei in Richtung Eduard-Schick-Platz. Dort stiegen sie die Stufen hinauf zu der kleinen Michaelskirche. Der Kirchenmann fingerte den Schlüssel zum Haupteingang heraus und öffnete die Tür.

„Nach was suchen wir?"

„Wir haben etwas ganz Entscheidendes bei Rabanus' Rätsel übersehen?"

„Aber es war doch ganz eindeutig."

„Genau das Gegenteil: Es ist zweideutig."

*„Das Abbild seiner letzten Rast,*
*stützt und schützt die ganze Last.*
*Die Säule trägt das fromme Dach,*
*darunter unser Hüter wacht.*
*Doch wer es wagt sie zu entbinden*
*Das heilge Wort wird niemals finden*
*kommt das heilge Wort ans Licht,*
*die Kirch in sich zusammenbricht."*

„Mit dem Abbild seiner letzten Rast meinte er nicht das Grab von Bonifatius, sondern Jesus letzte Ruhestätte. Die Grabeskirche in Jerusalem!"

„Die Anastis Rotunde?", fragte di Castillo.

„Exakt."

„Aber was hat die Grabeskirche in Jerusalem dann mit der Michaelskirche zu tun?"

„Mehr als Sie denken. Die Kirche ist dem heiligen Michael gewidmet, dem Geleiter der Seelen, und ist damit ebenfalls eine Grabeskirche."

„Aber es befinden sich in ihr keine Leichname wie etwa im Dom."

„Richtig, dafür ist die Michaelskirche aber nicht irgendeine Grabeskirche. Sie ist vielmehr eine exakte Kopie der Anastis-Grabeskirche in Jerusalem, in dem sich das *Heilige Grab* befindet. Rabanus kannte die Anastis Rotunde von einem Urlaub, und Rabanus war nicht nur an der Planung der Michaelskirche entscheidend beteiligt. Er war sogar ihr geistiger Baumeister."

„Das weiß ich. Worauf wollen Sie hinaus?"

„Gleich, zunächst weiter im Rätsel:

*Die Säule trägt das fromme Dach, darunter unser Hüter wacht.*

Mit dem frommen Dach war nicht das Ciborium gemeint, sondern ein richtiges Dach. Ein Kirchendach. Das Dach der Michaleskirche. Und der Hüter, der es bewacht, ist zwar tatsächlich ein Hüter des Codex, aber nicht Bonifatius, wie wir irrtümlich glaubten. Sondern ein Mann, der Rabanus noch viel näherstand: Eigil!"

„Eigil? Sie meinen, Eigil hat Rabanus über den Codex aufgeklärt?"

„Das nehme ich an. Schließlich war er sein direkter Vorgänger und damit der Hüter vor Rabanus. Außerdem verliert sich die Spur des Vierten Codex erst mit Rabanus."

„Aber warum?"

„Ich gehe davon aus, dass Rabanus bemerkte, dass die Gegner nicht nur immer mächtiger wurden, sondern auch aus den eigenen Reihen kamen. Denken Sie nur an seinen ehemaligen Schüler Gottschalk. Wer weiß, was dieser im Schilde führte. Vielleicht wollte er auch niemandem die Last des gewaltigen Geheimnisses und die damit verbundene Verantwortung aufbürden."

„Sie haben doch irgendetwas im Sinn", bemerkte di Castillo, während sie durch das Langhaus in Richtung der Apsis schritten.

„Die Figurenrätsel. Er versteckte die Lösung in seinem letzten der achtundzwanzig Figurenrätsel. Das Figurenrätsel, in dem er sich selbst abbildet zu Füßen des Kreuzes."

„De laudibus sanctae cruices."

„Wahrscheinlich wollte er damit auch seine Demut vor der Kirche und der ihm gestellten Aufgabe visualisieren. Er verschlüsselte die Lösung und gab jeweils den Menschen ein Exemplar, denen er am meisten vertraute. Seinem Freund und Nachfolger Hatto, Kaiser Ludwig dem Frommen, dem Erzbischof von Mainz, dem Abt Hilduin von St. Denis bei Paris und schließlich dem Papst. Sollte eines der Exemplare vernichtet werden, so war die Lösung trotz allem noch nicht verloren. Und wie recht er damit hatte: Die einzig beiden bis heute erhaltenen Exemplare befinden sich, wie wir wissen, in der Wiener Staatsbibliothek und in der vatikanischen Bibliothek.

„Sie meinen, er rechnete damit, dass das eine oder andere Exemplar vernichtet werden könnte?"

„Ja, da bin ich mir ziemlich sicher", blickte Markus sich in der Apsis um, als wolle er an den Freskenmalereien die Lösung des Rätsels ablesen. Wie ein Touristenführer sprach er laut vor sich hin und ließ die Blicke wild an Decken und Wänden wandern.

„Acht im Kreis angeordnete Säulen, von einem Rundbau umgeben, tragen das Kuppelgewölbe. Ganz oben wird alles von einem einzigen Schlussstein geschlossen. Die acht Säulen symbolisieren die acht Seligkeiten, die das Gewölbe, also die Menschheit tragen. In der Mitte steht der Hauptaltar. Eine Nachbildung des Heiligen Grabes."

„Was faseln Sie da?" Di Castillo hatte ihn verwirrt beobachtet. Verstand nun aber immer weniger.

„Das ist kein Gefasel, das ist die Interpretation eines Mönchs namens Brun-Candidus, der zur Zeit Rabanus' im Kloster Fulda lebte. Er verfasste auch die Lebensbeschreibung von Eigil, und er sah in dem Aufbau der Michaelskirche ebenfalls weit mehr als nur Zufälligkeiten willkürlicher Architektur."

„Selbst wenn es so wäre. Die Kirche wurde mehrere Male abgerissen und wieder aufgebaut. Feuer hat sie zerstört, und selbst die Nazis haben sie in den Dreißigerjahren komplett umgebaut. Das sagten Sie doch selbst?"

Di Castillo hatte mit seinem Einwand einen entscheidenden Aspekt und Fehler in Markus' Theorie aufgedeckt. Die Kirche war in der Tat Dutzende Male umgebaut worden. Kaum ein Stein war auf dem anderen geblieben. Das wusste auch Markus. Dennoch wollte er nicht aufgeben.

„Vielleicht gibt es noch eine andere Möglichkeit. Vielleicht können wir einen Schritt überspringen."

„Überspringen? Markus, sehen Sie es doch ein. Wir haben alles versucht. Aber nach all den Jahren können wir nichts mehr ändern. Wir können es nicht zu Ende bringen."

„Was sagen Sie da?", drehte sich Markus zum Kardinal um.

„Dass sich in den letzten 1200 Jahren ein paar Kleinigkeiten geändert haben?"

„Nein, das andere."

„Dass wir es nicht zu Ende bringen können?"

„Ja, genau. Sie sind genial, Monsignore."

„Wenn Sie es sagen."

„Anfang und Ende. Wie dieser einzige Stein dort oben den Abschluss der Kuppel bildet, so muss es auch hier einen sichtbaren Anfang geben. Oben und unten. Aber ich sehe hier keinen." Markus lief einige Schritte weiter und blieb dann unvermittelt stehen. „Es sei denn, wir müssen noch tiefer gehen. Der gesamte Rundbau wird doch von einer einzigen Säule getragen, die die Mitte der Krypta bildet. Und so wie der letzte Stein des Dachgewölbes, könnte auch diese Säule auf Christus hindeuten. Anfang und Ende, Leben und Tod, Beginn und Ziel des Christenlebens."

„Sie meinen, die Krypta ist die Lösung?"

„Das werden wir gleich sehen. Kommen Sie, lassen Sie uns hinunter in die Krypta gehen."

„Dabei fällt mir ein", blieb di Castillo plötzlich stehen. „Diese Kirche wurde zwar mehrere Male zerstört, umgebaut und verändert, außer..."

„Außer was, Monsignore."

„...außer einem einzigen Teil der Kirche. Dieser blieb immer wie durch ein Wunder verschont und unverändert. Die Krypta."

Eine eng verschlungene Treppe führte hinunter zu dem sakralen Gemäuer. Das flache Gewölbe hatte eine erdrückende Wirkung, und man hatte unweigerlich das Gefühl, den Kopf einziehen zu müssen. Der Umgang der Krypta wurde durch einige Zwischenwände in mehrere kleine Zellen abgeteilt. In der Mitte der Krypta thronte einzig und allein die wuchtige Mittelsäule. Di Castillo musterte aufgeregt die Säule, konnte aber keinerlei Auffälligkeiten erkennen.

„Nichts, Herr Schuhmann. Da ist nichts Außergewöhnliches."

„Da muss aber irgendetwas sein. Ein Geheimfach, ein Mechanismus…irgendetwas."

„Wir müssen etwas übersehen haben. Es ergibt doch alles einen Sinn. Die erhaltene Krypta. Das Dach. Die Bedeutung des Reims:

*Kommt das heilge Wort ans Licht, die Kirch in sich zusammenbricht.*
Und
*Darunter unser Hüter wacht.*

Wenn der Codex ans Licht kommen würde, könnte die Institution Kirche in sich zusammenbrechen. Und außerdem muss es sich bei dem Hüter um Eigil handeln. Aber weder er noch irgendetwas, was auf ihn hindeuten könnte, ist hier."

„Das ist so nicht ganz richtig." Di Castillo drängte wieder nach vorne.

„Wie meinen Sie das?"

„Es ist zwar richtig, dass Eigils Leichnam aus der Gruft beseitigt und niemand hier bestattet wurde. Aber sein damaliger Sarg. Der befindet sich immer noch hier irgendwo in diesem Gewölbe. Wahrscheinlich in dem für die Öffentlichkeit nicht zugänglichen Teil in den abgeschotteten Gängen."

„Worauf warten wir. Lassen Sie uns ihn suchen."

Markus stieg über die hüfthohen Eisengitter, Monsignore di Castillo hinterher. Nur einige Schritte weiter wurden sie in einem abgelegenen Nebengang fündig. Unter einem in den Fußboden eingelassenen Eisengitter konnte man zwei Sarkopharge erkennen. Ein altes, schon verwittertes Schloss verwehrte jedoch den Zugang. Markus blickte sich um. Hier unten war nichts, was man zum Aufstemmen hätte verwenden können.

„Warten Sie hier einen Augenblick. Ich bin gleich wieder zurück", verabschiedete sich Markus und kam wenige Minuten später wieder zurück. Unter seinem Arm ein schwerer Kerzenhalter aus Metall. Di Castillo schien nicht begeistert, dass Markus diesen offenbar von dem Altar der Kapelle entwendet hatte. Markus bemerkte di Castillos stumme Kritik.

„Ich bringe ihn ganz bestimmt wieder zurück. Und bin auch so vorsichtig wie möglich."

Der Monsignore wusste, dass es hier um etwas Größeres ging, als um falsche Eitelkeiten und einen Kerzenhalter des Altars.

„Nun gut. In Gottes Namen machen Sie schon."

Markus kniete sich vor das rostige Vorhängeschloss und versetzte ihm einen heftigen Schlag mit dem Metallständer. Ein lautes Scheppern erfüllte die alten Gänge. Das alte Schloss war verrotteter als gedacht. Der Schlag hatte genügt, um es in zwei Teile zu zerschlagen. Markus löste das Schloss, hob das Metallgitter an und legte es zur Seite. Es ging ganz einfach. Beide stiegen in den kleinen Raum hinab. Die gut 1,50 Meter hohen Steinsärge standen mit der Kopfseite zur Mitte des Raums. Das Niveau des Sargbodens lag allerdings noch etwas tiefer, als das der Krypta. Nur einer der beiden war jedoch noch vollständig. Im Denkmalsockel des zweiten, leeren Steinsarkophags war ein Text zu erkennen. Markus versuchte ihn laut zu entziffern.

„S. Amnichadus. Ein Schottländer vornehm von Geschlecht. Ein Benedictiner und Priester der vormahlen berühmten Abtey Keltra in Irlandt. Kamme wunderbahrlich von dorten nach Fuldt: wohnte daselbsten 20 Jahr lang in der Krufft der Kirchen S. Michaelis."

Di Castillo schien bestätigt.

„Der verschwundene Wandermönch aus England, von dem ich Ihnen erzählte. Man hatte ihm also wenigstens einen leeren Sarg gewidmet."

„Ja, ich erinnere mich. Und hier daneben der vollständige Sarg von Eigil."

Markus inspizierte jeden Zentimeter vom Sarkopharg des Abts. Es war aber nichts Außergewöhnliches zu erkennen.

„Ich denke, wir müssen die Platte des Sargdeckels verschieben. Vielleicht finden wir einen Hinweis im Innern."

Der Kardinal nickte zustimmend. Mit aller Macht stemmten sich die beiden Männer gegen die dicke Steinplatte. Sie war schwer und schien sich keinen Millimeter zu rühren. Gerade, als sie wieder absetzen wollten, rutschte die Platte unter einem kratzend-knirschenden Geräusch einige Millimeter zur Seite.

„Noch ein Stückchen."

Millimeter für Millimeter glitt die Platte über die Steinkante. Schließlich konnte man eine Hand zwischen den entstandenen Spalt legen. Mit einem weiteren Ruck rutschte die Platte weit genug, sodass man hineinblicken konnte.

„Nichts Auffälliges zu sehen. Wir müssen die Platte noch ein wenig weiter zur Seite schieben."

Noch einmal schoben sie die Platte knackend über den Steinuntergrund. Diesmal ein gutes Stück weiter. Markus stieg hinein, konnte aber zunächst auch hier nichts erkennen.

„Moment. Hier ist was. In der Ecke der Kopfseite. Es sieht aus wie zwei Zeichen. Irgendein Symbol."

„Was für ein Symbol?", fragte Di Castillo aufgeregt.

„Moment." Markus kniff die Augen zusammen, um besser sehen zu können. „Ja, es sind zwei Zeichen. Alpha und Omega."

„Anfang und Ende", wiederholte di Castillo. „Sie scheinen recht zu behalten."

„Diese beiden Zeichen benutzte Rabanus auch bei seinem letzten

Figurengedicht. Wir müssen auf der richtigen Spur sein. Warten Sie, man kann hineingreifen."

Markus krallte seine Finger so fest wie möglich in den Stein und versuchte es zu bewegen. Zunächst rührte es sich kein Stück. Doch beim zweiten Versuch klappte mit einem ächzenden Geräusch die Kopfseite des Sargs zurück und gab den Blick auf ein dunkles Loch preis.

Ein Durchgang.

Gerade so groß, dass ein Mann hindurchkriechen konnte. Markus blickte zurück zu Monsignore di Castillo, der ebenso verblüfft schien. Erst nach einer kurzen Pause gewann dieser seine Bestimmtheit wieder. Dennoch war deutlich zu merken, dass in ihm nun auch das Abenteuerfieber ausgebrochen war.

„Nun gehen Sie schon hinein, diese Chance bekommen Sie in Ihrem Leben nur einmal", forderte di Castillo. Mit einem einzigen Ruck rutschte Markus mit seinem Oberkörper bis zur Hüfte ins Dunkle.

„Es scheint sich um einen weiteren Raum zu handeln", erklang die dumpfe Stimme aus dem Inneren.

„Warten Sie, Herr Schuhmann. Nehmen Sie mein Feuerzeug." Di Castillo zog ein Feuerzeug unter seiner Soutane hervor und streckte es Markus entgegen.

„Sie rauchen?", wunderte sich Markus über das nicht erwartete Feuerzeug.

„Denken Sie etwa, dass das alles spurlos an mir vorübergeht? Ich habe nach fünfzehn Jahren wieder mit dem Rauchen angefangen."

Schmunzelnd nahm Markus das Feuerzeug entgegen und verschwand kurz darauf ganz in dem dunklen Loch. Just in diesem Moment schloss sich mit einem mahlenden Geräusch der Zugang mit einem Mal wieder. Erschrocken kletterte der Kardinal in den Sarkopharg und versuchte die sich schließende Platte zu bremsen. Doch er hatte keine Chance gegen den mächtigen Stein. Hastig suchte er nach dem Ornagramm mit den beiden Zeichen darauf. Er fand sie und drehte sie, wie es Markus zuvor auch getan hatte. Zu seiner Erleichterung öffnete sich die Klappe erneut wieder, und ein verdutztes Gesicht schaute ihn aus der Kammer an.

„Was war das denn?", stotterte Markus.

Sichtlich erleichtert atmete di Castillo tief durch.

„Anscheinend ist der Mechanismus an ein Gewicht gekoppelt. Wenn der Sarkopharg leer ist, schließt sich der Zugang wieder."

Für einen kurzen Augenblick überlegte Markus. Dann kam ihm eine Idee.

„Helfen Sie mir noch mal nach oben."

Di Castillo verstand nicht. Half Markus aber wieder herauf. Dann ging er hinter Markus wieder in die Kapelle hinauf. Als sie hinter dem Altar vor einer Marienstatue anhielten, ahnte er schon, was Markus vorhatte.

„Nun gut. Ich denke, in dieser Situation wird uns die Mutter Gottes verzeihen."

Gemeinsam packten sie sich die Statue und trugen sie hinunter in die Gruft. Vorsichtig legten sie sie in den offenen Sarkopharg. Markus betätigte die Mechanik, und die Klappe öffnete sich wie erhofft.

„Nun steht Ihnen nichts mehr im Wege, Monsignore."

Di Castillo konnte sich ein Lächeln nicht verkneifen und stieg hinter Markus in das dunkle Loch. Als Markus den Boden unter seinen Füßen spürte, hielt er einen Moment inne. Nichts war zu hören. Noch weniger zu sehen. Nur die kleine Flamme des Feuerzeugs spendete etwas Licht.

„Warten Sie, hier ist etwas wie eine Fackel an der Wand."

Zum Erstaunen der beiden brannte die Fackel auf Anhieb und leuchtete den Raum gut aus, sodass man den Boden ohne Probleme sehen konnte. Der kleine Raum war höchstens vier mal vier Meter groß und keine zwei Meter hoch. In der Mitte teilte die Verlängerung der tragenden Säule den Raum. Die Säule führte also noch weiter unter dem erkennbaren Steinboden der Krypta nach unten. Bis hier hinunter in diesen Raum. Trotz des Staubes, der auf allem lag, konnte man die Zeichnungen und Figuren erkennen, mit denen die Wände ausgeschmückt waren.

„Eine vollständig erhaltene, geheime Kapelle aus dem frühen Mittelalter", stellte di Castillo bewegt fest.

Voller Bewunderung über die kunstvoll verzierten Malereien musterte Markus jeden Fleck, der sich in dem Lichtkegel abzeichnete. Doch plötzlich drängte sich ein furchtbarer Anblick in das Blickfeld der beiden. Erschrocken zuckte Markus zurück und hätte beinahe die Fackel vor Schreck fallen gelassen. In der Ecke befand sich etwas, das einer menschlichen Silhouette glich. Sie traten näher und erkannten nun, was dort vor ihnen lag. Ein menschliches Skelett.

„Was denken Sie, wer das ist?", wunderte sich Markus.

Di Castillo kniete sich neben die Überreste und inspizierte die Knochen und den Schädel des Toten.

„Ich denke, wir haben zumindest schon mal ein Rätsel gelöst."

„Wie meinen Sie das?"

„Dies ist ein männliches Skelett. Und wenn Sie mit Ihrer These recht haben, ist es wohl ungefähr 1000 Jahre alt. Ich schätze, dass dies die Überreste des verschwundenen Mönchs sind."

„Der Inkluse?", überlegte Markus einen Augenblick. Dann verstand er den Zusammenhang. „Aber ja. Sie haben recht. Natürlich." Markus' Gedanken sortierten in Windeseile alle Informationen über die Geschichte des sagenumwobenen Mönchs.

„Amnichad hat sich wahrscheinlich in einen abgelegenen Teil der Krypta einmauern lassen. Und irgendwann ist er auf den Mechanismus in Eigils Sarg gestoßen."

„Si. Lange genug Zeit hatte er ja wohl."

„Allerdings", lächelte Markus. „Zwanzig Jahre. Und auch die wundersamen Geschichten, die sich um sein Grab ranken, sind so zu erklären. Die himmlischen Lichter sind wohl die Reflektionen der Fackeln gewesen, die er hier unten entzünden konnte und vielleicht durch kleinste Schlitze auch außen zu erkennen waren."

„Bene. Und der ebenso seltsame Geruch ist wohl durch seine Verwesung entstanden."

„Der Inkluse fand den Zugang und stieg hinunter", stellte Markus das Geschehen nach. „Der Mechanismus schloss sich wieder und versperrte dem Mönch den Rückweg. Er wird nach wenigen Tagen verdurstet sein."

„Kommen Sie, Herr Schuhmann. Lassen Sie uns weitersehen, nicht dass uns das gleiche Schicksal wie Amnichad wiederfährt."

„Gerne", nickte Markus eifrig. Er wollte nicht länger als nötig in diesem steinernen Versteck bleiben. Sie gingen weiter die Wände ab. Stellten aber fest, dass sonst nichts anderes vorhanden war als bei allen anderen Kapellen. Enttäuscht und erschöpft lehnten sie sich an die dicke Säule in der Mitte des Raums. Markus verstand nicht den Sinn der Kapelle.

„Das gibt es doch gar nicht. Rabanus hat sich doch mit der Verschlüsselung zu diesem Raum so viel Mühe gemacht. Er hat diese Kapelle doch nicht nur aus Spaß hier errichten lassen."

„Ich gebe Ihnen recht, Herr Schuhmann. Ich versteh es auch nicht. Wenn er schon die ganze…"

Weiter kam di Castillo nicht. Sein Atem stockte und er winkte Markus zu.

„Hier", deutete der Kardinal auf den unteren Teil der stämmigen Säule. „Leuchten Sie mal hierhin. Sehen Sie nur."

Langsam erhellte die Flamme die steinerne Säule. Markus wischte mit einer Hand über die dicke Staubschicht am Sockel. Dann erkannte er, dass es sich nicht um Stein handelte. Im untersten Teil der Säule war der Schlussstein durch eine Art Glas ersetzt, durch das man aber nichts erkennen konnte. Die Ränder des Fensters waren mit Elfenbein reich verziert und mit goldenen Einlagen geschmückt. Di Castillo tastete mit seinen Fingerspitzen über den edlen Rand und die glatte

Struktur der Oberfläche.

„Das ist Kristall.“

„Kristall ist ein härterer Stoff als Stein“, stellte di Castillo fest und blies sich den dicken Staub von den Fingern. Dabei blies er auch einen Teil des Kristallglases frei. In diesem Moment schoss allen beiden der gleiche Gedanke durch den Kopf, und ohne ein Wort zu sprechen, wischten sie hastig den restlichen Staub von der Oberfläche. Im Flackerschein zeichneten sich die stilisierten Umrisse eines Fisches, eingestanzt auf einer kupferartigen Unterlage, ab. Ein Fisch. Das geheime Zeichen der frühen Christen.

„ICHTHYS“, entfuhr es di Castillo.

„Jesus Christus Sohn Erlöser“, erkannte auch Markus sofort den codierten Hinweis. Er wusste um das verschlüsselte Symbol, das einst die verfolgten Christen gewählt hatten, um vor ihren Verfolgern unerkannt zu bleiben. Der Fisch und dessen griechische Übersetzung: *ICHTHYS*. Daraus ergaben sich wiederum die Initialien für ihren Glauben:

| | |
|---|---|
| **I**esous | Jesus |
| **CH**ristos | Christus |
| **T**heou | Gottes |
| **HY**ios | Sohn |
| **S**oter | Erlöser |

Di Castillo und Markus waren sicher, dass dies kein Zufall sein konnte. Zu gut passte alles ineinander. Alles machte nun Sinn.

Hastig befreiten sie auch den Rest des Kristalls von dem Staub, bis sie einen freien Blick auf das Innere des Kristalls hatten. Als Markus mit der Fackel mehr Licht spendete, erkannte man gut, was lange verborgen lag:

eine zusammengerollte Schriftrolle aus Kupfer.

„Evangeli Jesu Christi“, stotterte di Castillo, und auch Markus wusste nicht, wie ihm geschah.

Immer wieder deutete er auf die Kupferrolle im Innern des Kristallsockels.

„Das...das ist der Codex. Es gibt ihn tatsächlich. Wir haben ihn gefunden."

„Sie hatten tatsächlich recht, Herr Schuhmann. Wie die Anastis Rotunde in Jerusalem den Leib Jesu Christi beherbergt, befindet sich in der Michaelskirche also tatsächlich das Vermächtnis von ihm. Evangeli Jesu Christi. Was soll man dazu sagen?"

In diesem Moment ertönte plötzlich eine weitere Stimme in dem Gewölbe. Sie kam allerdings anscheinend vom Ausgang her.

„Vielen Dank, meine Herren. Ich wusste doch, dass ich mich auf Sie verlassen kann."

Sofort wussten Markus und di Castillo, wem diese Stimme gehörte. Der Falke. Er hatte Sie also beschattet und sich an ihre Fersen geheftet.

„Romberg", rief di Castillo aus dem dunklen Loch. „Ich fordere Sie ein letztes Mal auf. Ergeben Sie sich. Wir kennen nun Ihr Gesicht. Sie werden uns nicht mehr entwischen."

„Oh, das sehe ich anders. Sie sind doch die beiden einzigen, die mein wahres Gesicht kennen."

„Und was ist mit ihren Schergen? Diesen beiden Mördern. Und Sonya?"

„Glauben Sie mir, Herr Schuhmann. Bevor Erik und Michele der Polizei etwas verraten können, sind die beiden dazu nicht mehr in der Lage. Und Sonya hat nichts Schlimmes verbrochen. Und mit unseren Anwälten wird sie schon sehr bald wieder auf freiem Fuß sein."

„Warum sind Sie sich so sicher, dass wir nicht bereits schon der Polizei Ihre Identität verraten haben?"

„Ich bitte Sie, Monsignore. Sie vergessen, dass ich über Ihr Treffen mit dem Pontifex am heutigen Abend informiert bin. Bevor Sie ihn nicht eingeweiht haben, werden Sie als romtreuer Gefolgsmann der

Polizei weder etwas über mich, noch über den Vierten Codex erzählt haben. Und selbst wenn. Ich hatte schon viele Identitäten. Vielleicht bin ich demnächst ein Schriftgelehrter, der sich in Rom als Bibliothekar bewirbt. Ein paar kleine Operationen an Gesicht und Stimmbändern, und kein Mensch wird mich wiedererkennen."

Markus empfand blinde Wut bei der Feststellung, dass der Falke schon wieder einen plausiblen Ausweg aus seiner eigentlich hoffnungslosen Situation gefunden hatte. Doch bevor seine Emotionen sich zu einem Wutausbruch steigern konnten, fuhr der Falke fort:

„Aus reiner Vorsicht bin ich noch hier in Fulda geblieben. Ich glaubte es wäre sicherer, sie beide zu eliminieren. Dass Sie so zuvorkommend sind und sich selbst in die Falle begeben und mir als Zuschlag noch den Codex präsentieren, ist zugegebenermaßen mehr, als ich erwarten durfte. Die Gesellschaft wird erfahren, wo der Codex versteckt ist und wird ihn bergen. Und ich werde als Messias in die Geschichte eingehen. Ich werde dadurch unsterblich."

„Was wollen Sie?"

„Nichts, ich habe nun alles, was ich wollte. In einigen Tagen, wenn der ganze Trubel hier vorüber ist, werden wir den Codex bergen. Und dazu noch zwei Leichen finden. Sterben Sie wohl, meine Herren", lachte Romberg laut.

Im nächsten Moment hörten Markus und di Castillo, wie Romberg sich an der Marienstatue zu schaffen machte. Im nächsten Moment knirschte die Verschlussplatte. Dann wurde es mit einem letzten Ruck still. Sie saßen in der Falle. Von hier unten war die Steinplatte nicht zu bewegen. Und wie lange der Sauerstoff reichen würde, wollte sich Markus erst gar nicht überlegen. Di Castillo griff zu seinem Funkgerät und hielt es in den Schein der Fackel. Doch seine Befürchtung bestätigte sich.

„Ich habe hier unten keinen Kontakt. Das war es, Herr Schuhmann. In einigen Minuten wird die Fackel abgebrannt sein. Dann kommt die Dunkelheit. Entweder werden wir verdursten oder ersticken."

„Vielleicht gibt es noch einen weiteren Ausgang. Kommen Sie, solange wir noch die Fackel haben, werden wir nach einem weiteren Ausgang suchen."

Die beiden leuchteten den gesamten Raum ab. Nichts. Beklemmung machte sich in Markus breit. Der Gedanke, lebendig begraben zu werden, raubte ihm fast den Verstand. Er musste sich zusammenreißen, um nicht laut aufzuschreien. Dann ließ er sich auf den Boden sinken und vergrub sein Gesicht in seinen Händen. Di Castillo setzte sich neben ihn und begann ein Gebet zu sprechen, das Markus mitsprach. Dennoch zweifelte Markus gerade an der Gerechtigkeit Gottes und fühlte nur noch Enttäuschung und eine unendliche Leere. Noch während er sich seiner Gedanken hingab, hörten sie plötzlich etwas. Es war der Klang aufeinanderreibenden Steins. Offenbar wurde wieder an der Platte geschoben. Ein feiner Lichtstrahl bahnte sich den Weg in die Kapelle. Markus und di Castillo blickten nach oben, auf das größer werdende Loch, über dem nun ein Gesicht auftauchte. Markus glaubte schon wieder einen Geist zu sehen.

„Georg", stieß Markus erstaunt aus.

„Ich sage es ja immer. Du reitest dich in irgendetwas rein, und ich muss dich dann wieder rausholen."

Schnell befreite Georg die Eingesperrten aus ihrem Gefängnis. Als sie oben angekommen waren, wartete eine weitere Überraschung auf sie. Der Falke lag, in einem priesterlichen Gewand gekleidet, bewusstlos neben dem steinernen Sarkophag. Zwar hatte er als Tarnung einen grauen Bart angeklebt, doch bei genauem Hinsehen war er zweifelsohne zu identifizieren.

„Herr Stangl, Sie haben ihn doch nicht etwa …?"

„Nein", wehrte Georg ab. Blickte dann aber doch etwas kritisch auf den leblos scheinenden Körper. „Zumindest denke ich das nicht. Ich habe ihm lediglich einen Schlag mit diesem Kerzenhalter aus Metall versetzt."

Georg deutete auf den schweren Kerzenhalter, der neben Romberg am Boden lag.

„Was machst du überhaupt hier?"

„Ich wollte zu dir, um dir alles zu erklären. Der Laptop stand auf meinem Schreibtisch. Und auf einmal standst du in der Tür. Ich bin dann erst mal untergetaucht, da ich dachte, dass es jemand auf mich abgesehen hatte. Ich wollte aber auf keinen Fall den Besuch des Papstes verpassen und bin in der Menschenmenge untergetaucht. Dann habe ich dich zufällig mit di Castillo in der Michaelskirche verschwinden sehen. Ich ging hinter euch her und bemerkte von Weitem, dass euch ein Priester folgte. Ich schlich mich hinter ihm her. Bis hier hinunter. Ich konnte alles hören, was er sagte, und bemerkte, dass es Romberg war. Oder, wie ich jetzt weiß: der Falke."

„Sie haben unser Leben gerettet", dankte ihm di Castillo.

„Dabei wollte ich nur erklären, wie alles gelaufen ist."

„Das weiß ich mittlerweile", sagte Markus. „Aber warum bist du vor mir abgehauen?"

„Ich wusste einfach nicht mehr, wem ich vertrauen kann. Ich bekam diesen seltsamen Anruf. Der Anrufer sagte mir, dass du mich reinlegen würdest. Als du mich dann so seltsam ansahst und drohtest, die Polizei anzurufen, bin ich halt abgehauen."

„Sie haben uns gegeneinander ausgespielt. Das soll nicht wieder vorkommen."

Markus und Georg nahmen sich in die Arme und drückten sich kurz, aber umso herzlicher.

„Aber was viel wichtiger ist. Was ist da unten?" Georg deutete auf die Gruft, aus der er die beiden soeben befreit hatte.

Markus wechselte einen kurzen Blick mit di Castillo. Mit einem kurzen Nicken stimmte er stumm zu.

„Wir haben ihn gefunden", leuchteten Markus' Augen glücklich. „Den Codex, wir haben ihn gefunden." Georg stand mit offenem Mund und vor Ehrfurcht gerührt kerzengerade.

„Es ist also tatsächlich wahr? Es ist kein Mythos. Aber was machen wir jetzt damit?"

„Nichts", mischte sich di Catillo vehement in das Gespräch ein. „Aber das erkläre ich Ihnen später."

Durch Markus' Kopf schoss noch ein weiterer schrecklicher Gedanke.

„Wie viele Menschen haben für diese Schrift wohl ihr Leben gelassen?"

„Zu viele", antwortete Monsignore di Castillo. „Die Welt hat sich zwar in den letzten zweitausend Jahren verändert, doch ihre Probleme sind immer noch die gleichen. Habgier, Machtsucht und Neid regieren den Alltag, anscheinend sind wir Menschen nicht fähig, aus unseren Fehlern zu lernen."

„Weithofen hatte also recht." Georg schüttelte noch immer ungläubig den Kopf. „Der Vierte Codex ist nicht nur ein Mythos. Er ist Realität. Und liegt nun schon seit über 1000 Jahren in Fulda, ohne dass die Menschheit davon Kenntnis besitzt. Verrückt."

„Ja, und das ist auch besser so."

„Was meinen Sie damit?"

„Das Versteck hat seine Aufgabe erfüllt und soll es auch weiterhin tun."

„Sie wollen die Schrift nicht bergen und zurück nach Rom bringen?

„Wie denn? *Kommt das heilge Wort ans Licht die Kirch in sich zusammenbricht*", wiederholte di Castillo den Vers. „Damit meinte Rabanus nicht nur die Institution Kirche, sondern ebenso eine Kirche aus Stein und Mörtel. Selbst wenn ich wollte, man kann die Schrift nicht befreien, ohne dass der gesamte Bau einstürzt. Ich kann sie doch nicht zerstören. Und wozu auch? Damit dieses blutige Spiel wieder von Neuem beginnt? Glaubt nicht, dass wir in der heutigen Zeit keine schwarzen Schafe im Vatikan haben. Nein. Rabanus' Idee hat wunderbar funktioniert. Warum sollten wir es ändern."

„Aber die Schrift darf niemals in die falschen Hände geraten!“, gab Markus zu bedenken,

„Das wird sie auch nicht.“

„Somit ist aber auch nicht zu beweisen, dass es sich tatsächlich um eine authentische Handschrift handelt.“

„Ja, das ist richtig, aber brauchen wir denn immer Beweise? Ist Glaube nicht Vertrauen ohne Wissenwollen? Diese Schrift bietet einfach zu viel Potenzial für Fanatiker, sie zu instrumentalisieren. Die Folgen wären für die gesamte Menschheit unvorhersehbar.“

Markus verstand die logische Erklärung des Monsignore. Nur eine Frage quälte ihn noch.

„Aber was ist mit dem Falken?“

„Der Falke?“ Di Castillo blickte auf den noch immer bewusstlos am Boden liegenden Romberg. „Dank Ihrer Hilfe haben wir ihn endlich enttarnt. Aber er hatte recht. Wir können ihn nicht von der Polizei verhaften lassen und ihn ins Gefängnis stecken. Er könnte immer noch alles verraten.“

„Was haben Sie sonst für eine Möglichkeit?“

„Glauben Sie mir, es gibt noch Möglichkeiten, von denen Sie nichts ahnen. Wir werden ihn in kirchliche Haft nehmen, wo er mit niemandem reden wird. Es sind zwar Methoden, die an das Mittelalter erinnern, aber außergewöhnliche Situationen erfordern außergewöhnliche Entscheidungen. Ich werde ihn gleich in Gewahrsam nehmen lassen.“

Di Castillo drehte sich für einen kurzen Moment zur Seite und verlangte per Funk nach zwei Sicherheitsleuten.

„Und die Thule-Gesellschaft?“, wollte Georg wissen. „Ist sie nun damit zerstört?“

„Nein. Zwar haben wir einen ihrer führenden Köpfe enttarnt, aber es werden andere nachwachsen. Allerdings haben wir erreicht, was wir wollten.“

„Und das wäre?“

„Ich bin mir sicher, dass Romberg der Gesellschaft von dem

Ciborium erzählt hat. Somit geht die Thule-Gesellschaft davon aus, dass die Schrift verloren ist. Etwas Besseres hätte uns nicht passieren können", untermauerte Markus diese These.

„Niemand vermutet dann mehr, dass der Vierte Codex in Fulda zu finden ist. Das Figurengedicht deutete ja auf das Cimborium hin, und das ist verschwunden."

„Die Wahrheit kennen nur wir drei, und ab heute Abend noch ein vierter Mann, für den ich mich aber verbürge", fügte di Castillo hinzu und erlaubte sich gar eines seiner seltenen Lächeln. Es war nicht nötig, dass di Castillo auf absolutes Stillschweigen hinweisen musste, dies war allen bewusst und mehr als recht.

„Und nun lassen Sie uns nach draußen gehen. Heute ist ein großer Tag."

Die geheime Tür ließ sich mit dem gleichen Mechanismus schließen, und auch die Grabplatte wurde wieder an ihren ursprünglichen Platz zurückgeschoben. Auf dem gleichen Weg, wie sie in die geheime Kapelle gekommen waren, verließen sie diese auch wieder und traten zurück ins Freie. Das grelle Licht der Sonne blitzte das erste Mal seit Tagen wieder durch das dicke Wolkenband und blendete in den Augen. Im gleichen Moment kamen ihnen die beiden Sicherheitsleute entgegen. Di Castillo erteilte den beiden kurz und knapp Befehle. Dann trat der Kirchenmann noch einmal näher und schüttelte Markus und Georg dankend die Hände.

„Grazie, Seniore Schuhmann, grazie, Seniore Stangl, Sie haben Rom und dem Papst einen großen Dienst erwiesen. Das werden wir Ihnen nie vergessen, auch wenn Sie darüber nie etwas in der Presse lesen werden."

„Darauf können wir gerne verzichten, Monsignore."

„Nun entschuldigen Sie mich bitte. Ich habe noch einen, wie sagt man, Job zu erledigen. Leben Sie wohl."

„Leben Sie wohl, Monsignore."

Di Castillo eilte an der Mauer entlang und verschwand die Treppe hinunter, die zum Domplatz führte.

Als Georg und Markus an die steinerne Ballustrade traten, offenbarte sich beiden ein gigantisches Bild. Sie blickten gegen die immer kräftiger scheinende Sonne auf ein Meer von Menschen hinab. Georg deutete auf einen kleinen weißen Fleck, der gerade von der Johannes-Dyba-Allee langsam in Richtung des Domplatzes bog. Markus kniff die Augen eng zusammen, um besser sehen zu können. Dann erkannte er, was sich dort näherte. Ein helles, gläsernes Fahrzeug mit einem ganz in Weiß gewandeten Mann. Tausende Arme und Fähnchen wirbelten wild durch die Luft. Der gesamte Domplatz glich einem einzigen bunten Farbenmeer. Die Menschen jubelten und applaudierten vor Begeisterung. Ihr Papst schien glücklich und zufrieden und winkte freundlich in die begeisterte Menge zurück.

## WAHRHEIT, MYTHOS UND FIKTION

*DER VIERTE CODEX* ist ein Roman und dient daher zuallererst der Unterhaltung. Einige Teile des Romans beruhen auf Mythen und Vermutungen, die sich um vielerlei Gegenständliches ranken. Andere Passagen hingegen enthalten wahrheitsgetreue Fakten, die der Allgemeinheit bis heute teilweise vorenthalten oder nur erschwert zugänglich gemacht worden sind. Der Großteil dieses Romans entspringt jedoch der reinen Fantasie.

Szenarien sind neu dargestellt und zeitliche Abfolgen teilweise begradigt worden. Die Handlung ist ebenso frei erfunden wie die meisten Charaktere. Jede Ähnlichkeit mit lebenden Personen wäre rein zufällig und soll keinesfalls persönlich verstanden werden.

## ZUM HINTERGRUND:

1. DIE THULE-GEHEIMGESELLSCHAFT
Sowohl die Mitglieder des Geheimbunds als auch deren Motivation beeinflussten angeblich entscheidend den Aufstieg und das Wirken des späteren Regimes der Nazis. Das insbesondere Adolf Hitler Zeit seines Lebens den okkulten Mächten äußerst zugewandt war, dürfte mittlerweile bekannt sein.
Die riesigen Höhlen in Südamerika, deren Herkunft bis heute ungeklärt ist, schreiben manche Wissenschaftler tatsächlich den Ur-Thulemenschen zu. Ebenso stellen die gefundenen tibetischen Soldaten in Berlin die Forscher noch heute vor ein Rätsel. Warum viele der Aufzeichnungen und Berichte über die Thuleführer und -geschichte in Deutschland nicht mehr existent oder nur sehr schwer zugänglich sind und größtenteils gar auf dem Index stehen, ist mir nicht bekannt.
Noch immer sollen Ableger des Thule-Ordens in Deutschland und dem nahen Ausland existieren.

2. DIE SCHRIFTROLLEN DER QUMRANHÖHLEN
Nahezu die gesamte geschilderte Geschichte des sensationellen Fundes in den Qumranhöhlen entspricht der Wahrheit. Lediglich die Verbindung zum *VIERTEN CODEX* ist rein fiktiv (siehe nächster Punkt). Warum die Kirche nur die vier uns bekannten Evangelien in die Bibel aufgenommen hat und viele andere nicht, ist auch heute noch Anlass für hitzige Diskus-sionen.

3. DER VIERTE CODEX
Die drei genannten Codices (Ragyndrudis, Viktor und Cadmug) aus dem Besitz des Bonifatius befinden sich noch heute im Domschatz Fulda bzw. im der Landesbibliothek und sind dort zu besichtigen. Der Ragyndrudiscodex weist dabei Spuren

von Hieben und Stichen auf, die angeblich auf den Märtyrertod Bonifatius' zurückzuführen sind.
Weitere Codices von Bonifatius sind meines Wissens nach nicht mehr erhalten … auch kein *VIERTER CODEX*, dessen Geschichte frei erfunden ist.

4. BONIFATIUS
Bonifatius war ein großer Bücherfreund und nahm seinen persönlichen Schatz (die Bücher) stets mit auf seine Reisen. Außergewöhnlich ist in der Tat, dass Bonifatius von Papst Gregor der Titel eines päpstlichen Legaten verliehen wurde und ihn damit in den Stand eines Bischofs erhob, ohne dass dieser überhaupt ein Bistum besaß.
Der heilige Bonifatius ist Gründer von Fulda und Apostel der Deutschen. Am 5. Juni 754 wurde Bonifatius bei einem Überfall in Friesland ermordet. Sein Grab befindet sich im Fuldaer Dom.

5. RABANUS MAURUS
*„praeceptor Germania"* – der Lehrer Deutschlands – war Magister der Fuldaer Klosterschule und später Abt dieses Klosters. Sein ungewöhnliches Allgemeinwissen, sein Forschungsdrang und sein didaktisches Vorgehen verhalfen der Klosterschule zu seinem einzigartigen Ruf und machten das Kloster Fulda zu einem der kulturellen Zentren des frühen Mittelalters.
Rabanus' besonderes Augenmerk lag auf der Mal- und Schreibschule. Neben seinem Nachschlagewerk *De rerum naturis = de universo,* eine Zusammenstellung des gesamten damaligen Wissens über die Erde, den Himmel und das Weltall, gilt sein *De laudibus santi crucis* (Vom Lob des Heiligen Kreuzes) mit den einzigartigen Figurengedichten noch heute als herausragend.

Nach seiner öffentlichen Auseinandersetzung mit Rabanus starb dessen ehemaliger Schüler Gottschalk nach vielen Repressalien aus Reihen der Kirche geistig umnachtet in seinem Exil in Reims.
Seltsamerweise starben übrigens Rabanus sowie seine Freunde Hatto und Samuel alle im gleichen Jahr 856.

6. BIBLIOTECA FULDENSIS
Waren in der damaligen Zeit klösterliche Bibliotheken mit einer Anzahl von 400–500 Schriften schon gut bestückt, so verfügte die Biblioteca Fuldensis über die unglaubliche Zahl von etwa 1000 Schriften. Dies allein deutet schon auf den weit überlegenen Wissensstand der Fuldaer Mönche hin. Wissen und Bildung waren Machtinstrumente im Mittelalter. Fulda war zu dieser Zeit das bedeutendste Kloster nördlich der Alpen.
Die Theologische Fakultät Fulda bemüht sich seit Jahren, diesen Wissensschatz aus der ganzen Welt zusammenzutragen und wieder nach Fulda zurückzubringen.

7. SUNABAR
Das Rätsel um Sunabar ist frei erfunden. Kein Kopist aus dem einstigen Kloster Fulda hat je einen verschlüsselten Brief in Umlauf gebracht. Allerdings wurde im frühen Mittelalter die Insel Sjin a bar (heute Sansibar) tatsächlich stark von arabischen Einflüssen geprägt und später durch Kreuzritter besetzt.

8. DIE ORTE
Sämtliche Orte, Ortsbeschreibungen und Bauwerke sind real und in Fulda sowie in Jersey und Rom zu finden.
Die Idee der Verbindung der Fuldaer Abteien mit dem Kloster Fulda durch ein unterirdisches Tunnelsystem beruht auf Erzählungen verschiedener Personen, die angeblich selbst in Teile die-

ses Tunnels vorgedrungen sind. Beweise eines exakten Verlaufs oder einer tatsächlichen Existenz liegen jedoch nicht vor.

9. DIE PEST

Die Pest *(lat. = Seuche, Unglück, Verderben)* gilt noch heute als die schlimmste Krankheit der Geschichte. Während der großen Pestepidemie im 14. Jahrhundert erlag ein Drittel der Gesamtbevölkerung Mitteleuropas dem Schwarzen Tod. Doch auch schon viel früher wütete diese Seuche. Sogar in der Bibel ist sie im Alten Testament bereits erwähnt. Die Bevölkerung des Mittelalters vermutete in der Pest, die sie sich als kleines blaues Flämmchen, als Tier oder Dämon vorstellten, die Strafe Gottes für die vielen Sünden der Menschen.

10. FLAGELLANTEN

Flagellanten traten während der Pest von 1348–1352 (im Spätmittelalter, also deutlich nach Rabanus' Lebenszeit) auf. Man traf sie in sämtlichen großen Städten in Deutschland, Flandern und Frankreich an. Auf Prozessionen schlugen sie sich in aller Öffentlichkeit mit Geißeln blutig und wollten dadurch ihre Frömmigkeit unter Beweis stellen.

11. DER EINGEMAUERTE MÖNCH AMNICHAD

Der Wandermönch Amnichad stammte ursprünglich aus einem Kloster auf der irischen Insel Keltra. Aufgrund einer Strafe machte er sich auf Wanderschaft und erreichte dabei das Kloster Fulda. Tatsächlich ließ er sich im Jahr 1023 in der Krypta der Michaelskirche einmauern und lebte dort zwanzig Jahre bis zu seinem Tod.

Das Unterteil des heute leeren Steinsarkophags befindet sich gut geschützt durch ein Eisengitter im Boden einer für Besucher nicht zugänglichen Nebenkammer der Krypta. Ein eingelassener

Text im Denkmalsockel des Sarkophags erzählt die wundersame Lebensgeschichte dieses Mönchs.
Direkt daneben steht der Sarkophag des seligen Abts Eigil.

Übrigens gab es auch bereits unter der Führung von Abt Rabanus Maurus Inklusen im Kloster Fulda: die Mönche Adelhard und Framegod.

## DANKSAGUNG

Allen voran danke ich meiner Mutter Gabriele und meiner Schwester Ulrike, die mich zeitlebens in meinem Tun unterstützen und immer an mich glaubten. Ihnen widme ich dieses Buch.

Der größte Dank gilt einmal mehr meinen beiden Co-Autoren, Kollegen und vor allen Dingen Freunden Dennis Martin und Peter Scholz, die nicht nur durch ihre konstruktiven Ideen und Kritiken entscheidend an der Entstehung dieses Buches beteiligt waren, sondern ohne die der Vierte Codex schlichtweg nicht existieren würde.
Ich danke Dr. Mathias Schmidt für seine hervorragende Lektorenarbeit und die vielen nützlichen Tipps, Dominik Ketz für die perfekte Gestaltung des Covers und des Layouts, Max „Big M" Becker für das Homepageing, Rainer Klitsch und allen Mitarbeitern des Verlags Parzeller.
Danke auch der Deutschen Bibliothek Frankfurt, der Landesbibliothek Fulda, Dr. Jäger von der Bibliothek des Priesterseminars Fulda, der Stadt Fulda und dem Stadtmarketing, insbesondere Peter Hügel, dem Bistum Fulda und dem Generalvikariat, der Fuldaer Zeitung sowie dem Erfinder des Internets.
Des Weiteren danke ich Lars und Viola, Christoph, Julia, Metin, Bernd und Sylvia für ihre unendliche Freundschaft, Johannes für die immer guten Gespräche, aus denen ich mehr ziehe als du denkst.
Danke Tina dafür, dass es dich gibt!

Und nicht zuletzt ein großes Dankeschön an die Bürger Fuldas und allen anderen, die zum Gelingen des Vierten Codex beigetragen haben und ich wieder mal vergessen habe zu nennen.